Von Catherine Coulter sind
als Heyne-Taschenbücher erschienen:

Lord Deverills Erbe · Band 04/15
Liebe ohne Schuld · Band 04/45
Magie der Liebe · Band 04/58
Sturmwind der Liebe · Band 04/75
Die Stimme des Feuers · Band 04/84
Die Stimme der Erde · Band 04/86
Die Stimme des Blutes · Band 04/88
Jadestern · Band 04/96
Lord Deverills Erbe / Liebe ohne Schuld · Band 23/100
Calypso · Band 04/104
Die Sherbrooke-Braut · Band 04/122
Die Satansbraut · Band 04/124
Die Jungfernbraut · Band 04/126
Karibische Nächte · Band 04/129
Im Schatten der Mitternachtssonne · Band 04/135

CATHERINE COULTER

STOLZ UND LEIDENSCHAFT

Roman

WILHELM HEYNE VERLAG
MÜNCHEN

HEYNE ROMANE FÜR »SIE«
Nr. 04/159

Titel der Originalausgabe
MIDSUMMER MAGIC
Aus dem Amerikanischen von
Rafaela Paulsen

Published by arrangement with Dutton Signet, a division of Penguin Books USA, Inc.
Printed in France 1995
Umschlagillustration: Pino Daeni / Schlück
Umschlaggestaltung: Atelier Ingrid Schütz, München
Satz: Fotosatz Prechtl, Passau
Druck und Bindung: Brodard & Taupin

ISBN 3-453-09411-5

1. Kapitel

Philip Everett Desborough Hawksbury, Graf von Rothermere, übergab Shippe, dem Butler des Marquess, seine Handschuhe und das Reitcape, blickte kurz zu der Gruppe von Dienern, die sich in der großen Vorhalle von Chandos Chase aufhielten, und fragte leise: »Wie geht es meinem Vater?«

»Seine Lordschaft ruht sich aus, mein Lord«, erwiderte Shippe seinem jungen Herrn. »Ich weiß, er möchte Sie sofort nach Ihrem Eintreffen sehen.«

Hawk nickte und blickte sich einen Moment um. In dem großen Haus herrschte Grabesstille, selbst die livrierten Diener wirkten wie Statuen. Es war, als hätte es hier tatsächlich einen Todesfall gegeben. Energisch verdrängte Hawk diesen grausigen Gedanken und wandte sich wieder an Shippe: »Mein Gepäck ist in der Kutsche.«

»Ich werde mich unverzüglich darum kümmern, mein Lord.«

»Bitte sorgen Sie auch dafür, daß Grunyon, mein Kammerdiener, etwas zu essen bekommt.« Die Andeutung eines Lächelns huschte über Hawks Gesicht. »Nach einer solchen Reise ist er meist ziemlich unwirsch.«

»Selbstverständlich, mein Lord.«

Mit langen Schritten eilte Hawk nun durch die schier endlose Halle. Seine Stiefelabsätze klickten laut auf den schwarzen italienischen Marmorplatten. An der breiten Treppe aus Eichenholz angekommen, nahm er gleich zwei Stufen auf einmal und erinnerte sich daran, wie er als Junge diese Treppe hinauf- und hinuntergestürmt war. Einmal war er dabei gestürzt und hatte sich den rechten Arm gebrochen. Sein älterer Bruder Nevil, der ihn gejagt hatte, stand damals auf dem oberen Treppenabsatz und lachte. Heute lachte er nicht mehr. Nevil war tot.

Wieder fiel Hawk die Stille im Hause auf. Sein Blick streifte kurz die großen Porträts der früheren Hawksburys, die an den Wänden neben der Treppe hingen, und die alle in Chandos Chase, dem Sitz des Marquess von Chandos seit über dreihundert Jahren, gelebt hatten.

Dies war Hawks erster Besuch seit mehr als vier Monaten. Der Gedanke, daß sein Vater krank war und vielleicht sogar sterben würde, ließ sein Herz vor Angst schneller schlagen. Am oberen Ende der Treppe wandte er sich zum Ostflügel und ging rasch den mit Teppichen ausgelegten Korridor entlang zu der großen Doppeltür vor dem Schlafzimmer seines Vaters. Hawk hob schon die Rechte, um anzuklopfen, schüttelte jedoch den Kopf und trat leise in den großen überheizten Raum. Die Vorhänge aus Goldbrokat vor den Fenstern waren geschlossen.

Hawk blickte zu dem reich verzierten Bett, das auf einem dreifüßigen Podest stand. Er konnte die Figur seines Vaters erkennen, nicht aber sein Gesicht, auf das der Schatten des schwachen Kerzenlichts fiel.

»Mein Lord, Sie sind hier«, stellte Trevor Conyon aufatmend fest und trat vor. Conyon, ein dicker, glatzköpfiger Mann mit gütigem Herzen und scharfem Verstand, war schon seit vielen Jahren Sekretär des Marquess. Hawk kannte seine unabänderliche Treue zu seinem Vater, hatte Conyons Abneigung gegen Nevil gespürt und fragte sich, was der Mann wohl von ihm dachte. Wahrscheinlich war er für ihn noch ein unbeschriebenes Blatt, abgesehen von der Tatsache, daß Nevil vor fünfzehn Monaten gestorben und er, Hawk, nun seines Vaters Erbe war.

»Ja«, erwiderte er leise und setzte fragend hinzu: »Mein Vater?«

»Hält die Stellung, mein Lord.«

Hawk wußte nicht recht, wie er diese Antwort deuten sollte, doch Conyon nickte nur in Richtung Bett und sagte nichts mehr. Leise ging Hawk auf das Podest und beugte sich über die reglose Gestalt. »Vater, ich bin hier.«

Charles Lindley Beresford Hawksbury, Marquess von Chandos, zog seine magere Hand unter der Bettdecke hervor und umfaßte die Finger seines Sohnes. »Es wurde Zeit, Junge«, sagte er mit schwacher Stimme.

»Ich kam, so schnell ich konnte«, erwiderte Hawk und schob behutsam eine silbergraue Haarsträhne aus der Stirn des Kranken. »Ich erhielt Conyons Nachricht letzte Nacht. Wie fühlst du dich, Vater?«

»Könnte sein, daß es mit mir zu Ende geht.« Die Stimme des Marquess klang noch schwächer als vorher. »Aber das macht nichts. Ich hatte ein erfülltes Leben und habe einen Sohn, auf den ich stolz sein kann, und der meine Linie fortsetzen wird.«

Hawk zuckte schuldbewußt zusammen und dachte: Ein Sohn, der in London allen Vergnügungen nachjagt, als ob die bald verboten würden, und der nichts verpassen will, bevor das geschieht. »Du wirst nicht sterben, Vater. Wo ist dein Arzt?«

»In der Küche. Zweifellos stopft er sich den Mund mit Alberts Speck voll.« Der Marquess wandte den Kopf ab und hustete in das Kissen.

Es war ein trockener, rauher Husten. In Hawk wuchs die Angst und trieb ihm die Tränen in die Augen. Zärtlich streichelte er die Hand seines Vaters und wünschte sich, ihm Kraft geben zu können. »Was sagt Trengagel?«

Langsam drehte der Marquess den Kopf zurück und schloß einen Moment erschöpft die Augen. Als er sie wieder öffnete, blickte er seinen Sohn durchdringend an. »Er gibt mir vielleicht noch zwei oder drei Wochen. Es ist diese Stauung in meiner Lunge. Der Dummkopf will mich zur Ader lassen, aber da mache ich nicht mit.«

»Recht so, Vater. Dabei habe ich manchen Mann nach der Schlacht sterben sehen.«

Der Marquess hörte die tiefe Qual in der Stimme seines Sohnes und sagte sanft: »Du hast zu viel gesehen, mein Junge. Aber du bist stark, hast überlebt. Das Entsetzen wird mit der Zeit geringer werden, glaube mir. Aber jetzt muß ich mit dir reden, Hawk.«

»Du bist müde, Vater«, wehrte sein Sohn ab.

»Nein! Hör mir zu: Ich will leben, bis ich deine Ehefrau gesehen und mich davon überzeugt habe, daß du die Wahl trafst, die du versprochen hast.«

Hawk erstarrte bei diesen Worten. Dieser verdammte Eid! Er hatte ihn vergessen, ihn vielleicht auch vergessen wollen.

Langsam setzte er sich auf die Bettkante. Die Zeit war gekommen, und es gab keinen Ausweg, das wußte er. Fast ein Jahr lang war er vor dieser unvermeidlichen Tatsache geflüchtet und hatte sich in das wilde Londoner Leben gestürzt, gespielt, getrunken und gekämpft. Nicht gehurt. Das unterließ er aus Angst vor der Französischen Krankheit. Er hatte so manchen Soldaten gesehen, der an der Syphilis zugrunde gegangen war. Hawk dachte an Amalia, seine fröhliche und leidenschaftliche Mätresse, und schloß einen Moment die Augen. Eine Frau! Er wollte keine verdammte Ehefrau, jedenfalls nicht jetzt. Aber da gab es wenig Hoffnung.

»Geh nach Schottland, Sohn, und suche dir deine Frau aus, dann bringe sie zu mir.«

Ich will keine kleine Halbwilde aus Schottland heiraten, will mich nicht an eine Frau binden, die ich noch nie gesehen habe, nur wegen deiner verdammten Ehre! Deinen lächerlichen Eid hast du geschworen, als ich neun Jahre alt war! dachte Hawk verbittert, sagte jedoch: »Ja, Vater. Ich werde bald aufbrechen. Ich halte es für richtig, den Grafen von Ruthven durch einen Diener über mein Kommen zu informieren.«

»Das hat Conyon schon veranlaßt. Er sandte vor zwei Tagen einen Boten nach Schottland. Du kannst also am Morgen losfahren.«

Hawk dachte an die Auseinandersetzung vor einem Jahr, als ihm sein Vater von seinem Eid erzählt und von ihm verlangt hatte, diesen Schwur zu erfüllen. Er hatte seinen Vater angeschrien, er solle doch selbst eines der Mädchen heiraten. »Du verdankst dem Grafen von Ruthven dein Leben, nicht ich. Warum machst du nicht eine seiner greinenden Töchter zu deiner Frau? Warum willst du mich an ein unbekanntes Mädchen binden? Ich tat nichts, außer daß ich dein verdammter Sohn bin! Warum hast du nicht Nevil dazu getrieben, die schmutzige Arbeit für dich zu tun?« Und sein

Vater hatte nur sehr ruhig erwidert: »Ich hätte Nevil nicht einmal zu einer Hure in Soho getrieben.«

»Es ist nicht so, daß du die Katze im Sack kaufen mußt, Hawk«, sagte der Marquess, der das wechselnde Mienenspiel seines Sohnes aufmerksam beobachtete. »Du hast die Wahl zwischen drei jungen Ladies. Eine davon wird dir sicher gefallen. Arthur Kilbracken ist ein gutaussehender Mann und hat gewiß keine häßlichen Töchter gezeugt. Du kannst von Glück sagen, daß noch keins der drei Mädchen bisher geheiratet hat.«

»Das hast du mir schon oft gesagt«, erwiderte Hawk seufzend.

»Du bist fast siebenundzwanzig, Sohn. Es ist Zeit für dich, Kinder in die Welt zu setzen und die Nachfolge zu sichern.« Ein Hustenanfall schüttelte erneut den Körper des Kranken.

»Ja, ich verspreche es dir, Vater«, stimmte Hawk beim Anblick des qualvoll keuchenden Marquess rasch zu und überwand seinen Groll. Er dachte an Lady Constance, die schöne und wohlhabende Tochter des Grafen von Lumley, die noch immer auf seinen Heiratsantrag wartete, den er ihr nie machen würde. Verdammte Ehre! Hawk konnte sich nicht vorstellen, daß er einen Niemand ohne Besitz, ohne Vermögen, ohne Verbindungen nur deshalb heiraten würde, weil Arthur Kilbracken, Herzog von Ruthven, verarmter Gutsbesitzer, seinem Vater vor siebzehn Jahren in Schottland das Leben gerettet hatte.

Und ich bin der Preis dafür, dachte Hawk. Hätte doch der verdammte Nevil eine der Kilbracken-Töchter geheiratet, bevor er starb! Hawk schüttelte den Kopf über seine Gedanken, die alles andere als gütig waren. Er wußte, daß sein Vater ihn für die Erfüllung seines Eides erwählt hatte, und nicht etwa deshalb, weil er der zweite Sohn war. Womit hatte Nevil die Abneigung seines Vaters herausgefordert? Hawk wußte es nicht. Er hatte seinen älteren Bruder die letzten drei Jahre vor seinem Tod nicht mehr gesehen. »Das Leben kann sehr überraschend sein«, sagte er plötzlich laut.

»Das stimmt«, stellte der Marquess fest. »Du bist müde,

mein Junge, und mußt dich vor der Reise ausschlafen. Du kannst dich morgen früh von mir verabschieden.« Er sah die Furcht, daß er bis dahin gestorben sein könnte, in Hawks Gesicht und fügte beruhigend hinzu: »Nein, mein Sohn. Es wird mir gutgehen — noch für einige Wochen. Ich will leben, um deine Frau zu sehen. Das ist ein Versprechen!«

Hawk fühlte die Tränen aufsteigen. »Du hast noch nie ein Versprechen gebrochen, Vater. Niemals.«

»Und ich habe nicht die Absicht, jetzt damit anzufangen. Geh jetzt, mein Junge. Ich wünsche dir alles Gute für deine Werbung.«

Das war eine Verabschiedung, und Hawk stand genauso rasch auf, wie er es in jüngeren Jahren getan hatte, um die Anordnungen seines Vaters zu befolgen. »Ich komme mit meiner Braut so schnell wie möglich zurück.«

»Ich werde darauf warten«, erwiderte der Marquess leise. »Hawk ...«

Hawk blickte auf seinen kranken Vater nieder und versuchte, die Tränen zurückzuhalten.

»Du bist ein Sohn, auf den ich stolz sein kann.«

Hawk konnte nur nicken. Er wandte sich um und verließ das Schlafzimmer.

Am nächsten Morgen um sieben Uhr verabschiedete sich Hawk von seinem Vater. Er hatte eine anstrengende Fünf-Tage-Reise zum nördlichen Ende von Loch Lomond vor sich, wo der Graf von Ruthven im Castle Kilbracken lebte. Eine Woche blieb ihm, sich für eine der Töchter zu entscheiden. Ein paar Tage mußte er der Braut für ihre Vorbereitungen zur Hochzeit lassen, dann ging es fünf Tage lang zurück. Mit einer Lady würde die Rückfahrt wahrscheinlich noch länger dauern. Verdammte schwache Frauen! Verdammte jämmerliche Situation! Hawk seufzte, während die Kutsche an entlaubten Ulmen vorbeifuhr.

Grunyon beobachtete die Gegend. »Wir fahren nach Schottland«, stellte er fest, nachdem sie schon eine ganze Strecke schweigend zurückgelegt hatten.

»Ja«, preßte Hawk zwischen zusammengebissenen Zähnen hervor, »um mich zu verheiraten.«

»Glückliches Mädchen«, meinte Grunyon. Als er jedoch die Miene seines Herrn sah, bezweifelte er, daß das Leben in der nächsten Zeit erfreulich sein würde.

Frances Kilbracken stand am nordwestlichen Rand des Loch Lomond und blickte auf das ruhige, klare Wasser. Eine Wolke schob sich vor die Sonne, die Märzluft wurde plötzlich kühler. Frances zog ihren Schal fester um die Schultern und verknotete ihn über der Brust. Es herrschte absolute Stille. An den vom Winter noch kahlen Bäumen raschelte kein Laub, selbst die Vögel schwiegen heute.

An anderen Tagen, wenn Frances allein hierherkam, erfüllte sie stets tiefer Frieden, doch heute waren ihr Nerven durcheinander. Ein Zustand, unter dem ihre jüngere Schwester Viola sehr oft litt. Wenn Frances sie dann aufforderte, sich nicht so töricht zu benehmen, antwortete Viola höchstens: »Aber Frances, ich las, daß Ladies, richtige Ladies natürlich, sehr empfindsam sind.«

Frances lächelte, schloß die Augen und lauschte auf das Wasser, das leicht an die Ufersteine schwappte. Langsam setzte sie sich, wickelte ihren wollenen Rock fest um ihre Beine und schlang die Arme um die Knie. Sie blickte zu den großen, zerklüfteten Gipfeln des Ben Lomond und des Ben Vorlich, sah den wilden Sturzbach am oberen Ende des Sees, die rauhen Felsenklippen und die dichten Kiefern. Eine richtige Hochlandschlucht, dachte sie, ungezähmt und unberührt. Ihr Lieblingsplatz in der ganzen Welt. Nie würde sie von hier fortgehen. Niemals! Sie schauderte, als sie an die unglaubliche Szene mit ihrem Vater vor einer Stunde dachte. Eine ihrer Schwestern würde ihre Heimat verlassen müssen. Frances wollte gar nicht daran denken, aber sie konnte es nicht verhindern.

Frances, ihre ältere Schwester Clare und die siebzehnjährige Viola hatten zusammen in dem schlicht eingerichteten Wohnzimmer gesessen. Ihr Vater war mit Sophia, ihrer Stiefmutter, hereingekommen, mit ihnen Adelaide, die

Gouvernante und Gesellschafterin der Töchter und jetzt die inoffizielle Lehrerin von Alexander, dem einzigen Sohn des Grafen.

Arthur Kilbracken war vor seinen Töchtern stehengeblieben und hatte jede prüfend gemustert.

»Papa, was ist los?« wollte Viola wissen und rutschte ungeduldig auf der Stuhlkante herum. »Kenard kommt zu Besuch, und ich muß mich noch umziehen.«

Frances sah die kaum verborgene Erregung in den grauen Augen ihres Vaters, Augen von der gleichen Farbe wie ihre, und sagte: »Ich glaube, wir werden gleich ein Familiendrama erleben.«

Ruthven lächelte und wandte sich an seine Älteste: »Hast du nichts hinzuzufügen, Clare?«

»Nein, Papa«, erwiderte Clare mit ihrer ruhigen, wohlklingenden Stimme, »höchstens, daß ich das Morgenlicht verpassen werde.«

»Du kannst dich mit deiner Malerei zu jeder Zeit beschäftigen«, bemerkte Sophia etwas scharf, und Clare sagte nichts mehr.

Der Graf ging zum Kamin und lehnte sich mit der Schulter gegen die Einfassung. »Ich habe drei ganz reizende Töchter«, begann er. »Du, meine liebe Clare, bist nun einundzwanzig, alt genug, um Frau und Mutter zu werden. Abgesehen von deinem gelegentlichen Abirren in künstlerische Bereiche und deinen Träumereien bist du eine gute Seele.« Clare blickte ihren Vater erstaunt an, doch der wandte sich bereits an Viola. »Und du, Kind, bist zwar erst siebzehn, aber dennoch eine erwachsene Frau. Du bist lebhaft, eitel, vielleicht hübscher, als es gut für dich ist, und verwöhnt.«

»Papa!«

»Jawohl, das ist wahr, Mädchen, und du weißt es. Doch auch du würdest eine passable Ehefrau abgeben, wenn sich dein Mann die Zeit nimmt, dir deine Torheiten auszutreiben.«

»Ich bin bereit«, erklärte nun Frances, grinste und kreuzte die Hände in der Pose einer Märtyrerin über der Brust. »Schieße dein Artilleriefeuer ab.«

»Du, Frances Regina«, erwiderte Ruthven gelassen, »kannst einem ganz schön zu schaffen machen. Du bist eigenwillig, zu selbständig, hast ein Mundwerk, das kaum zum Schweigen gebracht werden kann, und bist ein verdammt guter Tierheiler. Unsere Leute hier würden dich sehr vermissen, falls man dich erwählt.« Er fügte nicht hinzu, daß er selbst es war, der Frances am meisten vermissen würde. Er brauchte es nicht auszusprechen, sie wußte es.

»Erwählt wofür?« wollte Viola wissen. »Bitte, Papa! Kenard wird gleich hier sein, und ich muß ...«

»Zur Ehe«, unterbrach Ruthven seine jüngste Tochter. »Eine von euch wird in Kürze heiraten.«

Einem Augenblick verblüffter Stille folgte eine Flut von Erklärungen.

»Was meinst du, Vater?« fragte Clare erstaunt.

»Ach, du meine Güte, was muß ich dazu anziehen?« Viola überdachte schnell ihre Garderobe.

»Das ist ein absolut lächerliches Schauspiel«, empörte sich Frances.

»Der Mann, der seine Wahl treffen wird, ist ein englischer Edelmann. Um es genau zu sagen: der Graf von Rothermere. Er wird bald eintreffen.«

Wieder folgte den Worten Arthur Kilbrackens völlige Stille. Dann lachte Frances. »So ein Unsinn, Papa! Was sollte wohl ein stolzer Engländer mit uns anfangen? Hör auf mit deinem Scherz, ich möchte ausreiten.«

»Frances«, entgegnete Ruthven mit gefährlicher Ruhe, »halte deinen Mund! Und jetzt hört mir alle aufmerksam zu. Ihr habt doch den Boten gesehen, der uns besuchte, nicht wahr? Er ist ein Diener des Marquess von Chandos.«

»Wer ist das, Papa?« erkundigte sich Viola und neigte den Kopf zur Seite, wie sie es stundenlang vor dem Spiegel probiert hatte. Sic wußte, daß dann ihr volles Haar über die rechte Schulter fiel und man ihren schlanken Hals sehen konnte. »Ist das ein Verwandter, von dem wir nichts wußten?«

»Nein, noch nicht, aber er wird es bald sein«, erklärte ihr Vater, ohne auf ihre weibliche Wirkung zu achten.

Frances rutschte auf ihrem Stuhl nach vorn. »Erzähle uns.« Sie wußte, wann ihr Vater etwas ernst meinte und wann nicht. Jetzt meinte er, was er sagte, und sie fror plötzlich.

»Das alles begann vor siebzehn Jahren, kurz nachdem eure Mama im Kindbett gestorben war. Ich hatte im Tiefland in der Nähe von Lockerbie einen Freund besucht und den alten Angus gerade wieder verlassen und mich auf den Heimweg gemacht. Es war spät und eine dunkle Nacht ohne Mondschein, und es fing an, zu regnen. Ich suchte eine Schutzhütte. Statt dessen fand ich einen Schlupfwinkel voller Banditen. Sie hatten den Marquess von Chandos überfallen und gefangengenommen und wollten ihn ermorden, sowie sie das Lösegeld für ihn bekommen hatten. Jedenfalls rettete ich seine Haut. Er war sehr dankbar, wie ihr euch vorstellen könnt. Er vermochte gar nicht zu glauben, daß ein Schotte einen Engländer retten würde. Na, was eben Engländer so von uns Schotten denken. Ich sagte ihm, daß ich Oxford besucht hatte. Kurz und gut, er bot mir etwas an — er dachte wohl an Geld.«

Ruthven schwieg einen Moment und blickte Sophia an. Dann räusperte er sich und fuhr fort: »Ich hatte gerade eure Mutter verloren und fühlte mich als Mann miserabel. Deshalb riskierte ich meine Haut für den Burschen. Ich dachte an nichts. Jedenfalls beabsichtigte ich damals nicht, wieder zu heiraten. Und ich besaß drei Töchter, deren Zukunft mehr als unsicher war. Deshalb sagte ich Chandos, ich wünschte einen Ehemann für eine meiner Töchter. Er war einverstanden. Und das, meine Lieben, ist es.«

»Das war vor langer Zeit«, unterbrach Frances die Stille, »vor sehr langer Zeit. Es fällt mir schwer zu glauben, daß dieser Chandos tatsächlich seinen Sohn hergeben will, besonders für einen schottischen Niemand. Das ist nicht die Art, wie Ehen vereinbart werden, vor allem nicht in England, wie Adelaide und Sophia uns oft genug erzählten.«

»Lord Chandos ist ein Mann von Ehre«, erwiderte ihr Vater und blickte zu Adelaide. »Was glaubst du wohl, warum sie seit sechzehn Jahren hier ist?«

Zum ersten Mal sprach Adelaide, und in ihren Augen saß der Schalk. »Nun, Sir, weil Sie nicht wollten, daß Ihre Töchter einen derben Dialekt sprechen.«

Frances horchte auf und fragte sich, ob ihr Vater deshalb eine Engländerin geheiratet hatte. Sophia stammte aus gutem Hause und war gebildet. Ihr Vater betrieb in Newscastle eine Eisenwarenhandlung. War das der Grund, daß es keinem der Kilbracken-Kinder erlaubt war, ein derbes Wort auszusprechen? Ein ernüchternder Gedanke!

»Stimmt«, bestätigte Ruthven. »Nun, Mädels, habt ihr noch irgendwelche Fragen?«

»Fragen!« rief Frances empört und sprang auf. »Du hast uns niemals auch nur ein Wort von alledem gesagt! Fragen? Das ist geradezu lächerlich! Einen Mann heiraten, den keiner von uns je gesehen hat Was hast du dir dabei nur gedacht? Wenn er nun ein Ekel ist? Oder ein Tunichtgut? Was ist, wenn wir alle ihn hassen? Ich kann mir nicht vorstellen, daß er auch nur einen Funken von Zuneigung für uns empfindet!«

»Zuneigung hat damit überhaupt nichts zu tun«, mischte sich jetzt Sophia streng ein. »Er wird in Kürze hier sein und ... benehmt euch entsprechend, das erwarte ich! Der Graf ist reich, er erbt den Besitz seines Vaters und den Titel. Die eine, die er wählt, wird in der Lage sein, den anderen zu helfen. Eine Saison in London, neue Kleider, Gesellschaften, passende Gentlemen und das alles.«

»Das ist barbarisch!« schimpfte Frances.

»Hör auf, Frances!« schalt Viola. »Wir sind schließlich drei! Wieso glaubst du, daß der Graf gerade dich wählen wird?«

Weil Frances schön ist, intelligent, liebenswert und nur gelegentlich dickköpfig. Sie ist mir ähnlicher als du, dachte Ruthven, sagte aber nichts, sondern blickte nur von einer Tochter zur anderen.

»Es ist gewissenlos«, erwiderte Frances. «Clare, du bist auch entsetzt, nicht wahr?«

»Clare«, unterbrach Sophia sie, »wird ebenso wie du, Frances, und du, Viola, den Grafen heiraten, wenn er sich für sie entscheidet. Ich brauche dir wohl nicht zu sagen, daß wir nicht gerade in glänzenden Verhältnissen leben. Der arme Alex wird wenig genug besitzen, wenn er großjährig wird, jedenfalls, wenn es bei uns so weitergeht, trotz aller Anstrengungen deines Vaters. So geht es ganz Schottland, wie ihr alle sehr gut wißt.«

Ein warnender Blick ihres Ehemannes brachte Sophia zum Verstummen. Ich werde schon für meinen Sohn sorgen, trotz der scharfen Zunge seiner Mutter, dachte Ruthven.

Laut sagte er: »Ich korrespondierte all die Jahre mit Chandos. Er will zehntausend Pfund — ja, ganz richtig: zehntausend Pfund — für die Heirat stiften. Und da ist noch ein weiterer Vorteil: die Schwester, die der Graf erwählt, wird imstande sein, den beiden anderen zu helfen.« Obwohl Sophia das bereits erwähnt hatte, wiederholte er es absichtlich, weil er Frances' störrische Miene gesehen hatte. »Unnötig zu sagen, daß er gutsituiert ist. Eine Saison in London wird nicht fehlen, eine Gelegenheit für alle, sich gut zu verheiraten.«

»Wie sieht der Graf aus, Papa?« erkundigte sich Viola.

»Ein hübscher, junger Mann, wie Chandos mir mitteilte«, erwiderte ihr Vater. »Er ist der zweite Sohn, aber seitdem sein Bruder vor über einem Jahr starb, wurde er zum Erben des Marquess. Er war Lord Philip Hawksbury, doch jetzt ist er der Graf von Rothermere. Er ist etwa siebenundzwanzig und war bis zum Tode seines Bruders beim Militär.« Ursprünglich wollte Chandos seinen ältesten Sohn mit einem der Mädchen verheiraten. Das hatte er bis vor etwa vier oder fünf Jahren vorgehabt, fiel Ruthven plötzlich ein. Dann hatte er seine Meinung geändert, aus welchem Grunde auch immer.

»Hmm«, meinte Viola, »hast du ein Bild von ihm?«

»Das ist doch lächerlich«, fuhr Frances dazwischen. »Ich habe genug über Bilder gehört. Adelaide erzählte uns von dem angeblich perfekten Porträt der Anne von Cleves, das Henry VIII. übersandt wurde. Es zeigte sich, daß sie in Wirklichkeit eine dicke, kurzsichtige ...«

»Ich möchte wissen, ob er interessant genug aussieht, um gemalt zu werden«, unterbrach Clare ihre Schwester.

»Weißt du, Papa, welche Art von Lady er bevorzugt?« mischte sich Viola ein und spielte mit einer roten Haarlocke, die über ihre Schulter fiel.

Ruthven überlegte einen Moment und erinnerte sich an Chandos' letzten Brief. »Ja, ein bißchen. Er mag vor allem Ladies, die charmant, geistreich und sehr lebhaft sind. Und natürlich schön.«

Viola lachte. »Das ist ja wunderbar!« rief sie fröhlich.

»Ihr seid alle hübsch genug, um seine Aufmerksamkeit zu erregen«, erklärte Sophia. »Darüber brauchen wir uns also keine Sorgen zu machen. Es wird sicher nur eine Sache seines persönlichen Geschmacks sein, und keine von euch Mädchen — ich wiederhole: keine von euch — wird eifersüchtig auf die sein, die er wählt.«

Fragen und Antworten gingen noch lange hin und her, bis Frances den Tränen nahe war. Sie flüchtete sobald als möglich aus Castle Kilbracken und ging zum See. Sie war nicht so eingebildet, zu glauben, daß der Graf sich für sie entscheiden würde. Viola, wenn auch sehr jung, war so hübsch, charmant und fröhlich, wie es sich ein Mann nur wünschen konnte. Und Clare besaß mit einundzwanzig noch die Frische unschuldiger Jugend und die Sanftheit einer nachgiebigen Frau, trotz ihrer künstlerischen Neigungen. Männer wünschten sich sanftmütige Frauen.

»Eine scheußliche Geschichte!« stieß Frances laut hervor. Sie blickte über den ruhigen See, und plötzlich kam ihr eine Idee: Ich werde dafür sorgen, dachte sie, daß er mich nicht haben will! Er wünscht sich eine geistreiche, charmante, fröhliche Lady. Gut, ich werde eine graue Maus sein — langweilig, schüchtern, eine Null.

Frances strich mit einer Hand über ihr volles Haar, das ihr in wilden Locken über den Rücken fiel. Ihr Vater hatte ihr einmal gesagt, daß es die Farbe des Herbstes im Hochland besaß, eine Mischung aus blond, rot und braun. Das mußte sie unbedingt verbergen. Sie würde die Haarfülle straff nach hinten kämmen und in einem festen Nackenknoten bändigen. Sicher war es zweckmäßig, noch eine Haube darüber zu stülpen. Dazu noch ihr altes, graues, hochgeschlossenes Musselinkleid — das würde wohl genügen, um den Grafen abzuschrecken.

Frances beabsichtigte nicht unbedingt, die Pläne ihres Vaters zu untergraben, doch der Graf würde sicher mit Clare oder Viola glücklich werden. Sie wollte sozusagen nur das Feld etwas einengen und dem armen Mann Zeit und Mühe ersparen.

Lächelnd verließ Frances den See und ging heimwärts. Und, dachte sie, gewissermaßen als Krönung ihrer Idee, ich werde dem Grafen außerdem noch Geld sparen. Ich werde mir nie wünschen, nach London zu einer dieser albernen Saisons zu gehen. Niemals!

2. Kapitel

»Das erinnert mich ein bißchen an die rauhen Hügel von Portugal«, meinte Grunyon. »Sehen Sie dort, Major Hawk, in einiger Entfernung: das muß Loch Lomond sein, und das da, auf der Anhöhe, Castle Kilbracken.«

Der junge Graf von Rothermere überhörte Grunyons militärische Anrede, die sein Diener nur in Momenten voller Streß oder Erregung benützte, und blickte zu dem Kastell aus grauen Steinen mit seinen Zinnen. »Es sieht bröckelig aus.« Er schloß kurz die Augen. »Mein Vater muß vor siebzehn Jahren senil gewesen sein.«

»Seine Lordschaft hat das Kastell nie gesehen«, erwiderte Grunyon und fügte hinzu: »Armes Land.«

Hawk hätte es sicher als ein schönes, wildes und sauberes Land bezeichnet, aber er war müde, irritiert, schmutzig und deprimiert. Er hatte einige Leute gesehen, und die Dörfer, an denen sie vorbeigefahren waren, schienen aus dem vorigen Jahrhundert zu stammen. Es erinnerte ihn auch an Portugal, nicht zuletzt wegen seiner Armut, und er wünschte sich, wieder Major Hawk zu sein. Selbst die Armut von Portugal war dem vorzuziehen, was vor ihm lag. Nicht einmal der Anblick von Loch Lomond, dem größten Frischwassersee in Britannien, konnte ihn aufmuntern.

Grunyon musterte seinen Herrn von der Seite. Er tat ihm leid. Grunyon war vier Jahre lang bei der Armee Bursche des Grafen gewesen, als dieser noch Lord Philip Hawksbury hieß, ein Offizier, auf den Lord Wellington auch in den schlimmsten Zeiten zählen konnte. Sie hatten gemeinsam Schlachten erlebt, hatten mehr Leid und Tod gesehen, als erlaubt sein dürfte, und jetzt steckte der arme Hawk, wie ihn all seine Freunde aus der Armee noch heute nannten, ohne sein Zutun in einer scheußlichen Situation. Und dann war da noch sein Vater, der vielleicht im Sterben lag.

»Ich fühle mich genauso wie nach der Schlacht von Talavera de la Reina«, seufzte der Graf. »Zumindest ebenso schmutzig und müde. Von der damaligen Hochstimmung empfinde ich nichts.«

»Nein, nicht genauso«, erwiderte Grunyon. »Schließlich, junge Ladies sind junge Ladies, mein Lord, und Sie erzählten mir, daß der Marquess sagte, sie wären alle ganz reizend.«

»Senil und vielleicht auch noch blind«, knirschte Hawk. »Wahrscheinlich sind sie genauso reizend wie Macbeths Hexen. Letzten Endes weiß mein Vater nur von Lord Ruthven etwas über ihre angebliche Schönheit. Verdammt noch mal, ich kann es einfach nicht glauben!«

Grunyon versuchte, seinen Herrn abzulenken. Außerdem waren sie beide tatsächlich reichlich schmutzig. »Sie könnten im See baden, mein Lord«, schlug er vor. »Das Wasser sieht gut aus.«

Hawk kratzte sich unwillkürlich an den Rippen. »Das sollte ich tun. Im letzten Gasthaus — wenn man dieses modrige Ding überhaupt als Gasthaus bezeichnen kann — waren Flöhe, davon bin ich überzeugt.«

»Seife habe ich dabei, mein Lord.«

»Ich müßte mich auch rasieren«, überlegte der Graf laut und fügte mit galligem Humor hinzu: »Damit ich mich so ansehnlich wie möglich für meine Hinrichtung präsentieren kann.«

Hawk lenkte seine Kutsche durch das Unterholz, das den See einfaßte. Für den März war der Tag recht warm, die Sonne schien, und das Wasser sah einladend aus.

Frances hatte die letzten drei Stunden Cadmus' einziger Kuh beim Kalben geholfen. Gottlob war alles gutgegangen. Cadmus und Mary brauchten Milch für ihr neues Baby.

Frances war verschwitzt und hatte die Ärmel ihres alten Kleides fast bis zu den Schultern aufgekrempelt. An einem Arm war noch immer getrocknetes Blut.

Sie kniete neben dem See nieder und badete ihren Arm im Wasser. Sophia würde einen Anfall bekommen, wenn sie ihre Stieftochter schmutzig wie eine Bauernmagd sähe.

Frances wollte die Rückkehr ins Haus lieber noch etwas hinausschieben.

Sie rollte die Ärmel herunter, setzte sich auf die Hacken und dachte daran, wie sich ihre Schwestern in den letzten vier Tagen verändert hatten. Viola hatte nur noch ihre Garderobe im Kopf. Am vergangenen Abend trug sie ihr neues, grünes Samtkleid, dessen Farbe zu ihren Augen paßte, und das in den letzten zwei Tagen hastig geschneidert worden war. Selbst Clare schien eitler geworden zu sein, drückte fortwährend an ihren blonden Haaren herum und sprach von der Gurkenlotion, die sie für ihr Gesicht benützte. Nun, wenigstens schien sie nicht mehr das Gefühl zu hegen, daß Frances sie betrogen hätte. Es war schließlich nicht Frances' Schuld, daß Ian Douglas sie und nicht Clare gebeten hatte, ihn zu heiraten. Selbstverständlich hatte sie ihn schnell genug zurechtgewiesen, und jetzt war sein jüngerer Bruder hinter Viola her. Doch nach Vaters Ankündigung sprach Viola natürlich nicht mehr von Kenard. Dafür um so mehr von dem Grafen, bis es Frances zuviel wurde.

»Du willst tatsächlich diesen Mann, diesen Fremden, heiraten?« fragte sie ungläubig ihre Schwester. »Du möchtest Castle Kilbracken und Schottland verlassen?«

»Ja, das will ich.« Viola warf den Kopf zurück. »Ich werde ihn heiraten, Frances, und ja, ich werde Schottland verlassen.«

»Ich würde nicht schon jetzt meine Pläne machen«, warnte Sophia.

»Vielleicht möchte der Graf lieber eine etwas reifere Lady«, warf Clare ein, »eine, die ihre Zunge besser im Zaum hält.«

»Aber Papa sagte, daß der Graf geistreiche und charmante Ladies bevorzugt«, erwiderte Viola selbstbewußt. »Und natürlich schöne. Bin ich nicht mit all diesen Eigenschaften gesegnet, Clare?«

»Diese Feststellung würde ich besser anderen überlassen, anstatt sie selbst zu treffen«, rügte Adelaide.

Viola ignorierte diese milde Kritik und sagte vollkommen ernsthaft zu ihren Schwestern: »Ich werde ihn heiraten, aber ihr braucht euch deshalb keinen Kummer zu machen. Ich werde für euch beide Ehemänner finden, und zwar reiche. Es gibt doch so viele reiche Engländer, nicht wahr, Papa?«

»Wesentlich mehr jedenfalls als in Schottland«, erwiderte Ruthven. Er blickte zu Frances. Sie sah verwirrt aus und tat ihm leid. Er war ja selbst ein wenig durcheinander. Wenn der Graf sich für Frances entschied, würde er das Kind verlieren, das ihm im Temperament am ähnlichsten war, das ihm am nahesten stand, das frei und leicht wie ein Junge neben ihm ritt, mit ihm jagte und schwamm, das Kind ... Er runzelte die Stirn und dachte daran, daß Frances' Verhalten höchstwahrscheinlich einen Gentleman abschrecken könnte. Das durfte er nicht zulassen! Er nahm an, daß der Graf Frances wählen würde und wußte, daß sie sich um ihre Schwestern kümmern würde. Ach, zum Teufel, er war sich wirklich nicht klar darüber, was schwerer war: Frances zu verlieren oder für ihre Zukunft zu sorgen.

»Ich denke, Viola«, unterbrach Clare mit ungewohnt schriller Stimme ihres Vaters Überlegungen, »du solltest nicht so voreilig deinen Sieg verkünden, wie Sophia bereits sagte.«

»Sieg?« wiederholte Frances heftig. »Wir kennen diesen Mann doch gar nicht! Er könnte gräßlich sein, gemein, kleinlich — er könnte alles mögliche sein!«

»Frances!« donnerte Ruthven und blickte seine Tochter erzürnt an. »Das genügt!«

Frances senkte unverzüglich den Blick. Hätte sie doch nur den Mund gehalten, aber ihre verdammte schnelle Zunge ... Sie wünschte keine Diskussion und auch keine Fragen über ihre Gefühle für diesen unbekannten Grafen. Aber jetzt würde sie vom Vater und von ihrer Stiefmutter eine Strafpredigt bekommen.

Doch keiner von beiden hatte ein Wort zu ihr gesagt. Frances seufzte und blickte auf den See. Plötzlich bemerkte, daß die Vögel laut und aufgeregt zwitscherten. Sie musterte prüfend ihre Umgebung. War vielleicht ein wandernder Kesselflicker in der Nähe? Nein, es war keiner. Frances' Augen weiteten sich beim Anblick eines Mannes — nackt wie eine Statue, aber ohne das übliche Feigenblatt —, der über einige Felsbrocken am Seeufer kletterte. Lieber Himmel, er wollte ins Wasser steigen! Sie könnte ihm erzählen, daß das Wasser, so einladend es auch aussah, kalt genug war, um einiges an ihm gefrieren zu lassen … Frances verschluckte sich fast bei diesem Gedanken.

Wenn Clare ihn sehen würde! Falls sie nicht schockiert in Ohnmacht fiele, würde sie ihn mit Begeisterung malen. Er war schön, groß und muskulös, seine Beine lang und gut geformt. Sein rabenschwarzes Haar, die olivfarbene Haut und die dunklen Haarbüschel auf seiner breiten Brust hatten etwas Erregendes an sich.

Frances hatte schon früher nackte Männer gesehen — nein, das waren eigentlich Jungen gewesen, die im See schwammen. Dieser Mann jedoch war kein Junge mehr. Sie sah, wie er ins Wasser tauchte, aber schnell und prustend wieder an die Oberfläche kam. Doch anstatt rasch aus dem kalten See zu flüchten, fing er ein Stück Seife auf, das ihm ein anderer, etwas plumper Mann vom Ufer aus zuwarf.

Frances bekam eine Gänsehaut, als er sich wieder in das eisige Wasser duckte. Wer war dieser Mann? Und plötzlich wußte sie es. Er drehte sich in dem Moment um und watete zum Ufer. Sie sah den langen, kräftigen Rücken, den festen Hintern. Sie hörte ihn etwas zu dem anderen Mann am Ufer, der ein Handtuch hielt, sagen. Dann vernahm sie sein volles, tiefes Lachen, und es klang, als amüsierte er sich über sich selbst.

Der Graf von Rothermere war also angekommen! Frances lief rasch zum Castle zurück und wußte, daß sie keinen Kobold gesehen hatte.

Hawk und Grunyon erreichten Castle Kilbracken eine Stunde später. Hawk brachte die müden Pferde vor dem großen, grauen Steinbau zum Stehen und blickte sich suchend nach den Ställen um. Er entdeckte seitlich ein langes, schmales Gebäude mit einem Schieferdach, das im Sonnenschein glänzte. Etwa ein Dutzend Küken piepsten und flatterten aufgeregt umher, als die Kutsche ankam, zwei Kühe sahen sich ein wenig interessiert danach um, und eine Gruppe von Schweinen grunzte unmutig über den durch die Wagenräder aufgewirbelten Staub.

Hawk stieg von der Kutsche herunter und sah zwei Frauen in groben Wollkleidern, die ihn musterten. Dann sagte die eine hinter vorgehaltener Hand etwas zu der anderen, worauf die kicherte.

»Kümmern Sie sich um die Kutsche, Grunyon«, ordnete der Graf an. »Hier scheint niemand aufzutauchen, der helfen würde.« Verdammt, dachte er, das sieht ja alles recht unzivilisiert aus!

Plötzlich kam ein großer Mann, der zweifellos Autorität ausstrahlte, durch die große Eingangstür des Kastells. Er trug grobe, anscheinend oft benützte Reitkleidung, seine schwarzen Stiefel waren staubig.

Sie blickten einander einen Moment an, dann rief der Mann laut: »Rothermere?«

Das ist also der Graf von Ruthven, dachte Hawk und bemühte sich, ein freundliches Lächeln zu zeigen. »Ja«, erwiderte er, ging vorwärts und ergriff Ruthvens ausgestreckte Hand. Eine starke Hand, stellte er fest.

»Ihr Mann?« Der Hausherr blickte fragend zu Grunyon.

»Ja.«

Darauf schrie Ruthven: »Ethelard!« Ein struppiger Junge kam hinter dem Stall hervorgestürzt. »Kümmere dich um die Pferde, Junge! Sie, mein Lord, und Ihr Mann kommen mit mir.«

Hawks folgte dem Grafen von Kilbracken durch die große Eichentür in eine weitläufige, alte Halle, deren hohe Decke aus vollkommen schwarzen Balken bestand. In dem riesigen Kamin hätte man einen ganzen Ochsen braten können. Antike Rüstungen standen umher, an den Wänden hingen Waffen zwischen großen Leuchtern. Hawk fühlte sich direkt in die Vergangenheit versetzt. Er zeigte mit der Hand rundum und fragte: »Wie alt ist Kilbracken?«

»Es wurde im sechzehnten Jahrhundert, zur Zeit James IV., erbaut«, erklärte Ruthven und wandte sich an einen triefäugigen Mann, der vollkommen still hinter ihnen aufgetaucht war. »Tottle, kümmere dich um den Mann Seiner Lordschaft. Gib ihm zu essen, und zeige ihm das Zimmer seines Herrn.«

»Jawohl«, erwiderte Tottle.

»Hat wieder getrunken, verdammt noch mal«, brummte Ruthven, bevor er Hawk aufforderte: »Kommen Sie, mein Lord, die Ladies sind alle im Wohnzimmer.« Er führte seinen Gast zu einer weiteren Doppeltür, öffnete sie und verkündete: »Der Graf von Rothermere.«

Hawk sah drei weibliche Augenpaare auf sich gerichtet. Eine der Frauen stand auf und kam lächelnd auf ihn zu. »Ich bin Lady Ruthven. Willkommen im Castle Kilbracken und in Schottland, mein Lord.« Eine Engländerin, dachte Hawk, und hoffte inständig, daß die Töchter ebenfalls ein klares Englisch sprechen würden.

Er küßte die dargebotene Hand und sagte irgend etwas Höfliches. Die Lady war wesentlich jünger als Ruthven, etwa Mitte Dreißig, vermutete er, und recht hübsch. Sie hatte braunes Haar, große, braune Augen, und, wie er anerkennend bemerkte, einen sehr eindrucksvollen Busen.

Er wurde Clare vorgestellt und fand sie ausgesprochen liebenswürdig. Clares künstlerisch interessierte Augen sahen einen großen Mann vor sich, mit einer sehr energischen Kinnpartie. Kein einfacher Mann, dachte sie, aber hübsch. »Mein Lord«, begrüßte sie den Gast, und Hawk küßte auch ihre schmale, durch die Gurkenlotion besonders weiß gewordene Hand.

Hawk mußte ein kleines Lachen unterdrücken, als er Viola vorgestellt wurde, einem kleinen Racker mit leuchtenden, grünen Augen. »Mein Lord«, säuselte sie mit schmeichelnder Stimme, »ich — wir — haben Ihre Ankunft mit großem Interesse erwartet. Ich möchte gern alles über die gute Gesellschaft erfahren.« Viola sah, daß der Graf etwas zurückschreckte und dachte selbstzufrieden: Ich habe ihm gezeigt, daß ich kein provinzieller Niemand bin. Er wird erkennen, daß ich perfekt in sein Leben passe.

»Ich werde Ihnen alles, was ich weiß, erzählen«, erwiderte

Hawk und lächelte unwillkürlich über dieses charmante Bündel aufblühender Weiblichkeit.

»Und hier ist Frances«, schaltete sich Sophia wieder ein und wandte sich zu ihrer mittelsten Stieftochter um, die gerade in den Raum geschlüpft war. Erschrocken blickte sie auf Frances und hörte einen unterdrückten Laut von ihrem Ehemann. Fast hätte sie lachen müssen.

Der Graf von Rothermere zeigte nicht, was er dachte, als er die dritte Tochter betrachtete. Aber als er ihre braune, etwas rauhe Hand sah, war er froh, daß wenigstens zwei Töchter einen zweiten Blick wert waren. Lieber Himmel, diese eine sollte ins Klosett eingesperrt werden, am besten in ein Wasserklosett. »Erfreut«, sagte er nur kurz.

Frances nickte lediglich, schwieg und hob nicht einmal den Kopf, um ihn anzusehen.

Wie ist diese Erscheinung nur möglich, fragte sich Hawk, als er Frances beobachtete, die von ihm weg ging. Ihr Haar war straff zurückgekämmt und im Nacken zu einem festen Knoten zusammengepreßt. Ihre Augen sahen wie kleine Rosinen hinter den entstellenden Gläsern ihrer häßlichen Brille aus. Und ihr Kleid war unförmig und von schrecklicher, brauner Farbe.

Sowie Hawk ihre Hand losließ, ging Frances zu dem Stuhl, den sie vorsorglich schon am frühen Morgen in eine Ecke gestellt hatte. Sie setzte sich, nahm ihre Stickerei auf und blickte verstohlen zu dem Grafen von Rothermere. Er sprach mit ihrem Vater, und Viola und Clare blickten ihn an, als wäre gerade ein griechischer Gott auf die Erde gekommen.

Plötzlich stand Sophia vor ihr. »Das ist nicht im geringsten amüsant, Frances«, tadelte sie.

Frances schwieg.

»Du siehst aus wie eine ...« Sophia fehlten die Worte. »Was hast du dir dabei eigentlich gedacht?«

»Bei was?« erkundigte sich Frances und versuchte, mutig auszusehen. Sie streckte das Kinn hoch. »Adelaide hat uns immer gesagt, gute Lords lieben uns wegen unserer inneren Werte, nicht wegen unseres Äußeren.«

»Wir sprechen nicht über Theologie, Frances!« schnaubte Sophia. »Dein Vater wird dich für das verprügeln, junge Lady, darauf kannst du dich verlassen!«

Sophia erinnerte sich an ihre Aufgabe als Gastgeberin und ging von Frances weg. Sie sah, daß Viola und Clare zu ihrer Schwester blickten und hörte Viola kichern. Mit einem strafenden Blick brachte Sophia die Jüngste zum Verstummen. Sie schloß einen Moment die Augen. Was war nur in Frances gefahren? Wo, zum Teufel, hatte sie diese entsetzliche Brille gefunden? Und was hatte sie nur mit ihrem Haar angestellt! Die alte Spitzenhaube, die sie darüber gestülpt hatte, mußte sie aus der Truhe ihrer Mutter gestohlen haben, ebenso das Kleid, das mindestens zwanzig Jahre alt war. Sophia bemerkte, daß ihr Gatte ebenfalls verständnislos und ärgerlich zu Frances blickte.

Den Tee servierte Tottle, der nach Hawks Ansicht ein Relikt aus dem vorigen Jahrhundert zu sein schien. Er dachte an Shippe, den vornehmen Butler seines Vaters, und schauderte. Er konnte kaum glauben, was sich hier tat, und brachte es nicht fertig, die beiden anderen Töchter näher zu betrachten, außer Viola. Es war unmöglich, sie zu übersehen. Sie war jung, so schön wie andere junge Ladies in London, blickte ihn bewundernd und fast ehrfürchtig an.

Die Unterhaltung verlief ziemlich steif und formell. Hawk antwortete zwar höflich, aber kaum mit dem Charme, für den er bekannt war. Irgendwie kam er sich wie ein Tier auf dem Hackklotz vor, das seinem Schlachter zulächelte.

Erstaunlicherweise sprachen die Ladies alle ohne schottischen Akzent. Nur der Graf von Ruthven mischte schottische Ausdrücke in sein Englisch.

»Entschuldigen Sie bitte, was sagten Sie?« fragte Hawk, als er plötzlich merkte, daß ihn die Gräfin von Ruthven angesprochen hatte.

»Bitte, nennen Sie mich Sophia, mein Lord. Ich erwähnte gerade, daß Clare so etwas wie eine Malerin ist.«

Nun, das ist wenigstens etwas, dachte Hawk und stellte fest, daß Clare bei näherem Hinsehen noch hübscher wirkte. »Was malen Sie denn?« erkundigte er sich.

»Meistens Menschen, mein Lord.«

»Ah«, meinte Hawk.

Frances blickte zu dem Gast, aber durch die schreckliche Brille konnte sie ihn nur verschwommen sehen. Deshalb ließ sie die Gläser auf ihre Nasenspitze hinunterrutschen und schielte darüber hinweg. In diesem Moment sah Hawk zu ihr herüber, und sie bemerkte, wie er bei ihrem Anblick zusammenzuckte. Sie schielte daraufhin noch bewußter und lächelte still vor sich hin.

Hawk tat das arme, häßliche Mädchen, das sein ganzes Leben von Schönheiten umgeben war, irgendwie leid.

»Erzählen Sie uns von Seiner Lordschaft«, bat jetzt der Hausherr. »Geht es ihm gut?«

»Nein, Sir«, berichtete Hawk mit gequältem Gesichtsausdruck, »er ist im Moment sehr krank.«

»Verdammt.« Ruthven war sichtlich bestürzt und fuhr sich mit den Fingern durch sein dichtes Haar. Dann blickte er Hawk lange schweigend an und nickte. Ihm war klar, warum der junge Mann hier war. Der Marquess von Chandos wollte seine Ehrenschuld bezahlen, bevor er starb. Aber irgend etwas daran kam ihm doch merkwürdig vor, sehr merkwürdig sogar. Er stand auf und wandte sich an Sophia: »Ich werde jetzt Seiner Lordschaft sein Zimmer zeigen. Außerdem habe ich Alex versprochen, daß er unseren Gast begrüßen darf«, sagte er.

Bereitwillig erhob sich Hawk, bedankte sich bei seiner Gastgeberin, nickte jeder der Töchter zu und folgte dem Grafen von Ruthven aus dem Wohnzimmer. Während sie die Treppe hinaufgingen, erkundigte sich der Hausherr ohne Umschweife: »Sie sind hier, weil Sie schnell heiraten wollten?«

»Ja. Mein Vater möchte meine Braut noch unbedingt sehen, bevor er stirbt. Die Hochzeit muß so bald wie möglich stattfinden.«

»Ah«, erwiderte Ruthven. »Es tut mir sehr leid, mein Lord. Ich hege große Zuneigung für Ihren Vater.« Er schwieg einen Moment, bevor er fragte: »Kam seine Krankheit sehr plötzlich?«

»Ja, sehr schnell. Eine Stauung in seiner Lunge.«

Ruthven sagte nichts und wunderte sich ein wenig. Der Bote, den Chandos vor fünf Tagen schickte, hatte nichts von irgendeiner Krankheit gesagt, und der Marquess hatte nur geschrieben, daß sein Sohn bald nach Schottland kommen würde. Das alles war doch recht sonderbar. Schließlich wollte er wissen: »Sie sind also, da Ihr Vater erkrankte, in einer gewissen Eile?«

»Ich fürchte, ja.« Hawk atmete tief ein. »Ich habe nicht die Absicht, Sie, mein Lord, oder Ihre Familie zu kränken, aber ich muß meine Wahl schnell treffen, damit mein Vater seine Schwiegertochter noch sieht, bevor er ... Ja. Ich gab mir für meine Wahl drei Tage, weitere vier für die Hochzeitsvorbereitungen, dann geht es zurück nach England.«

»Ihr Vater ist sehr stolz auf Sie. Er schrieb mir von all Ihren Heldentaten. Sie waren mit Wellington auf der Pyrenäenhalbinsel, nicht wahr?«

»Das stimmt. Als ich ausmusterte, war da noch ein ziemliches Chaos. Gerüchte tauchten auf, daß Napoleon einen Einmarsch in Rußland plant.«

»Hier ist mein Sohn Alex«, unterbrach Ruthven seinen Gast, als sie zu der offenen Tür des Kinderzimmers kamen. Der Junge, der dort stand, sah seinem Vater sehr ähnlich und blickte Hawk mit seinen grauen, klaren Augen offen an. »Tu dein Bestes«, ermahnte der Vater seinen Sohn und lächelte auf ihn hinunter.

»Wie geht es Ihnen?« erkundigte sich Alex sehr formell und streckte seine etwas schmutzige Hand aus.

»Ich lebe, Alex«, erwiderte Hawk lächelnd und schüttelte die Kinderhand.

»Wie ich sehe, hat Adelaide dich doch nicht gesäubert, Alex. Zweifellos vor lauter Aufregung wegen der Mädchen«, stellte Lord Ruthven fest.

»Violas neues Kleid hat Adelaide fast blind gemacht«, erwiderte der Junge nun mißbilligend. »Sie hätten Violas Getue vor dem Spiegel sehen sollen ... So ein albernes Ding!«

»Ich denke, das genügt«, meinte der Vater. »Verabschiede

dich jetzt. Adelaide will sicher mit dem Unterricht beginnen. Du kannst Seine Lordschaft später besser kennenlernen.«

»Jawohl.«

Hawk beobachtete Alex, der den langen Korridor entlanglief. »Sie sind sehr glücklich zu schätzen, Sir. Ein feiner Junge.«

»Ja, das ist er«, bestätigte Ruthven. »Und das hier ist Ihr Zimmer. Marta hat es für Sie hergerichtet.«

»Nennen Sie mich Hawk.« Als Ruthven ihn fragend ansah, erklärte der junge Graf: »Ein Name, der mir noch von der Armee her blieb. Rothermere war so lange meines Bruders Name, daß ich mich noch nicht an ihn gewöhnen kann.«

»Ach ja, Nevil. Ein Jammer.« Der Hausherr ging in das Zimmer und trat zur Seite, um Hawk einzulassen.

Das ist ein wunderschöner Raum, dachte Hawk, und blickte auf die dunkel getäfelten Wände, den dunklen Kamin und das riesige Bett, das mitten im Zimmer stand. Sonst gab es nur noch eine alte Rüstung an einer Wand, einen Lehnsessel vor dem Kamin und einen schmalen, schon etwas ausgeblichenen roten Wollteppich auf dem Fußboden.

»Das ist Frances' Zimmer.« Ruthven beobachtete aufmerksam die Wirkung seiner Erklärung.

Hawk wandte sich um und blickte seinen Gastgeber verblüfft an.

Nichts in dem Raum wies darauf hin, daß er von einer jungen Lady benutzt wurde. Natürlich, dachte Hawk, Frances ist ein so bedauernswertes, armes Ding. Wahrscheinlich will sie gar keinen Spiegel, damit sie sich nicht ansehen muß.

»Ich verlasse Sie jetzt und sehe zu, daß Ihr Mann heraufgeschickt wird. Abendessen ist hier früh, um sechs Uhr.« Ruthven nickte und ging aus dem Zimmer. Er hatte sehr wohl in Hawks Gesicht lesen können, was er dachte.

Ich bringe Frances um, nahm er sich vor, während er die Treppe hinunterstieg. Ich drehe ihr den Hals um und schüttle sie, bis ihre Zähne klappern! Ich verprügle sie, bis sie nicht mehr sitzen kann!

Plötzlich mußte er laut lachen. Bei Frances wußte man wirklich nie, was man von ihr zu erwarten hatte. Zumindest langweilte sie einen nicht, das verdammte Mädchen!

3. Kapitel

Frances hatte bereits die Küchentür erreicht und die Freiheit in Sicht, da hörte sie den lauten Ruf ihres Vaters: »Frances!«

Ihre Hand umspannte den Türgriff, und ein Fuß bewegte sich vorwärts.

»Frances, wenn du noch einen einzigen Schritt machst, bringe ich dich um!« brüllte Ruthven.

Angus, ihr Förster, Donald, der Stalljunge, und Doris, die Köchin, sagten keinen Ton, beobachteten jedoch verstohlen Vater und Tochter.

»Ja, Papa?« erkundigte sich Frances unschuldig und drehte sich um. »Wünschst du etwas?«

»Wünschst du etwas?« äffte Ruthven sie nach und kam vorwärts. »Komm mit mir, Mädchen.«

»Also, Papa, ich ...«

»Halt die Klappe, Frances!« fauchte der Graf, packte ihren Arm und zog sie zur Tür hinaus. Erst, als sie den Stall bereits hinter sich hatten, ließ er Frances' Arm los und sah sie wütend an. »Was, zum Teufel, glaubst du eigentlich, was du da tust?« Er blickte auf die schreckliche Brille und schauderte.

Frances streckte das Kinn hoch. »Ich will diesen Engländer nicht heiraten, Papa, und ich werde ihn nicht heiraten! Ich will nur sichergehen, daß er keinen zweiten seiner arroganten Blicke auf mich richtet.«

»Arrogant? Rothermere?« protestierte Ruthven. »Er ist ein prächtiger Bursche! Sicher, ein bißchen steif, aber das kann ich ihm nicht verübeln. Schließlich ist er nicht aus eigenem Antrieb hergekommen, um sich eine Frau zu suchen. Außerdem, du dummes Ding, ist sein Vater todkrank. Wie würdest du dich da fühlen? Fröhlich und überschäumend vor Temperament?«

Frances seufzte. Die Erkrankung von Rothermeres Vater

tat ihr gewiß leid, aber das hatte schließlich nichts mit ihr zu tun. Sie hob den Kopf, so daß die Brille auf die Nasenspitze rutschte. »Papa, ich will nicht heiraten. Ich wünsche weder dich noch Kilbracken zu verlassen. Ich gehöre hierher. Bitte, Papa!«

Das brachte Ruthven etwas aus dem Konzept, aber nur für einen Moment. »Wieso glaubst du überhaupt, daß er dich noch ein zweites Mal ansehen würde? Du bist ganz schön eingebildet, mein Mädchen, und auch nicht besser als Viola.«

»Ich weiß.« Frances setzte sich mitten in einen Heuhaufen. »Aber ich will es einfach gar nicht erst darauf ankommen lassen.« Sie fühlte sich unbehaglich, weil ihr Vater lange Zeit nichts erwiderte. Ein Wutanfall wäre ihr lieber gewesen. Dann zeigte sie mit der Hand auf die Umgebung. »Würdest du das alles verlassen wollen, Papa?«

»Ich wünsche mir das Beste für dich, Frances.«

»Na, dieser Mann ist das bestimmt nicht!« entgegnete sie mit unterdrücktem Ärger. »Oh, er sieht gut aus, das gebe ich zu, aber er ist ein Engländer, Papa. Ein Engländer! Bestimmt hält er uns alle für Barbaren.«

»Mit eurer vorzüglichen britischen Aussprache? Kaum, mein Mädchen. Ich wünsche jedenfalls, daß du so, wie du wirklich bist, zum Abendessen erscheinst.«

»Nein!«

Ruthven hatte selten Widerspruch von seiner Lieblingstochter in all ihren neunzehn Jahren erlebt und blickte sie prüfend an. Dann sagte er: »Weißt du überhaupt, wie gräßlich du aussiehst?«

»Natürlich. Ich habe es ja vor dem Spiegel ausprobiert, bevor ich ihn aus meinem Schlafzimmer schaffte.«

»Und du weigerst dich tatsächlich, mir zu gehorchen, Frances?«

»Bitte, Papa!« Frances stand auf und ergriff seine Hände. »Bitte, bestehe nicht darauf! Er würde mich ohnehin nicht wollen. Hast du nicht gesehen, wie er Viola anblickte? Sie ist jung, schön und lebhaft, und du sagtest doch, daß der Graf solche Ladies bevorzugt. Ich würde ihn ganz elend machen, das weißt du. Sogar Clare wäre für ihn erfreulicher als ich. Sie wäre ein Gewinn, sie könnte all seine Freunde malen. Denk doch an den armen Mann, Papa.«

Ruthven dachte an den armen Grafen. Er liebte auch seine beiden anderen Töchter, aber sie waren nicht Frances. Sie würden Hawk nicht im entferntesten glücklich machen, und wenn er nicht glücklich war, wie könnten sie es dann sein? Im Gegensatz zu Frances kannte Ruthven den Charakter des Grafen von Rothermere, zumindest aus der Sicht des Marquess. Nun, er wollte darüber nachdenken. Zu Frances sagte er: »Zieh wenigstens etwas anderes an, und nimm diese fürchterliche Brille ab.«

»Gut, Papa.«

»Und benimm dich, wie es sich gehört.«

»Ja, Papa.«

Ruthven blickte seine Tochter mißtrauisch an und seufzte. Frances war normalerweise nicht so unterwürfig. Er kannte sie viel zu gut und befürchtete, daß sie wieder irgend etwas im Sinn hatte. »Ich sehe dich später, Frances.« Damit verabschiedete er sich und ging davon. Was sollte er tun? Nach zwei Gläsern seines besten Sherry nahm er sich vor, Graf von Rothermeres Benehmen sehr genau zu beobachten und dann zu entscheiden, ob er es wert war, Frances zu bekommen. Wenn ja, dann würde er handeln.

Beim Abendessen saß Ruthven in seinem hochlehnigen Stuhl am Kopf der Tafel. Während Viola und Clare bezaubernd aussahen in ihren hübschen Garderoben, hatte sich Frances ein fahlgelbes Kleid angezogen, das sie so blaß machte, als würde sie krank werden. Ruthven konnte nur den Kopf schütteln.

Der Graf von Rothermere wirkte in seinem schwarzen Abendanzug sehr elegant. Viola hielt bei seinem Eintritt förmlich die Luft an, und Clare wünschte sich, ihn in diesem Aufzug malen zu können.

Hawk setzte sich rechts neben Ruthven und ließ das Essen, das nicht unbedingt nach seinem Geschmack war und von dem nicht gerade blitzsauber angezogenen Tottle serviert wurde, höflich über sich ergehen. Er konnte sich noch immer nicht dazu entschließen, die drei Mädchen genauer zu betrachten, blickte schließlich zu dem farbigen Ruthvenschen Wappenschild, das an der Wand angebracht war, hoch und las: Vivit Post Funera Virtus.

Ruthven, der ihn beobachtet hatte, erklärte: »Ein gutes Motto: ›Tugend überlebt das Grab.‹ Natürlich ein Unsinn, aber unsere Vorfahren hatten hohe Ideale. Die Löwen mit den mehrfach gespaltenen Zungen bewachen die Krone. Sie sehen zwar edel und stark genug aus, doch unsere Geschichte widerlegt das.«

Hawk nickte nur höflich.

»Was ist denn Ihr Familienmotto, mein Lord?« erkundigte sich Clare.

»›Mit einer starken Hand‹ — manu forti.«

»Das sieht den Engländern ähnlich«, brummelte Frances vor sich hin. »Richtiger wäre: ›Mit einer starken Faust‹.«

»Was sagtest du, Frances?« wollte Ruthven wissen, erfreut darüber, daß sie endlich einmal den Mund aufmachte.

Frances beschäftigte sich weiter mit ihrer Suppe und erwiderte nur: »Nichts, Papa.«

Hawk blickte zu dem Mädchen. Sie trug zwar nicht mehr diese fürchterliche Brille, aber ihr Haar sah wie ein Vogelnest unter dieser gräßlichen Haube aus. Er fragte sich, ob sie überhaupt ihre Suppe sehen konnte, und bemerkte verwundert, daß Adelaide recht amüsiert Frances betrachtete. Er wußte, daß er endlich anfangen mußte, sich intensiver mit den drei Töchtern zu beschäftigen. Die Zeit drängte. Morgen wollte er mit jedem der Mädchen einzeln sprechen.

Höflich beantwortete er eine Frage Violas und wandte sich dann an Clare: »Ich würde gern Ihre Bilder sehen.«

Clare stimmte bereitwillig zu. Um Frances nicht völlig zu ignorieren, erkundigte er sich: »Was macht Ihnen denn besonderen Spaß, Lady Frances?«

Frances war ärgerlich.

Dieser arrogante Bursche spielte eine Schwester gegen die andere aus! »Nichts«, erwiderte sie fast schnippisch und sah ihn dabei an.

Rasch erklärte ihr Vater: »Frances spielt sehr gut auf dem Piano und singt auch recht hübsch.«

»Ich würde Sie gern hören, Lady Frances. Vielleicht nach dem Essen?« Man sah Hawk nicht an, daß er gelangweilt dachte: Himmel, das ist ja schlimmer als eine ganze Londoner Saison mit all diesen törichten, kleinen Debütantinnen, die versuchen, einen guten Eindruck auf die Gentlemen zu machen.

»Eine großartige Idee«, stimmte Sophia zu und blickte Frances durchdringend an.

Nachdem das Essen beendet war, forderte Ruthven seinen Gast freundlich auf: »Gehen wir mit den Ladies ins Wohnzimmer, Hawk.«

Hawk? Frances hätte gern gewußt, wie er zu diesem Spitznamen kam.

Clare brachte verschiedene ihrer Bilder, die Hawk wirklich gut fand und ehrlich loben konnte. Ein hübsches Porträt, das erst kürzlich gemalt worden war, zeigte eine lachende Viola mit Blumen im Schoß, doch es gab kein Bild von Frances. Wahrscheinlich würden die Ölfarben gerinnen, dachte Hawk, wenn sie dazu benützt werden sollten, dieses Mädchen zu malen.

Viola unterhielt den Gast charmant mit amüsanten Lokalgeschichten. Hawk lachte. Das Mädchen hatte Witz und war recht drollig. Er hätte lieber ihr noch ein wenig länger zugehört als Frances, die nun von ihrem Vater mit so strenger Stimme zum Spielen aufgefordert wurde, daß Hawk ihn erstaunt ansah.

Frances ging mit gesenktem Kopf zum Piano, setzte sich und ließ die Schultern nach vorn hängen. Im nächsten Moment zuckte Hawk zusammen. Ihre Stimme war entsetzlich hölzern, und wenn sie hohe Töne zu singen hatte, klang das derart schrill, daß er befürchtete, einige der herumstehenden Gläser würden zerspringen. Außerdem sang sie teilweise auch noch falsch.

Trotzdem applaudierte er pflichtschuldig, als Frances aufhörte, aber weder Ruthven noch Sophia zollten ihr irgendeinen Beifall.

Viola kicherte, und Clare sah Frances sehr merkwürdig an. Keiner bat um eine Zugabe.

Hawk stand auf und sagte mit ausdruckloser Stimme: »Vielen Dank, Lady Frances.« Dann wandte er sich an Sophia. »Madam, ich bedanke mich für den charmanten Abend und das vorzügliche Essen. Ich fürchte nur, ich bin von der langen Reise sehr erschöpft. Darf ich Ihnen allen eine gute Nacht wünschen?«

Grunyon wartete im Schlafzimmer seines Herrn und erkundigte sich neugierig: »War es ein unterhaltsamer Abend, mein Lord?«

»Es war entsetzlich!« Hawk ging zu einem der Fenster, zog die Brokatvorhänge zurück und blickte deprimiert hinaus in die Dunkelheit.

Frances, die in Violas Schlafzimmer einquartiert war, versuchte einzuschlafen, aber es gelang ihr nicht. Viola zündete die Kerzen auf ihrem Toilettentisch an, trug den Leuchter zum Bett und stellte ihn auf den kleinen Nachttisch.

»Komm, Frances, ich weiß, daß du wach bist. Oh, da kommt Clare.«

Frances gab auf und setzte sich, sowie Clare die Schlafzimmertür leise hinter sich geschlossen hatte.

»Papa ist wütend auf dich, Frances«, berichtete Clare, »und Stiefmama ebenfalls. Nur Adelaide sitzt bloß da und lächelt.«

Viola und Clare setzten sich auf das Bett, wie sie es als Kinder getan hatten, wenn sie ihre heiße Schokolade tranken. Aber jetzt war alles anders. Frances seufzte.

»Warum hast du das getan?« fragte Viola. Da Frances nicht gleich antwortete, fuhr sie fort: »Ich versteh dich nicht. Der Graf sieht blendend aus, das konntest du bestimmt trotz deiner schrecklichen Brille sehen.«

Frances zog ihren dicken Zopf über die Schulter und begann, ihn aufzuflechten. »Ja, das stimmt«, erwiderte sie schließlich, »doch das hat nichts damit zu tun, Viola.«

Clare zog ihren Morgenrock enger um den Körper. »Ich weiß, du warst entsetzt, als Papa uns von der Ehrenschuld und alledem erzählte, aber ich dachte, du wärst vernünftig geworden.«

»Ich bin vernünftig.«

Viola schwärmte weiter. »Er ist reich, besitzt einen Titel und hat alles, was sich ein Mädchen von einem Ehemann erhoffen kann.«

»Er will nichts mit uns zu tun haben, Viola«, wandte Frances ärgerlich ein. »Er muß einer von uns seinen Antrag machen. Wie kannst du dir wünschen, einen Mann zu heiraten, der dich nicht liebt und sich überhaupt nicht um dich kümmert!«

»Du bist eine dumme Romantikerin«, tadelte Clare. »Lieber Himmel, ich bin die einzige, die Poesie liebt, aber ich sehe ein, daß eine Ehe mit all diesen hochfliegenden, träumerischen Sentimentalitäten nichts zu tun hat.«

»Papa liebte unsere Mutter«, beharrte Frances.

»Frances, das hat nichts mit uns zu tun! Nun, ich habe nichts dagegen, daß du dich wie eine Hexe zurechtmachst«, erwiderte Viola. »Das erleichtert dem Grafen die Entscheidung. Er braucht jetzt nur noch zwischen Clare und mir zu wählen.«

»Er ist schrecklich groß und dunkel.« Clare schauderte.

»Wenn du mit deinem Kichern aufhören würdest, Viola, dann würdest du begreifen, daß er auch kalt und arrogant ist«, behauptete Frances hitzig.

»Er ist eben nicht gern hier, das ist es«, erklärte Viola leichthin. »Wenn er einmal verheiratet ist, wird sich das alles ändern. Außerdem: was haben wir für eine Wahl? Keine, sage ich dir! Da sind auch noch die tausend Pfund vom Vater des Grafen, die Papa für die Heirat erhält.«

»Das ist gemein!« protestierte Frances.

»Gut, ich will dir deinen Abscheu gar nicht ausreden.« Viola lächelte. »Ich will einen reichen Mann heiraten, will jemand sein. Was kann eine Frau sonst noch erwarten?«

Das stimmt schon, dachte Frances, aber es war nicht fair. »Das ist nicht fair«, wiederholte sie laut. »Wir sollten das tun dürfen, was wir selbst wollen.«

Clare schüttelte den Kopf. »Ich verbringe meine Zeit mit

meiner Malerei und der Poesie. Viola hat Spaß am Flirten und an ihrer Stickerei. Du, Frances, vertreibst dir den Tag mit Tieren, mit Schwimmen, mit Wanderungen über die Hügel. Aber das ist nicht genug. Eine Frau muß heiraten, oder sie gilt von Jahr zu Jahr immer weniger. Man bemitleidet sie, und sie wird eine Belastung für ihre Familie. Ich bin durchaus deiner Ansicht, Frances, daß das nicht fair ist, aber etwas anderes gibt es nicht.«

»Und der Graf von Rothermere ist der vornehmste Gentleman, der uns zur Verfügung steht«, ergänzte Viola die Ausführungen Clares. »Ich weiß, Papa hat nicht genug Geld, um uns nach Edinburgh oder gar nach London schicken zu können, damit wir verschiedene Männer kennenlernen können.« Plötzlich kicherte sie und warf ein Kissen nach Frances. »Wir sollten dir deine Ansichten nicht ausreden. Himmel, der arme Mann hätte eine schwere Zeit, wenn er sich zwischen drei gleich schönen Töchtern entscheiden müßte.«

Frances musterte ihre beiden Schwestern. »Clare, würdest du den Grafen gern heiraten, wenn er dich wählte?«

»Ja. Ja, das würde ich. Ich würde sogar das — das andere ertragen. Vor allem Gentlemen mit einem Titel brauchen einen Erben.«

»Und wozu ist eine Frau sonst noch gut?« fragte Frances erbittert.

»Ich habe Kenard geküßt, aber das bedeutete mir nichts«, erzählte Viola. »Ich wette, der Graf mit seinen Erfahrungen ist bestimmt besser als Kenard. Und noch etwas anderes, ihr zwei: vornehme Gentlemen sind dazu erzogen, behutsam mit den Gefühlen ihrer Frauen umzugehen bei gewissen Dingen, von denen Adelaide sprach. Sie sind nicht wie Tiere zu ihren Ehefrauen.«

»Das paßt doch nicht zusammen, Viola«, schalt Frances. »Willst du nun, daß dich der Graf leidenschaftlich küßt, oder willst du, daß er ein behutsamer Ehemann ist?«

»Ich weiß nicht«, gab Viola zu. »Jedenfalls sieht er fabelhaft aus. Und denke doch nur an all den Spaß! Gesellschaften, Feste, Bälle! Ich hoffe nur, ich rede dir deine Brille nicht aus.«

»Nein, Viola, das kannst du gar nicht.« Frances schlug mit der Faust auf ihr Kissen. »Das alles ist einfach gräßlich! Ich wünschte ...«

Viola und Clare blickten sie erwartungsvoll an. Frances atmete tief durch und fuhr dann fort: »Ich wünschte, ich könnte einem Mann begegnen, den ich respektieren und gern haben kann ... vielleicht sogar lieben.«

Ein leises Klopfen an der Tür ließ die drei auseinanderfahren. Adelaide spähte ins Zimmer und lächelte. »Wie hübsch du aussiehst, Frances«, meinte sie hintergründig. »Ich höre den Grafen im Zimmer hin- und hergehen. Das kann ja alles noch interessant werden, sogar sehr interessant. Jetzt gute Nacht, ihr Mädchen. Komm, Clare.«

Clare schlüpfte gehorsam aus dem Bett und folgte Adelaide aus dem Schlafzimmer.

»Gut«, meinte Viola und gähnte. »Ich möchte keine Ringe unter die Augen bekommen. Laß uns schlafen, Frances. Und ich wäre dir dankbar, wenn du in der Nacht nicht um dich schlagen würdest.«

Innerhalb von fünf Minuten war Viola eingeschlafen. Frances lag noch lange wach und starrte in die Dunkelheit. Etwas mehr, dachte sie, da muß noch etwas mehr sein.

Der Graf von Rothermere war an diesem Vormittag früh mit dem Hausherren durch die Gegend und zum See geritten, hatte mit dem kleinen Alex, der ihnen auf seinem Pony begegnete, ein paar freundliche Worte gewechselt und stand nun vor der unangenehmen Pflicht, einzeln mit den Mädchen zu sprechen, wozu ihm Ruthven die Erlaubnis gegeben hatte. Selbstverständlich mußte er mit der ältesten Tochter beginnen.

Eine halbe Stunde nach dem Frühstück, an dem alle außer Frances teilgenommen hatten, wartete Hawk im Wohnzimmer auf Clare und dachte mit Unbehagen an das bevorstehende Gespräch. Es war für ihn und die Ladies demütigend, aber was sollte er anderes tun? Eine Frau bedeutete Verantwortung, eine lebenslange Verantwortung. Etwas in ihm rebellierte dagegen, doch ebenso schnell sah er das blasse Gesicht seines Vaters vor sich und hörte den rauhen, quälenden Husten. Er vernahm das Rascheln von Stoff und wandte sich um.

»Lady Clare«, begrüßte er Ruthvens Älteste und verbeugte sich.

»Mein Lord.«

Er nahm ihre Hand in seine. Sie ist hübsch, dachte er. Er bevorzugte bei Frauen blondes Haar und helle Haut, und sie besaß beides. Er räusperte sich. »Diese Situation ist ein bißchen schwierig für uns beide.«

»Ich verstehe, mein Lord. Natürlich vor allem für Sie.«

»Das bezweifle ich, meine Lady.«

Clares Hand zitterte ein wenig, und sie kämpfte gegen ihre Nervosität. Er war so verwirrend groß! »Haben Sie die Marmorstatuen in Elgin gesehen?« fragte sie abrupt.

»Ja«, erwiderte Hawk und bemerkte, daß Clare sich interessiert vorneigte. Die verdammten Kerle aus Marmor! Was kümmerten sie ihn! »Sie kamen aus Griechenland«, setzte er hinzu und ließ dann Clares weitschweifige Erklärungen über den ursprünglichen und gegenwärtigen Zustand der Skulpturen über sich ergehen. Das dauerte fünfzehn Minuten.

Hawk bekam fast das Grausen, als Clare ihn anschließend nach seiner Meinung über George Gordon fragte.

»Er ist über Nacht eine Berühmtheit geworden«, erwiderte er. »Soviel ich hörte, sind die Ladies ganz begeistert von Lord Byrons Dichtkunst.«

»Ich bin es auch, mein Lord«, versicherte Clare und rezitierte prompt einen Vers von Byron.

Hawk wußte nicht, ob er applaudieren oder sich verbeugen sollte. Beides blieb ihm erspart, da Clare weitersprach: »Ich würde ihn gern malen! Ja, mein Lord, ich würde tatsachlich gern Ihre Familie und Ihre Freunde malen.«

»Das könnte etwas schwierig werden.«

»Warum? Würden wir nicht in London leben und jeden treffen?«

Hawk sah plötzlich das Bild vor sich, wie er Clare vorstellte: »Das ist meine Frau. Sie würde Sie gern malen — nach

Lord Byron natürlich. Sie gehören zwar nicht zur Familie, aber Sie sind ein Freund oder zumindest ein Bekannter. Sie wird Lord Byrons Loblied singen, während Sie still dasitzen und keinen Muskel rühren.«

»Ich bin nicht ganz sicher«, antwortete er schließlich Clare.

Sie fuhr fort: »Und all die Museen! Wie gern würde ich Turner kennenlernen!«

»Ich mag Turners Werke nicht«, bekannte Hawk ehrlich.

Clare schwieg einen Moment, dann sagte sie: »Wie merkwürdig. Aber Sie sind natürlich ein gelehrter Gentleman.«

»Ich bin eher ein Soldat als ein Gelehrter, Clare.«

»Noch«, beharrte sie sanft. »Papa sagte uns, daß Ladies immer von ihren Ehemännern geführt werden.«

»Ich frage mich«, überlegte Hawk laut, »was Sophia dazu sagt.«

Clare errötete. »Meine Stiefmutter ist sehr klug«, brachte sie schließlich heraus.

Hawk blickte sie prüfend an. Das Letzte, was er sich wünschte, war eine Frau. Das Nächstletzte war eine Frau, die von ihm geführt werden wollte. Das bedeutete Abhängigkeit und dauerndes Beisammensein. Hieß das zugleich, daß er dafür verantwortlich sein würde, daß Clare glücklich war? Würde sie ihn lieben?

Er sah verstohlen nach der Uhr, die auf dem Kaminsims stand. Die dreißig Minuten waren erfreulicherweise vorbei. Damit hatte er gottlob das erste Gespräch hinter sich.

»Nun, mein Lord«, erkundigte sich Grunyon wenige Minuten später in Hawks Schlafzimmer.

Sein Herr seufzte. Er hätte am liebsten gesagt, daß Clare wie ein sechsfingriger Handschuh zu ihm paßte, aber das war ungerecht. Er wollte wenigstens fair sein.

»Sie ist hübsch und talentiert. Und außergewöhnlich gefügig.«

»Ach, du liebe Zeit!« brummte Grunyon.

»Sie erzählte mir alles über die Marmorstatuen in Elgin.«

»Großer Gott, nein!« stieß sein Diener entsetzt hervor.

»Hölle und Teufel«, fluchte Hawk. »Gieße mir ein Glas mit

etwas Starkem ein, Grunyon. In zehn Minuten muß ich Lady Viola treffen.«

Ein Unterschied wie Tag und Nacht, dachte Hawk, als er kurze Zeit später in Violas Gesellschaft war, die sich alle Mühe gab, ihm zu gefallen, und unaufhörlich plapperte.

»Bitte, erzählen Sie mir von Almacks, mein Lord«, bat sie jetzt kokett. »Ich kann es gar nicht erwarten, Almacks zu besuchen und all diese wunderbaren Leute kennenzulernen.«

»Es ist ein langweiliger Platz, und die Erfrischungen, die dort angeboten werden, sind kümmerlich.«

Er ist nicht gerade sehr hilfreich, dachte Viola. »Eine Lady muß auf ihre Figur achten«, erwiderte sie. »Dort wird auch getanzt, nicht wahr?«

»O ja«, meinte Hawk und fügte gleich hinzu: »Aber ich tanze nicht gern.«

»Nicht einmal den neuen deutschen Tanz, von dem ich hörte? Den Walzer?«

Hawk bekam fast ein Schuldgefühl bei ihrem sehnsüchtigen Ton. Sie war jung, so lebenshungrig. Er seufzte und gab schließlich zu: »Doch, den Walzer mag ich, aber er wird selten in der Öffentlichkeit getanzt. Die Schirmherrinnen von Almacks erlauben das nicht.«

Viola blickte ihn mit großen Augen an und schenkte ihm ein Lächeln, das sie oft genug vor dem Spiegel ausprobiert hatte.

Bei Kenard hatte das immer die erhoffte Wirkung erzielt und ihn stets so verwirrt, daß er errötete und nur noch stammeln konnte.

Hawk musterte sie amüsiert, ohne sich etwas anmerken zu lassen. Der kleine Racker versuchte es mit weiblichen Tricks! Fast hätte er lachen müssen, aber selbstverständlich hatte er seine guten Manieren nicht verlernt. Er dachte plötzlich, daß Viola in einem Jahr, mit mehr Praxis, gewiß hervorragend flirten könnte. Ein abschreckender, ernüchternder Gedanke. »Lieben Sie die Dichtkunst?« klopfte er unerwartet in Erinnerung an Clare auf den Busch.

»Lieber Himmel, nein!« wehrte Viola entsetzt ab. »Natürlich hat Adelaide uns gezwungen, gute Werke zu lesen, Predigten, Psalmen und so etwas.«

»Frances auch?« erkundigte er sich und fragte sich, ob das arme Mädchen mit seinen schlechten Augen überhaupt lesen konnte.

Viola lächelte ihn bezaubernd an. »Oh, Frances tut, was ihr Spaß macht.«

»Aha.« Hawk spähte zu der Uhr auf dem Kaminsims und sah, daß die Zeit um war. Das zweite Gespräch war erledigt.

Für den Nachmittag hatte Lord Rothermere versprochen, mit Viola und Clare in seiner Kutsche zu einem Nachbarschaftsbesuch zu fahren. Frances saß auf einem Hügel, von dem aus sie das Kastell überblicken konnte, und beobachtete heimlich, wie die Kutsche den Hof verließ. Befriedigt stand sie auf und warf übermütig den Abfahrenden noch eine Kußhand hinterher. Eins wußte sie sicher: weder Clare noch Viola würden irgend etwas über das merkwürdige Benehmen und das schreckliche Aussehen ihrer Schwester zum Grafen sagen.

Frances hatte noch viel zu tun, bevor sie zurückkehrten. Sie lief zu Roberts kleinem Bauernhof, behandelte den erkrankten Fuß seines einzigen Pferdes und ließ sich von Robert versprechen, daß er in Zukunft die Hufe immer sauberhalten würde. Dann eilte sie ins Kastell zurück und hoffte, in Violas Zimmer, ihr momentanes Quartier, schlüpfen zu können.

»Frances!« Der wütende Ruf ihres Vaters hielt sie auf.

Sie spürte plötzlich eine merkwürdige Ruhe in sich aufsteigen und drehte sich zu ihm um. »Ja, Papa?«

»Hör mit deinem ›Ja, Papa‹ auf, Mädchen! Ich habe lange genug Geduld mit dir gehabt, aber jetzt ist Schluß damit, Frances!« Er kam auf sie zu.

Frances blieb unbeweglich stehen. »Dann schlage mich, Papa. Ich werde mein Verhalten trotzdem nicht ändern. Ich will Kilbracken nicht verlassen, und dabei bleibe ich. Tu, was du willst.«

»Verdammt, Frances, er hat sogar bei deiner miserablen Vorstellung gestern nacht applaudiert!«

»Ja, das hat er. Was hast du denn erwartet? Daß er zu lachen anfängt oder sich die Ohren mit seinen aristokratischen englischen Händen zuhält?«

Ruthven schwieg sehr lange, und dabei fühlte sich Frances immer unbehaglicher. Wenn er doch schreien würde! Statt dessen sagte ihr Vater schließlich ganz ruhig: »Sehr gut, Frances«, drehte sich auf dem Absatz herum und ging davon.

Frances blickte ihm irritiert nach. Was hatte er vor?

4. Kapitel

»Lieber Himmel, ist das nicht Ihre Schwester?«

Hawk hielt die Gardine vor dem Kutschenfenster zur Seite, damit Viola hinaussehen konnte. Er spürte, daß sie einen Moment zusammenzuckte, doch dann lachte sie trillernd. »O nein, das ist nicht Frances. Das ist eine von den Bauersfrauen.« Den raschen Blick, den die beiden Schwestern miteinander tauschten, konnte Hawk nicht sehen.

Er sagte nichts, spähte jedoch noch einmal hinaus. Das war keine Bauersfrau, das war Frances! Sie trug ein beschmutztes, zerknittertes, ausgeblichenes, graues Wollkleid, hatte die Ärmel bis zu den Ellbogen hochgekrempelt und stapfte tatsächlich in Männerstiefeln durch die Gegend! Hawks Gesicht zeigte deutliche Mißbilligung, als er sich zurücklehnte.

»Hat es Ihnen bei den Campbells gefallen, mein Lord?« erkundigte sich Viola. Ihre Stimme klang, als ob sie ein Kichern unterdrückte.

»Ja, natürlich«, log Hawk. Er hatte sich zu Tode gelangweilt.

»Wir besuchen so gern geistreiche, charmante Leute«, zwitscherte Viola. »Und London, wo man an so vielen Gesellschaften teilnehmen kann! Wie aufregend wird — muß das sein!«

Hawk sah plötzlich seine Zukunft deutlich vor sich: Sowohl Clare als auch Viola würden als seine Ehefrauen Gastgeberinnen für eine endlose Reihe von langweiligen Festen, Gesellschaften und Bällen sein, würden kichern, schwatzen, seine Zeit in Anspruch nehmen und mit seinen Freunden flirten. Das Leben, das er jetzt führte, wäre mit einem Schlag zu Ende. Hätte er doch die Armee nicht verlassen! Wäre er lieber unter Wellingtons Kommando geblieben! Verdammt, er wollte frei sein, und das hieß auch, daß er sich keine Ehefrau wünschte. Er wollte sein neues Leben, das er seit fünfzehn Monaten führte, fortsetzen, wollte Amalia, seine Geliebte, behalten und ihr in leidenschaftlichen Stunden in die Augen sehen und ihre zärtlichen Hände spüren. In diesen Monaten in London hatte er erfahren, daß die meisten Gentlemen, ob verheiratet oder ledig, sich Mätressen hielten.

Aber wie könnte er weiter so leben, wie er wollte, wenn er eine Ehefrau am Halse hatte? Weder Viola noch Clare würden dafür Verständnis aufbringen.

»O ja«, hörte er Clare begeistert sagen, »da gibt es soviel zu sehen und zu tun.«

»Ja, wirklich«, fügte Viola lebhaft hinzu, »ich kann es kaum erwarten, all Ihren Freunden und den vielen schönen, eleganten Ladies zu begegnen.«

Beim Nachmittagstee war auch Frances anwesend, sagte aber kein einziges Wort, während Viola den Grafen von Rothermere mit pikantem Klatsch unterhielt und mit ihm flirtete und Clare ihn sehnsüchtig ansah. Lady Ruthven füllte seine Teetasse immer wieder voll, bis er dachte, er würde überlaufen.

Hawk wollte sich gerade entschuldigen, als Frances aufstand und zur Tür ging. Er mußte es tun! Schnell erhob er sich und bat: »Lady Frances, darf ich einen Augenblick Ihrer Zeit in Anspruch nehmen?«

Aha, dachte Frances, jetzt bin ich an der Reihe. Aber es blieb ihr wohl nichts anderes übrig. Sie drehte sich zum Grafen um und erwiderte: »Gut. Im Jagdzimmer?«

»Ja, sehr gern.«

»Dann werde ich Sie in zehn Minuten dort erwarten.« Frances schlüpfte aus dem Raum, eilte ins Jagdzimmer, zog die Brille aus der Tasche und setzte sie sich auf die Nase. Eine Haarsträhne, die sich gelockert hatte, ließ sie an ihrer Wange herunterhängen. Ihr Herz klopfte merkwurdigerweise heftig. Sie wußte, daß sie sich nicht schlecht benehmen durfte, jedenfalls nicht übermäßig. Sie mußte ...

»Lady Frances?«

Frances wirbelte herum und sah den Grafen in der offenen Tür stehen. »Ja«, sagte sie nur.

»Ich hatte bisher kaum Gelegenheit, mit Ihnen zu sprechen.«

»Nein.«

Schrecklich primitives Frauenzimmer, dachte Hawk, bekam aber sofort Gewissensbisse. Das arme Mädchen konnte ja nichts dafür, daß sie neben ihren hübschen Schwestern so unvorteilhaft wirkte.

»Clare zeigte mir einige ihrer Bilder. Hat sie auch eins von Ihnen gemalt?«

Frances blickte zum ersten Mal zu ihm hinüber. Sie schielte absichtlich und mußte sich das Grinsen verbeißen, als sie sah, wie er fast zusammenzuckte. »Ja.«

»Ich würde es gern sehen.«

Verdammt noch mal, er versuchte, freundlich zu sein! »Ich weiß nicht, wo es ist.«

»Oh, schade. Lesen Sie gern?«

Frances hörte den Widerwillen in seiner Stimme. Clare mußte ihm wohl von Lord Byron vorgeschwärmt haben. Ihre Schwester hätte doch wissen müssen, daß englische Gentlemen ein Brett vor dem Kopf haben! Wie konnte sie ihre schöne Poesie an einen Hornochsen verschwenden! »Ja«, erwiderte sie. »Ich las selbstverständlich die Klassiker. In Griechisch und Latein. Und an langen Winterabenden lese ich sehr gern aus Chaucers Werken vor — laut.« Zufrieden sah sie, daß der Graf allem Anschein nach nicht sehr erfreut darüber war.

»Besuchen Sie gern Bälle und Gesellschaften?«

Er mag Munterkeit, Witz und Charme, überlegte Frances blitzschnell und erwiderte: »Nein. Ich bin lieber allein.«

»Mit Ihrem Griechisch und Latein?«

»Ja.«

»Und Sie sind gern im Freien, nicht wahr?«

»Ja, allein.«

»Ah.«

Es folgten einige Minuten völliger Stille. Frances fühlte keine Veranlassung, irgend etwas zu sagen. Schließlich war es auch sein Interview. Sie blickte weiter auf ihre Schuhspitzen.

Hawk räusperte sich. »Vielen Dank, Lady Frances.« Im nächsten Moment hatte er das Zimmer verlassen.

Der Graf von Rothermere ging nachdenklich die Treppe zu seinem Schlafzimmer hinauf. Als er die Tür öffnete, war seine Entscheidung gefallen.

Grunyon war nirgends zu entdecken, doch Hawk fand ihn schließlich im Nordturm, von wo aus er sich die Gegend ansah.

»Tottle sagte mir, daß Sie hier sind. Ich glaube, der verdammte Butler war betrunken.« Nach kurzem Zögern setzte Hawk hinzu: »Ich habe mich entschieden.«

Grunyon blickte seinen Herrn prüfend an, der ruhig, fast krankhaft ruhig wirkte.

»Wenn ich Lady Viola oder Lady Clare heirate, ändert sich mein Leben. Dann habe ich eine ewig plappernde Frau am Rockzipfel, die mir meine Zeit stiehlt, Gedichte rezitiert, malt, kichert und flirtet.«

»Ich weiß«, meinte Grunyon bedächtig, »aber da ist noch immer die Sache mit dem Eid, Major Hawk.«

»Himmel, ja, das weiß ich. Ich werde Lady Frances heiraten.«

»Wa-was, m-mein Lord?« stotterte Grunyon völlig verblüfft.

Der Graf von Ruthven stand ungesehen unter ihnen und lauschte interessiert. Er beabsichtigte, noch heute abend bei einem Glas Brandy in seiner Bibliothek mit Hawk über die ganze Angelegenheit zu sprechen. Jetzt lehnte er sich vor, sperrte die Ohren auf und lächelte still vor sich hin.

»Ja, Lady Frances«, wiederholte Hawk. »Sie ist hausbakken und reizlos, das ist ihr einziger Fehler. Andererseits mag sie keine vielen Menschen und Gesellschaften und redet wenig. Sie wird mich in Ruhe lassen, und die Diener werden sich an ihr schreckliches Singen und Spielen gewöhnen.«

»Das kann stimmen, aber ich verstehe noch immer nicht.«

»Ich werde sie nach Desborough Hall bringen, Grunyon, ihr ein Kind machen und dann allein nach London zurückkehren. Sie wird damit einverstanden sein. Der Himmel weiß, wenn ich sie nicht heirate, wird sie eine alte Jungfer werden.«

»Sie haben also vor, ihr einen Gefallen zu tun?«

»Seien Sie nicht so verdammt sarkastisch, Grunyon! Ich sage Ihnen, das ist die Lösung.«

Ruthven hielt sich die Hand vor den Mund, um nicht über Hawks falschen Eindruck von Frances zu lachen. Seine listige Tochter war überlistet worden! Und was den Grafen anging — der hatte keine Ahnung, was ihm noch bevorstand!

»Es sieht trotzdem nicht sehr fair aus«, wandte Grunyon ein. Ihm tat Lady Frances leid.

»Das ist mir gleichgültig, verdammt noch mal! Mein Vater ist für dieses Debakel verantwortlich, nicht ich. Ich mache das Beste daraus. Ich wäre weder für Viola noch für Clare ein guter Ehemann, selbst wenn ich mich darum bemühte. Es würde entsetzlich. Ich wäre nie mehr allein, könnte Amalia nicht mehr besuchen. Frances hingegen wird in Yorkshire glücklich wie eine Lerche sein. Sie wird nur den See vermissen, aber sie kann nach Herzenslust durch die Moore streifen, kann Chaucers Gedichte den Dienern laut vorlesen und im Grunde tun, was sie auch hier tut.«

Ruthven verließ vorsichtig seinen Lauscherposten auf dem Balkon und ging in sein Schlafzimmer zurück. Die Entscheidung des Grafen von Rothermere war äußerst kaltblütig, doch Frances würde ihn nicht so kaltblütig lassen. Sie würde ihm die Fäuste zeigen. Seine Frances war nicht imstande, ihre Zunge sehr lange im Zaum zu halten. »Es wird gut ausgehen«, sagte er laut zu dem leeren Raum, »es wird bestimmt gut ausgehen! Ich muß unverzüglich dem Marquess schreiben.« Am liebsten wäre er im Zimmer herumgetanzt.

Frances wunderte sich ein wenig, als sich die Familie am Abend zum Essen zusammenfand, daß ihr Vater sie freundlich begrüßte, obwohl sie wieder schrecklich aussah.

»Guten Abend, meine Liebe. Wie fühlst du dich?«

»Was ist los?« fragte sie mißtrauisch.

»Aber, mein Mädchen, was soll denn los sein?«

»Du benimmst dich so merkwürdig. Hat der Graf Viola oder Clare einen Antrag gemacht?«

»Nein, Frances, noch nicht. Aber ich nehme an, daß er mich bald sprechen will.« Ruthven klopfte seiner Tochter auf die Schulter und ging zu seinem Platz.

Frances blickte ihm nachdenklich hinterher. Was hatte er nur? Im Grunde war sie zufrieden mit der Vorstellung, die sie am Nachmittag gegeben hatte. Der Graf fühlte sich gewiß von ihrem Aussehen und ihren kurzen Antworten abgestoßen. Sie fühlte sich jetzt absolut sicher vor ihm. Sie merkte nicht einmal, daß der Graf sie während des Essens verstohlen beobachtete.

Beruhigt stellte er fest, daß sie wenigsens bei Tisch die Manieren einer Lady besaß und im Gegensatz zu ihren beiden Schwestern kein Wort sagte. Die Zeit, die er in Zukunft mit Frances verbringen mußte, würde gewiß in friedlicher Ruhe verlaufen. Notfalls konnte er ja das Piano aus Desborough Hall wegschaffen lassen, wenn er zu Besuch kam.

Als er später am Abend wieder Frances' fürchterliches Singen und Spielen über sich ergehen lassen mußte, wünschte er sich allerdings eine Axt, um das Piano zertrümmern zu können. Er durfte schließlich nicht zulassen, daß seine treuen Diener mit zugehaltenen Ohren ihren Herrn verließen. Trotzdem zwang er sich, zu applaudieren, und wunderte sich, daß diesmal sogar Ruthven und Sophia Beifall klatschten, während Viola und Clare sich allem Anschein nach zwingen mußten, nicht über ihre arme Schwester zu lachen.

Am nächsten Morgen lief Frances vergnügt die große Treppe hinunter und durch die Halle. Die drei Tage waren um! Glückliche Clare oder glückliche Viola. Plötzlich hörte sie die Stimme ihres Vaters.

»Frances!«

Sie wandte sich um und sah, daß ihr Vater ihr zuwinkte. »Ja, Papa?«

»Komm her, Kind.« Frances ging zu ihm. Ruthven schloß

sie in seine Arme und drückte sie an sich. »Ich bin sehr froh, Frances.« Er ließ sie wieder los und fügte hinzu: »Geh jetzt ins Jagdzimmer.«

»Soll ich eins von deinen Gewehren reparieren?«

»Nein, nein. Blamiere mich nicht, Frances. Geh jetzt.« Er gab ihr einen kleinen freundlichen Schubs, und Frances ging ins Jagdzimmer. Ihn blamieren? Warum, zum Teufel, sagte er so etwas? Sie würde für ihn töten, würde alles für ihn tun!

»Guten Morgen, Lady Frances.«

Verwirrt blickte Frances den Grafen von Rothermere an. »Muß eines Ihrer Gewehre repariert werden?« erkundigte sie sich. »Papa schickte mich her. Gibt es da ein Problem?«

»Nein.« Bringe es hinter dich, dachte er, bevor du die Nerven verlierst. Er musterte Frances von Kopf bis Fuß. Das Kleid, das sie trug, war unelegant, zu groß, altmodisch und zu kurz für sie. Aber ihr schlanker Körper war gar nicht übel. Er würde es fertigbringen, zu ihr ins Bett zu steigen.

Frances versteifte sich bei seinem prüfenden Blick, fischte flink die Brille aus ihrer Tasche, setzte sie auf und schielte nach ihm. Wie dieser Wüstling sie ansah! Sie ballte die Hände zu Fäusten. »Was wünschen Sie, mein Lord?«

»Ich habe Sie erwählt, Lady Frances.«

Frances verstand ihn sofort, konnte ihn aber nur anstarren. War er blind? Ohne jeden Geschmack? Dabei sah er aus, als ob ihre Gegenwart ihm Qual bereitete. Ohne nachzudenken, erwiderte sie kalt: »Dann wählen Sie mich wieder ab!«

Hawk blinzelte. Er konnte doch wohl nicht richtig gehört haben? »Lady Frances«, wiederholte er, »ich habe ... Sie zu meiner Frau gewählt.«

»Sind Sie wahnsinnig?« Frances blickte ihm nun direkt in die Augen und schielte nicht länger durch die Brille, die ihr jetzt auf der Nasenspitze hing. »Warum?«

Ihre schneidende Stimme, ihre Worte erschreckten ihn. Er hatte ihre unverzügliche, freudige Zustimmung erwartet. Wie oft siegte schließlich dieses unansehnliche Mädchen über ihre Schwestern? Vielleicht dachte sie, er meine es nicht ernst. Das arme Ding konnte wahrscheinlich sein Glück gar nicht begreifen. Hawk lächelte und erwiderte: »Ich glaube nicht, daß ich wahnsinnig bin. Ich denke eher, daß wir gut miteinander auskommen werden. Nun, Ihr Vater und ich haben die Einzelheiten der Hochzeit besprochen. Ich fahre jetzt nach Glasgow und komme Freitag zur Vermählung zurück. Wie Sie wissen, ist mein Vater sehr krank. Nach der Zeremonie fahren wir sofort nach England. Hier, das ist für Sie.«

Er ging drei Schritte vorwärts, nahm Frances' Hand und schob den wunderschönen Smaragdring seiner Großmutter über ihren Finger.

Frances stand ungläubig, sprachlos da, doch das war ihm nur recht. Wenn sie immer schwieg, sollte ihn das nur freuen. Er zwang sich, sie leicht auf die Stirn zu küssen und blickte ihr ins Gesicht. Sie hatte die Brille zurückgeschoben, und ihre Augen sahen klein und verzerrt aus hinter den dicken Gläsern. Nun, er brauchte sie ja nachts im Bett nicht anzusehen. Er würde keine einzige Kerze anzünden, sonst war er womöglich nicht imstande, seine Pflicht im Hochzeitsbett zu erfüllen.

»Ich sehe Sie Freitag wieder, Lady Frances«, erklärte er kurz und verließ den Raum. Er schloß die Tür hinter sich und ging durch die große Halle ins Wohnzimmer, wo Ruthven ihn voller Ungeduld erwartete.

Frances stand wie angewurzelt, konnte nichts denken und auch nicht glauben, was eben geschehen war. Dann blickte sie auf den Ring und schrie: »Nein! Das ist einfach lächerlich! Nein!«

Hier mußte ein Mißverständnis vorliegen. Was war mit Viola, mit Clare? Der Mann war verrückt, ganz bestimmt sogar. Nun, sie mußte dem Ganzen sofort ein Ende bereiten. Sie riß die Tür auf, lief durch die Halle und fragte Sophia, die eben aus dem Wohnzimmer kam: »Wo ist Papa? Wo ist dieser Mann?«

»Komm mit mir, Frances«, befahl Sophia. »Du hast einen guten Fang gemacht, mein Mädchen. Komm!«

»Nein, ich muß mit Papa sprechen«, beharrte Frances mit

schriller Stimme. »Es ist ein Irrtum, Sophia, ein Mißverständnis!«

»Das denke ich auch«, erwiderte ihre Stiefmutter, »aber der Graf hat seine Wahl getroffen, und du hast dich damit abzufinden.« Sie hielt Frances, die an ihr vorbeigehen wollte, fest.

»Nein, Sophia!« Panik ergriff Frances. »Nein, das kann nicht geschehen!«

»Du hörst jetzt auf mich, Frances Kilbracken«, erwiderte Sophia gefährlich leise und packte Frances' Arm noch fester. »Du hast dich für sehr clever gehalten, nicht wahr, als du dich wie eine kleine, graue Maus zurechtmachtest? Der Graf hat, aus welchem Grunde auch immer, dich herausgepickt, nicht Viola, nicht Clare. Und du, du verschlagene Kreatur, wirst dich darein fügen!«

Frances versuchte, sich loszureißen. »Das ergibt doch alles keinen Sinn! Ich muß Papa sprechen. Ich werde das nicht tun!«

»O ja, du wirst! Sieh dich doch um, du Dummkopf, sieh dir die ganze Herrlichkeit von Kilbracken an! Das Kastell bricht bald über uns zusammen, und was wird für deinen Bruder bleiben? Du hast gehört, daß der alte Marquess zehntausend Pfund für die Heirat stiftet. Zehntausend Pfund! Dem Grafen darf kein Korb gegeben werden!«

»Aber was ist mit Viola? Mit Clare?« Frances fühlte sich wie eine Ertrinkende.

Sophia blickte ihre Stieftochter herrisch an. »Ich wünschte mir, daß er Viola wählt, das gebe ich offen zu. Sie ist ein hübsches Mädchen und verdient es, reich zu werden. Sie braucht Gesellschaften, Feste und männliche Aufmerksamkeit. Für Clare gilt im Grunde das gleiche, aber es soll nun einmal nicht sein. Du wirst den Grafen heiraten, Mädchen, und danach für deine Schwestern sorgen.« Sie schüttelte Frances' Arm. »Hast du mich verstanden?«

Frances blickte ihre Stiefmutter an und brachte keinen Ton heraus.

»Wenn du einmal die Gräfin von Rothermere bist«, fuhr Sophia streng fort, »wirst du alles für deine Schwestern tun.

Du wirst mich darin nicht enttäuschen, Frances! Und wenn du es wagen solltest, in Gegenwart des Herzogs einen Wutanfall zu kriegen, wird dein Vater nie mehr mit dir reden. Habe ich mich klar genug ausgedrückt?«

Frances taumelte wie benommen aus dem Kastell. Sie merkte erst nach einiger Zeit, daß ein kalter Regen fiel. Sie nahm die Brille und die Haube ab und steckte beides in die Tasche. Frierend lief sie in den Stall, kletterte die Leiter hinauf und warf sich ins Heu. Immer wieder fragte sie sich nur eines: Warum? Sie fand keine Erklärung.

Plötzlich setzte sie sich auf, schlang die Arme um ihre Knie und zwang sich, langsam und klar nachzudenken. Warum wollte ein zugestandenermaßen gutaussehender Junggeselle eine graue Maus heiraten, wenn zwei sehr hübsche und freundliche Mädchen zur Verfügung standen? Welcher Mann wünscht sich eine Frau, die ihn ganz offensichtlich nicht mochte? Außerdem hatte sie doch selbst gesehen, daß sie ihn anwiderte! Wie war das alles nur möglich, nachdem er sie auch noch singen und spielen gehört hatte?

Eine Bemerkung Violas fiel ihr ein: ›Der Graf ist bestimmt bei den Frauen in London sehr beliebt. Er sagte Clare und mir, daß er die meiste Zeit dort verbringt. Wegen der vielen Vergnügungen, nehme ich an. Ich wette, er hat eine Geliebte. Was kann ich wohl dagegen tun? Nun, sicher wird er sie aufgeben, und dann werden wir sehr glücklich miteinander sein.‹

Frances konnte sich gut vorstellen, daß die Ladies sich um den hübschen Grafen von Rothermere rissen, und die Mätressen ebenfalls. Warum hatte er dann sie gewählt? »Mein Gott«, seufzte sie ungläubig, »das kann er doch nicht wirklich wollen!«

Plötzlich kam ihr ein Gedanke: Hatte er sich etwa eine graue Maus ausgesucht, damit er ungestört sein lasterhaftes Leben weiterführen konnte?

Das mußte sie herausfinden! Frances stand auf, schüttelte das Heu aus ihrem Rock, kletterte die Leiter hinunter und öffnete die Stalltür. Es regnete nicht mehr. Bestürzt sah sie

Grunyon in die Kutsche steigen. Der Graf hatte die Zügel in der Hand und ließ die Pferde anlaufen. Frances rannte aus dem Stall, winkte und rief, doch es war nutzlos. Schmutziges Wasser spritzte unter den Wagenrädern hervor, die Pferde wieherten, und der Graf achtete auf nichts anderes als auf sein Gespann.

Frances beobachtete, wie die Kutsche die gewundene Landstraße hinunterfuhr. Wie lange war sie im Stall gewesen? Lange genug jedenfalls, damit dieser Bastard entfliehen konnte!

Frances straffte die Schultern und ging ins Haus zurück.

5. Kapitel

»Steck sofort den Ring wieder an, Frances!«

Der schwere Smaragdring prallte auf den Tisch und rollte quer darüber. »Nein«, weigerte sich Frances, »das werde ich nicht tun, Papa.«

Ruthven wollte gerade in voller Lautstärke losbrüllen, da stürmten Viola und Clare, gefolgt von Sophia, ins Jagdzimmer.

»Das glaube ich einfach nicht!« Zornig stampfte Viola mit dem Fuß auf.

Ach, Viola, dachte Frances, du bist noch so ein kleines Mädchen. Der Graf würde dich entsetzlich unglücklich machen.

»Wie hast du das geschafft, Frances?« wollte Clare nun wissen. »Was hast du ihm denn versprochen? Stiefmama sagte uns, daß der Graf dir einen Antrag gemacht hat, aber das ist doch völlig unmöglich! Du siehst schrecklich aus, du ...«

»Schluß jetzt!« donnerte Ruthven.

Frances sah ihre wütenden Schwestern ruhig an. »Hört mir zu, ihr zwei: Ich möchte den Grafen genauso wenig heiraten wie er mich.«

»Aber warum dann?« bohrte Clare weiter. »Er brachte es kaum fertig, dich anzusehen, genau wie du es auch geplant hast.«

»Ich glaube, ich weiß, warum«, erwiderte Frances und sah ihren Vater an. »Der Graf wählte mich, weil er sein Leben nicht ändern will. Ich nehme an, er hat vor, mich irgendwohin zu verfrachten, vielleicht auf eins seiner verkommenen Güter, damit er seinen Geschäften nachgehen kann, als hätte sich überhaupt nichts in seinem Leben geändert.«

Ruthvens Finger umklammerten die Tischkante. Wie war sie so schnell darauf gekommen?

»Und das ist die Wahrheit«, setzte Frances hinzu und

blickte ihren Vater herausfordernd an. »Oder etwa nicht, Papa?« Doch Ruthven schwieg.

»Das verstehe ich nicht«, jammerte Viola.

»Dann will ich es dir erklären«, erwiderte Frances. »Du, Viola, und du, Clare, ihr besitzt genau das, was der feine Graf an Frauen liebt. Ihr seid beide sehr schön, charmant und unterhaltsam. Doch der Graf will gar keine Ehefrau. Seiner Ansicht nach würde eine Frau alles verändern, und er hat nicht im geringsten die Absicht, etwas in seinem Leben zu verändern. Verstehst du jetzt?«

»Er ist ein Schurke, ein Schuft!« empörte sich Clare.

»Ich möchte ihn noch immer«, beteuerte Viola. »Ich könnte ihn ändern, ihn glücklich machen, ich würde ...«

»Sei kein Dummkopf, Viola«, unterbrach Frances ihre jüngste Schwester. »Er würde dich zum Frühstück verspeisen und ausspucken. Der Mann ist selbstsüchtig, rücksichtslos und wertlos. Aber natürlich«, fügte sie hinzu und sah ihren Vater wütend an, »er bietet Geld. Vielmehr sein Vater.«

»Frances, du wirst einen Mann nicht einfach verurteilen, weil er sich bemüht ...«

»Worum, Vater?« fauchte Frances zornig, als Ruthven zögerte. »Ich bin diejenige, die geopfert wird!«

»Geopfert, ha!« rief Viola schrill. »Du wirst eine Gräfin sein, reich, wirst alle Kleider bekommen, die du dir wünschst — was macht es da schon, wenn dein Ehemann seine eigenen Wege geht? Du weißt eben nicht, wie Ladies und Gentlemen eine Ehe führen. Das sind angenehme, bequeme Ehen. Du solltest erschossen werden, Frances, gehängt ...«

»Das reicht«, fuhr ihre Stiefmutter dazwischen. »Nachdem das ganze Drama vorüber ist und jeder seine verrückten Ansichten geäußert hat, kommst du mit mir, Frances. Wir haben nur drei Tage, um deine Aussteuer herzurichten, und es gibt viel zu tun.«

»Papa ...« begann Frances sehr ruhig.

»Eines Tages wirst du mir dafür dankbar sein, mein Mädchen.«

»Bis dieser Tag kommt, sind wir beide schon längst tot, Papa.« Niedergeschlagen ging Frances mit Sophia aus dem Zimmer und versprach, in einer Stunde ins Schlafzimmer ihrer Stiefmutter zu kommen.

Frances ging in ihr eigenes Schlafzimmer. Sie schnupperte und stellte wütend fest, daß es nach dem Grafen von Rothermere roch. Angewidert riß sie die Bettwäsche herunter und stand mitten in dem weißen Haufen, als Adelaide durch die offene Tür ins Zimmer schlüpfte.

»Himmel, was hast du für einen Aufruhr angezettelt, mein Liebes!«

»Ich weiß.«

»Es ist zum Besten, Frances.«

»Ja, ich denke, das ist es. Zumindest rette ich Viola und Clare davor, unglücklich zu werden.« Es ist schwer, edel zu sein, dachte Frances, furchtbar schwer.

»Ein Ehemann ist ein Ehemann, meine Liebe, und meiner Ansicht nach scheint der Graf mehr zu versprechen als die meisten. Er war immerhin in einer schrecklichen Situation. Wenn er dich, aus welchen Gründen auch immer, wählte, wird er bald seinen Irrtum erkennen.«

Erschrocken blickte Frances auf. »Daran habe ich überhaupt noch nicht gedacht, Adelaide. Was soll ich nur machen?«

Adelaide klopfte ihr beruhigend auf den Arm. »Du wirst die Bettücher wieder aufheben, Liebes. Ich könnte mir vorstellen, daß du noch ein bißchen über die verschiedenen Möglichkeiten nachdenken willst.«

Frances dachte endlos und oft wütend über ihre sehr beschränkten Möglichkeiten nach. In vielen Stunden stellte sie sich den Gesichtsausdruck des Grafen vor, wenn sie auf einmal hübsch, charmant und unterhaltsam wäre und von ihm verlangen würde, daß er sie mit nach London nehmen sollte. Bei diesem Gedanken mußte sie lächeln und fragte sich, ob er sie wohl dafür schlagen würde, daß sie ihn getäuscht hatte. Bei Männern wußte man vorher nie genau, wie sie reagieren würden.

Am Abend vor ihrer Hochzeit traf Frances ihre Entscheidung. Sie stand vor ihrem Schlafzimmer und blickte in die undurchdringliche Finsternis hinaus.

»Frances?«

»Ja? Komm herein, Sophia.«

Ihre Stiefmutter trug einen seidenen Morgenrock, ihre hübschen, langen Haare hingen ihr lose über den Rücken und ließen sie jünger aussehen.

»Gibt es ein Problem?« erkundigte sich Frances. »Dreht Doris durch? Oder hat Reverend MacLeod eine Auseinandersetzung mit Papa?«

Zu ihrer Überraschung blickte Sophia sie nicht direkt an und ging auch nicht auf ihre Scherze ein.

»Papa!« rief Frances daraufhin erschrocken. »Geht es ihm etwa nicht gut?«

»Doch, doch. Setz dich, Frances. Ich muß mit dir über einige Dinge sprechen.«

»Dinge?« Frances ging zu ihrem Bett und setzte sich im Schneidersitz darauf.

»Deine Pflichten als Ehefrau.«

»Ich versichere dir, Sophia«, reagierte Frances etwas widerspenstig, »daß ich durchaus fähig bin, das Essen auf den Tisch bringen zu lassen, wann immer der Graf es wünscht.«

»Darum geht es nicht, Frances. Ich spreche von deinen intimen Pflichten als Ehefrau.«

»Oh!« Im ersten Moment sah Frances verwirrt aus, dann schalt sie sich selbst einen Dummkopf. Sie hatte nicht daran gedacht, daß der Graf, ein Fremder, sie berühren würde und ... Sie schluckte.

»Ja«, sagte Sophia zögernd. »Weißt du, was Ehemänner und Ehefrauen miteinander tun? Ich meine, im Bett?«

Frances wußte genug und war schrecklich verlegen. Sie senkte den Kopf und nickte nur.

»Dein Vater glaubt, wie auch ich, daß der Graf rücksichtsvoll deinen Gefühlen gegenüber sein wird.«

»Rücksichtsvoll ... Was bedeutet das, Sophia? Was meinst du damit?«

»Es bedeutet, daß er dich mit dem Respekt behandeln

wird, den er seiner Ehefrau schuldig ist. Natürlich, wenn er entdeckt, wie du wirklich aussiehst, wird er zweifellos sehr erfreut sein und mehr ... aufmerksamer, trotz seiner ... nun, ich bin mir nicht ganz sicher ...« Sophia wußte nicht recht weiter.

»Ich verstehe«, flüsterte Frances.

Sophia tat das Mädchen im Moment leid, und sie erklärte freundlich: »Schau, er wird sich natürlich einen Erben wünschen, Frances. Das ist die wichtigste Pflicht für dich als seine Frau.«

»Einen Erben«, wiederholte Frances.

Sophia suchte nach einigen beruhigenden Worten und war völlig überrascht, als Frances den Kopf hob und ganz ruhig sagte: »Ich danke dir, daß du mir das alles gesagt hast, Sophia. Ich habe begriffen, wirklich. Wie dumm von mir, daß ich nicht daran dachte ... Nun, jetzt weiß ich es.«

Nachdem Sophia gegangen war, kuschelte sich Frances unter die Bettdecke und zog die Knie bis zur Brust hinauf. Sie sah den Grafen vor sich, wie er nackt aus dem See stieg. Sie wußte, daß dieses männliche Zubehör schrecklich groß werden konnte und zwischen ihre Beine geschoben werden würde. Das war ein gräßlicher, abstoßender Gedanke, so schmutzig und gemein. Aber er könnte — nein, er würde es tun, weil es sein Recht war. Wenn sie sich wehrte, würde er sie womöglich schlagen. Auch das war sein Recht. Sie selbst schien überhaupt kein Recht zu haben, nicht ein einziges.

Frances merkte erst jetzt, daß sie weinte. Ärgerlich über sich selbst wischte sie mit dem Handrücken die dummen Tränen ab und setzte sich auf. Sie erinnerte sich genau, wie angewidert der Graf sie angesehen hatte, als er ihr seinen Antrag machte — nein, fügte sie verdrossen hinzu, als er ihr seine Entscheidung mitteilte. Was ihre eigene Entscheidung anging, die hatte sie jetzt ebenfalls getroffen. Sie würde sich so dumm und so ängstlich benehmen, wie es ihr nur möglich war, bis er sie verließ. Und das würde er tun, sobald er es einrichten konnte. Davon war sie überzeugt. Sie wünschte sich, daß er sie verließ, am liebsten, ohne sie auch nur mit der Hand zu berühren. Nein, eine Hand könnte sie gerade noch aushalten, aber das andere konnte sie nicht einmal in Gedanken ertragen.

Es wird gar nicht so schlimm sein, redete sie sich ein. Ich werde in meinem eigenen Haus leben und tun, was mir beliebt. Und er kann nach London gehen und sich mit all diesen charmanten, unterhaltsamen Ladies amüsieren.

Der Graf von Rothermere lag auf dem Rücken, befriedigt und schläfrig. Georgina Morgan, eine voll erblühte Frau, kuschelte sich neben ihn, einen Oberschenkel über seinem Bauch. Sie war eine Witwe, einige Jahre älter als Hawk, und sehr zärtlich.

»Du bist ein wunderbarer Liebhaber!« versicherte sie.

»Du auch.« Hawk küßte sie leicht aufs Haar. »Ich muß dich vor dem Morgengrauen verlassen und nach Loch Lomond und Castle Kilbracken zurückkehren.«

»Hast du Geschäfte mit dem Grafen von Ruthven?«

Hawk hätte ihr eigentlich sagen sollen, daß das nicht ihre Angelegenheit war, aber er hatte keine Lust dazu. »Ja, allerdings«, erwiderte er. »Ich heirate morgen eine seiner Töchter.«

Georgina hielt bei dieser unerwarteten Neuigkeit den Atem an. Sie hatte sehr gehofft, daß der Graf eine Weile länger in Glasgow und in ihrem Bett bleiben würde. »Schade.«

»Dem stimme ich zu.« Hawk fühlte, wie sie ihr Knie langsam über seiner Männlichkeit bewegte. »Du willst mich wohl völlig auslaugen, wie?«

»Das ist nicht mehr, als du verdienst.«

Hawk ließ seine Hand über ihren nackten Körper gleiten. »Und was verdienst du?«

»Frances, du verflixtes Mädchen, das erlaube ich nicht!« Ruthven streckte die Hand nach der Brille aus, doch Frances wich ihm aus.

»Nein, Papa. Ich heirate deinen feinen Hawk, aber das ist alles, was du von mir verlangen kannst.«

»Du siehst wie eine verdammte Hexe aus!«

»Nein, mein Lord, nicht wie eine Hexe«, stellte Adelaide, die ins Schlafzimmer kam, ruhig fest, »eher wie ein Mädchen, das sehr große Angst hat, so zu sein, wie es wirklich ist.«

»Stimmt das, Frances?«

»Laß sein, Papa. Der Graf erwählte sich eine graue Maus, und die will er heiraten. Ich werde ihn nicht desillusionieren.«

Ruthven sah seine Tochter prüfend an. »Gut, Frances. Ich werde nichts mehr darüber sagen.«

»Und du wirst auch nichts zum Grafen sagen, Papa?«

»Nein.«

Nachdem der Vater das Schlafzimmer verlassen hatte, wandte sich Frances an Adelaide. »Ist es Zeit?«

»Ja, Liebes. Bringe dich nicht selbst um das, was rechtmäßig dein ist.«

Frances nickte nur. »Ich komme gleich, Adelaide.« Als Frances endlich allein war, ging sie zum Fenster und blickte hinaus. Der Tag war grau, kalt und es hatte zu nieseln begonnen.

Wenn ich romantisch veranlagt wäre, dachte sie, würde ich Tagebuch führen. Und heute sollte ich hineinschreiben, daß ich ein neues Leben beginne und wahnsinnig glücklich bin.

Sie wollte über ihre Dummheit lachen, aber es wurde nur ein Schluchzen.

Reverend Mr. George MacLeod, seit langen Jahren ein Freund des Grafen von Ruthven, leitete die Zeremonie. Er hielt den englischen Bräutigam für einen höflichen, gut erzogenen, jungen Gentleman. Als Frances endlich ins Wohnzimmer kam, sah er, daß sich der Gesichtsausdruck des jungen Grafen veränderte. Jetzt sieht er so glücklich wie eine tote Forelle aus, dachte der Reverend, blickte zu Frances und stutzte. Du liebe Güte, sie wirkt wie ein Schreckgespenst, stellte er erstaunt fest. Was, zum Teufel, ging hier vor?

Was war mit seiner strahlenden, lachenden Frances geschehen?

MacLeod wußte, daß das eine arrangierte Hochzeit war, aber er hatte keine Ahnung, daß ... Fragend blickte er zu Ruthven, doch der lächelte freundlich.

Die Worte waren gesprochen, und er segnete das Paar.

Das Hochzeitsfrühstück glich eher einer Beerdigung.

Reverend Mr. MacLeod, der Frances auf den Knien gehalten hatte, als sie zwei Jahre alt war, richtete es so ein, daß er Frances allein abfangen konnte, nachdem sie ihre Reisekleidung angezogen hatte. Sie sah verstört und blaß aus. Woher hatte sie nur diese entsetzliche Brille? Was sollte er zu ihr sagen?

»Auf Wiedersehen, meine Liebe.« Er küßte sie leicht auf die Stirn. »Ich werde für dich und deinen Ehemann beten.«

»Das würde ich sicher sehr zu schätzen wissen, Sir.« Frances blickte zu ihm auf. »Ein gutgezielter Blitzschlag wäre mir in diesem Augenblick wirklich sehr willkommen.«

»Heiratest du gegen deinen Willen, Frances?«

»Nein«, erwiderte sie, als sie sah, daß der Reverend sich ihretwegen Sorgen machte. Aus dem Augenwinkel erkannte sie, daß ihr Vater stirnrunzelnd zu ihr blickte, und ihr Ehemann schlug ungeduldig seine Handschuhe gegen den Oberschenkel. »Auf Wiedersehen, Sir.« Sie stellte sich auf die Zehenspitzen und küßte MacLeod auf die Wange.

Frances war dankbar für die Brille, die ihre tränenfeuchten Augen verbarg. Viola, Clare, Sophia und Adelaide umarmten sie nacheinander, dann kam ihr Vater an die Reihe.

»Frances«, sagte er sehr ruhig, »vertrau mir, mein Mädchen. Und vertraue dir. Du bist stark.«

»Ja, Papa.« Sie blickte sich ein letztes Mal in der Halle um und fragte sich, ob sie Kilbracken wohl je wiedersehen würde.

Dann folgte sie ihrem Gatten aus dem Kastell. Voller Angst betrachtete sie einen Augenblick die geschlossene Kutsche. Dann drehte sie sich um und winkte all den Menschen, mit denen sie neunzehn Jahre lang zusammengelebt hatte. Doris, die den Hochzeitskuchen gebacken hatte, tupfte sich die Augen mit dem Schürzenzipfel ab.

»Frances«, mahnte nun Hawk scharf und hielt die Kutschentür auf, »wir müssen uns auf den Weg machen!«

6. Kapitel

Hawk hob seine silberne Taschenflasche an die Lippen und nahm einen großen Schluck. Er spürte, wie sich sein Magen erwärmte, genoß dieses Gefühl und bewegte sich nicht. Erst nach einer Weile drehte er sich im Sattel um und blickte zu der schlingernden Kutsche, die näher kam.

Seine Frau saß in dieser Kutsche. Seine Frau!

Er konnte kaum glauben, daß es geschehen war, und schloß die Augen. Er fühlte sich alles andere als verheiratet. Reverend Mr. MacLeods Worte hatte er gar nicht richtig wahrgenommen, obwohl seine Antwort ihm bewiesen hatte, daß alles Wirklichkeit war.

Es nieselte wieder, der Himmel war grau. Die verdammte Straße erwies sich mehr als ein zerklüfteter Weg mit Steinbrocken und tiefen Wasserlöchern. Gelegentlich sah man kleine Bauernhöfe, Rauchfäden aus Schornsteinen aufsteigen, aber keine Menschen. Nur Dummköpfe würden ihre Gesichter an einem solchen Tag wie diesem zeigen. Er war ein solcher Dummkopf, doch alles war ihm lieber, als in der Kutsche mit ihr zu sitzen — mit Frances Hawksbury, Gräfin von Rothermere.

Hawk dachte an seinen Vater, wie er es oft tat, ein automatisches Gebet auf den Lippen, daß der alte Autokrat noch lebte.

Plötzlich kam ihm der Gedanke, daß sein Vater beim ersten Blick auf Frances einen Schock bekommen und sterben könnte. Er mußte, bevor er seine Frau ins Schlafzimmer seines Vaters führte, dafür sorgen, daß sie die Brille abnahm und die Haube, die sie möglicherweise tragen würde. Es machte nichts, wenn sie dann seinen Vater nicht deutlich sehen konnte. Aber es durfte nicht geschehen, daß sein Vater tot umfiel, wenn er ein lebendes Schreckgespenst sah, das seine Schwiegertochter war.

Er hätte Clare heiraten sollen. Nein, er hätte Viola heiraten sollen! Sie war jünger, gefügiger. Er mußte geisteskrank gewesen sein, als er sich an Frances band!

Es war nicht fair, das wußte Hawk, doch diese Erkenntnis verursachte in ihm nur ein sehr geringes Schuldgefühl. Schließlich hatte er die vergangene Nacht mit einer sehr zärtlichen, leidenschaftlichen Frau verbracht, und auch das bereitete ihm kaum Gewissensbisse. Bei dieser Erinnerung kam ihm der Gedanke an seine Hochzeitsnacht. Er umklammerte die Zügel so fest, daß sich Ebony, sein Hengst, aufbäumte und dann mit den Vorderhufen mitten in einer schmutzigen Wasserpfütze landete. Hawk fluchte, als der braune Schlamm auf seine Stiefel spritzte.

Er hörte Grunyon rufen, drehte Ebony um und ritt zur Kutsche zurück. »Was ist, Grunyon?«

Grunyon fühlte sich miserabel. Ihm war so kalt, daß er glaubte, seine Beine wären erfroren. »Es wird bald dunkel werden. Ich habe auf der Karte nachgesehen. Wir müßten in der Nähe einer kleinen Stadt sein, die Airdrie heißt. Dort sollte es wohl ein anständiges Gasthaus geben.«

Hawk blickte auf den sich verfinsternden Himmel. Er wollte noch nicht anhalten, noch nicht, sondern weiterreisen, bis sie England erreichten.

»Ich möchte mich auch ein wenig erleichtern«, erklärte Grunyon und deutete mit dem Kopf rückwärts auf die Kutsche. »Ihre arme Frau, mein Lord, wird in ähnlichen Schwierigkeiten sein.«

Hawk, der seinen körperlichen Bedürfnissen vor mehr als einer Stunde nachgekommen war, sah das schuldbewußt ein. »Gut. Suchen wir uns in Airdrie eine passende Unterkunft.«

Frances lehnte sich in die bequemen Polster zurück, die Lippen wütend aufeinandergepreßt. Dieser miserable Bastard! Sie fror, war hungrig und hätte am liebsten durch das Kutschenfenster ihren Ehemann angeschrien, daß sie es höchst nötig hatte, sich zu erleichtern.

Die Kutsche schlingerte weiter.

Airdrie. Frances hatte die kleine Stadt vor einem Monat mit ihrem Vater besucht, um Futter zu kaufen. Dort gab es ein ausgezeichnetes Gasthaus mit dem Namen »Devil's Lair«. Des Teufels Versteck. Passend, dachte sie, sehr passend!

Sie wünschte sich, einiges Ungeziefer von der beißenden Sorte zu haben, das sie ihm ins Bett legen konnte. Sein Bett! Lieber Himmel, er würde doch nicht etwa?

Frances straffte die Schultern. Nein, er würde nicht. Sie würde es ihm nicht erlauben! Sie hoffte, daß ihr Schuft von einem Ehemann sich auf dem Ritt eine Erkältung zugezogen hatte. Nein, er sollte doch besser widerlich gesund bleiben. Um so eher würde er sie verlassen.

Plötzlich fiel ihr auf, daß der Ärger über ihren Ehemann ihren Abschiedsschmerz von Kilbracken verdrängte.

Das Gasthaus »Devil's Lair« sah durch das regengetrübte Abendlicht so einladend wie eine alte Klosterruine aus. Hawk stieg vom Pferd und rief nach einem Stallknecht. Ein stämmiger Mann, der wie ein Faß aus Eichenholz wirkte, kam vor die Gasthaustür und schrie: »Was wünschen Sie?«

»Zimmer, Essen und einen warmen Stall für meine Pferde!« donnerte Hawk mit einer Lautstärke zurück, die all seine Soldaten bei der Armee hätte strammstehen lassen.

»Ein Engländer«, grunzte der alte Harmon. »Kümmere dich um die Pferde des Gentleman, Enard«, sagte er zu einem schlacksigen Jungen, der einen zerrissenen Schal um den Kopf gewickelt hatte.

Die Kutschentür wurde geöffnet. Grunyon lächelte in das halbdunkle Innere. »Mylady?«

Frances, steifbeinig, durchgefroren und in miserabler Stimmung, gab ihm ihre behandschuhte Rechte und stieg über das heruntergeklappte Treppchen.

Langsam kam Hawk auf sie zu und erklärte kurz: »Wir bleiben über Nacht hier.«

Frances hielt den Kopf gesenkt. Sie hatte vergessen, die Brille aufzusetzen. »Sehr gut«, erwiderte sie genauso kurz angebunden.

»Ich kümmere mich darum, daß ein Zimmer für dich hergerichtet wird.«

»Sehr gnädig.«

Frances' Stimme klang etwas scharf, und Hawk wunderte sich. Nein, dachte er, nicht scharf, und schüttelte den Kopf. Er mußte sich ein wenig bücken, als er ins Gasthaus ging, um nicht an die dunklen Deckenbalken anzustoßen. Nein, nicht scharf, überlegte er weiter. Sie war schüchtern, scheu. Es lag sicher daran, daß sie müde und sicher auch sehr erschöpft war. Er seufzte und nahm sich vor, beim Essen liebenswürdiger zu sein.

Im »Devil's Lair« gab es kein privates Gesellschaftszimmer, aber wegen des schlechten Wetters waren die üblichen Gäste weggeblieben. Nur ein alter Mann saß in der Nähe des Kamins und schnarchte. Der Wirt rüttelte ihn schnell wach und brachte ihn in die Schankstube hinaus.

Frances drehte ihren Haarknoten noch fester, setzte die Brille auf und ging ins Gastzimmer. Dort roch es appetitlich, und ihr Magen knurrte auf einmal vernehmlich.

Hawk blickte auf und lächelte bei diesem Geräusch. Er stand auf, zog einen Stuhl für Frances vom Tisch zurück und sagte freundlich: »Mylady.«

Frances ließ den Kopf gesenkt und setzte sich. Sie schwieg.

Nicht viel für eine höfliche Begrüßung, dachte Hawk, nahm wieder auf seinem Stuhl Platz und erkundigte sich: »Ein Glas Wein vielleicht?«

»Ja, bitte.«

»Schau, es tut mir leid, daß du müde bist. Es geht mir nur darum, so schnell wie möglich zu meinem Vater zu kommen.«

»Ich verstehe.« Frances verschwieg, daß sie gar nicht müde war, sondern gelangweilt von der langen Fahrt allein in dieser schrecklichen Kutsche, und daß sie den Grafen nicht leiden konnte.

Hawk schenkte ihr Wein ein und beobachtete, wie sie ihre Finger um den Stiel des Kelches legte. Ihre Hand war schlank, die Finger lang und graziös, die Fingernägel kurz und poliert. Ohne zu denken, nahm Hawk ihre Hand in seine und drehte sie um. Er sah einige Schwielen und ein paar Kratzer. Es war eine starke, eine tüchtige Hand.

Frances zog die Hand weg und blickte Hawk erstaunt an. Für einen Augenblick vergaß sie sogar zu schielen.

»Du hast schöne Hände«, stellte Hawk fest.

»Oh?«

In diesem einen Wort lag so viel Sarkasmus, daß es Hawk überraschte. Wieder dachte er daran, daß sie gewiß müde war, und unterließ eine scharfe Bemerkung.

Nedda, die Frau des Wirtes, kam mit drei schwerbeladenen Tabletts ins Gastzimmer. Prompt knurrte Frances' Magen wieder laut, und Hawk mußte lachen.

»Oh«, freute sich Frances, als eins der Tabletts vor sie hingestellt wurde, »Apfelküchlein! Wunderbar!«

»Sind Sie das, Lady Frances?«

Frances drehte sich zu Nedda um, die sie einigermaßen entsetzt ansah. So ruhig wie möglich erwiderte sie: »Ja, ich bin es, Mrs. Rapple.«

»Was tun Sie mit diesem Mann?«

Frances lächelte. Die Schotten waren bekannt für ihre schonungslose Offenheit und dafür, daß sie keine Klassenunterschiede machten.

»Er ist mein Gatte, Mrs. Rapple. Ich verlasse Schottland.«

»Und was haben Sie mit sich selbst gemacht? Sie sehen aus wie ...«

»Lachs mit Reisbällen! Ich bin überzeugt, alles wird, wie immer, wohlschmecken.« Frances sah Mrs. Rapple flehentlich an, und die gute Frau, verwirrt durch diesen eindringlichen Blick, nickte nur und verließ das Gastzimmer.

»Du kennst die Wirtin?« erkundigte sich Hawk, während er für Frances einen Teller füllte.

»Natürlich. Wir sind ja noch nicht sehr weit weg von Kilbracken. Ich hätte gern recht viel von allem, mein Lord, wenn Sie so freundlich sein würden.«

Hawk erfüllte ihr den Wunsch, probierte dann die Fleischpastete und nickte. »Ganz akzeptabel.«

»Wo ist denn Grunyon?« wollte Frances wissen.

»Er ißt in der Küche sein Abendessen. Übrigens: du solltest mich Philip oder Hawk nennen, ganz, wie du willst.«

»Wo bekamen Sie den Spitznamen Hawk?«

»Als ich bei der Armee war — in Spanien, um es genau zu sagen.«

Frances hätte gern mehr erfahren, aber sie war so hungrig, daß sie sich nicht selbst beim Essen unterbrechen wollte. Wie gütig von ihm, dachte sie ironisch, während sie an einem Fleischbissen kaute. Seine Lordschaft gibt die Erlaubnis, ihn mit seinem Vornamen anzureden oder mit seinem dummen Spitznamen. »Ich glaube, ich bevorzuge Philip«, erklärte sie nach einer ganzen Weile.

»Ich werde versuchen, auf diesen Namen zu reagieren«, meinte Hawk. »Es ist schon einige Zeit her, seit mich jemand so nannte. Möchtest du mit Frances angesprochen werden?«

Das ist besser als ›häßliche Hexe‹, wofür du mich ja hältst, dachte Frances. Laut sagte sie: »Ja, Frances ist mir recht.«

Wieder schwiegen beide. Frances leckte sich gerade mit der Zungenspitze den Zucker, mit dem die Apfelküchlein üppig bestreut waren, von den Lippen, da sagte Hawk: »Sowie wir meinen Vater gesprochen haben, werden wir einige Kleider für dich kaufen.«

Frances setzte sich kerzengerade auf. So, jetzt war sie also die arme, kleine Maus, deren Ehemann nicht in Verlegenheit kommen wollte, falls jemand sie mit ihm sehen würde! Sie hatte schon eine scharfe Antwort im Sinn, entschloß sich dann aber, nichts zu sagen.

»Clare und Viola waren immer so hübsch angezogen«, wunderte sich Hawk. »Ich bin direkt neugierig, warum du ...«

»Ich bin sehr müde«, unterbrach ihn Frances und schob den Teller zurück. Auf diesem Wege durfte es nicht weitergehen! Sie überlegte fieberhaft, wie sie am besten antworten sollte. Schließlich erwiderte sie kühl: »Ich finde schöne Kleider nicht begehrenswert. Es ist sündhaft, sich so herauszuputzen. Das geht gegen ... gegen meine religiöse Überzeugung.«

Du lieber Himmel, dachte Hawk entsetzt und blickte Frances verblüfft an, ich habe mich an eine bigotte Frömmlerin gebunden! Er fühlte sich auf einmal ganz elend und wußte nicht, ob das von den Apfelküchlein kam, oder von der fürchterlichen Erkenntnis, wen er da geheiratet hatte.

Das geschieht dir recht, du Schuft! Frances stand langsam auf und erklärte: »Ich gehe jetzt in mein Zimmer. Sie wollen doch sicher morgen sehr früh aufbrechen, mein Lord?«

Es war nahezu qualvoll, sie anzusehen, aber Hawk riskierte es. Schrecklich, dachte er, während seine Augen Frances' Kleid musterten. Doch ihr Körper war wirklich akzeptabel. Sie war schlank, er könnte ihre Taille mit den Händen umspannen, und ihre Brüste sahen voll und gutgeformt aus.

Frances war weder dumm noch unwissend. Sie verstand diesen Blick, den sie schon einmal bei Ian gesehen hatte, und hielt den Atem an. Dann trat sie einen Schritt zurück. »Gute Nacht, mein Lord!«

Hawk sah die Furcht, die Panik in ihrem Gesicht und sagte freundlich: »Frances, wir sind Mann und Frau. Ich weiß auch, daß wir einander noch fremd sind. Trotzdem werden wir die Ehe vollziehen und ...«

Seine gelassen ausgesprochene Anordnung brachte Frances aus der Fassung. »Warum? Ich kann mir keinen Grund für Sie vorstellen, der Sie wünschen läßt, zu ... Nun, Sie verstehen, was ich meine.«

»Ich sagte bereits: wir sind Mann und Frau.«

»Nein! Ich werde es nicht erlauben! Ich ...«

»Frances, hör auf damit. Wir werden die Ehe vollziehen, aber nicht heute nacht. Du bist müde und ich ebenfalls.« Hawk sah, wie erleichtert sie war und bedauerte sich selbst. Noch nie in seinem Leben hatte sich eine Frau geweigert, mit ihm das Bett zu teilen, wenn er es wünschte.

Ohne ein weiteres Wort zu sagen, wandte sich Frances abrupt um und lief zur Tür. Sie hörte nicht auf, zu laufen, bis sie ihr kleines Schlafzimmer im zweiten Stock des Gasthauses erreicht hatte. Sie verschloß die Tür von innen und war in wenigen Minuten im Bett.

Hawk drehte das Brandyglas zwischen den Fingern. Er wußte, daß Frances Angst vor der körperlichen Vereinigung hatte. Das war von einer jungen Braut letzten Endes zu erwarten. Nun, er würde sehr behutsam mit ihr umgehen und es schnell hinter sich bringen, damit sie nicht mehr als nötig in Verlegenheit kam. Er hatte mit genügend verheirateten Männern gesprochen und von allen gehört, daß Frauen, die wirkliche Ladies waren, zart behandelt werden wollten und nicht leidenschaftlich. Man mußte mit ihnen rücksichtsvoll und fürsorglich umgehen, bis sie schwanger waren, und sie dann allein lassen. Er wollte Frances noch einen weiteren Tag Zeit lassen, sich an den Gedanken zu gewöhnen, und selbst nicht mehr davon sprechen. Er würde es einfach tun.

Nachdenklich trank Hawk den Rest seines Brandys. Er konnte sich nicht vorstellen, Frances in einem erleuchteten Raum zu lieben. Der Gedanke daran, wie sie zu ihm aufschielte, ließ ihn schaudern. Trotzdem fragte er sich, wie sie wohl vom Hals an abwärts nackt aussah.

Der Graf von Ruthven zog seine Frau näher an sich, und Sophia fühlte, daß er ein Lachen unterdrückte.

»Was ist los?« fragte sie und zupfte zärtlich an seinen Brusthaaren.

»Ich dachte gerade daran, wie lange es wohl dauern wird, bis Frances ihre wahre Natur zeigt. Himmel, den Gesichtsausdruck von Hawk in dem Moment möchte ich gern sehen. Der arme Busche tut mir direkt leid.«

»Du hältst sie für sehr stark, nicht wahr?«

Ruthven schwieg einen Moment und lachte nicht mehr. Sophia brachte es doch immer wieder fertig, ihn auf den Boden der Tatsachen zurückzuholen. »Ja«, erwiderte er schließlich, »sie muß es sein.«

»Aber jetzt machst du dir Sorgen um sie, stimmt's, Arthur? All deine Pläne –, o ja, ich weiß, daß du dem Marquess geschrieben und ihm mitgeteilt hast, wie sehr du hoffst, daß Frances diejenige sein wird, die sein Sohn erwählt. Doch dieser junge Mann macht sich nichts aus ihr, nicht das geringste, Arthur. Dafür hat ja deine Frances gesorgt. Es ist also durchaus möglich, daß er grausam zu ihr sein könnte.«

»Nein! Verdammt, Sophia, das wird er nicht! Der Junge ist ein Gentleman!«

»Frances ist dafür bekannt, daß sie sogar dich wütend machen kann«, erwiderte Sophia trocken, »und du bist auch ein Gentleman.«

»Ich bin ihr Vater, das ist etwas ganz anderes.«

Sophia konnte nahezu hören, welche Gedanken ihrem Ehemann durch den Kopf gingen. Sie umarmte ihn und meinte freundlich: »Warum versuchst du jetzt nicht, zu schlafen, Arthur?«

»Du glaubst doch nicht, daß er sie verletzen wird?«

»Nein«, gab sie ehrlich und völlig gelassen zu, »das tue ich nicht. Wenn sie ihre Täuschung fortsetzt, gibt es ja auch keinen Grund dafür. Wer will schon eine ängstliche Maus schlagen?«

»Hmm!« brummelte Ruthven. »Heute nacht ist ihre Hochzeitsnacht.«

»Wie ich Frances kenne«, erwiderte Sophia, »wird sie den Grafen irgendwie davon überzeugt haben, daß eine Liebesnacht mit ihr das letzte ist, was er sich wünscht.«

»Ich hörte ihn sagen, daß er sehr rasch einen Erben zeugen will«, warf Ruthven ein.

»Aber bestimmt nicht heute nacht.«

Frances' Vater fand noch lange keinen Schlaf.

Wenigstens regnet es nicht, dachte Frances, während sie durch das Kutschenfenster die Gegend betrachtete. Sie hätte alles dafür gegeben, reiten zu können, statt Gefangene in dieser schrecklichen Kutsche zu sein. Sie spürte schon, daß die Kopfschmerzen begannen.

Hol ihn der Teufel! Er hätte sich zumindest erkundigen können, was sie zu tun wünschte. Frances vermutete, daß nach seinen vielen Erfahrungen — und sie zweifelte nicht eine Sekunde daran, daß er zahlreiche Erfahrungen besaß — eine Lady vor den Naturgewalten geschützt werden mußte, selbst wenn die Elemente erfreulich und sonnig waren.

Beim Frühstück hatte Hawk zu ihr gesagt: »Ich möchte weiterreisen, bis es dunkel wird. Grunyon glaubt, wir haben gute Aussichten, noch heute Peebles zu erreichen, falls uns kein Mißgeschick passiert.«

Wie viele Stunden würde sie wohl noch in der Kutsche eingeschlossen sein? Frances' Kopfschmerzen wurden immer heftiger.

Es war bereits dunkel, als die müden Pferde in Peebles ankamen und vor dem Gasthaus »Flying Duck« stehenblieben.

Frances fühlte sich richtig krank und hätte sich fast übergeben. Nur die laute Stimme ihres Gatten, die vom Hof des Gasthauses zu ihr schallte, hielt sie davon ab.

Sie fühlte sich wie benommen, als Grunyon ihr aus der Kutsche half. »Mylady?« fragte er, besorgt über ihre Blässe.

»Ich bin in Ordnung«, erwiderte Frances mit Mühe.

Ihr Ehemann hingegen kam verdammt gesund zu ihr und erklärte mit einer schon widerlich begeistert klingenden Stimme, daß er ein gutes Abendessen bestellt habe.

»Ich weiß nicht recht, ob ...« begann Grunyon und wurde von Frances unterbrochen.

»Ich möchte in meinem Zimmer essen.«

»Fühlst du dich krank.«

»Ja. Ich habe Kopfweh.«

Hawks Lippen wurden schmal. Das war eine verdammt fadenscheinige Entschuldigung für eine Frau in der zweiten Nacht ihrer Ehe. Nun, das würde ihr nicht gut bekommen. »Fein«, sagte er nur und ging ins Gasthaus.

Einige Augenblicke später beobachtete er, wie Frances mühsam die Treppe hinaufging, gefolgt von einer schwatzenden Magd.

»Sie verlangen zu viel, mein Lord«, stellte Grunyon gereizt fest.

»Was erwarten Sie von mir? Daß ich jede Stunde anhalte und sie an den Gänseblümchen, die am Straßenrand stehen, schnuppern lasse?«

»Da steht kein einziges Gänseblümchen.«

»Verdammt, Grunyon, Sie wissen, was ich meine! Haben Sie meinen Vater so rasch vergessen?« Er sah, daß sein Diener weitere Einwände erheben wollte, ließ ihn aber nicht zu Wort kommen. »Nein, nichts mehr! Ich esse jetzt, und danach gehe ich zu meiner Frau. Wahrscheinlich weiß sie gar nicht, daß ihr Schlafzimmer auch meins ist.«

Grunyon blickte seinen Herrn nur an, und Hawk merkte plötzlich, daß eine solche Bemerkung höchst unpassend war. Er wandte sich um und ging leise vor sich hinfluchend ins Gastzimmer.

Frances sah auf das Tablett mit dem Essen und deckte es rasch wieder zu. Die Kopfschmerzen waren fürchterlich. Allerdings hatte man sie auch noch nie vorher gezwungen, stundenlang in einer geschlossenen Kutsche zu sitzen.

Sie nahm nicht gern Medizin, aber ein wenig Laudanum hielt sie doch für angebracht, damit sie wenigstens schlafen könnte. In ihrer Reisetasche fand Frances nach längerem Suchen ein kleines Fläschchen des Schlafmittels, schüttelte einige Tropfen in die Tasse und trank den inzwischen lauwarmen Tee in einem Zug hinunter. Dann zog sie sich aus, schlüpfte rasch in ihr Nachthemd und stieg ins Bett.

Frances merkte erst, als sie in der Bettmitte war, daß das Bett und das Zimmer viel größer waren als in der letzten Nacht. Sie sank in die weichen Kissen zurück und fühlte sich zu elend, um darüber nachzudenken.

Hawk aß in gewohnter, eleganter Art seine Abendmahlzeit, konnte jedoch nicht verhindern, daß er alle paar Minuten an die Frau im oberen Stockwerk dachte. Er mußte es diese Nacht tun. Hawk hatte keine Ahnung, wie oft man miteinander schlafen mußte, bis eine Frau schwanger war, aber wahrscheinlich hatte er nicht das Glück, daß es schon beim ersten Mal gelang. Nun, er mußte jedenfalls heute nacht damit anfangen.

Hawk trank noch drei Gläser Brandy leer, und es war schon fast zehn Uhr, als er sich endlich auf den Weg zu seinem Schlafzimmer machte. Er war ein wenig angeheitert, aber nicht zu betrunken, um seiner Pflicht nicht nachkommen zu können. Und seine Pflicht würde er erfüllen!

Ein Lichtschimmer drang unter der Schlafzimmertür durch. Hawk blieb fast verblüfft stehen. So, seine Frau lag wach und wartete auf ihn! Er wollte gerade den Türknauf herumdrehen , da hielt er nochmals inne. Was, zum Teufel, war das für ein Geräusch? Er überlegte einen Moment, dann drehte er den Knauf entschlossen herum und stieß die Tür auf.

Hawk ging einen Schritt ins Zimmer und blieb entsetzt stehen.

Frances kniete auf dem Fußboden und erbrach sich in den Nachttopf. Ihr weißes Nachthemd wallte um sie herum, ein dicker Zopf fiel über ihre Schulter und baumelte gefährlich nahe am Nachtgeschirr.

Hawk kam sich wie ein Ungeheuer vor. Er hatte geglaubt, ihr Kopfweh wäre nur vorgetäuscht gewesen.

»Mein Gott, was ist mit dir?« stieß er hervor.

7. Kapitel

Frances hörte Hawks Stimme, fühlte sich aber zu elend und viel zu krank, um sich bewegen oder gar ihm antworten zu können.

»Frances«, Hawk beugte sich zu ihr hinunter, »was fehlt dir?«

Sie fühlte seine Hand auf ihrer Schulter, spürte, wie seine Finger den Zopf zurückzogen.

»Ich bin gleich wieder in Ordnung«, brachte sie zwischen zusammengebissenen Zähnen hervor und bewies prompt das Gegenteil. Ihr Körper hob und senkte sich, aber es kam nichts mehr aus ihrem Magen.

»Einen Augenblick«, bat Hawk, ernstlich besorgt, »ich hole Grunyon.«

Doch Grunyon stand bereits im offenen Türrahmen und sah erschrocken zu Frances hin. Die Nachtmütze hing schief auf seinem kahlen Kopf.

»Mylord ...«

»Sie ist krank. Können Sie ihr helfen?«

»Lassen Sie mich allein«, forderte Frances. Sie brachte es zustande, sich etwas aufzurichten. Im nächsten Moment bekam sie einen Krampf, stöhnte und preßte die Arme gegen den schmerzenden Magen.

Grunyon kniete sich neben Frances. »Mylady, haben Sie irgend etwas eingenommen? Eine Medizin gegen Ihr Kopfweh?«

Frances nickte.

»Was war es?«

»Laudanum, dachte ich, aber jetzt bin ich überzeugt, daß es etwas anderes war. Ich bin wieder in Ordnung ... Nein, ich möchte sterben.« Sie blickte kurz zu Hawk, der nahe bei ihr stand und sehr besorgt aussah. »Gehen Sie, bitte.«

»Sei kein Dummkopf«, erwiderte Hawk kurz, zog sie behutsam auf die Füße und dann in seine Arme. »Grunyon, holen Sie Wasser und ein sauberes Handtuch. Sie schwitzt wie ein Schwein.«

Frances fühlte sich viel zu elend, um seine Worte richtig wahrzunehmen. Ein weiterer Krampf quälte sie, und sie wand sich in seinen Armen.

»Sch!« sagte Hawk beruhigend, »es wird dir bald besser gehen, Frances.« Er legte sie aufs Bett und deckte ihren zitternden Körper mit der Bettdecke zu. Wenn jemand bleich und zugleich grün aussehen konnte, dann war es Frances. Ihre Augen waren fest geschlossen, die Lippen aufeinandergepreßt.

»Mylord«, ließ sich Grunyon vernehmen, »hier ist das Fläschchen, aber ich kann den Inhalt nicht feststellen.«

Frances vermochte es nicht zu ertragen, daß dieser Fremde, dieser Ehemann, auf sie niederblickte als ob sie eine Mißgeburt wäre. Sie zwang sich, die Augen zu öffnen und sah, daß er Grunyon das Fläschchen abnahm und daran roch. Frances wandte den Kopf zur Seite und erklärte: »Ich glaube, es war eine Medizin, die ich gegen Koliken einpackte.«

»Gegen Koliken?« fragte Hawk bestürzt. »Warum, zum Teufel, wolltest du so etwas mitnehmen?«

»Die Pferde können krank werden. Es ist eine spezielle Kräutermischung, die ich nicht vergessen wollte.«

Lieber Himmel, dachte Hawk erschrocken, was konnte das nur gewesen sein? Ohne zu überlegen, erklärte er: »Wir müssen es aus deinem Körper entfernen. Komm, wir müssen . . .«

»In meinem Körper ist nichts mehr drin«, protestierte Frances und biß die Zähne zusammen, weil schon wieder ein neuer Krampf sie schüttelte.

»Ich denke, Tee wäre das beste, mein Lord«, schlug Grunyon vor, »Mengen von starkem, heißen Tee.«

»Holen Sie welchen«, ordnete Hawk an und sah, daß Grunyon die Nachtmütze vom Kopf rutschte, als er zur Tür eilte.

Hawk fuhr fort, Frances' Gesicht mit dem dampfenden Tuch abzuwischen. Mehr zu sich selbst als zu ihr sagte er auf einmal: »So, du bist also tatsächlich krank vor Kopfschmerzen.«

In Frances kämpften Ärger auf Hawk und Übelkeit gegeneinander, doch der Ärger siegte. »Glaubten Sie, das wäre nicht der Fall? Hielten Sie mich für eine Lügnerin?«

»Ja«, gab Hawk offen zu. »Nun, nicht direkt für eine Lügnerin. Ich dachte nur, du wolltest mich durch irgend etwas davon abhalten, zu dir ins Bett zu kommen.«

»Da haben Sie vollkommen recht«, erwiderte Frances. Die Übelkeit verging, und sie konnte sich erleichtert wieder ausstrecken. Ein tiefer Seufzer entrang sich ihrer Brust, aber sie hielt noch immer das Gesicht abgewandt, weil sie die Brille nicht trug. Das hätte ihm den letzten Schlag versetzt, dachte sie ironisch. Sie konnte sich gut vorstellen, wie sie aussah. Himmel, mit Brille hätte er sie wahrscheinlich über dem Nachttopf hängen lassen und wäre aus dem Zimmer geflüchtet, ohne ein Wort zu sagen.

Hawk merkte, daß Frances sich ein wenig besser fühlte und erinnerte sich, daß Ablenkung für einen kranken oder verwundeten Soldaten immer eine gute Sache gewesen war. Hilfreich für jedermann, nahm er an. »Aber warum?« fragte er deshalb Frances, teils, um sie abzulenken, doch auch, weil er es wirklich wissen wollte.

Ihm ist gar nicht klar, wie arrogant und eingebildet er ist, stellte Frances im stillen fest.

»Wir sind verheiratet, Frances. Du weißt, daß wir miteinander schlafen müssen und — und intim sein.«

Es klang so ehrlich verwirrt, daß Frances am liebsten gelacht hätte. »Ich habe Sie schon nackt gesehen, müssen Sie wissen«, erwiderte sie.

»W-was?« Hawk legte ihr rasch eine Hand auf die Stirn, um zu prüfen, ob sie fantasierte.

»Als Sie im See badeten«, fuhr Frances fort, »an dem Tag, an dem Sie in Kilbracken eintrafen. Ich war dort. Ich wußte nicht, wer Sie sind, jedenfalls zuerst nicht.«

»Ach so.« Hawk grinste. Er erinnerte sich sehr genau an den Schock durch das eiskalte Wasser. »In diesem Fall weißt du also aus erster Hand, daß ich nicht deformiert bin.«

»Nein.« Frances seufzte. »Nein, das sind Sie nicht, jedenfalls nicht übermäßig, abgesehen vielleicht von Ihrem Haar. Sie haben eine Menge davon, und es ist schwarz.«

Amüsiert blickte Hawk auf Frances nieder. Nur, um sie weiter abzulenken, sagte er sanft: »Immerhin gab ich dir die Gelegenheit festzustellen, was für einen Ehemann du bekommst. Ich wünschte, ich hätte dieselbe Möglichkeit und Garantie gehabt.«

Frances blieb fast die Luft weg.

»Mylord, hier ist der Tee.«

»Vielen Dank, Grunyon. Ich werde darauf achten, daß sie alles trinkt. Wenn ich Sie brauche, rufe ich Sie.«

Grunyon blickte noch einen Moment auf seine Herrin, die in der Mitte des großen Bettes lag. Armes, kleines Ding, dachte er und schüttelte den Kopf. Dann betrachtete er sie noch einmal genauer. Ohne Brille sah sie nicht so gräßlich aus, nein, überhaupt nicht. Obwohl ihr Haar verschwitzt und in einem Zopf gebändigt war, hatte es eine wunderschöne Farbe. War der Graf blind? Beim Hinausgehen beobachtete Grunyon, wie sein Herr Frances behutsam zum Sitzen aufrichtete und ihr die Teetasse an die blassen Lippen hielt.

»Es ist nicht zu heiß«, beruhigte Hawk die Patientin, als sie etwas zurückwich. »Komm, trink.«

Frances fühlte sich zu schwach, um mit ihm zu diskutieren. Sie trank, wenn auch widerwillig, die Tasse leer. Dann ließ Hawk sie vorsichtig auf den Rücken gleiten, wandte sich um und füllte eine weitere Tasse.

»Bitte, bitte, gehen Sie!« flehte Frances. Sie empfand es als entsetzlich demütigend, daß er sie so krank sah.

»Das kann ich nicht. Dies ist genauso mein Schlafzimmer, wie deins. Komm, Mädchen, trink noch etwas.«

»Nein, nicht noch mehr!«

Ihre Weigerung verfehlte bei ihm jede Wirkung, und so trank sie zwei weitere Tassen voll heißen, bitteren Tees. »Gut gemacht«, lobte Hawk.

Er muß unbedingt aus dem Zimmer verschwinden, dachte Frances. Wie soll ich mich sonst erleichtern? »Sir«, begann sie, »ich bitte Sie, lassen Sie mich eine Weile allein. Bitte!«

»Sir? Warum? Also wirklich, Frances, ich bin schließlich kein kaltblütiges Untier, das dich allein läßt, wenn du krank bist.«

»Ich brauche den Nachttopf«, erklärte Frances in ihrer Verzweiflung unverblümt.

»Schon wieder? Ah, gut. Grunyon hat ihn ausgeleert. Komm, ich helf dir.«

»Sir ... Philip ... Hawk, bitte! Geh jetzt!«

»Frances, hör auf, ein Dummkopf zu sein!« Hawk wurde langsam ungeduldig mit ihr. »Um Himmels willen, meine Gefühle werden bestimmt nicht unziemlich verletzt, wenn du dich übergeben mußt.«

»Ich brauche den Nachttopf nicht für meinen Mund ...«

Jetzt mußte Hawk doch lachen. »Ich verstehe«, erwiderte er und stand rasch auf. »Kannst du es allein schaffen?«

»Geh bitte!«

»Du hast fünf Minuten Zeit. Ich möchte nicht das Risiko eingehen, dich ohnmächtig auf dem Fußboden wiederzufinden.« Hawk ging aus dem Zimmer und schloß die Tür hinter sich.

»Mylord, warum verlassen Sie die Patientin?«

»Du bist noch auf, Grunyon? Ach, natürlich bist du noch wach. Ich werde langsam blöd. Ja, ich ließ sie allein, weil sie das Nachtgeschirr benutzen muß.«

»Aber in diesem Fall ...« Grunyon eilte auf die Tür zu. »Ich helfe ihr, mein Lord, ich ...«

Hawk lachte. »Sie muß die drei Tassen Tee loswerden.«

»Oh.« Grunyon überraschte seinen Herrn damit, daß er rot bis zu den Ohren wurde.

»Glauben Sie, daß wir einen Arzt holen müssen?« Hawk wirkte nun doch sehr besorgt.

Grunyon schüttelte den Kopf. »Wenn sie den Tee los ist, wird es ihr besser gehen, denke ich.«

Hawk fuhr sich mit den Fingern durch sein dichtes Haar. »Das waren die zwei merkwürdigsten Tage meines Lebens. Ich hatte wirklich angenommen, sie benützte das Kopfweh nur als Vorwand, um zu verhindern ... um mich abzuhalten ...«

»Ich verstehe«, fiel Grunyon rasch ein.

»Die fünf Minuten sind um, glaube ich. Gehen Sie schlafen, Grunyon, ich werde es auch tun.« Hawk lächelte etwas schief. »Teufel, es gibt für alles ein erstes Mal. Mit einer Frau im Bett sein, ohne mit ihr zu schlafen ...«

»Mylord!«

Hawk blickte seinen Diener kurz an, dann ging er rasch ins Schlafzimmer zurück. Es war tatsächlich das erste Mal, daß er mit einer sehr kranken Frau im gleichen Bett liegen würde. Nur eine Kerze brannte auf dem kleinen Nachttisch. Frances hatte sich auf die Seite gedreht, wandte ihm den Rücken zu, die Bettdecke bis zur Nasenspitze hochgezogen.

»Wie fühlst du dich?«

»Gut«, erwiderte sie kurz, ohne sich zu rühren.

Er wäre am liebsten aus dem Zimmer gegangen, aber das konnte er nicht. »Schau, Frances, ich bleibe diese Nacht bei dir. Du wirst sicher nicht gern allein sein, falls du wieder erkrankst.«

»Ich werde nicht wieder krank.«

»Du wirst nicht, ha? Wenn du so klug bist, warum hast du dann diese Medizin gegen Pferdekoliken getrunken?«

»Geh zum Teufel«, erwiderte sie sehr deutlich.

Für einen Moment war Hawk verblüfft. So, sie war also nicht völlig matt und absolut schüchtern. Sie konnte sogar ein wenig bissig werden, wenn sie sich angegriffen fühlte.

»Schlaf jetzt«, sagte er. »Du kannst sicher sein, daß ich dich heute nacht nicht vergewaltigen werde.«

Heute nacht.

Hawk wandte sich ab, zog sich aus und legte seine Sachen sorgfältig über eine Stuhllehne. Als er sich wieder umdrehte, sah er, daß Frances in die entfernteste Ecke des Bettes gerückt war. Sie konnte jeden Moment auf den Fußboden fallen. Das geschähe ihr ganz recht, dachte Hawk plötzlich völlig mitleidslos. Dummes Ding! Fand sie seine Behaarung so widerlich? Nun, wenn sie wirklich gegen männliches Haar war, hätte sie einmal seinen alten Sergeanten, Dickie Hobbs, sehen sollen. Himmel, der Mann hatte förmlich eine Haarmatte auf seinem Rücken! Seine Männer hatten Hobbs oft damit aufgezogen, daß Frauen mit ihren Händen durch diese Haarpracht fahren könnten und nicht aufzuhören brauchten, bis sie seine Fußsohlen erreicht hatten.

Frances fühlte, wie die Matratze nachgab, als Hawk ins Bett kam. Sie hielt den Atem an, doch er blieb auf seiner Seite.

Wie merkwürdig, dachte sie einige Minuten später, endlich sicher, daß er sein Wort halten würde. Sie lag tatsächlich mit einem Mann im Bett! Sie war so nervös, daß sie einige Zeit brauchte, um zu merken, daß ihr Magen in Ordnung und ihr Ehemann eingeschlafen war.

Er drehte sich auf den Bauch.

Er fing zu schnarchen an.

Frances biß die Zähne zusammen und hielt sich das Kissen an die Ohren.

Frances erwachte und war allein. Erleichtert stellte sie fest, daß ihr Körper wieder normal reagierte. Keine Krämpfe, keine Übelkeit mehr. Doch die Aussicht auf einen weiteren endlosen Tag in dieser schlingernden Kutsche machte sie nachdenklich. Wenigstens hatte ihr Ehemann in einem Anflug von gutem Benehmen sich angezogen und sie allein gelassen.

Sie blickte zu der kleinen Uhr auf dem Kaminsims. Es war erst sechs Uhr morgens.

Frances setzte sich im Bett auf und seufzte. Er wollte bestimmt bald weiterreisen. Ich bin ein egoistischer Dummkopf, schalt sie sich im nächsten Moment. Sein Vater ist sehr krank, und er will rasch zu ihm.

Sie fand die Wasserschüssel, die Hawk am vergangenen Abend benützt hatte, um ihr Gesicht abzureiben, und wusch sich schnell. Innerhalb von zehn Minuten hatte sie sich angezogen, ihr Haar in einen festen Knoten gezwängt, die Brille aufgesetzt und ging die Gasthaustreppe hinunter.

Plötzlich hörte sie die Stimme ihres Ehemannes und blieb stehen.

»Ich vermute, es wäre abscheulich von mir, sie zu wecken und zu bitten, aufzustehen«, sagte Hawk. »Verdammt, ich möchte nicht noch einen Tag verlieren!«

»Leider sehe ich keine andere Wahl, Mylord«, erwiderte Grunyon.

»Nein. Sie haben recht.«

Er kann sogar meinetwegen ein wenig beunruhigt sein, dachte Frances und kniff die Lippen zusammen. Er zeigt ja direkt etwas Sorge um mich. Sie straffte die Schultern und ging die Treppe weiter hinunter.

»Ich würde gern frühstücken, bevor wir weiterreisen, mein Lord«, erklärte sie.

»Frances! Warum, zum Teufel, bist du schon aufgestanden?«

»Ich … ich meine, wir … nun, ich denke, wir sollten weiterreisen, mein Lord.«

»Philip«, mahnte er.

»Ja gut, Philip.«

»Bist du sicher?«

Frances zuckte ein wenig zurück, als sie sah, daß er sie genau beobachtete, und erinnerte sich daran, daß sie ihn anschielen mußte. »Natürlich.«

Sie frühstückten schweigend. Dreißig Minuten später stand Frances vor der offenen Kutschentür.

Hawk, der gerade Ebony bestiegen hatte, sah ihren angespannten Gesichtsausdruck, ihre Furcht. Doch bevor er etwas sagen konnte, kletterte Frances in die Kutsche.

Sie ist nicht von der schlechtesten Sorte, dachte Hawk, keine willensschwache, empfindliche Lady. Sie hat Mumm. Trotzdem ließ er Grunyon während der Fahrt alle zwei Stunden anhalten.

Frances erkannte seine Fürsorge, brachte es aber nicht über sich, etwas Versöhnliches zu ihm zu sagen.

Als sie am Abend in Jedburgh anhielten, um dort zu übernachten, spürte Frances nicht den leisesten Kopfschmerz. Das bedauerte sie außerordentlich und überlegte fieberhaft, was sie tun konnte, um ihren Ehemann in der Nacht fernzuhalten. Sie dachte an die Medizin gegen Pferdekoliken, die sie nun nicht mehr besaß.

Während des Abendessens schwieg Frances und benahm sich, wie es ihrer Ansicht nach eine graue Maus tut. Schließlich meinte Hawk: »Diese Schafsinnereien habe ich langsam satt.«

Daraufhin nahm Frances sich einen extra großen Bissen.

Hawk beobachtete einen Moment ihren gesenkten Kopf, dann erkundigte er sich: »Fühlst du dich jetzt etwas wohler?«

Erschrocken richtete Frances sich auf. Sie konnte einfach nicht anders. Hawk sah den Widerwillen in ihrem Gesicht. Sie schielte zu ihm herüber, und er sagte scharf: »Um Himmels willen, Frances, das ist keine Frage, die mich zu dir ins Bett bringen soll!«

»Ja«, erwiderte sie und blickte wieder auf ihren Teller. »Ich fühle mich wesentlich besser. Vielen Dank, daß Sie mehrmals am Tage die Kutsche anhalten ließen. Ich bin es nicht gewöhnt, in einer geschlossenen Kutsche zu sitzen.

»Was bist du denn gewöhnt?«

»Mein eigenes Pferd zu reiten, natürlich. Oder zu Fuß zu gehen.«

»Ich habe kein Extrapferd, und du kannst auch nicht bis York laufen.«

»Nein, das kann ich nicht.«

Hawk betrachtete sie mit wachsender Frustration. Warum, zum Teufel, konnte sie mit ihm keine normale, höfliche Unterhaltung führen? Er hätte am liebsten über sich selbst gelacht, kannte er doch genau die Gründe, warum er sie erwählt hatte, und nicht ihre Schwestern. Sie plapperte nicht unaufhörlich. Sie war ruhig und unscheinbar wie eine Maus. Sie würde ihn nicht belästigen, seine Zeit nicht in Anspruch nehmen und keine Aufmerksamkeit von ihm verlangen.

Plötzlich fragte er: »War ich der erste Mann, den du je gesehen hast?«

Frances verstand ihn sehr wohl, erwiderte jedoch langsam: »Vielleicht glauben Sie, Kilbracken liegt sehr abgeschieden, mein Lord, aber von Zeit zu Zeit sind beide Geschlechter dort anwesend.«

»Philip«, mahnte er wieder.

Frances sagte nichts, sondern spielte nur mit ihrem Weinkelch.

»Nackt, meine ich.«

»Natürlich.«

Das verblüffte ihn sichtlich. »Du hast schon viele nackte Männer gesehen?«

»Nein, einige Jungen, das ist alles. Und meinen kleinen Bruder Alex selbstverständlich. Sie hatten kein einziges Haar am Körper.«

Für einen Moment glaubte Hawk, sie wollte ihn verspotten, aber nein, das konnte doch nicht wahr sein. Dazu war sie zu schüchtern, zu verdammt dumm. Und viel zu häßlich. Nein, eigentlich nicht direkt häßlich, nur ... »Frances, du wirst dich früher oder später an mich gewöhnen müssen.«

»Ich vermute, das ist sehr wahr.«

»Genauso, wie ich mich an dich gewöhnen muß.«

Aha, dachte sie und wünschte sich, ihm ins Gesicht schlagen zu können, der Gedanke legt sich dir auf den Magen, wie? »Ich hoffe, das werden Sie nicht«, entgegnete sie schnippisch.

»Nun, darüber brauchst du dir wenigstens für heute nacht keine Sorgen zu machen. Du hast dein eigenes Schlafzimmer.«

»Wunderbar«, stellte Frances fest und schielte ihn an. Sie sah, wie ihr Anblick Hawk förmlich zusammenzucken ließ und senkte rasch den Kopf, um ihr triumphierendes Lächeln zu verbergen.

Zwei Tage später erreichten sie gegen zehn Uhr abends York. Die Pferde waren erschöpft. Hawk ebenfalls. Er wäre gern nach Desborough Hall, das noch fünfzehn Meilen entfernt lag, weitergereist, war dazu aber nicht mehr imstande.

Frances, die sich derart gelangweilt fühlte, daß sie hätte schreien können, war mehr als hungrig. Englische Hausmannskost, dachte sie eine halbe Stunde später geringschätzig, als sie auf das gekochte Rindfleisch und die geschmacklosen Tomaten, die auf ihrem Teller lagen, blickte. Doch sie aß.

Hawk faßte seinen Entschluß. Er hatte Frances die letzten zwei Nächte in Ruhe gelassen. Heute nacht wollte er die Ehe vollziehen. Die Diener in Desborough Hall durften auf keinen Fall Blut auf dem Bettlaken finden und daran erkennen, daß er vorher noch nie mit seiner Frau geschlafen hatte. Sie waren schließlich schon fünf Tage verheiratet. Es war Zeit.

Er nahm sich vor, Frances zunächst zu beruhigen, und sagte: »Morgen vor dem Mittagessen werden wir mein Gut Desborough Hall erreichen.«

»Hmmm.« Frances blickte nicht auf.

»Es gehörte meinem älteren Bruder Nevil, wie du weißt. Er war bis zu seinem Tode vor fünfzehn Monaten der Herzog von Rothermere.«

»Das tut mir leid«, erwiderte Frances.

»Es war sehr merkwürdig«, fuhr Hawk fort. »Ein Yacht-Unfall, nahe bei Southampton. Er ertrank. Ich war erst dreimal in Desborough Hall, seit ich nach England zurückkehrte.«

»Warum?«

Eine Frau von wenigen Worten, dachte Hawk und drehte das Brandyglas zwischen seinen Fingern. »Ich weiß nicht. Vielleicht, weil mir Desborough Hall nie gehörte und es auch so aussah, als würde es nie mein werden. Ich habe mich noch immer nicht daran gewöhnt, meines Vaters Erbe und der Graf von Rothermere zu sein. Es ist übrigens ein sehr schöner Besitz.«

So, dort soll ich also eingeschlossen werden, dachte Frances. Sicher ist es da gräßlich.

»Die Gentlemen in London werden mich mit Rothermere anreden, und ich werde nicht antworten. Ich komme mir wie ein Eindringling vor. Wie ich dir schon sagte, nennen mich die meisten Hawk.« Er lächelte, und Frances bemerkte verdrossen, daß er schöne, weiße Zähne besaß. »Ich bin sehr dankbar, daß ich noch eine Anzahl Freunde aus der Armee habe. Sie gaben mir den Namen Hawk.«

Er klang ausgesprochen menschlich, und das bereitete Frances einiges Unbehagen. Solange er sich arrogant und eingebildet benommen hatte, konnte sie ihn wenigstens widerlich finden.

Sie tat, als ob sie zuhörte, und Hawk fuhr fort: »Ich setzte immer voraus, daß die Armee mein Leben sein würde und fand es ziemlich schwierig, mich mit der Rolle eines müßigen Gentleman abzufinden.«

Aber du hast dich damit abgefunden, nicht wahr? Sogar sehr gut! dachte Frances, nickte jedoch nur und unterdrückte eine sarkastische Bemerkung.

»Desborough Hall wird dir gefallen, Frances«, redete Hawk weiter, während er eine Walnuß aufknackte. »Wir bleiben allerdings nur einen Tag dort. Dann müssen wir nach Chandos Chase, dem Landsitz meines Vaters in Suffolk. Es tut mir leid, daß dir nicht mehr Zeit zum Ausruhen bleibt, Frances, aber ...«

»Ich verstehe, mein Lord. Sie möchten Ihren Vater so bald wie möglich sehen.«

»Philip.«

»Ja. Wenn Sie wollen, hätte ich nichts dagegen, direkt zu Ihrem Vater zu fahren.«

»Nein, wir müssen eine Pause einlegen. Die Pferde sind zu erschöpft. Außerdem wird es dir sicher sehr angenehm sein, für eine Weile nicht in der geschlossenen Kutsche sitzen zu müssen.«

Eine arg kurze Weile, dachte Frances. Sie sah, daß Hawk müde war, faltete ihre Serviette sorgfältig und legte sie neben ihren Teller.

»Ich möchte Ihnen eine gute Nacht wünschen, mein Lord.«

»Philip.«

»Ja, jedenfalls bin ich müde. Ich sehe Sie dann am Morgen wieder.«

Hawk betrachtete ihren Körper, als sie aufstand. Es wird nicht zu schlimm werden, dachte er, zog es jedoch vor, nichts zu Frances zu sagen. Er würde einfach zu ihr ins Zimmer gehen und die verdammte Sache hinter sich bringen.

»Gute Nacht«, erwiderte er nur und sah ihr nach, bis sie das private Gastzimmer verlassen hatte.

Zu ihrer Freude stand in Frances' Badezimmer eine Wanne mit heißem Wasser bereit. Wenigstens etwas Gutes in England!

Margaret, das Zimmermädchen, wartete bereits auf Frances, die nach wenigen Minuten erleichtert aufseufzend ins Wasser glitt.

Margaret wusch ihr das Haar. Ich bin gestorben und befinde mich im Himmel, dachte Frances. Noch nie zuvor hatte ihr jemand das Haar gewaschen, ausgenommen in der Zeit, als sie mit zwölf Jahren krank war und Adelaide ihr half.

Während sie dann vor dem Kamin saß und Margaret ihr Haar kämmte, dachte Frances an Desborough Hall, ihr künftiges Heim. Sie versuchte, sich ihr Leben dort vorzustellen, wo sie keine Seele kannte, und schauderte.

»Ist Ihnen kalt, Mylady?«

»Nein, Margaret. Ist mein Haar jetzt trocken?«

»Fast, nur noch ein paar Minuten. Sie haben wundervolles Haar, Mylady.«

»Danke.« Ich bin in England, dachte Frances und schauderte wiederum.

Ein fremdes Land. Ein fremder Ehemann. Sie hätte am liebsten geweint, tat es aber nicht.

»Gehen Sie jetzt schlafen, Margaret.« Sie begann, ihr Haar zu flechten, hielt jedoch inne, als sie Margarets Gesichtsausdruck sah.

»Ich sollte noch nicht gehen, Mylady. Ich will Ihr Haar noch für morgen kämmen.«

»Sehr gut«, stimmte Frances zu.

Zehn Minuten später lag sie in der Mitte ihres Bettes, ihr Haar lag ausgebreitet auf den Kissen, das Zimmer war schrecklich dunkel.

Sie hörte plötzlich Schritte im Korridor und erschrak. Dann wurde der Türknopf herumgedreht.

Frances setzte sich abrupt auf und zog die Decke bis zur Nasenspitze hoch. Ihr Herz hämmerte wild.

Ihr Gatte kam in ihr Schlafzimmer.

8. Kapitel

»Was tun Sie hier? Was wollen Sie?«

Frances' Stimme klang vor lauter Angst fast schrill. Hawk sah in dem Dämmerlicht, das vom Korridor ins Zimmer fiel, ihre Umrisse. Sie saß im Bett, die Decke bis ans Kinn hochgezogen. Er schloß die Tür und kam in den Raum.

»Gehen Sie sofort hinaus, mein Lord. Das ist nicht Ihr Schlafzimmer!«

Er hörte, wie erregt ihr Atem ging. »Frances«, sagte er und versuchte, beruhigend zu klingen, »ich bin hier, um unsere Ehe zu vollziehen. Es wird nicht lange dauern, das verspreche ich dir. Alles, was du zu tun hast, ist ...«

»Nein! Gehen Sie!«

»... ruhig zu liegen. Ich werde mich bemühen, dich nicht zu verletzen.«

Frances erkannte die Entschlossenheit in seiner Stimme. Sie hörte, wie er sich auszog, und steckte eine Faust in den Mund. Als seine Stiefel auf den Fußboden fielen, schrie sie fast: »Ich wünsche es nicht, mein Lord, ich ...«

»Philip«, erwiderte er ruhig. »Du bist meine Frau, Frances, und du wirst mir gehorchen. Laß mich dich daran erinnern, daß das deine Pflicht als Ehefrau ist.«

Frances wußte alles über ihre Pflicht, aber sie hatte gehofft, daß er sie so gräßlich finden würde, daß er noch eine Weile auf dieses Was-immer-es-auch-War verzichten würde. »Ich fühle mich wirklich nicht wohl«, fing sie an, hörte jedoch erschrocken auf, als er leise lachte.

»Hast du noch mehr Pferdekoliken-Medizin getrunken?«

»Nein, aber ich wünschte, ich hätte es getan.«

Plötzlich setzte er sich auf die eine Seite des Bettes. Frances wich sofort weiter zurück. Hawk streckte eine Hand aus und berührte sanft eine Haarsträhne. Er fragte sich, alles andere als amüsiert, ob sie wohl eine dieser schrecklichen Hauben im Bett trug.

Er hörte ihr stoßweises Atmen, fühlte nahezu ihre Furcht. Wenn doch wenigstens eine Kerze brennen würde! Aber wahrscheinlich wäre er nicht imstande, seine Pflicht zu erfüllen, wenn er sie ansah.

»Frances, du mußt mir vertrauen«, begann er noch immer ruhig und freundlich. »Ich weiß, daß du Angst davor hast« — das erschien ihm als riesige Untertreibung —, »aber es wird nicht so schlimm, ich schwöre es dir. Ich weiß, was ich tue, und wenn du mitmachst, wird es viel leichter für dich. Wehre dich nicht gegen mich, Frances.«

Frances dachte plötzlich an die Träume, die sie als Mädchen gehabt hatte. Träume von einem Mann, der sie lieben, respektieren und sich alles von ihr wünschen würde. Hawks kalte Beratung, seine entsetzliche Sachlichkeit waren fast zuviel für sie.

Sie schloß die Augen und wußte nur zu gut, daß es für etwas anderes keine Hoffnung gab.

»Gut«, wisperte sie.

»Lieg still.«

»Ja.« Und sie tat es, lag auf dem Rücken, die Augen fest geschlossen. Sie fühlte, wie er die Bettdecke zurückschlug, fühlte, wie er mit den Fingerspitzen leicht ihre Wange berührte und zuckte zurück.

Ich hätte mehr Spaß an einer Schlacht, dachte Hawk. Er griff nach Frances' Nachthemd und schob es bis zu ihrer Taille hoch. »Halt still«, sagte er und berührte mit der Hand ihren Körper. Ihre Haut war sehr weich, seine Hand glitt tiefer. Er spürte das Nest von Haarlocken zwischen ihren Oberschenkeln und hielt einen Moment inne. Er hörte, wie sie den Atem anhielt und brach rasch ihre Beine auseinander.

»Frances, du weißt doch, was wir tun werden, nicht wahr?«

Wir? Sie hätte ihn am liebsten angespuckt, ihm gesagt, daß er zum Teufel gehen solle, aber sie brachte keinen Ton hervor.

Hawk wartete einige Augenblicke auf ihre Antwort, dann fragte er: »Du bist noch Jungfrau, nicht wahr?« Natürlich ist sie es, ich verdammter Dummkopf! »Frances, ich begreife, daß es natürlich ist, Angst vor etwas zu haben, das man nicht kennt und ...«

»Ich verstehe«, flüsterte Frances und wünschte sich, daß es vorüber wäre und er gehen würde.

»Gut«, erwiderte er. Seine Finger suchten ihre Scham, und in diesem Augenblick fiel ihm ein, daß er sie verletzen würde, wenn er den Akt vollzog. Nicht wegen ihrer Jungfräulichkeit, aber sie war nicht bereit für ihn. Zwar kämpfte sie nicht gegen ihn, aber ihr Körper tat es sicher. Wie machte man eine Ehefrau bereitwillig? Natürlich konnte er sie nicht so liebkosen, wie er es mit seiner Geliebten tat. Das würde sie wahnsinnig erschrecken und die Sache nur noch schlimmer machen. Er schüttelte den Kopf. Hätte er sich doch wenigstens eingecremt, damit er leichter in sie gleiten konnte!

Behutsam suchte er den Eingang, doch da zuckte Frances mit einem kleinen, ängstlichen Aufschrei zurück. Ich kann es nicht tun, nicht auf diese Weise, dachte Hawk und bat: »Lieg still, Frances. Ich bin rasch zurück.«

Er zog sich schnell die Hose an und ging aus dem Zimmer.

Frances schob ihr Nachthemd wieder zurück und blieb dann still liegen. Wohin war er gegangen? Was tat er? Sie blickte verstört in die Richtung, wo das Fenster sein mußte und überlegte, ob sie hinunterspringen sollte. Dummkopf! schalt sie sich. Ihr Körper war angespannt, die Gedanken wirbelten ihr im Kopf herum.

Du kannst nichts anderes tun, als es zu ertragen. Benimm dich nicht weiter wie ein dummes Ding! Er hat gesagt, ich soll stilliegen, dann wäre es schnell vorüber.

Aber wohin war er gegangen?

Die Schlafzimmertür wurde geöffnet und wieder geschlossen.

»Frances?«

»Ja?« hauchte sie.

»Bleib ruhig liegen.«

Was hatte er erwartet? Daß sie in die Zimmerecke geflüchtet war? Oder aus dem Fenster gesprungen? Daß sie eine

Pistole hätte und ihn erschießen würde? Sie sah es plötzlich vor sich, wie er sie unter dem Bett hervorzog.

Hawk hatte sich eingecremt und kam wieder ins Bett. Zum Teufel, dachte er, als er merkte, daß sie das Nachthemd heruntergezogen hatte. Er schob es wieder bis zur Taille. »Hab keine Angst, Frances.« Überrascht spürte er, daß er erregt war, obwohl sie doch die letzte Frau war, mit der er zu schlafen wünschte. »Halt einfach still.«

Er hatte noch nie zuvor eine Frau im Dunkeln geliebt. Behutsam drang er in sie ein und hielt sofort inne, als Frances aufschrie. Hatte er ihr tatsächlich so weh getan? Er bewegte sich mit aller Vorsicht, fühlte, wie schmal sie war. Es war nicht einfach, eine Jungfrau zu lieben. Nein, sie war nicht nur eine Jungfrau, sie war eine Lady und seine Frau, und sie verdiente es, so zart wie nur möglich behandelt zu werden. Er wollte ihr jede unnötige Qual ersparen.

Frances fühlte seinen nackten Körper. Ihre Nerven waren aufs äußerste angespannt, die Hände hatte sie zu Fäusten geballt.

»Frances?«

»Ja?« Ihre Stimme klang ruhig und resigniert.

»Du wirst dich gleich ein wenig ... unbehaglich fühlen, aber ich muß dein Jungfernhäutchen durchstoßen. Entspanne dich, ja?«

»Nein!« Sie sagte es klar und deutlich. »Nein! Bitte, hören Sie auf! Bitte, gehen Sie fort!«

»Ich kann nicht.« Im nächsten Moment war er durch die schmale Barriere.

Frances schrie bei dem plötzlichen, heftigen Schmerz auf und versuchte, sich von ihm zu befreien, doch Hawk hielt sie mit seinem Gewicht fest. »Ruhig, Frances, sei ganz ruhig.« Seine Stimme war sanft, und er preßte sein Gesicht an ihre Wange. »Der Rest ist nicht schlimm, das verspreche ich dir.«

Frances fühlte sich verletzt, auf rohe Weise verletzt. Er war schuld daran, und er war in ihr, so tief. Sie hatte nicht gewußt, daß ihr Körper so etwas zulassen würde. Sie wollte nicht weinen, doch außer dem Schmerz fühlte sie sich beschmutzt, benützt. Und hilflos. Sie steckte die Faust in den Mund, konnte jedoch ihr Schluchzen nicht zurückhalten. Sie versuchte, Hawk wegzuschieben, aber dabei kamen ihre Hände mit seinen nackten Schultern in Berührung. Sofort zuckte sie zurück, legte die Arme wieder neben ihren Körper und krampfte die Hände in das zerwühlte Bettlaken.

Sie fühlte, wie er sich wieder in ihr bewegte. Es tat noch weh, aber jetzt nicht mehr so sehr.

»Frances«, stöhnte Hawk plötzlich zwischen zusammengepreßten Zähnen. Ein tiefer Seufzer entrang sich seiner Brust. Dann spürte sie Feuchtigkeit und wußte, sie kam von ihm.

Sie bewegte sich nicht. Sie haßte ihn. Was er ihr angetan hatte, war gemein und unverzeihlich.

Hawk gab sie frei. Er fühlte, wie sie zusammenzuckte, und es tat ihm leid, daß er ihr Schmerzen zugefügt hatte. Aber, verdammt noch mal, er hatte es so schnell wie möglich, so behutsam wie möglich getan. »Beim nächsten Mal tut es nicht mehr weh«, versicherte er beruhigend, rollte sich zur Seite und stand auf.

»Bist du in Ordnung, Frances?« erkundigte er sich, besorgt über ihr Stillsein.

»Ja.« Ihre Stimme klang wie betäubt und leblos.

Hawk blickte in ihre Richtung und seufzte. Er wunderte sich, wie wenig sie wußte. Freundlich erklärte er: »Bitte, erschrick nicht, wenn du morgen Blut entdeckst. Das ist beim ersten Mal so. In nächster Zeit wirst du weder Schmerzen haben noch Blut sehen.« Zumindest hoffte er das. Er hatte noch nie mit einer Jungfrau geschlafen und war unsicher.

Hawk zog sich rasch an und ging zur Tür. »Ich sehe dich morgen früh, Frances. Schlaf gut.« Dann verließ er sie.

Jetzt werde ich aus dem Fenster springen, dachte Frances, blieb aber bewegungslos liegen. Ihr ganzer Körper schmerzte.

Beim nächsten Mal tut es nicht mehr weh, hatte er gesagt. Beim nächsten Mal! Wie lange dauerte es wohl, bis sie schwanger wurde? Sie war überzeugt, daß dies der einzige Grund dafür war, daß er ihr so etwas angetan hatte. Wie oft mußte sie sich noch wie ein Tier mißbrauchen lassen?

Frances war böse auf sich selbst, als sie die salzigen Tränen auf den Lippen schmeckte. »Ich hasse dich!« flüsterte sie in die Dunkelheit. Sie war sich nur nicht sicher, ob sie ihren Ehemann haßte oder sich selbst.

Langsam stand sie auf und taumelte zu der Waschschüssel auf der Kommode. Sie wollte nichts sehen, gar nichts, und preßte schnell das nasse Handtuch gegen ihren Körper.

Hawk, wieder in seinem eigenen Bett, streckte die Arme über den Kopf. Alles in allem war er mit sich zufrieden. Er hatte seine Frau mit allem Respekt behandelt, den er ihr schuldete. Zwar hatte er ihr weh getan, aber das war beim ersten Mal zu erwarten gewesen. Schließlich war sie Sex nicht gewöhnt.

Mußte sie sich trotzdem benehmen, als ob er sie umbringen wollte? Oder mißbrauchte?

Frances hatte die Hand auf dem Knauf ihrer Schlafzimmertür und dachte: Ich kann ihm nicht ins Gesicht sehen. Ich kann es einfach nicht!

Was willst du denn sonst tun, du dummes Ding? Wie ein Feigling hier in diesem schrecklichen Zimmer bleiben?

Frances holte tief Luft und öffnete die Tür. Sie rannte in den Korridor und stolperte direkt gegen ihren Ehemann.

»Frances!« Hawk hielt sie am Oberarm fest. »Bist du in Ordnung?«

Himmel, nein, das bin ich nicht! Sie schwieg. Sie wünschte sich, daß er plötzlich wie durch Magie von der Erde verschwinden würde. Zu ihrem Ärger blickte sie, als er ihren Arm losließ, an ihm herunter. Es war so groß gewesen in der Nacht. Wo war es jetzt? War es bei ihm etwa genauso wie bei einem Hengst? Wuchs er nur, wenn ...

Hawk mußte lachen, er konnte nicht anders. Ihre Gedanken waren deutlich in ihrem Gesicht zu lesen.

Frances blickte zu ihm auf. Etwas verspätet schielte sie.

Doch Hawk war viel zu amüsiert, um auf ihre Augen hinter den dicken Gläsern zu achten. Noch immer lachend, sagte er: »Du hast doch gesagt, du hättest mich nackt im See gesehen.«

»Das habe ich.« Frances kämpfte gegen ihre Verlegenheit.

»Nun, du hast doch sicher erkannt, daß das Wasser verdammt kalt war, sogar eisig.«

Was hatte das mit irgend etwas zu tun? »Natürlich ist das Wasser in dieser Jahreszeit kalt«, erwiderte sie und hoffte, daß ihre Stimme so eisig war wie das Wasser. »Es hat mich gefreut, daß Sie zitterten.« Nun, das klang sicher boshaft genug.

Statt dessen blieb dieses gräßliche Lächeln in seinem Gesicht. »Dann wirst du ja wissen, daß Männer nicht jederzeit bereit sind zu, nun, zu, ah ...«

»Ich sah nicht auf diesen Körperteil von Ihnen! Oh, hören Sie auf!« Frances hob abwehrend beide Hände, um nicht noch weitere Kommentare von ihm zu vernehmen. Sie drehte sich rasch auf dem Absatz herum, flüchtete die Treppe hinunter und hörte hinter sich sein Lachen.

»Du elendes Tier ... Hengst«, schimpfte sie vor sich hin. Am Ende der Treppe traf sie Grunyon und errötete bis zu den Haarwurzeln.

Grunyon lächelte sie verständnisvoll an. »Guten Morgen, Mylady. Frühstück wird im privaten Gastzimmer serviert.«

Wenige Minuten später kam Hawk. Er lachte nicht mehr, sondern blickte sehr ernst. »Frances, bist du wirklich in Ordnung?« erkundigte er sich mit schlechtem Gewissen, weil er sie so in Verlegenheit gebracht und gequält hatte. »Keine ... keine Nachwirkungen?«

»Nein«, erwiderte sie kalt. »Ich badete. Im Dunkeln. Nachdem Sie verschwunden waren.«

Nicht sehr freundlich, wo ich mir doch Sorgen um sie mache, dachte er und setzte sich. Zufrieden musterte er die Speisen auf dem Tisch. Ah, ein dickes Lendensteak! Nicht ganz durchgebraten, genau, wie er es liebte.

Während er an dem köstlichen Fleisch kaute, betrachtete er die schreckliche Haube, die Frances' Haar fast völlig bedeckte. Er konnte sich gut vorstellen, wie seine Dienerschaft in Desborough Hall darauf reagieren würde, von seinem Vater ganz zu schweigen. Hawk räusperte sich und überlegte, wie er Frances klarmachen könnte, daß sie jämmerlich aussah. Dann schüttelte er den Kopf. Er brachte es nicht fertig, sie zu kritisieren, jedenfalls nicht ausgerechnet jetzt.

»Wir fahren unverzüglich nach Desborough Hall«, begann er nach einer ganzen Weile. »Ich werde dich bald nach York zurückbringen. Es ist eine hübsche Stadt mit vielen Bauwerken, die dir gefallen werden.«

Frances sagte nichts und verteilte das Rührei auf ihrem Teller.

Hawk nahm ihr Schweigen als gutes Zeichen und fuhr fort. »Dort gibt es auch viele gute Geschäfte. Du weißt, was ich meine. Die Damenschneiderinnen sind ausgezeichnet.«

Frances schwor sich im stillen, ihr Kleid zu tragen, bis es an ihrem Körper verrottete.

»Sehr wahrscheinlich finden wir auch kompetente medizinische Fachleute, bei denen wir für dich eine neue Brille kaufen können. Ist deine Sehfähigkeit sehr schlecht?«

»Ja, furchtbar«, erwiderte Frances und bemühte sich, besonders stark zu schielen.

Hawk wurde langsam ungeduldig. Erkannte sie denn nicht, wie freundlich er zu ihr gewesen war, wie rücksichtsvoll? Er hatte ihr möglichst jede Verlegenheit erspart. Sicher, vorhin im Korridor war er etwas rauh mit ihr umgegangen, aber verdammt noch mal, warum sagte sie nicht, was sie dachte? Konnte sie sich nicht wenigstens ein bißchen kultivierter benehmen?

Er trank sein Bier aus und knallte den Krug auf den Tisch. »Bist du fertig?« fragte er barsch.

»Sicher.« Frances hätte auch gern etwas gehabt, was sie auf den Tisch knallen könnte.

Die Reise ging in südlicher Richtung weiter, dicht am River Ouse entlang. Sie rasteten kurz nahe beim Nabun Moor, das in krassem Gegensatz zu der hübschen, ländlichen Umgebung stand, und von dem Frances fasziniert war.

»Desborough Hall liegt nahe bei Stillingfleet«, erklärte ihr Hawk, »um genau zu sein: östlich davon, dicht am River Ouse. Die nächste Stadt ist dann Acaster Selby.«

Eine weitere halbe Stunde ging es durch landwirtschaftliches Gebiet und einige kleine Dörfer, dann kam Desborough Hall in Sicht.

Die Kutsche fuhr durch die lange, von Bäumen begrenzte Einfahrt, und Frances erkannte verblüfft, daß Desborough Hall ein Gestüt war. Sie sah die großen Ställe, deren rote Dächer in der Morgensonne glänzten.

Nicht nur Gestüt, sondern auch Rennstall, dachte sie erstaunt, als sie die großen, weiß umzäunten Pferdekoppeln für das Training entdeckte. Zum ersten Mal, seit Frances Kilbracken verlassen hatte, kam ein wenig Freude in ihr auf. Sie hatte zwar gehört, daß Nordengland für seine Gestüte und Rennställe berühmt war, aber nicht angenommen, daß Desborough Hall dazugehörte. Warum, zum Teufel, hatte ihr feiner Ehemann nichts davon erwähnt?

Gut, dachte Frances. Wenn ich schon irgendwo abgestellt werden soll, dann ist das hier der richtige Platz.

9. Kapitel

»Vater! Was tust du denn hier? Du bist doch krank ... Ich denke, du ...« Hawk brach völlig verwirrt ab.

Der Marquess stand vor der Eingangshalle und blickte strahlend auf seinen fassungslosen Sohn. »Ich freue mich, daß du wieder zu Hause bist, mein Junge.« Er ging die Marmorstufen hinunter und klopfte Hawk auf die Schulter.

»Du siehst wie die leibhaftige Gesundheit aus«, brachte Hawk mit Mühe hervor. »Du bist ja direkt aufgeblüht.«

»Das klingt enttäuscht, mein Sohn«, meinte der Marquess und lächelte. »Hast du erwartet, daß ich noch im Bett liege? Nein, das konnte ich nicht tun. Es gibt zuviel Arbeit, wie du weißt.«

»Natürlich bin ich nicht enttäuscht, Vater. Ich bin glücklich, begeistert und erstaunt.«

»Dann bin ich beruhigt, Hawk. Nun, wo ist deine Frau?«

Grunyon ließ gerade das Kutschentreppchen herunter. Frances kam zum Vorschein und sah die alte Ausgabe ihres Ehemannes. Nein, keine direkte Kopie, stellte sie rasch fest, seine Nase war von beachtlicher Größe. Sein Haar war weiß, und sehr dicht und seine scharfblickenden Augen eine Schattierung dunkler als die seines Sohnes. Er wirkte schlanker und nicht so kräftig gebaut wie Hawk.

»Das ist Frances, nicht wahr?« Der Marquess kam vorwärts und umarmte sie.

»Ja, mein Lord, Frances Kilbracken.«

»Nein, Mädchen«, korrigierte sie der Marquess und blinzelte ihr freundlich zu, »du bist die Gräfin von Rothermere, Frances Hawksbury. Ich bin überzeugt, du hast deinen Vater, diesen netten Schurken, ziemlich niedergeschlagen zurückgelassen.«

»Vater trägt es, so gut er kann«, erwiderte Frances. Woher wußte der Marquess, wer sie war? Was, zum Teufel, ging hier vor? Ihr Gatte hatte ihr gesagt, daß sein Vater sterbenskrank sei. Noch vor einer Stunde, während einer kurzen Rast, hatte er wieder mit betrübter Stimme erklärt, daß sie morgen in aller Frühe nach Chandos Chase aufbrechen würden.

»Ich verstehe nicht, Sir«, stammelte sie.

»Ich schon«, stellte Hawk erbittert fest. »Oh, ich fange sogar an, alles recht gut zu verstehen.«

Frances blickte zu ihrem Ehemann. Seine Stimme klang wütend, als ob er sich ... betrogen fühlte. Jetzt knirschte er tatsächlich mit den Zähnen!

Der Marquess ignorierte seinen Sohn, legte einen Arm um Frances' Schulter und drückte sie noch einmal an sich. »Die gesamte Dienerschaft erwartet dich, meine Liebe. Komm. Du auch, Hawk. Ich hoffe, das Personal hat nicht vergessen, wer du bist! Nur dreimal im vergangenen Jahr hier zu erscheinen, war nicht sehr viel. Grunyon, strapazieren Sie nicht Ihren Rücken! Ralph wird Ihnen beim Gepäck helfen.«

Frances sank das Herz, als sie etwa zwanzig Diener vor der großen Doppeltür von Desborough Hall in einer Reihe stehen sah, die Frauen auf der einen Seite, die Männer auf der anderen. Vage bemerkte sie das Hawksbury-Wappen über der Tür. Sie erinnerte sich an das Motto: »Mit einer starken Hand« und auch daran, daß sie dabei eher an eine Faust gedacht hatte. Wessen Faust war wohl stärker, fragte sie sich und blickte von ihrem Ehemann zu ihrem Schwiegervater.

Woher wußte der Marquess, welche Tochter sie war, wunderte sie sich wiederum, während sie neben ihm auf die Gruppe der hübsch gekleideten Diener zuging. Englische Diener. Sie würden sie hassen, verachten.

Frances wußte sehr gut, daß sie abscheulich aussah. Doch der Marquess schien das nicht bemerkt zu haben, und wenn, so ließ ihn das anscheinend kalt. Sie hob die Hand, um die Brille abzunehmen.

»Meine verdammten Diener sind besser angezogen als du«, hörte sie Hawk ärgerlich sagen. »Himmel, ich kann es nicht glauben!«

Frances ließ die Brille auf der Nase und streckte das Kinn

hoch. Was glaubte er nicht? Warum freute er sich nicht, daß sein Vater nicht gestorben war? Weshalb benahm er sich wie ein ungehobelter Flegel?

Leutselig erklärte der Marquess: »Diese freundliche Person, meine Liebe, ist Otis, der Butler von Desborough Hall. Otis, das ist Ihre neue Herrin, Lady Frances.«

Nicht ein Muskel bewegte sich in seinem ernsten Gesicht, aber Frances sah doch, wie die Lippen des Mannes unangenehm berührt einmal zuckten. Ein englischer Butler, dachte sie, die schlimmsten von Gottes Kreaturen!

»Freut mich, Otis«, sagte sie mit klarer Stimme.

Otis verbeugte sich tief. »Mylady, willkommen in Desborough Hall.«

»Und das, Frances, ist Mrs. Jerkins, das Juwel einer Haushälterin. Wir beide werden langsam altersschwach.«

Mrs. Jerkins sah unerschütterlich und schrecklich tüchtig aus in ihrem schwarzen Kleid und knickste. Sie wirkte alles andere als altersschwach. »Mylady.« Ihre Stimme klang ein bißchen rauh.

»Es ist mir ein Vergnügen, Mrs. Jerkins.« Frances' Mut sank, und sie dachte: Die Haushälterin sollte bei Wellingtons Armee sein. Sie sah furchterregend aus und besaß offensichtlich einen eisernen Willen.

»Ich werde Ihnen das Personal morgen vorstellen, Mylady«, sagte Mrs. Jerkins und klatschte in die Hände. Sofort verschwanden die Frauen. Otis, dem der Marquess zunickte, entließ die Männer.

»Ich weiß nicht, warum wir das ›Mrs.‹ benützen«, flüsterte der Marquess Frances ins Ohr. »Sie war nie verheiratet. Ich nehme an, sie hält es für würdevoller.«

Plötzlich räusperte sich Hawk. Er war mehr als wütend. Seine Diener wurden Frances von seinem Vater vorgestellt, als ob Desborough Hall ihm gehörte! »Otis«, sagte er überlaut, »lassen Sie Ralph von einem weiteren Diener beim Gepäck helfen.«

»Sehr wohl, Mylord«, erwiderte Otis und schnippte mit den Fingern.

Frances blickte kurz zu ihrem Ehemann und erzählte dann

ihrem Schwiegervater: »Er hat mir nicht gesagt, daß Desborough Hall ein Gestüt ist. Es ist zugleich ein Rennstall, nicht wahr, Sir?«

»Ja, das ist es«, bestätigte der Marquess. »Zumindest war es das, bis Nevil starb. Leider — und das ist ein Jammer — hat Hawk kein Interesse daran. Es zerfällt allmählich. Nun, meine Liebe, was denkst du über dein neues Heim? Die alte Halle wurde unter Königin Anne vom Feuer zerstört. Die gegenwärtige Halle wurde etwa siebzehnhundertfünfzehn von einem Burschen namens Sir John Vanbrugh gebaut, ist also nicht sehr alt. All dieser klassische Unsinn, wie du sehen wirst. Es heißt, glaube ich, Palladian. Ich habe nicht die leiseste Ahnung, was das bedeutet.«

»Palladian«, erklärte Hawk grimmig, »weist auf den klassischen römischen Stil von Palladio hin.«

»Unsinn«, meinte der Marquess und zwinkerte Frances zu.

»Wer war Palladio?« wollte sie wissen.

»Ein italienischer Architekt«, erwiderte Hawk schroff.

»Den Burschen sollte man vergessen«, wandte der Marquess ein. »Komm, Frances, ich zeige dir ein wenig von Desborough Hall, dann mußt du dich ausruhen.« Er blickte seinen Sohn vielsagend an und fügte hinzu: »Ich kann mir vorstellen, daß deine Reise von Loch Lomond bis hierher ein bißchen — hastig vor sich ging.«

»Genau«, ließ Hawk sich hören. »Ankunft, kurzer Aufenthalt, Rückfahrt.«

»Der Name ›Desborough Hall‹ führt in die Zeit von Königin Anne zurück«, erklärte der Marquess und ignorierte seinen Sohn. »Charlotte Desborough war eine reiche Erbin. Sie brachte dieses prächtige Haus als Mitgift in die Ehe.«

Und ich bringe keinen einzigen Sou, dachte Frances, während sie auf den gewaltigen, zweigeschossigen, rechteckigen Bau sah.

»Es gehört immer dem ältesten Sohn«, fuhr der Marquess fort. »Der Sohn aus der zweiten Generation gründete das Gestüt und die Rennställe. Das Desborough-Gestüt produzierte fabelhafte Rennpferde, viele Jahre lang. Ich werde niemals Fortune vergessen, einen prächtigen Hengst, der alle anderen Pferde besiegte. Das war siebzehnhundertfünfundachtzig, wie ich mich erinnere. Fortune war ein richtiger Teufel.«

Frances hört, wie Hawk mit den Zähnen knirschte.

Sie wurde in die große Eingangshalle geführt, die wie ein riesiges Wohnzimmer eingerichtet war und bis zur Decke des Herrenhauses reichte, mit einem Kamin und einem Balkon, der von schmiedeeisernen Gittern eingefaßt war, und zahlreichen weißen Säulen.

Sie folgte dem Marquess durch das Rauchzimmer in den Westkorridor und schließlich in das westliche Wohnzimmer, an dessen Wänden viele Bilder von Pferden hingen. Sie sah die eleganten Möbel und die weißen Wände, die nahezu blendeten.

»Sieh dir die Stützpfeiler genauer an«, forderte der Marquess Frances auf, und sie betrachtete die unzähligen Bildhauerarbeiten daran. »Natürlich sind auch die Fenstergewölbe sehr hübsch«, fuhr ihr Schwiegervater fort.

»Wunderschön, mein Lord, einfach prächtig«, bestätigte Frances immer wieder und war sich völlig bewußt, daß ihr Ehemann wütend schwieg.

Der Marquess blieb plötzlich stehen. »Frances, meine Liebe, du möchtest dich jetzt sicher ausruhen, nicht wahr?« Frances nickte, und er setzte hinzu: »Ich habe Mrs. Jerkins gebeten, dir ein Mädchen zuzuweisen.« Er zog an einer Klingelschnur.

Kurz darauf kam eine junge Frau herein, die scheu lächelte und vor Frances tief knickste. »Mein Name ist Agnes, Mylady.«

Der alte Schurke besitzt die Unverfrorenheit, meiner Frau eine Magd zuzuweisen, ohne mich zu fragen! Hawk war aufs tiefste empört.

Frances nickte dem Mädchen zu und wandte sich an ihren Schwiegervater. »Vielen Dank, Sir.«

Der Marquess lächelte befriedigt. »Ruh dich bis zum Abendessen aus, meine Liebe«, sagte er freundlich und tätschelte ihr die Wange.

Frances blickte zu ihrem Ehemann, doch der stand mit finsterem Gesicht da und schwieg.

Sie folgte Agnes in die Haupthalle und hörte, wie Hawk wütend aufbrauste: »Du verdammter, alter Schurke! Du hast das alles geplant, nicht wahr? Du wolltest, daß ich heirate! Deshalb hast du diese wirkungsvolle tödliche Krankheit vorgetäuscht! Ich kann es kaum glauben!«

»Du wirst diesen frommen Betrug doch wohl verzeihen, Sohn?«

Frances erschrak über Hawks Worte, folgte jedoch Agnes über die breite Treppe in den riesigen Ostkorridor.

»Ihre Zimmer ... nun, sie werden ›Lady Dawnay's Zimmer‹ genannt — aber natürlich grenzen sie an die Suite Seiner Lordschaft.«

»Wunderbar«, flüsterte Frances vor sich hin. Sie hatte das Gefühl, in ein Tollhaus geraten zu sein, und jetzt war sie wohl oder übel einer der Insassen.

Wenigstens hielt Agnes ihr keinen Vortrag über Bauweisen und Stützpfeiler.

Im Rauchzimmer hatte sich Hawk noch immer nicht beruhigt. »Das ist die Wahrheit, oder etwa nicht?« fauchte er. »Deine ganze verdammte Krankheit war nur eine Täuschung, eine List!«

»Ein Sohn sollte seinen Vater niemals unterschätzen«, erwiderte der Marquess, wenig beeindruckt von der Schimpfkanonade seines Sohnes.

»Und jetzt zitierst du eine armselige Phrase!«

»Nicht unbedingt. Vielleicht sind diese Worte es wert, von zukünftigen Generationen beachtet zu werden. Aber, Hawk, du hast keinen Grund, so aufgebracht zu sein. Wirklich, mein Junge ...«

»Keinen Grund?« Hawk bohrte die Hände in die Taschen und stapfte zornig durch den Raum. »Du hast mich verschaukelt!«

»Ja, so könnte man es vielleicht nennen«, gab der Marquess zu, »aber es geschah in guter Absicht, Hawk, es war Zeit für dich, zu heiraten und eine Familie zu gründen. Du wirst schließlich nicht jünger.«

»Ich bin sechsundzwanzig! Also bestimmt noch nicht altersschwach!«

»Fast siebenundzwanzig«, korrigierte sein Vater.

»Und noch etwas«, fuhr Hawk fort, »woher wußtest du, daß sie Frances war? Es gibt immerhin drei Töchter. Niemand sagte mir, ich sollte eine bestimmte heiraten.«

Der Marquess betrachtete das zorngerötete Gesicht seines Sohnes. Mit Frances' herzlicher Begrüßung hatte er sich selbst ein Problem geschaffen. Langsam erwiderte er: »Nun, ich wußte, daß Frances die Lieblingstochter von Ruthven ist und dachte, daß er dich vielleicht etwas mehr in ihre Richtung gedrängt hat.«

»Ja, hast du sie denn nicht gesehen, Vater? Sie sieht fürchterlich aus! Wie eine Hexe! Ich hatte Angst, du könntest vor Schreck sterben, wenn ich sie an dein Krankenbett bringe!«

Der Marquess überlegte, ob er seinem Sohn verraten sollte, daß er eine Miniatur von Frances kannte. Das Porträt war erst vor einem Jahr gemalt worden. Er hatte inständig gehofft, daß sein Sohn sich von den drei Schwestern Frances aussuchen würde. Interessant, dachte er. Warum verkleidete sich Frances als Hexe — wie eine solche sah sie tatsächlich aus. »Warum hast du sie geheiratet, wenn sie dich anwidert?« erkundigte er sich. Vielleicht würde Hawks Anteil an dieser sonderbaren Geschichte das Rätsel lösen.

Hawk wurde rot und entfernte zunächst ein Stäubchen von seinem blauen Rockärmel. Er war wütend auf sich, daß er geheiratet hatte, und wütend auf seinen Vater, der schuld daran war.

»Warum, Hawk?« wiederholte der Marquess.

Hawk fuchtelte mit den Händen herum und erwiderte: »Gut, ich werde es dir sagen. Ihre Schwestern Clare und Viola sind beide sehr hübsch, charmant und unterhaltsam. Und sie wünschten, wie nicht anders zu erwarten war, daß ich sie nach einer Heirat in die Londoner Gesellschaft einführe und dauernd mit ihnen zusammen bin. Ich habe aber gerade angefangen, mein Leben, wie es jetzt ist, zu lieben, Vater. Deshalb zog ich Frances trotz ihres gräßlichen Aussehens vor. Sie ist sehr scheu, sie redet nicht fortwährend.

Kannst du dir nicht die wundervolle Stille am Frühstückstisch vorstellen! Sie mag keine Menschenansammlungen, keine Vergnügungen. So schlimm sie auch aussieht, sie paßt perfekt, und sie wird nicht ...« Hawk zögerte.

»Und du willst sie hier allein lassen, nicht wahr?« erkundigte sich sein Vater. »Und du willst dein Londoner Leben weiterführen?«

Hawk schwieg.

Der Marquess hätte am liebsten laut über die Torheit und die Blindheit seines Sohnes gelacht. Frances war nach Ruthvens Beschreibung schön, charmant und intelligent. Allerdings sah sie jetzt wirklich schrecklich aus. Gut, er würde sich darum kümmern ... eventuell. Zuerst mußte er von seiner Schwiegertochter den Grund für ihre Verkleidung erfahren.

Dann würde er sich mit seinem Sohn befassen.

An diesem Abend fand der Marquess keine Gelegenheit zu einem Gespräch mit Frances. Sie hatte durch Agnes ausrichten lassen, die Mrs. Jerkins informierte, welche Otis unterrichtete, der dann schließlich seinem Herrn verkündete, daß Ihre Lady sich nicht wohl fühle und bitte, sie zu entschuldigen.

»Gut«, sagte Hawk. Er würde das Abendessen genießen können, ohne dieses gräßliche Geschöpf auch nur einmal ansehen zu müssen, dachte er.

»Schade«, meinte der Marquess. »Ich hoffe, Frances ist nicht krank?«

»Kein bißchen«, erwiderte sein Sohn. »Nun, sie war allerdings während unserer Fahrt von Schottland her krank, weil sie versehentlich statt Laudanum eine Medizin gegen Pferdekoliken einnahm. Du liebe Güte, war das ein Aufruhr!«

Der Marquess blieb während des Essens recht nachdenklich, und Hawk, noch immer ärgerlich auf seinen Vater, sagte wenig, um eine Unterhaltung in Gang zu bringen.

Nach drei Gläsern mit Brandy, die Hawk allein im Rauchzimmer trank, war er auf dem besten Weg, Frances alle Schuld an seinem Unglück zu geben. »Ich wünschte mir nichts sehnlicher, als von hier flüchten zu können!« sagte er laut in den leeren Raum hinein. »Aber ich kann nicht. Nicht, bevor sie schwanger ist.«

Er mußte es wieder tun. Hawk stand auf, löschte die Kerzen und ging zum Ostkorridor. In seinem eigenen Schlafzimmer zog er sich aus, schlüpfte in seinen Morgenrock aus Samt und ging zielstrebig zu der Verbindungstür, öffnete sie und trat ein.

Der Raum war dunkel.

»Wer ist es? Wer ist da?«

Hawk hörte Frances' ängstliche Stimme, hörte, wie sie sich aufsetzte, und erwiderte: »Ich bin es nur.«

»Was wollen Sie?« Frances' Herz fing an, wild zu schlagen. Der Angstschweiß brach ihr aus.

»Sei still, Frances. Es geht schnell vorüber.«

»Nein!«

»Du hast dich mit meinem Vater angefreundet, nicht wahr? Wollte er etwas von dir wissen?«

»Mein Lord ...«

»Philip.«

»Bitte lassen Sie mich allein!« Wie sie sich haßte wegen dieses Bittens, nein, Bettelns! »Gehen Sie!«

Doch Hawk stand bereits an ihrem Bett. Sie hörte seinen Atem, und jetzt sagte er auch noch: »Es wäre sehr hilfreich, wenn du dein Nachthemd hochziehen würdest.«

Bastard! Kalter, gefühlloser, egoistischer Flegel!

»Nein!« widersetzte sich Frances und flüchtete in die entfernteste Ecke des Bettes.

Hawk dachte nicht mehr daran, sie rücksichtsvoll zu behandeln. »Das macht mir wenig Spaß, Frances! Es muß getan werden!«

»O Gott, wie ich Sie hasse!« schluchzte Frances hilflos. Sie fühlte, wie das Bett unter seinem Gewicht nachgab, fühlte seine Hände, die sie um die Taille packten.

»Verdammt!« fluchte Hawk leise. Er hatte die Creme vergessen. Er blickte in die Dunkelheit, verspürte jedoch keine Lust, noch einmal in sein Schlafzimmer zu laufen. Ohne ein weiteres Wort schob er Frances' Nachthemd zurück. Er spürte, wie sie zitterte, und das ließ ihn langsamer vorgehen.

»Halt nur still«, sagte er, glitt mit der Hand zwischen ihre Oberschenkel und streichelte Frances. »Beweg dich nicht«, flüsterte Hawk und drang in sie ein.

Frances schrie auf und schlug mit den Fäusten gegen seine Brust.

Er konnte ihre Qual fühlen und verfluchte sich einen Moment selbst, weil er sie so schlecht behandelte. Sie war ungewöhnlich eng. Hoffentlich verletzte ich sie nicht. Er hielt inne und wartete.

»Ich hasse dich!« keuchte Frances.

Er ignorierte ihre Worte und begann, sich wieder zu bewegen.

»Du Tier!«

Kurz darauf war es vorüber. Frances lag wie ein Stein unter Hawk. Sein Atem wurde allmählich ruhiger. Schließlich gab er sie frei und stand auf.

»Wasche dich jetzt nicht gleich«, mahnte er. »Ich sehe dich morgen früh, Frances.«

Er hatte die Verbindungstür noch nicht ganz hinter sich geschlossen, da hörte er, wie sie aus dem Bett kletterte, und wußte, daß sie zu der Waschschüssel auf der Kommode zurannte.

Weiblicher Gehorsam, dachte er ärgerlich, sagte aber nichts.

Hawk war müde, sehr müde, und noch immer wütend über die Falschheit seines Vaters. Und Frances war das Ergebnis dieser Falschheit!

Er seufzte und legte sich in sein kühles Bett. Es war nicht Frances' Schuld.

Er hatte sich wie ein brünstiger Bastard benommen! Morgen durfte er die Creme nicht wieder vergessen. Er wollte sie nicht noch einmal quälen.

Ich hasse dich, hatte Frances gesagt.

Sicher meinte sie das nicht wirklich. Dennoch ärgerte es Hawk. Eine Ehefrau sollte so etwas nicht zu ihrem Ehemann sagen und noch viel weniger meinen. Eine Frau schuldete ihrem Gatten Respekt und Gehorsam.

Das Leben war außerordentlich schwierig geworden.

Als Hawk endlich eingeschlafen war, träumte er von schattenhaften Frauen, die vor ihm zurückschreckten, wann immer er sie erreichte. Er konnte ihre Gesichter nicht erkennen, aber er wußte, daß sie sich vor ihm fürchteten, daß sie ihm entfliehen wollten.

10. Kapitel

»Du besitzt den Verstand einer verdammten Schildkröte! Nein, das stimmt nicht ganz — eine Schildkröte verbirgt ihren Kopf, während du, Philip Hawksbury, deinen aus dem Kragen streckst!«

Hawk beobachtete seinen Vater ohne großes Interesse.

»Ich habe einen Dorftrottel gezeugt!« tobte der Marquess weiter.

»Vater, hör auf, mich zu beleidigen. Ich reite jetzt aus.«

»Du verdammter Junge, was hast du ihr angetan?«

Hawk blickte seinen Vater mit jenem Gesichtsausdruck an, den er sich bei der Armee angewöhnt hatte. Das wirkte nahezu immer, besonders auf widerspenstige Truppen. »Ich habe meiner Frau nichts angetan«, erwiderte er schließlich eisig.

»O doch, das hast du!« behauptete der wütende Marquess. »Ihr Mädchen sagte es Mrs. Jerkins, die es Grunyon mitteilte, von dem ich es, wie es sich gehört, erfuhr, daß heute morgen Blut auf den Bettüchern und deine Frau bleich wie ein Geist war!«

Hawk fluchte leise vor sich hin.

»Deine Frau war doch sicher nicht bis zur letzten Nacht Jungfrau?«

Hawk schwieg.

»Nein, das kann ich nicht glauben, nicht bei dir, du scharfer, junger Bock!«

Aufgestachelt erwiderte Hawk: »Nein, das war sie nicht mehr!«

»Warum dann Blut, verdammt noch mal? Was hast du mit ihr gemacht, du Schwachkopf?«

»Es ist das, was ich getan habe«, entgegnete Hawk und fragte sich, ob ein Dorftrottel schlimmer als ein Schwachkopf war.

»Und was war das?«

Hawk ging langsam zu den großen Wohnzimmerfenstern und sagte über die Schulter: »Ich benützte keine Creme. Ich vergaß es.«

Der Marquess sah zu seinem Sohn hinüber. Da stand er nun, groß und kräftig, den Blick auf die mächtigen Ulmen vor den Fenstern gerichtet. Seine Stiefel glänzten in der Morgensonne, die ins Zimmer strahlte. Die Wildlederhose und das graue Sportjackett betonten seine stattliche Erscheinung.

»Ein Ehemann sollte seiner Frau niemals weh tun«, sagte der Marquess etwas ruhiger.

»Das wollte ich auch nicht«, verteidigte sich Hawk und drehte sich zu seinem Vater um. »Ich dachte nur, wenn ich die Creme holen gehe, wird sie sich inzwischen in diesem Grabmal von Haus irgendwo verstecken, um mir zu entfliehen.«

»Gut, das ist deine Wahrheit. Und was wirst du dagegen tun?«

»Ich reite aus.«

Der Marquess blickte seinen Sohn unheilvoll an. In dem Moment erkannte Hawk, daß er diesen Gesichtsausdruck von seinem Vater geerbt hatte, und fragte sich plötzlich, ob sein Sohn einmal genauso blicken würde. »Das solltest du nicht, wie du weißt«, kritisierte der Marquess.

»Schau, Vater, ich habe diese Idiotie mehr als satt. Wenn du dir solche Sorgen um Frances machst, warum hast du sie dann nicht geheiratet?«

»Das habe ich durchaus in Erwägung gezogen«, bekannte der Marquess offen.

Hawk blickte seinen Vater völlig überrascht an.

»Aber Hawk«, fuhr der Marquess fort, »ich sah ein, daß es nicht fair sein würde. Welches junge Mädchen wünscht sich, an einen alten Mann gebunden zu werden?«

Hawk hob beide Hände hoch. »Immerhin ein sehr reicher, alter Mann. Ich bin überzeugt, Ruthven wäre sehr erfreut gewesen.«

Nahezu ungläubig musterte der Marquess nach diesen Worten seinen Sohn. »Ich habe nie geglaubt — bis zu diesem

Augenblick —, daß du mehr vom Verstand deiner Mutter geerbt hast, als von meinem«, erwiderte er bitter und verließ den Raum.

Hawk ritt aus, kehrte erst am späten Nachmittag heim und zog sich sofort mit Marcus Carruthers, seinem neuen Verwalter, ins Arbeitszimmer zurück.

Marcus, der Sohn eines Pfarrers, war ein intelligenter, junger Mann. Er hatte allen Klatsch gehört, seit der Graf mit seiner unansehnlichen Frau in Desborough Hall eingetroffen war.

»Nun?« fragte Hawk schroff und setzte sich hinter den großen Mahagonischreibtisch.

Marcus räusperte sich. Warum benahm sich dieser junge Mann, der jünger als er selbst war, so einschüchternd, fragte er sich im stillen. Er legte die Ausgabenbelege aufeinander. »Mylord«, begann er, »es geht um das Gestüt.«

»Was ist damit?«

»Es wird nicht richtig genützt. Der Besitz verliert ziemlich viel Geld. Da sind drei ausgezeichnete Hengste, ihre Abstammung ist nahezu königlich, und sie verkommen auf den Feldern. Zwei von ihnen sind reinrassig, einer ist ein Araber. Ihre Fohlen wären einmalig.«

»Sprechen Sie mit Belvis darüber, wenn Sie wollen«, erwiderte Hawk kurz, ohne selbst den einen oder anderen Weg zu überlegen.

»Jawohl, Mylord«, erwiderte Marcus nur. Es war nicht seine Sache, den Grafen darüber zu informieren, daß Belvis, ein barscher, alter Mann und ein großartiger Trainer, Desborough Hall bereits vor drei Monaten verlassen hatte mit der Begründung, dieses Gestüt sei nichts mehr für ihn.

Nach einer weiteren Stunde mit dem Grafen von Rothermere hätte Marcus seinen jungen Herrn am liebsten in eine der Schreibtischschubladen eingestampft. Der Mann machte ihn wütend mit seinem Desinteresse für seinen eigenen Besitz! Nein, berichtigte Marcus sich selbst, es war nicht direkt fehlendes Interesse. Der Graf war überhaupt nicht bei der Sache, sondern anscheinend in Gedanken meilenweit entfernt bei wichtigeren Problemen.

»Es ist Teezeit«, erklärte Hawk schließlich und stand auf. »Ich sehe Sie dann morgen wieder, Carruthers.«

Der Marquess und Frances saßen bereits in dem gemütlichen Zimmer, das »Double Cube« genannt wurde. Frances sah unverändert aus, vielleicht sogar noch schrecklicher, als sie bei Hawks Eintreten kreideweiß wurde.

»Guten Tag.« Hawk nickte beiden zu, ging zum Kamin und lehnte sich mit der Schulter gegen den Sims.

»Tee, mein Lord?« erkundigte sich Frances.

»Philip«, korrigierte er laut.

»Mit oder ohne Milch?«

»Hawk trinkt den Tee am liebsten stark und pur, Frances«, erklärte der Marquess. »Zweifellos gab es in Portugal nicht genügend Ziegen, die man melken konnte.«

»Genau«, bestätigte Hawk ironisch.

»Ich sprach gerade mit Frances über Brautbesuche. Eure Nachbarn wollen sie natürlich kennenlernen.«

Frances sah den entsetzten Blick ihres Gatten und streckte das Kinn hoch.

»Ich würde mich freuen, mit allen Bekanntschaft zu schließen, mein Lord.«

»Nicht, bevor du etwas für dich getan hast«, erwiderte Hawk langsam und sehr deutlich.

Frances schielte ihn einige Augenblicke an, dann stand sie auf und ging mit hoch erhobenem Kopf aus dem Zimmer.

»Sie trägt noch immer den gleichen, scheußlichen Fetzen, der schon mindestens seit zwanzig Jahren aus der Mode ist«, schimpfte Hawk vor sich hin. »Und diese Haube — die sollte verbrannt werden!«

Der Marquess hätte seinem Sohn am liebsten eine Ohrfeige verpaßt. Einfältiger Trottel! Dickköpfiger Idiot! Er hatte versucht, mit Frances zu sprechen, bevor Hawk hinzukam, hatte aber nichts von ihr erfahren können, weil er nicht recht wußte, was er sagen sollte. »Was hast du nun vor?« erkundigte er sich und streckte seinem Sohn eine Tasse Tee entgegen.

Hawk kam zu seinem Vater, nahm die Tasse und trank sie

in einem Zuge aus. »Was ich vorhabe, Vater? Meine Frau so schnell wie möglich zu schwängern.«

»Und dann?«

»Dann kehre ich nach London zurück, wo ich hingehöre.«

»Das hast du mehr oder weniger bereits gestern schon gesagt.«

»Stimmt.« Hawk goß sich die Tasse noch einmal voll.

»Belvis ist vor einigen Monaten gegangen.«

Überrascht blickte Hawk seinen Vater an. »Davon hat Marcus mir nichts gesagt.«

»Möglicherweise hast du den jungen Mann so eingeschüchtert, daß er vor dir zittert. Ich kann es dir mitteilen, weil mich nichts, was du sagst oder tust, erzittern läßt. Belvis ist jemand, den man nicht gern verliert.«

Hawk hob die Schultern. »Ich sagte Marcus, er kann mit dem Gestüt machen, was er will. Wenn er Belvis zurückhaben möchte, kann er ihn holen.«

Der Marquess erhob sich und gestand sich selbst ein, daß er sich in Sachen einmischte, die ihn nichts angingen. Vielleicht wäre es das beste, er ließ die beiden miteinander allein und kehrte nach Chandos Chase zurück.

Nein, das konnte er nicht tun! Zuerst mußte er von Frances die Wahrheit erfahren.

Frances zog den großen Schal enger um ihre Schultern und verließ die große Bibliothek durch die Tür zum Garten. Um all die Bücher lesen zu können, müßte man dreimal so lange leben, dachte sie und atmete tief die klare Frühlingsluft ein. Die Bäume waren voller Knospen, einige Blumen blühten bereits. Im Sommer mußte es hier in Desborough Hall wunderschön sein.

Während der nächsten zehn Minuten versuchte Frances, sich die Vorzüge von Desborough Hall vor Augen zu halten. Schließlich war es jetzt ihr Zuhause. Plötzlich überfiel sie Heimweh nach Kilbracken. Sie setzte sich unter einer knorrigen, alten Eiche nieder und lehnte sich gegen seine rauhe Rinde.

Frances schloß die Augen, sah ihren Gatten vor sich und

hörte seine abscheulichen Worte. Doch er hatte nur die Wahrheit ausgesprochen. Sie sah wirklich schauderhaft aus. Wie konnte sie also erwarten, daß er sie gern als seine Frau vorstellte?

Sie wollte sich gerade die Brille und die Haube abnehmen, da sah sie Hawk auf den Zierteich zugehen. Allem Anschein nach war er in Gedanken versunken. Sein dichtes, schwarzes Haar glänzte in der Nachmittagssonne. Frances musterte ihn und stellte wieder einmal fest, daß er sehr gut aussah und eine stattliche Erscheinung war.

Als ob er ihre Gegenwart gespürt hätte, drehte er sich in ihre Richtung und blickte sie an. »Frances.«

»Mein Lord.«

»Philip.«

»Ja. Ein hübscher Anblick, nicht wahr? Wissen Sie, wann der Teich angelegt wurde?«

»Anfang des letzten Jahrhunderts.« Er schwieg einen Moment und fuhr sich mit den Fingern durch das Haar. »Schau, Frances, ich möchte mich für das, was ich zu dir sagte, entschuldigen. Es war nicht fair von mir, schließlich ist es nicht deine Schuld, daß du ...«

»Ja?«

»Nun, ein bißchen ist es auch meine Schuld.«

»Ich würde sagen, es ist alles meine Schuld, aber das ändert nichts.« Sie sah ihn nicht an.

»Schau, Frances, es tut mir leid wegen letzter Nacht. Ich werde es nicht wieder tun ...«

»Sie werden mich nicht mehr anrühren?« Frances schien sichtlich erleichtert. »Sie verlassen also Desborough Hall?«

»Noch nicht. Was ich sagen wollte, ist, daß ich die Creme nicht mehr vergessen werde. Ich wollte dir wirklich nicht weh tun.«

Creme, dachte Frances wie benommen. Ihr Blick fiel auf seinen Mund. Er hatte sie noch nicht einmal geküßt.

»Würdest du morgen früh gern mit mir ausreiten?«

Aha, ein Friedensangebot. »Ja, das würde ich gern tun, mein Lord.«

»Philip.«

»Ich habe aber kein Reitkleid.«

Hawk schwieg nach dieser entmutigten Neuigkeit eine Weile und überlegte. »Morgen kommen Lord und Lady Bourchier zum Abendessen zu uns. Wenn ich mich recht erinnere, hat Alicia deine Größe. Vielleicht leiht sie dir ein Reitkleid, bis du dir einige anfertigen läßt.«

»Morgen kommen Gäste? Zum Abendessen?« erkundigte sich Frances erstaunt.

»Warum nicht? Wir sind Freunde seit Kindertagen. Ich nehme an, du solltest mit Mrs. Jerkins das Menü besprechen.« Hawk sagte ihr nicht, daß dieses verdammte Essen nicht seine Idee war. Sein Vater hatte sich die Freiheit genommen, die Gäste einzuladen.

»Ja, das sollte ich wohl.« Frances stand auf. »Eine weitere weibliche Pflicht.«

»Kommst du heute abend zum Essen herunter?«

»Ich habe mich noch nicht entschieden«, erwiderte Frances und ging ins Haus zurück. Pflichtschuldigst läutete sie Mrs. Jerkins.

»Ja, Mylady?« Die Haushälterin klang sehr energisch.

»Mr. Jerkins, mein Gatte sagte mir, daß wir morgen zum Abendessen zwei Gäste bekommen.«

»Ja, Mylady, Seine Lordschaft — ich meine, der Vater des jungen Grafen — informierte mich über die Einladung. Ich habe das Menü bereits zusammengestellt. Hier ist es.«

So, der Marquess hat die Gäste eingeladen, dachte Frances überrascht und blickte auf das Papier. Zum ersten Mal versuchte sie, mit der Brille zu lesen, doch die Buchstaben verschwammen vor ihren Augen. Sie konnte sie nicht entziffern. Aber sie durfte vor Mrs. Jerkins schließlich nicht auf einmal die Brille abnehmen, um lesen zu können. Frances seufzte, tat, als ob sie das Menü studierte, und erklärte: »Sehr gut, Mrs. Jerkins. Vielen Dank!«

Mrs. Agatha Jerkins nickte und nahm das Papier zurück. Erst, nachdem sie das Zimmer verlassen hatte, erkannte sie, daß sie ihrer Herrin gar nicht das Menü gezeigt hatte, sondern versehentlich die Wäscheliste. Sie erzählte es Otis und meinte: »Das ist wirklich sehr merkwürdig, James.

Glauben Sie, daß die Leute in Schottland gar nicht lesen lernen?«

»Es ist ein primitives, unzivilisiertes Land«, behauptete der Butler.

»Unser armer, junger Herr.« Mitleidig schüttelte Mrs. Jerkins den Kopf. »An eine Frau gebunden zu sein, die ...« Plötzlich brach sie ab. Es schickte sich nicht, so etwas zu sagen, schon gar nicht zu Otis, diesem halsstarrigen, alten Ziegenbock. »Ich muß an die Arbeit«, erklärte sie hastig und eilte davon.

Beim Abendessen sagte Frances kein Wort. Sie lauschte den Erzählungen ihres Schwiegervaters über vergangene Zeiten, über Skandale aus der Guten Gesellschaft und über Gewinne und Verluste am Spieltisch.

Hawk schwieg ebenfalls. Ihm hatte ein Blick auf Frances genügt, als sie eingetreten war, um ihm die Stimmung zu verderben. Nur der Marquess redete.

Bei der ersten Gelegenheit entschuldigte sich Frances und kehrte in ihr Zimmer zurück. Agnes saß am Kamin und nähte an den unmöglichen Kleidern ihrer Herrin.

»Das ist nicht nötig, Agnes. Du kannst gehen.«

Agnes strahlte. »Erwarten Sie neue Kleider, Mylady?«

»Nein. Bitte, geh jetzt schlafen, Agnes.«

Frances lag noch wach, als einige Stunden später die Verbindungstür geöffnet wurde.

»Frances?«

»Ja. Bitte, einen Augenblick, mein Lord. Erlauben Sie mir, daß ich erst mein Nachthemd für Sie hochziehe. So.«

Hawk fühlte einen Schauder bei diesen Worten und fuhr sich mit den Fingern durchs Haar. »Frances, schau, ich ...«

»Ich habe verstanden, Mein Lord. Sie wünschen, daß ich schwanger werde. Bitte, bringen Sie es hinter sich.«

Hawk tat es. Frances bewegte sich nicht, noch sagte sie ein Wort. Als Hawk bald darauf wieder in seinem eigenen Bett lag, fiel ihm ein, daß er noch immer nicht ihre Brüste berührt hatte.

Die kleine Abendgesellschaft mit Lord und Lady Bourchier von Sandbury Hall hätte schlimmer werden können, dachte Hawk, als er sich von seinem Vater verabschiedet hatte und in seine Suite zurückkehrte. Alicia mit ihrem guten Herzen war, nachdem sie den ersten Schock überwunden hatte, sehr freundlich zu Frances gewesen, ebenso John, der mit seinem Charme sogar Termiten aus ihrem Bau locken konnte. Und der Marquess hatte sich in bester Verfassung gezeigt.

Frances verhielt sich so still, als ob sie überhaupt nicht anwesend wäre. Hawk hatte sich während des Abendessens so manches Mal gefragt, wie Clare oder Viola sich benommen hätten. Sicher wären sie sehr charmant gewesen, gut angezogen und hübsch.

Aber er war nun einmal mit Frances verheiratet, und die verabscheute ihn. Offensichtlich wünschte sie sich, daß er Desborough Hall recht bald verließ. Gut, dieser Wunsch sollte ihr erfüllt werden!

Warum konnte sie nicht wenigstens ein bißchen versuchen, besser auszusehen?

Wie gut, daß sie es abgelehnt hatte, sich ans Piano im Wohnzimmer zu setzen, nachdem Alicia mit ihrer gepflegten Stimme und ihrer Fingerfertigkeit alle erfreut hatte. Es wäre eine üble Blamage geworden!

Hawk seufzte, entließ Grunyon und zog sich aus. Als er die Verbindungstür öffnete, hörte er Frances' müde, verdrossene Stimme: »Schon wieder, mein Lord? Sind Sie nicht zu erschöpft?«

»Ja«, erwiderte er, »aber das macht nichts.«

»Also gut.«

»Frances, du hättest wirklich etwas liebenswürdiger zu meinen Freunden sein können«, rügte Hawk, während er näher kam. »John und Alicia sind beide sehr nett.«

»Davon bin ich überzeugt.«

Hawk hörte, wie Frances sich im Bett bewegte und konnte sich vorstellen, wie sie sich das Nachthemd hochzog. Plötzlich fühlte er sich ganz elend. Nein, so konnte das Leben nicht sein!

Er setzte sich auf die Bettkante, die Hände zwischen den Knien ineinander verkrampft. »Ich wünschte«, begann er zögernd, »die Dinge zwischen uns wären nicht so schwierig, Frances.«

»Ich wünschte, daß es überhaupt keine Dinge gäbe«, erwiderte Frances. »Zwischen uns, meine ich.«

»Hast du Heimweh?«

»Ja.«

»Das tut mir leid, aber ...«

»Ja«, unterbrach ihn Frances, »bei allem gibt es ein ›Aber‹, nicht wahr? Ich bin müde. Können Sie es nicht rasch hinter sich bringen?«

»Gut.« Hawk war erleichtert, daß er seine eheliche Pflicht unverzüglich erfüllen konnte, verspürte er doch zunehmend die schreckliche Furcht, durch Frances' Verhalten bei ihr impotent zu werden.

Frances lag wiederum völlig unbeweglich da. Sie hörte Hawk aus dem Zimmer gehen und die Tür hinter sich schließen.

Es ist nicht mehr ganz so schlimm, dachte sie, es tut nicht mehr weh. Aber es ist so entsetzlich unerfreulich, so kalt und unmenschlich.

Plötzlich sah sie ihr Leben vor sich, voller Einsamkeit und Dunkelheit. Da gab es einen Mann, der ihr Ehemann war und der sie nur besuchen würde, wenn man ihn dazu drängte.

Frances verbarg ihr Gesicht in dem großen, weichen Kopfkissen.

Sie sehnte sich verzweifelt nach ihrem Zuhause, sehnte sich danach, frei zu sein, zu lachen, all die Kilbracken-Bauern zu besuchen, im See zu baden und im Sommer mitten in der Heide im Sonnenschein zu liegen.

Törichtes, armseliges Geschöpf! Deine ganze Verkleidung sollte ihn abschrecken, und das tut sie auch. Er kann es nicht ertragen, dich anzusehen, und noch weniger, in deiner Gesellschaft zu sein.

Bald wirst du wieder frei sein, bald wird er gehen. Und was willst du dann tun?

Frances erwachte am nächsten Morgen, ohne eine Antwort auf ihre Frage gefunden zu haben.

Rasch genug mußte sie erkennen, daß sie heute nicht ausreiten würde. Ihr Gatte hatte sich bei Lady Bourchier nicht nach einem Reitkleid für sie erkundigt.

11. Kapitel

»Das ist alles Unsinn, mein Sohn«, erklärte der Marquess verärgert. »Du willst einen Geschäftsfreund in London treffen? Das ist doch absurd! Ich verbiete dir, Desborough Hall jetzt zu verlassen!«

»Nicht jetzt. In der Morgendämmerung«, korrigierte Hawk.

»Und was wird deine Frau davon denken? Weiß sie überhaupt, daß du sie verlassen willst?«

»Nein, noch nicht. Ich werde es ihr sagen, wenn ich sie finde — was sehr schwierig ist, seitdem sie sich versteckt, wann immer ich in der Nähe bin.«

»Besonders nachts«, ergänzte der Marquess vielsagend.

»Das stimmt.«

Der Marquess schüttelte den Kopf. »Ich gehe jetzt frühstücken.«

Zu Hawks Überraschung saß Frances bereits am Tisch, als er und sein Vater ins Frühstückszimmer kamen. Sie trug das scheußlichste ihrer drei Kleider, das aus braunem Wollstoff genäht war und nie modern gewesen sein konnte, und auf dem Kopf eine fahlgelbe Haube.

Frances blickte nur kurz auf, nickte und beschäftigte sich wieder mit dem Rührei auf ihrem Teller.

Der Marquess sah von einem zum anderen und verkündete schließlich: »Ich denke, ich werde etwas später frühstücken.« Damit ging er aus dem Zimmer.

Frances sah sehr blaß aus, und Hawk fühlte sich irgendwie schuldig. Nachdem Otis und Rosie den Raum verlassen hatten, begann er: »Guten Morgen, Frances.«

»Guten Morgen, mein ... Philip.«

»Es freut mich, daß du in dieser Richtung Fortschritte machst.«

»Danke.«

Am liebsten hätte er sie geschüttelt, bis ihre Zähne klapperten. Statt dessen erkundigte sich Hawk: »Glaubst du, daß du schwanger sein könntest?«

Frances ließ die Gabel sinken. Sie hätte jetzt gern ihre Tasse genommen, ihm den heißen Tee ins Gesicht geschüttet und ihm sämtliche Schimpfworte, die sie kannte, an den Kopf geworfen, erwiderte jedoch nur leise: »Das kann schon möglich sein. Sie haben ja schließlich Ihre Pflicht sehr eifrig erfüllt.«

»Das sind immerhin eine ganze Anzahl von Worten, die du herausgebracht hast«, stellte Hawk fest. »Es freut mich, daß du endlich erkennst, daß ich mehr als nur ein Nicken oder ein Schulterzucken von dir verdiene.«

»O ja«, bestätigte Frances. »Sie verdienen viel mehr.«

Hawk war sich nicht ganz sicher, ob in Frances' Antwort Sarkasmus lag, obwohl ihre Stimme unbeteiligt geklungen hatte. Nach kurzem Zögern erklärte er: »Ich fahre morgen früh weg.«

»Dann wünsche ich Ihnen eine gute Reise.«

»Kümmert es dich nicht, wann ich zurückkommen oder wohin ich reise?« erkundigte er sich gereizt.

»Nein.« Frances bestrich eine Scheibe Brot mit Butter und war vollauf damit beschäftigt.

Hawk ballte die Hände zu Fäusten und sagte böse: »Heut nacht werde ich dich wieder besuchen. Ich möchte schließlich meine Pflichten nicht vernachlässigen.«

Frances erschrak. Sie hatte ihre Periode bekommen. Was sollte sie jetzt tun? Sie mußte endlich zum Angriff übergehen, das wußte sie. Die Maus konnte nicht nur stillhalten. Das war ihre einzige Hoffnung. Kühl entgegnete sie: »Warum lassen Sie nicht eine Liste mit den Namen passender Gentlemen aus der Nachbarschaft hier? Falls Sie tatsächlich keinen Erfolg mit Ihren ... Ihren Bemühungen als Ehemann hatten, vielleicht gelingt es einem von ihnen.«

Hawk blickte sie einen Moment vollkommen verblüfft an, dann bog er den Kopf zurück und brach in schallendes Gelächter aus. »Schau, Frances«, brachte er endlich heraus, nachdem er sich etwas beruhigt hatte, »selbst wenn einer der Gentlemen dazu gebracht werden könnte, zu dir ins

Bett zu steigen, würde er dich nicht mit soviel — äh — Respekt behandeln, wie ich es tue. Himmel, er könnte sogar erwarten, nein, darauf bestehen, deinen Körper zu sehen. Das würdest du doch verabscheuen, nicht wahr? Er würde sicher auch verlangen, daß du ihn berührst. Eine entsetzliche Vorstellung, meinst du nicht? All diese widerlichen Haare.«

Es fiel Frances äußerst schwer, an sich zu halten. Was war er doch für ein eingebildetes, selbstsüchtiges Untier! Ein Schurke, ein ... »Warum fahren Sie nicht schon heute weg, mein Lord? Das Wetter ist doch genau richtig für eine Reise.«

Hawk beobachtete sie nachdenklich. Er nahm an, daß eine unansehnliche, sehr schlecht gekleidete Frau über ihr Aussehen verbittert sein könnte, aber dieser flinke Sarkasmus? Das paßte irgendwie nicht zu ihrem Charakter, sagte er sich.

Frances merkte, daß sie einen Fehler begangen hatte. Sie biß sich auf die Zunge und nahm sich vor, ihm keinen Grund zu irgendwelchen Fragen zu geben, die sie ärgerten, und vor allem keinen Grund, daß er blieb. Sie legte die Serviette neben ihren Teller und stand rasch auf. »Vielleicht sehe ich Sie, bevor Sie abreisen, mein Lord«, sagte sie und rannte fast aus dem Raum.

Hawk blieb sitzen und blickte vor sich hin, ohne etwas Bestimmtes anzusehen. Was, zum Teufel, war mit Frances los? Verdammt, er hatte sie gewählt statt eine ihrer Schwestern, hatte ihr Titel, Heim und Ansehen gegeben, und sie verabscheute ihn! Er hatte sie nachts gut behandelt, hatte nichts von ihr gefordert, was sie in Verlegenheit bringen könnte! In diesem Moment entschloß er sich, noch heute abzureisen.

Doch es kam anders. Zwei Stunden später unterbrach Grunyon seinen Herrn bei den Reisevorbereitungen im Schlafzimmer. »Mylord, Otis informierte mich, daß Sie Besuch bekommen haben. Es ist Lord Saint Leven.«

»Ach, du meine Güte! Was macht denn Lyonel hier?« entfuhr es Hawk. »Ich dachte, er ist in London.«

»Ich hörte, wie er zu Ihrem Vater, Mylord, sagte, daß er seine Großtante in der Nähe von Esrick besucht hat.«

»Ah ja, wahrscheinlich seine Großtante Lucia. Ein alter Haudegen, aber er hängt sehr an ihr«, erinnerte sich Hawk und traf kurz darauf Lyonel Ashton und seinen Vater im Rauchzimmer.

»Hawk, alter Junge«, begrüßte ihn Lyonel und schlug ihm auf die Schulter, »du bist also jetzt ein verheirateter Mann. Herzlichen Glückwunsch! War aber auch Zeit, würde ich sagen.«

»Das sagst du, Lyonel? Soweit ich mich erinnere, bist du ein Jahr früher auf diese Erde gekommen als ich.«

»Manche von uns Burschen reifen eben schneller, Hawk.« Lyonel zwinkerte mit seinen dunkelblauen Augen. »Wo ist deine Gattin? Ich muß doch diesen Edelstein kennenlernen, der dich in die Ehefalle lockte.«

Lyonel wunderte sich über die plötzliche Stille. Hawk schwieg, und der Marquess räusperte sich nur. Endlich fragte Hawk seinen Vater: »Wo ist Frances?«

»Das weiß ich nicht. Ich habe nach ihr geschickt, aber keiner hat sie gesehen«, erwiderte der Marquess.

»Frances«, wiederholte Lyonel. »Ein sehr hübscher Name. Aus welcher Familie, Hawk?«

»Ihr Vater ist der Graf von Ruthven, ein Schotte. Bis vor einer Woche lebte sie in der Nähe des Loch Lomond.«

Lyonel hätte gern eine Menge Fragen gestellt, aber die Gegenwart des Marquess hinderte ihn daran. Irgend etwas war hier recht geheimnisvoll.

»Brandy, Lyonel?«

In diesem Moment schlitterte Frances ins Rauchzimmer. Anders kann man ihr Hereinkommen nicht bezeichnen, dachte Hawk und blickte sie ärgerlich an. Verdammt, sie sieht aus, daß man sie auspeitschen sollte! Er räusperte sich. »Meine Liebe«, sagte er erstaunlich freundlich, »bitte, komm herein. Ich freue mich, daß du einen meiner besten Freunde kennenlernst, Lyonel Ashton, Graf von Saint Leven. Lyonel, meine Frau, Frances.«

Lyonel war nicht anzusehen, was er dachte. »Es ist mir ein

Vergnügen, Madam«, sagte er mit sanfter Stimme und hob ihre Hand an seine Lippen.

Frances starrte auf seinen gebeugten Kopf. Himmel, sie hatte Hawk für den schönsten Mann gehalten, der ihr je begegnet war, aber dieser elegante Gentleman konnte leicht mit ihm konkurrieren. Sein dichtes, braunes Haar hatte fast die Farbe von Hawks Mahagonischreibtisch im Arbeitszimmer. Als Lyonel sich aufrichtete, erkannte sie, daß er sogar Hawks Größe besaß. Aber in seinen Augen entdeckte sie keinen Widerwillen, sondern nur Fröhlichkeit und Intelligenz. Sie feuchtete ihre plötzlich trocken gewordenen Lippen mit der Zungenspitze an und stammelte: »Ja, es ist wirklich ein Vergnügen, Sie kennenzulernen, Sir.« Dann blickte sie hilfesuchend zu ihrem Schwiegervater, der prompt verkündete: »Laßt uns jetzt unseren Brandy trinken.«

»Entschuldigen Sie mich, bitte«, wandte Frances ein, »ich trinke keinen Brandy, wirklich, ich ...« Sie war aus dem Zimmer verschwunden, bevor irgend jemand etwas sagen konnte.

Nachdenklich sagte Lyonel, nachdem ihm der Marquess ein Glas gereicht hatte: »Trinken wir auf deine Ehe, Hawk.«

Das taten sie. Eine halbe Stunde später waren die beiden Freunde allein. Lyonel lehnte sich in dem bequemen Ledersessel zurück und streckte seine langen Beine aus. »Das ist ja alles sehr interessant, Hawk.«

»Geh zum Teufel!«

»Immer kurz und bündig«, stellte Lyonel fest und lachte. »Ich bin wirklich mit meinen Freunden gesegnet.«

»Wie geht es deiner Großtante Lucia?« lenkte Hawk ab.

»Danke, ausgezeichnet. Gesund wie ein Wiesel, und ihre Zunge ist flinker als deine Kutschenräder.«

»Ich dachte, ich würde dich in London treffen«, meinte Hawk.

»Aha. Bald? Du willst deine Frau in die Gesellschaft einführen?«

»Nein. Frances bleibt hier. Das heißt, sie will hierbleiben, auf dem Lande — sie fühlt sich hier wohler, weißt du.«

»Ich verstehe.« Lyonel wartete.

Doch es dauerte eine ganze Weile, bevor Hawk barsch erklärte: »Verdammt noch mal, es ist keine Liebesheirat. Du bist ja nicht blind, du bist ihr doch begegnet, hast sie gesehen.«

Lyonel blickte ihn merkwürdig an, bevor er fragte: »Dann ist sie wohl eine reiche Erbin?«

»Überhaupt nicht.«

»Keine zwanzigtausend Pfund im Jahr?«

»Nicht einen verdammten Sou.«

Lyonel beobachtete seinen Freund einige Augenblicke und sagte dann: »Ich wollte an sich bei dir übernachten, Hawk, aber wenn es dir lieber ist, fahre ich zu Tante Lucia zurück.«

»Nein, bleib. Wir können morgen zusammen nach London zurückkehren, falls das in deine Pläne paßt.«

»Ja, eine gute Idee. Ich nehme an, mein lieber Junge, daß du eure Hochzeit in der ›Gazette‹ bekanntgegeben hast?«

»Das wird mein Vater sicher getan haben, denke ich.«

Lyonel schwieg einen Moment, bevor er fragte: »Wie wird Constance diese Nachricht wohl aufnehmen?«

»Ich hätte sie nie geheiratet«, erklärte Hawk, »nicht einmal, wenn ich gewollt hätte, weil ...«

»Ja, ich verstehe. Dein schottisches Mädchen. Was Amalia angeht, so ist sie jetzt wohl abgemeldet, nicht?«

»Nein, keinesfalls«, erklärte Hawk. »Warum auch?«

»Ach, so ist die Sache«, meinte Lyonel leichthin. »Merkwürdig, aber ich habe immer geglaubt, wenn ich einmal heirate — falls ich eine Frau finde, die es mit mir aushält —, dann würde ich meiner Geliebten die Tür weisen. Natürlich, Amalia ist bezaubernd ...« Er hielt inne, weil Hawk ihn völlig überrascht anblickte. »Habe ich etwas gesagt, was dein Verstand nicht begreifen kann?«

»Ich habe es nie für möglich gehalten«, bekannte Hawk, »daß irgendein Gentleman auf sein Vermögen verzichten würde wegen einer Ehefrau. Besonders, wenn diese Frau nur eine ... Pflicht ist.«

»Vielleicht trifft das auf viele deiner Bekannten zu«, entgegnete Lyonel, »obgleich ich mir vorstellen kann, daß es unter ihnen auch Liebesheiraten gibt. Jedenfalls hoffe ich, einmal dieses Glück zu haben.« Er lachte plötzlich. »Jetzt habe ich aber genug gequasselt. Komm, alter Junge, laß dir mein neues Gespann zeigen! Meine beiden Braunen werden deinen Grauen mit Leichtigkeit davonlaufen.«

»Da irrst du dich gewaltig!« protestierte Hawk. »Meine Grauen sind unschlagbar!«

Frances ließ sich zum Abendessen entschuldigen und blieb in ihrem Zimmer. Unruhig lief sie hin und her. »Ich lasse es ihn nicht wieder tun!« sagte sie laut in den leeren Raum hinein. »Genug ist genug!« Doch wenn sie in ihrem Schlafzimmer blieb und Hawk sie besuchte, mußte sie ihm sagen, daß sie weit entfernt davon war, schwanger zu sein. Die Konsequenzen dieser Mitteilung erschreckten sie schon jetzt.

Entschlossen knüllte sie ein dickes Kopfkissen zusammen und steckte es unter die Bettdecke. Dann flüchtete sie in die kleine Nähstube.

Als Hawk drei Stunden später in Frances' Schlafzimmer kam, hatte er mehr als üblich getrunken, war aber fest entschlossen, seine eheliche Pflicht zu erfüllen. Er brauchte einige Minuten, bis er begriff, daß das Kissen unter der Decke keine Frau war.

Wütend blickte er in die Dunkelheit. Verdammt noch mal, er hatte nichts von ihr verlangt, hatte ihr aber alles gegeben, was eine Frau sich wünschen konnte! Seine eheliche Pflicht beanspruchte nicht mehr als zehn Minuten ihrer kostbaren Zeit! Und wo war sie jetzt?

Sein Ärger wurde immer größer, bis ihm einfiel, daß Lyonel und sein Vater im Hause waren. Er durfte jetzt keine Szene machen. Hawk hörte förmlich Lyonels Stimme: »Wie merkwürdig, alter Junge! Du hast ein Kissen für deine Frau gehalten? Sie hat sich vor dir versteckt?«

Erbost ging Hawk in sein eigenes Schlafzimmer. Doch als er im Bett lag und der Raum sich zu drehen schien, als er die Augen schloß, mußte er sich eingestehen, daß Frances ihm heute unwissentlich möglicherweise eine männliche Blamage erspart hatte.

Beide Männer verließen am folgenden Morgen Desborough Hall, jeder hatte einen ziemlichen Kater, der ihnen sicher noch bis Nottingham zu schaffen machen würde.

Hawk verabschiedete sich nicht von seiner Ehefrau, sie war nirgends zu finden.

Vom Fenster der kleinen Nähstube aus beobachtete Frances heimlich die Abreise der beiden Gentlemen. Erleichtert verließ sie den Raum und traf am Fuß der Treppe auf ihren Schwiegervater.

»Guten Morgen, Frances«, begrüßte er sie freundlich.

»Sir.«

»Hast du gut in deinem Versteck geschlafen?«

Woher wußte er das? Frances hob das Kinn. »Ja, sehr gut.«

»Hawk ist fort, auch Lyonel.«

»Ja, ich habe ihre Abreise beobachtet.«

»Und deshalb zeigst du dich endlich wieder?«

»Ich bin hungrig.«

»Und auch ein bißchen feige, hm? Komm einen Moment mit mir, meine Liebe, ich möchte dir etwas zeigen.«

Frances blickte den Marquess prüfend an, folgte ihm aber in die Bibliothek. Er schloß die Tür und drehte sich zu ihr um. »Sieh dir das an, Mädchen.«

Frances nahm die kleine Miniatur, die er ihr entgegensteckte. Sie blickte in ihr eigenes, lächelndes Gesicht. »Mein Vater ... Warum hat er Ihnen das geschickt? Ich nehme an, er tat es.«

»Ja«, bestätigte der Marquess. »Er hoffte, mir damit das Bild meiner zukünftigen Schwiegertochter zu senden. Er hoffte inständig, daß Hawk sie erwählen würde.« Er zeigte auf das kleine Porträt. »Doch statt dessen suchte sich Hawk dich aus. Nun, mißverstehe mich nicht, Frances, ich bin kein altersschwacher Dummkopf und weiß sehr gut, warum Hawk dich wählte statt eine deiner Schwestern. Er ist nicht fähig, mich anzulügen. Das hat er noch nie fertiggebracht, weder als Junge, noch als Mann. Meine Frage, meine Liebe, ist nun: Warum deine Maskierung? Ich nehme an, Hawk hat dich so kennengelernt, wie du jetzt aussiehst.«

Frances, am Ende ihrer Beherrschung, drohte mit der Faust und rief: »Das ist alles Ihre Schuld! Wenn Sie nicht so dumm gewesen wären, sich von Banditen gefangennehmen und von meinem Vater retten zu lassen, wäre nichts von alldem geschehen! Ich wollte den Grafen von Rothermere nicht heiraten, wollte Kilbracken und Schottland nicht verlassen! Ich wollte nicht einmal, daß Ihr feiner Sohn mich überhaupt ansieht!«

»Es scheint, daß er tatsächlich nicht — dich angesehen hat«, erwiderte der Marquess sanft, höchst erfreut über diese Ruthvensche Leidenschaftlichkeit. »Ich fange an, dich zu verstehen, Frances. Aber ich wundere mich, warum du ihm nicht einfach dein wahres Gesicht gezeigt hast, als er dich bat, ihn zu heiraten.«

»Weil er sofort weglief! Er fuhr, so schnell er konnte, nach Glasgow! Ich sagte meinem Vater, daß ich ihn nicht haben wollte, aber mein Vater erklärte mir, ich hätte keine andere Wahl. Es war alles eine Geldangelegenheit, wie Sie sehr gut wissen, seit Sie diese verdammten zehntausend Pfund angeboten haben!«

Der Marquess rieb sich das Kinn. Das war ja eine sehr interessante und amüsante Verwicklung. »Dann hast du, meine Liebe, diese Maskierung also beibehalten, um Hawk derart abzustoßen, daß er dich recht schnell verläßt?«

»Genau«, erwiderte Frances bissig. »Und es hat gewirkt!« Plötzlich barg sie das Gesicht in den Händen und schluchzte.

»Frances!«

»Oh, seien Sie doch still!« schrie sie und wischte mit dem Handrücken über die Augen. »Er ist tatsächlich gegangen, und ich hocke hier in einem fremden Land, von Dienern umgeben, die mich für einen entsetzlichen Dummkopf und meiner gerühmten neuen Stellung für nicht würdig halten — und ich hasse das alles! Hier gibt es keinen See, keine Heide, kein ... Oh, ich weiß einfach nicht, was ich tun soll!«

»Natürlich weißt du das, meine Liebe«, erwiderte der Marquess gütig.

Frances nahm die Brille ab und blickte ihn verständnislos an.

»Das ist ein Anfang«, erklärte der Marquess.

»Wie bitte?«

»Du, meine liebe Frances, bist die Gräfin von Rothermere. Niemand ist hier, der dir das streitig machen kann, keine Mutter, kein Vater. Du bist die Herrin hier. Das ist dein Heim, es sind deine Diener. Du kannst also, und das ist eine Tatsache, genau das tun, was dir beliebt.«

Frances sah ihn erstaunt an. Allmählich begriff sie seine ruhigen Worte. Sehr langsam sagte sie: »Ja, Sie haben vollkommen recht. Ich kann genau das tun, was ich möchte, nicht wahr?«

»Ohne jeden Zweifel«, bestätigte der Marquess und schöpfte Hoffnung.

Frances lächelte ihn plötzlich an.

Sie riß sich die Haube vom Kopf, schleuderte sie zu Boden und trat darauf. Dann zog sie die Nadeln aus ihrem schrecklichen Knoten und schüttelte ihr üppiges Haar frei. Sie lachte glücklich.

»Ich glaube, mein Lord, die armselige Maus ist gerade gestorben.« Sie warf die Brille in die Luft, und als sie auf den Fußboden fiel, zertrat sie die Gläser. »Mein Lord, kennen Sie einige gute Schneiderinnen in York?«

»Wir werden Lady Alicia Bourchier zum Tee einladen, Frances. Sie wird zweifellos die Adressen der drei besten Damenschneiderinnen wissen. Was Geld anbelangt, so kannst du als Herrin über jede Summe verfügen, die du brauchst. Und jetzt, meine Liebe, glaube ich, würdest du gern ausreiten, nicht wahr? Ich denke, wir können unter Nevils Sachen eine Hose für dich finden.«

Frances schlang plötzlich die Arme um den Nacken ihres Schwiegervaters. »Sie sind ein schlimmer alter Mann, Sir!«

»Und du, meine liebe Tochter, bist ein kleines Biest!«

Während der Marquess wenig später neben einer lachenden, unbekümmerten Frances einherritt, überlegte er, wie lange er Hawk erlauben sollte, wegzubleiben. Nun, er wollte erst einmal abwarten, wie Frances sich hier zurechtfand. Dann würde er seine Entscheidung treffen, wie er seinen Sohn zurückholen konnte.

12. Kapitel

Agnes hatte die Luft angehalten, als sie ihre veränderte Herrin sah, doch Mrs. Jerkins blieb sogar der Mund offenstehen, als sie ungläubig auf die Erscheinung hinter dem Schreibtisch blickte. »Ich … Mylady, was …?« stammelte sie verwirrt.

Frances lächelte ihr freundlich zu. »Bitte, setzen Sie sich, Mrs. Jerkins. Ich glaube, wir beide haben einiges zu besprechen.«

»Hier? Im Arbeitszimmer Seiner Lordschaft?« Nach Mrs. Jerkins' Ansicht hatte eine Lady in diesem männlichen Bereich nichts zu suchen.

Frances verstand nur zu gut, lächelte jedoch weiter. Mrs. Jerkins war es gewohnt, als Autorität für weibliches Benehmen in Desborough Hall zu gelten. Doch Frances setzte sich über diese Autorität hinweg, ohne zu zögern. »Bitte, nehmen Sie Platz«, wiederholte sie, und Mrs. Jerkins folgte endlich ihrer Aufforderung. Der Schlüsselbund, der an ihrer Taille baumelte, klimperte laut.

»Zunächst«, begann Frances, »möchte ich mit Ihnen jeden Montag früh die Menüs für die Woche besprechen …«

»Aber«, stotterte die Haushälterin, »Sie — Sie können doch gar nicht lesen!«

Frances lachte. »Da habe ich Ihnen einen völlig falschen Eindruck vermittelt, Mrs. Jerkins. Ich versichere Ihnen, ich kann lesen. Es lag nur an meiner Brille. Die Gläser waren blind. Das Menü, das Sie mir zeigten, war wohl nicht für ein Abendessen gedacht?«

»Es war die Wäscheliste.«

»Ah. Ich nehme an, die besitzen Sie noch. Ich möchte sie mir heute morgen ansehen. Dann gehen wir einmal durch das ganze Haus.«

Mrs. Jerkins sah noch immer reichlich verstört aus. Frances beugte sich vor und legte die Hände flach auf die Tischplatte. »Ich glaube, wir beide werden sehr gut miteinander auskommen. Ich kann mir vorstellen, daß es sicher sehr schwierig war, keine Herrin hier zu haben. Ein Haushalt voller Männer hat Ihr Leben gewiß nicht gerade einfach gemacht.«

Das stimmte zwar nicht unbedingt, aber Mrs. Jerkins war nicht dumm. Sie dachte plötzlich an das angeschlagene Geschirr, an die zerrissenen und mottenzerfressenen Leinentücher und an die Vorhänge im Crimson Room, die auch schon einmal bessere Tage gesehen hatten. »Ja, sicher«, begann sie widerwillig. Schließlich saß da noch immer ein primitives, kleines Schottenmädchen . . . nun, vielleicht nicht gerade primitiv. Dieser Wandel kam so plötzlich, es ging alles so schnell. Mrs. Jerkins konnte nur noch nicken.

Der Gang durch das weitläufige Haus brachte für Frances eine Überraschung. Mrs. Jerkins führte sie durch die lange, schmale Gemäldegalerie im Westkorridor, und Frances entdeckte das Bild einer jungen Frau, die wie das weibliche Gegenstück zu ihrem Gatten aussah. Sie blieb vor dem Gemälde stehen und betrachtete es.

»Das ist Lady Beatrice, Mylady«, erklärte Mrs. Jerkins, »die ältere Schwester Seiner Lordschaft.«

Ich kann ihr doch nicht sagen, daß ich nie etwas von einer Schwester hörte, dachte Frances, und sagte: »Erzählen Sie mir von ihr, Mrs. Jerkins. Ich habe sie noch nicht kennengelernt.«

Mrs. Jerkins preßte einen Augenblick die Lippen aufeinander, bevor sie berichtete: »Sie wissen natürlich, daß Lord Nevil der älteste Sohn war. Er wäre jetzt einunddreißig Jahre alt geworden, wenn er nicht den tödlichen Unfall erlitten hätte. Lady Beatrice ist achtundzwanzig und Seine Lordschaft sechsundzwanzig. Lady Beatrice war eine sehr temperamentvolle, junge Lady und heiratete mit neunzehn gegen den Willen ihres Vaters einen Lord Dunsmore, der älter war als ihr Vater. Er war ein sehr reicher Mann, und Lady Beatrice wollte ihre eigene Herrin sein. Vor zwei Jahren starb Lord Dunsmore. Lady Beatrice lebt in London und ist jetzt, glaube ich, mit einem viel jüngeren Gentleman, einem Vicomte Chalmers, verlobt.«

Frances dachte erbittert daran, daß Hawk weder seine Schwester erwähnt, noch ihr überhaupt irgend etwas über seine Familie erzählt hatte. Sie zwang sich zu einem Lächeln. »Gehen wir weiter, Mrs. Jerkins.«

Die Verwandlung ihrer Herrin war Thema Nummer eins bei der gesamten Dienerschaft von Desborough Hall. Selbst Mr. Otis berichtete Mrs. Jerkins, als sie gemeinsam in der Küche Tee tranken: »Sie informierte mich, daß ihr die Livree der Diener nicht gefällt. Sie hätte das Rothermeresche Wappen studiert. Die Farben stimmten nicht.«

»Ich kann mir gar nicht vorstellen, was Seine Lordschaft sagen wird«, meinte Mrs. Jerkins mitleidsvoll. »Ihre Veränderung ist einfach erstaunlich.« Und als wäre es eine Todsünde, fügte sie hinzu: »Sie kann sogar lesen!«

»Das ist wenigstens eine Beruhigung«, stellte Otis fest.

»Heute morgen ist noch mehr Garderobe für sie von York eingetroffen, sogar Reitkleider.« Mrs. Jerkins blickte plötzlich auf die kleine Uhr, die neben ihr auf dem Tisch stand. »Himmel, Lady Bourchier wird gleich eintreffen! Unsere Lady möchte, daß ihr ein Spezialtee serviert wird.«

Lady Alicia Bourchier, eine hübsche Frau, war vor sechs Jahren sehr verliebt in Lord Philip Hawksbury gewesen, der damals mit einer Armverwundung einige Zeit im Stadthaus ihrer Familie in London weilte. Er hatte mit ihr geflirtet und sie, als sein Arm geheilt war, wieder verlassen. Zwei Jahre später traf Alicia ihren Freund aus Kindertagen, John, wieder, bald liebten sie einander und heirateten. Die beiden blieben Philip Hawksbury weiterhin in Freundschaft verbunden.

Alicia blickte über ihre Teetasse zu Philips Frau hinüber. Er hatte ihr leid getan, als sie Frances zum ersten Mal begegnete, aber im Augenblick hatte sie das Gefühl, daß er ihr jetzt noch viel mehr leid tun müßte.

»Alicia, wenn du deinen Tee ausgetrunken hast, zeige ich dir noch die neuen Kleider, die angekommen sind. Ich bin dir so dankbar für all deine Hilfe! Oh, ich muß Mrs. Jerkins sagen, daß der Tee viel zu schwach ist!«

»Frances«, sagte Alicia plötzlich, »weißt du, ich verstehe das Ganze nicht recht.«

»Ach, das macht nichts. Offen gestanden: ich möchte auch gar nicht darüber sprechen. Aber du hast mir noch nicht gesagt, wie dir dieses Kleid gefällt.«

»Du siehst wunderschön aus«, gab Alicia ehrlich zu. Das Musselinkleid mit Spitzenbesatz wirkte sehr elegant und brachte Frances' Figur voll zur Geltung. Alicia hätte gern gewußt, warum Frances am Anfang die graue Maus gespielt hatte. »Hast du von Philip gehört?« erkundigte sie sich.

»Nein«, erwiderte Frances völlig unbekümmert.

»Es sind doch schon fast zwei Wochen, Frances! Was macht er denn in London?«

Frances lächelte. »Ich bin überzeugt, er amüsiert sich.«

»Das würde ich nicht zulassen, wenn ich an deiner Stelle wäre!«

»Du bist aber nicht an meiner Stelle, Alicia«, entgegnete Frances freundlich. »Ah, da ist mein Schwiegervater und Marcus. Kommen Sie herein, Gentlemen!«

In den nächsten Minuten wurden nur Höflichkeiten ausgetauscht. Schließlich übergab der Marquess seiner Schwiegertochter einen recht zerknittert aussehenden Umschlag. »Du hast einen Brief von deinem Vater bekommen, Frances.«

»Vielen Dank, Sir. Hier ist Ihr Tee. Marcus, Sie nehmen Milch dazu, nicht wahr?«

»Ja, Mylady«, bestätigte Marcus Carruthers, der die Verwandlung der neuen Gräfin von einer grauen Maus in eine Prinzessin noch immer nicht recht fassen konnte. Und sie war charmant zu ihm! Was sie allerdings demnächst mit ihm besprechen wollte, konnte er sich einfach nicht vorstellen.

»Dein Kleid gefällt mir, Frances. Es steht dir gut«, lobte nun der Marquess.

Das ist eine Untertreibung, dachte Marcus.

»Oh, danke, Sir!« Frances lächelte ihren Schwiegervater

an. »Ach, da fällt mir gerade ein: ich habe ein Porträt von Lady Beatrice in der Galerie gesehen. Sie ist sehr schön.«

Der Marquess schwieg lange, bevor er zu Frances' Verwunderung nur bemerkte: »Das kann schon sein.«

»Ich habe Beatrice schon seit einigen Jahren nicht mehr gesehen. Geht es ihr gut, Sir?« erkundigte sich nun Alicia. Als der Marquess schwieg, wandte sie sich an Frances: »Sie ist seit kurzem mit Edmund Lacy verlobt, einem sehr charmanten Gentleman, wie man sagt, der ein beachtliches Gestüt und einen Rennstall besitzt. Liegt das nicht in Evonshire, Sir?«

»So hörte ich«, erwiderte der Marquess anscheinend unwillig.

Frances war nicht blind. Sie sah, daß ihrem Schwiegervater das Gespräch unangenehm war und wechselte rasch das Thema, so daß die Unterhaltung leicht dahinplätschern konnte.

Nachdem Alicia sich verabschiedet hatte, kehrte Frances ins Wohnzimmer zurück und wandte sich an den Butler. »Otis, morgen hätte ich gern, daß Sie mich nach York begleiten. Ich möchte Ihre Hilfe bei der Auswahl der neuen Livreen für die Männer.«

Eine solche Einladung hatte Otis noch nie bekommen. Er fühlte sich enorm geschmeichelt, das sah man sogar seinem sonst immer unbeweglichen Gesicht an.

»Es wäre mir eine große Freude, Ihnen behilflich sein zu dürfen, Mylady«, erwiderte er. Seine Meinung über die neue Herrin hatte sich schlagartig geändert, obwohl ihm das im Moment selbst noch nicht klar war.

Mrs. Jerkins platzte fast vor Eifersucht, als Otis ihr erzählte, daß er seine Herrin begleiten und beraten sollte, bis Frances sie rufen ließ und um ihren Rat für die neuen Leinentücher bat. »Sie wissen, wir müssen alles ein bißchen aufpolieren, Mrs. Jerkins. Sie haben die ganze Zeit über großartig gewirtschaftet, aber nun sollten wir einiges neu anschaffen. Ich vertraue da ganz auf Ihre Erfahrung.« Mrs. Jerkins blühte förmlich auf bei diesen Worten. »Ach, und noch etwas: Das Geschirr für das Personal ist in keinem guten Zustand. Sie und ich, wir werden neues aussuchen, etwas, das haltbar und doch hübsch ist. Was meinen Sie?«

Zum ersten Mal lächelte Mrs. Jerkins ihre Herrin an.

So, dachte Frances, nachdem die Haushälterin gegangen war, und morgen ist Mr. Carruthers an der Reihe.

Hawk lächelte Lady Constance an und hielt sie noch ein wenig fester, während sie durch den Ballsaal tanzten. Er hatte völlig vergessen, wie schön sie war.

»Ich würde gern mit Ihnen über etwas sprechen, mein Lord.«

»Bitte. Ich stehe Ihnen zu Diensten.«

»Anscheinend nicht! Die Frage, mein Lord, ist: warum sind Sie ohne Ihre Gattin hier?«

»Dazu möchte ich nichts sagen, Constance. Sonst noch etwas?«

»Nun, Sie wissen sicher, daß die wildesten Gerüchte im Umlauf sind.«

»Das ist doch immer so, Constance. Da meine Angelegenheiten jedoch kaum interessant genug sind, wird sich das auch wieder legen.«

Constance ließ ihr Kinn ein bißchen zittern, was nach ihrer Erfahrung immer sehr wirkungsvoll war. »Ich hatte gedacht, nein, sogar gehofft, mein Lord ... Hawk, daß zwischen uns etwas mehr wäre, etwas, das ...«

»Ah«, unterbrach Hawk sie, »die Musik hat aufgehört. Möchten Sie gern ein Glas Champagner, Constance? Ein alter, verheirateter Mann wie ich wäre sehr erfreut darüber.«

Constance seufzte so tief, daß Hawks Blick auf ihren üppigen Busen fiel. Er wollte sie noch immer, das wußte sie. Warum dann diese merkwürdige Hochzeit? Und warum hatte er seine Frau in Yorkshire zurückgelassen?

Sie nippten am Champagner, als Lyonel zu ihnen kam. »Ist das ein Gedränge hier«, stellte er fest und beobachtete Lady Bellingham's Tanzsaal. »Ihr Diener, Lady Constance. Hawk — aber dein Diener bin ich nicht, alter Junge.«

Constance überlegte, ob sie es mit Saint Leven versuchen

sollte. Es war ihre zweite Saison, und ihre Eltern wünschten, daß sie heiratete. Sie wurde erst durch Lyonels Worte aus ihren Gedanken gerissen: »Ich glaube, Frances würde hier viel Spaß haben. Mag sie den skandalösen Walzer, Hawk?«

Frances! Das ist also der Vorname seiner Frau, dachte Constance. Und Lord Leven kennt sie!

»Ich habe keine Ahnung«, erwiderte Hawk und war erleichtert, daß Lord Bellamy zu ihnen trat und Constance um den nächsten Tanz bat.

»Vermißt du Frances nicht?« bohrte Lyonel weiter.

»Was ich vermisse, ist Amalia«, erwiderte Hawk schroff. »Entschuldige mich bitte, Lyonel, ich fahre zur Curzon Street. Im Gegensatz zu anderen erwartet mich Amalia ohne Zweifel sehnsüchtig.«

»Sehnsüchtig«, spottete Lyonel amüsiert. »Eine etwas merkwürdige Bezeichnung dafür. Na dann, viel Spaß, alter Junge!«

Kurz darauf erreichte Hawk Amalias hübsches Haus, das sie sich in der Curzon Street auf seine Kosten hatte aussuchen und einrichten dürfen, und wurde von Marie, ihrer französischen Zofe, begrüßt.

»Madame erwartet Sie, Monseigneur.«

Hawk spürte, wie erregt er wurde, während er die Treppe zu ihrem Schlafzimmer hinaufging.

»Mon faucon!« jubelte Amalia, als er die Tür öffnete, sprang aus ihrem Bett und eilte in seine ausgebreiteten Arme.

»Ich kann mich noch immer nicht daran gewöhnen, ein Falke in französisch zu sein, Amalia«, sagte er lächelnd. Seine Hand glitt über ihren Rücken bis zu ihren Hüften. Er atmete den Duft von Rosenöl ein und flüsterte: »Ich möchte zu dir kommen, Amalia. Jetzt.«

Amalia preßte sich an ihn und spürte seine Erregung.

»Ja, das möchtest du wirklich, mon amour«, wisperte sie, stellte sich auf die Zehenspitzen und küßte Hawk zärtlich.

»Und du, Amalia, willst du mich haben?«

Sie legte den Kopf zur Seite und blickte ihn vielversprechend an. »Was für eine lächerliche Frage!«

Seine Hand glitt unter ihren Morgenrock, spürte ihre seidige, weiche Haut, tastete sich vor in die Wärme, die Feuchtigkeit ihres Schoßes. Frances wäre dabei kalt und steif gewesen, nicht aber Amalia, seine Geliebte, die er jetzt auf seine Arme hob und zum Bett trug.

Er war so schnell ausgezogen, daß Amalia kaum Gelegenheit hatte, seinen schönen Körper zu bewundern. Dann lag er neben ihr und streifte den rosaseidenen Morgenrock von ihren Schultern. »Wie habe ich dich vermißt!« stieß Hawk hervor und barg den Kopf an ihre Brust.

»Und ich dich«, flüsterte Amalia und schlang ihre Arme um ihn.

»Ich fürchte, ich kann nicht warten, Amalia.«

»Dann komm. An mich kannst du später denken.« Sie schloß die Augen, als er tief in sie drang, ihre Hüften wölbten sich ihm entgegen.

Hawk fühlte ihre Oberschenkel an seinen Weichen, ihre Hände, die seinen Unterleib umklammerten, und warf im nächsten Augenblick den Kopf zurück und stöhnte befriedigt auf. Dann ließ er sich auf ihren Körper fallen, den Kopf neben ihrem auf das Kissen.

Amalia lächelte, während sie ihm über das Haar streichelte. »Ich gebe dir dreißig Minuten, mein Hawk. Dann mußt du wieder mein Liebhaber sein.«

»Und nicht dein Ehemann«, murmelte er und unterdrückte ein plötzlich aufkommendes Schuldgefühl.

»Ich verstehe dich nicht«, meinte Amalia.

»Später.«

»Dein Vater?«

»So gesund wie du, meine Liebe.«

»Oh, das freut mich.«

Im nächsten Moment war Hawk eingeschlafen. Amalias Finger strichen zart über seinen Rücken. Wie sollte sie diesem wunderbaren Mann beibringen, daß sie nach Grenoble zurückkehren wollte, daß sie einen Heiratsantrag von einem Mann bekommen hatte, den sie schon seit Jahren kannte, und der jetzt ein wohlhabender Gutsbesitzer war? Sie hatte genügend gespart und wollte nun eine Familie gründen. Sie wünschte sich Robert und Kinder.

Aber es war keine leichte Entscheidung. Es würde keinen Luxus mehr geben wie hier. Robert würde sie bestimmt lieben, dessen war sie sicher, aber er würde nie ein Liebhaber sein wie Hawk.

Doch sie würde Respekt und Ansehen genießen. Amalias französische Seele wünschte sich das mehr als alles andere auf der Welt. Und Robert Gravinier brauchte niemals zu erfahren, daß sie die Mätresse irgendeines Mannes gewesen war.

Hawk erwachte erst zwei Stunden später und erschrak. »Oh, das tut mir leid, Amalia. Du hättest mich wecken sollen.«

»Aber nein«, erwiderte Amalia und küßte ihn. »Ich habe auch geschlafen«, beteuerte sie, obwohl das nicht stimmte.

Hawk stand auf und streckte sich. »Erlaube mir, daß ich ein Bad nehme, Amalia. Dann werde ich dich lieben, bis du schreist.«

»Ich hätte nichts dagegen.« Amalia zwinkerte ihm voller Vorfreude zu.

Hawk liebte es, einer Frau Vergnügen zu bereiten, sie zu befriedigen. Es war für ihn die größte Genugtuung, wenn er die kleinen, fast schon atemlosen Schreie einer Frau hörte und ihr Körper sich vor Lust aufbäumte. Einer Frau, nicht einer Ehefrau, dachte er, als er Amalia liebkoste und sie zum Höhepunkt führte, bevor er sich nochmals mit ihr vereinte.

Es war fast zwei Uhr morgens, als beide nackt auf Amalias Bett saßen, Gebäck knabberten und Tee tranken.

»Ich bin verheiratet«, erklärte Hawk plötzlich.

Amalia fiel der Keks aus der Hand.

Sie sah ihn erschrocken an und war fest überzeugt, daß sie ihn mißverstanden hatte. Ihr Englisch war zwar recht gut, aber ...

»Ich bin verheiratet«, wiederholte Hawk nochmals und seufzte tief.

»Ich verstehe nicht.« Amalias dunkle Augen waren fest auf Hawks Gesicht gerichtet.

Da sie ihn so ernst, ja nahezu besorgt ansah, und da Hawk wußte, daß sie nie klatschte, erzählte er ihr alles, was sich ereignet hatte, von der Reise zu seinem Vater bis zur Reise nach Schottland und seiner Rückkehr. Danach fühlte er sich wie ausgepumpt.

»Du hast deine Gattin einfach in Yorkshire zurückgelassen?«

Er nickte.

»Sie wird dich bald lieben, mon faucon. Keine Frau kann dir lange widerstehen.«

»Ha! Sie verabscheut, sie haßt mich! Sie spuckt auf den Boden, über den ich gegangen bin, sie ...«

»Unsinn! Du bringst ihr Vergnügen, und sie wird hinschmelzen, ist es nicht so? Schließlich bist du ein großartiger Liebhaber und kein Tier.«

Hawk fand es zwar etwas eigenartig, mit seiner Geliebten über seine Ehefrau zu sprechen, aber nun waren die Schleusen geöffnet. »Amalia, du darfst nicht vergessen, daß ein Gentleman seine Ehefrau nicht wie eine Geliebte behandelt.«

»Das tut er nicht? Wie merkwürdig.«

»Dabei gibt es nichts Merkwürdiges, Amalia. Eine Ehefrau ist eine Lady und keine ... Nun, sie wünscht nicht, mit Sex belästigt zu werden. Ich habe ihre Gefühle wirklich respektiert, das versichere ich dir.«

Amalia blickte ihn fassungslos an. »Du hast sie nicht zum Hinschmelzen gebracht, Hawk?«

Hawk schauderte.

»Ich habe sie noch nicht einmal richtig gesehen und sie noch nie oberhalb der Taille berührt. Wie ich dir sage, Amalia, zwischen einem Gentleman und seiner Ehefrau ist alles ganz anders.«

Amalia schwieg nachdenklich. Sie war ein bißchen enttäuscht, aber was machte das schon? Sie sah, wie Hawk ihre

Brüste betrachtete, räumte rasch die Reste des Gebäcks und des Tees weg und sagte sanft: »Komm.«

Hawk verließ seine Geliebte in der Curzon Street erst, als bereits die Morgendämmerung begann, die Londoner Dunkelheit aufzuhellen.

13. Kapitel

Der Blick, mit dem Marcus Carruthers seine Herrin ansah, erinnerte Frances stark an die anfänglichen Reaktionen von Mrs. Jerkins.

»Aber, Mylady, ich ...« stammelte er, »nun, ich denke, ich würde ... nein, es ist völlig unmöglich ... Seine Lordschaft, was will ...«

»Ich komme zwar aus Schottland, Sir, aber immerhin bin ich imstande, einen logischen Satz zusammenhängend auszusprechen«, neckte ihn Frances.

Marcus Carruthers tupfte sich die Stirn mit seinem weißen Taschentuch ab.

»Nun, hören Sie mir einmal zu, Marcus. Sie sind neu hier, ich bin neu hier. Ich informiere Sie über meine sämtlichen Ausgaben, nicht nur für meine eigene Garderobe, sondern auch für den Haushalt, und Sie haben gar keine andere Wahl, als einverstanden zu sein. Schließlich ist mein Gatte nicht anwesend, das haben Sie sicher schon bemerkt, und außerdem interessiert er sich nicht besonders für diesen Besitz.«

»Wir waren eine ganze Zeit zusammen, bevor Seine Lordschaft abreiste«, verteidigte sich Marcus, dachte jedoch im stillen: Der junge Graf interessiert sich keinen Pfifferling um Desborough Hall. Was soll ich nur tun?

»Ich verstehe. Aber jetzt ist er fort, Marcus. Welche Anordnungen hinterließ er Ihnen?«

»Er, äh, nun, er sagte, ich sollte so weitermachen.«

»Was weitermachen?«

»Daß der Betrieb läuft, nehme ich an.«

»Das genügt nicht, Marcus.« Frances richtete sich kerzengerade in ihrem Stuhl auf und legte die Hände im Schoß zusammen. »Ich übernehme die Leitung des Desborough Gestüts und des Rennstalles. Ich habe lange mit meinem Schwiegervater darüber gesprochen und erfahren, daß Nevil, der vorherige Herr von Desborough und Bruder Seiner Lordschaft, die Tradition bis zu seinem Tode aufrechterhalten hat. Der jetzige Zustand läßt sehr zu wünschen übrig, und ich werde nicht erlauben, daß Desborough Hall verkommt.«

»Aber Sie sind eine Lady«, wandte Carruthers ein.

»Vielen Dank, daß Sie das bemerkt haben, Marcus. Nun, ich habe letzthin vier drei- oder vierjährige Fohlen gesehen, reinrassige Vollblüter, die über die Koppel laufen, kein Training absolvieren, uns viel Geld kosten, aber keinen Gewinn bringen. Die Stalljungen reiten sie zu ihrem Vergnügen! Hinzu kommt, daß wir zwei prächtige Araber und drei Berber besitzen, alle mit tadelloser Abstammung, die uns für die Zucht respektable Summen einbringen könnten.«

»Ich weiß«, bestätigte Marcus schon etwas zugänglicher, »und ich habe Seiner Lordschaft auch darauf aufmerksam gemacht.«

»Und was sagte er?«

»Er ... nun, er war nicht sehr daran interessiert.«

»Nicht? Gut, ich bin es aber, und Sie sind es auch. Als erstes müssen wir dafür sorgen, daß Mr. Belvis zurückkehrt. Seine Erfahrung ist, wie ich meinen Schwiegervater verstand, sehr eindrucksvoll, und er kennt den Desborough-Bestand.«

»Das stimmt.« Marcus senkte den Blick. »Da ist etwas, das ich Ihnen sagen wollte, Lady Frances. Seine Lordschaft erwähnte mir gegenüber, daß er ein Angebot für den gesamten Desbourough-Bestand — für die Rennpferde und das Gestüt — erhalten hat. Keine unserer Stuten hat bisher gefohlt.«

Frances hielt den Atem an. »Was? Er will die Tradition zerstören, nur weil er die Verantwortung nicht übernehmen will? Oh, ich könnte ihn umbringen!«

»Seine Lordschaft, hm, sagte mir, daß er darüber nachdächte. Er hat bisher noch keine Entscheidung getroffen, Mylady.«

Frances stand auf und begann, mit großen Schritten, nicht mit damenhaften kleinen, durch das Wohnzimmer zu gehen. Marcus beobachtete sie dabei mit etwas argwöhnischem Interesse.

Sie blieb stehen, die Hände zu Fäusten geballt, ihre grauen Augen voller Erregung. »Ich denke, es ist Zeit, daß ich mit meinem Schwiegervater über Geld spreche. Es wird viel kosten, die Ställe wieder in einen guten Zustand zu bringen, und ich glaube nicht, daß ich selbst eine solche Ausgabe allein verantworten kann.«

»Nein, es tut mir leid, aber das können Sie nicht. Seine Lordschaft sagte ...«

»Oh, hören Sie auf!« Frances griff nach der Klingelschnur und zog energisch daran.

Otis erschien so schnell und still wie ein allgegenwärtiges Genie.

»Ist Seine Lordschaft irgendwo?« erkundigte sich Frances.

»Ich werde mich bemühen, ihn zu finden, Mylady.« Otis sah ihr gerötetes Gesicht und fragte sich, was sie jetzt wieder vorhatte.

Der Marquess, erfrischt durch ein Schläfchen, kam wenige Minuten später ins Wohnzimmer. »Nun, meine Liebe, welche Grille summt dir jetzt unter der Haube?«

»Keine Grille, Sir. Wußten Sie, daß Hawk daran denkt, den gesamten Desborough-Bestand zu verkaufen?«

»Zum Teufel, was sagst du da?«

»Wer der Teufel ist, das steht im Moment noch nicht fest«, entgegnete Frances. »Immerhin habe ich einen Vorschlag für Sie.«

»Ich glaube, da sollte ich lieber erst einen Brandy trinken. Carruthers, halten Sie mit?«

»Und was ist mit mir?« wandte Frances ein. »Ich habe einen Brandy viel nötiger als Sie beide. Schließlich hat es den Anschein, daß ich nun für Desborough Hall verantwortlich bin.«

Edmund Lacy, Vicomte Chalmers, beobachtete ruhig seine Verlobte Beatrice, Lady Dunsmore.

»Nicht ein einziges Wort davon hat man mir gesagt!« schimpfte Beatrice mit hochrotem Gesicht. »Das ist das Werk meines Vaters, dessen kannst du sicher sein, Edmund. Sagtest du nicht, daß mein lieber Bruder hier in London ist, und zwar allein?«

»Ja, das habe ich gesagt«, erwiderte Edmund und wirbelte das Monokel am schwarzen Samtband herum. »Er amüsiert sich selbst recht gründlich, sollte ich noch hinzufügen.«

»Ist er zu seiner Mätresse zurückgekehrt?«

»Ja, so sieht es aus.«

»Er könnte wenigstens den Anstand besitzen, mich zu besuchen!« Da Edmund nur mit den Schultern zuckte, fügte sie mit glitzernden Augen hinzu: »Ich möchte nur wissen, was Constance zu all diesem Unsinn sagt.«

»Die Lady ist ... bestürzt. Ich sah sie gestern mit ihrem verdammten Pekinesen und ihrer ängstlichen Zofe. Ihre Unzufriedenheit war nicht zu überhören.«

Beatrice sorgte sich im Grunde nicht ein bißchen um Lady Constance, die älteste Tochter des Grafen von Lumley. Das Mädchen war irgendwie langweilig, besonders in Damengesellschaft. Aber daß Hawk heiratete, noch dazu eine Fremde, von der niemand etwas wußte, das war einfach zuviel für Beatrice. Und sie stand dicht vor der Erfüllung ihres sehnlichsten Wunsches! Sie fragte sich, ob die neue Frau irgendeine Macht über ihren Ehemann besaß, und wenn das der Fall sein sollte, was sie wohl über Desborough Hall dachte.

Beatrice schüttelte den Kopf. Wenn diese windige Heirat die Idee ihres Vaters war, dann erklärte Hawks Gegenwart in London ohne seine Frau, daß er ihren Anblick ganz einfach nicht ertragen konnte!

»Hast du ihn noch einmal wegen des Desbourough-Bestandes gefragt, Edmund?«

»Unsereins drängt nicht wie ein Händler, meine Liebe«, erwiderte Edmund freundlich. Er sah, daß sie errötete, und lächelte. »Bald, Beatrice! Hawk kann sehr halsstarrig sein, und ich will ihn nicht ungebührlich belästigen.«

»Ach, wäre ich doch als Mann geboren! Es ist nicht fair, Edmund! Alles würde mir gehören! Und Hawk hat nicht für einen Pfifferling Interesse an dem Geschäft oder dem Rennstall!«

»Aber dann, meine Liebe, wären wir nicht verlobt — wenn du ein Mann wärst, meine ich.«

Beatrice schwieg, aber nur einen Moment. »Oh, das«, sagte sie und wedelte mit ihrer weißen, eleganten Hand. Offensichtlich wollte sie ihren zukünftigen Ehemann nicht kränken. »Wenn mein Bruder mit dem Verkauf einverstanden ist, werde ich es in jedem Fall bekommen.«

»Ja, das ist wahr.«

»Du weißt, Hawk hat sich immer nur für die Armee interessiert, und jetzt ist er wie ein Vogel, den man aus seinem Käfig gelassen hat. Vor einigen Monaten sagte er mir noch, daß er niemals Nevils Titel und Besitz haben wollte. Glaubst du, daß er oft spielt?«

»Er ist kein Dummkopf, Beatrice. Selbst, wenn er einer wäre, müßte er riesige Summen am Spieltisch verlieren, bevor er sich zum Verkauf des Desborough-Bestandes entschließen würde.«

Beatrice wurde still, und Edmund beobachtete sie amüsiert. Sie war eine Hexe, ganz ohne Zweifel, aber er würde sie schon unter Kontrolle bekommen, wenn sie erst einmal verheiratet waren. Und sie brauchte niemals zu erfahren, daß er ihr Vermögen benötigte, um die Desborough-Pferde bezahlen zu können, wenn Hawk sich zum Verkauf entschließen würde. Nun gut, sie würden beide bekommen, was sie sich wünschten.

Edmund liebte Beatrice nicht, aber er wollte sie in sein Bett bekommen, und zwar bald. Schließlich war sie eine Witwe, und er rechnete damit, daß ihr verstorbener, alter Ehemann ihr wenig Befriedigung hatte geben können, wenn er überhaupt dazu imstande gewesen war. Sie war außerdem hübsch, sah ihrem Bruder sehr ähnlich, wenn auch auf feminine Art. Ihr glänzendes, schwarzes Haar stand in apartem Gegensatz zu ihren leuchtenden grünen Augen. Sie war groß, vollbusig und würde ihre körperlichen Reize noch für eine Anzahl von Jahren behalten.

Ihm fiel ein, daß keine große Liebe zwischen Bruder und

Schwester bestand, und er hoffte, daß er sich nicht verkalkuliert hatte. Er setzte voraus, daß Beatrice ihm helfen würde, Hawks Einverständnis zum Verkauf zu gewinnen.

»Warum lädst du deinen Bruder nicht zum Essen ein, Beatrice? Ich wäre natürlich auch dabei. Das gäbe uns eine gute Gelegenheit, das Thema nochmals anzuschneiden.«

Ihre Augen strahlten. »Ein ausgezeichneter Vorschlag, Edmund! Würdest du ihn aufsuchen?«

»Ich kann ihn doch nicht bei seiner Mätresse besuchen«, protestierte Edmund.

»Er wird doch nicht die ganze Zeit bei ihr sein!«

Edmund lächelte nur, dann nahm er ihre Hand, hob sie an seine Lippen und küßte ihre Handfläche. »Ah«, bemerkte er befriedigt, als er spürte, daß ihr Puls schneller schlug. Er blickte ihr direkt in die Augen und strich mit der Hand langsam über ihren Busen. Er fühlte, wie ihre Brustwarzen unter dem dünnen Musselin hart wurden. »Bald«, versprach er, wandte sich um und verließ sie ohne ein weiteres Wort.

Er konnte im Weggehen ihr erregtes Atmen hören. Sie ist eine Hexe, dachte er wiederum, aber sie wird im Bett eine leidenschaftliche Hexe sein.

Edmund Lacy spürte seinen zukünftigen Schwager bei White's auf, nicht im Spielzimmer, sondern in dem riesigen Lesesaal, dessen übliche Besucher zwei Generationen älter waren als er.

Die Ruhe war verwirrend. Nur gelegentlich hörte man das Rascheln von Papier.

»Hawk.« Edmund berührte den Grafen leicht an der Schulter.

Hawk las die Nachrichten in der »Gazette« und blickte verärgert auf das Blatt. »Sieht nicht gerade gut aus«, murmelte er vor sich hin und schreckte auf. »Oh, Edmund! Wie geht es Ihnen? Und wie Bea?«

»Es geht ihr gut, genauso gut wie mir. Ich bin eigentlich als ihr Absender hier. Würden Sie heute abend mit uns im Dunsmore-Haus essen?«

Noch mehr unverschämte Fragen wegen meiner Heirat, dachte Hawk, ließ sich jedoch nichts anmerken. Ihn plagte ein etwas schlechtes Gewissen, weil er seine Schwester noch nicht besucht hatte. Obwohl sie ihm ähnlich war, empfand er nicht viel für sie, hatte es noch nie getan. Während sie in Desborough Hall aufwuchs, waren sie wenig zusammen, und als sein Großvater starb und sein Vater mit seiner Familie nach Chandos Chase übersiedelte, sah er sie noch seltener, weil er in Sandhurst war. Plötzlich fiel ihm ein, daß er noch nicht geantwortet hatte, und er erklärte rasch: »Es würde mich freuen, Edmund.«

Sie sprachen dann noch über den Krieg, und Hawk war vom Wissen seines zukünftigen Schwagers beeindruckt. Edmund war, wie Hawk befriedigt feststellte, kein Dummkopf.

Schließlich verabschiedete sich Edmund und versicherte freundlich: »Hawk, Sie brauchen wirklich nicht zu befürchten, daß Beatrice Sie wegen Ihrer Heirat ausfragen wird. Ich habe ihr klargemacht, daß das nicht ihre Angelegenheit ist, natürlich auch nicht meine.«

»Sie beweisen Mut«, erwiderte Hawk und grinste. »Ich hörte, daß man von dem armen, alten Lord Dunsmore sagt, seine letzte und einzige selbständige Handlung wäre gewesen, ins Gras zu beißen.«

»Aber Hawk!« tadelte Edmund lächelnd, »wie können Sie so von Ihrer Schwester sprechen! Sie ist temperamentvoll, das ist alles. Sie denken doch nicht etwa, daß sie mich in ein ähnliches Schicksal treiben wird?«

Hawk lachte, hörte jedoch sofort auf, als er die mißbilligenden Laute der alten Mitglieder von White's vernahm.

Hawk setzte sich wieder in seinen gepolsterten Ledersessel und blickte Edmund Lacy nach. Ein feines Exemplar von einem Mann, dachte er, elegant und gut aussehend. Er wird Beatrice ein guter Ehemann sein.

Plötzlich mußte er an Frances denken. Verdammt noch mal, er wollte nicht an sie denken! Unwillig stand er auf. Während er auf die Straße hinausging, fragte er sich, ob sein Vater wohl noch in Desborough Hall weilte. Wahrscheinlich war er noch dort, hielt Frances' kleine Hand und versuchte die Diener dazu zu bringen, sie als so etwas wie eine Herrin zu betrachten. Vielleicht brachte sein Vater sie dazu, sich einige neue Kleider zu kaufen. Hawk entschloß sich, einen Brief zu schreiben.

Er kehrte in das Stadthaus der Familie Hawksbury am Portland Square zurück. Außer Grunyon waren nur noch zwei Diener im Haus, aber das machte nichts. Er aß ohnehin nicht hier.

Rolland, sein Haushofmeister, war älter als Otis in Desborough Hall, und Shippe in Chandos Chase wirkte gegen ihn wie ein junger Bursche. Außer, daß er die Haustür öffnete, hatte er kaum noch Pflichten zu erfüllen. Deshalb brachte Grunyon seinem Herrn Feder und Papier in die Bibliothek.

»Atmet Rolland noch?« scherzte Hawk.

»So schlecht und recht«, erwiderte Grunyon.

»Ich hätte ihn gern in den Ruhestand versetzt, aber er besitzt überhaupt keine Verwandten. Er hat sie wohl alle überlebt, und er war, wie mein Vater erzählte, das neunte von zwölf Kindern.«

»Ein Fall von Langlebigkeit«, meinte Grunyon und erkundigte sich dann: »Schreiben Sie an Lady Frances, Mylord?« Als langjähriger Vertrauter seines Herrn wußte er sehr gut, daß ihn diese Frage nicht den Kopf kosten würde.

»Ja, verdammt«, fluchte Hawk und tauchte die Feder ins Tintenfaß. »Heute abend soll ich mit meiner Schwester und Lord Chalmers zusammen essen. Kümmern Sie sich um meine Garderobe, Grunyon?«

»Selbstverständlich, Mylord. Bitte, richten Sie Lady Frances meine — äh — besten Wünsche aus.«

»Unverschämter Bursche!«

»Hochelegant!« stellte Grunyon am Abend fest, als er seinen Herrn betrachtete.

»Was?«

»Ich wies nur darauf hin, wie elegant Sie in Ihrem Abendanzug wirken.«

»Pff!« Hawk nahm sein Cape entgegen, die Handschuhe und den Spazierstock, und verließ das Haus.

Für die kurze Entfernung zum Grosvenor Square nahm er eine Mietkutsche.

Im Dunsmore-Haus begrüßte ihn eine charmante, fröhliche Schwester, die voller Begeisterung über sein Kommen war und ihn auf die Wange küßte. Edmund schüttelte den Kopf über die Schau, die sie abzog, ließ Beatrice jedoch gewähren.

Zum Abendessen gab es vorzüglich zubereitete französische Speisen — Kalbfleisch in delikater Weinsoße, Rebhuhn, das mit Rosinen, Kastanien und Reis gefüllt war, und Lammfleisch, das auf der Zunge zerging.

»Wir beide sollten morgen Gentleman Jackson besuchen, Edmund«, schlug Hawk vor und lehnte sich gesättigt im Stuhl zurück.

»Einverstanden.« Edmund nickte Beatrice zu, die daraufhin pflichtschuldigst aufstand.

»Ich sehe euch dann wieder, wenn ihr euren Portwein getrunken habt«, erklärte sie und verließ das Zimmer.

»Nochmals meinen Glückwunsch!« Hawk toastete lächelnd Edmund zu.

»Vielen Dank! Wir werden gut miteinander auskommen, davon bin ich überzeugt.« Edmund schwieg einen Moment, dann setzte er hinzu: »Ich habe das Gefühl, Ihr Vater ist ... erleichtert.«

Der Marquess sprach kaum von seiner Tochter, und als er von ihrer Verlobung hörte, hatte er nur bemerkt: »Vielleicht wird das Mädchen jetzt vernünftig und bekommt endlich Kinder.« Und dann hatte er etwas gesagt, was Hawk mißfiel: »Das einzige, was mir bei Lord Chalmers Sorgen macht, ist, daß er einer von Nevils engsten Freunden war.« Merkwürdig. Etwas, das man von seinem Vater eigentlich nicht erwartete.

»Vielleicht«, erwiderte Hawk und grinste plötzlich Edmund an. »Ich gratuliere Ihnen außerdem zu Ihrem starken Charakter. Beatrice hat nicht ein Wort über meine unglückliche Heirat gesagt.«

Unglücklich? überlegte Edmund. Er goß Hawk ein weiteres Glas mit dem köstlichen Portwein ein, lehnte sich im

Stuhl zurück und erkundigte sich nachdenklich: »Haben Sie gehört, was einem der preisgekrönten Rennpferde des Grafen von Egremont passierte?«

Hawk interessierte sich nicht sonderlich dafür, schüttelte jedoch den Kopf und beugte sich vor.

»Der Name des Pferdes war ›Falcon‹. Es wurde vor einem sehr wichtigen Rennen von seinem Trainer so überanstrengt, daß es lahmte. Der Trainer ist auf und davon, man nimmt an, er flüchtete auf den Kontinent.«

»Bedauerlich.«

»Ich erwähne das nur, um Sie daran zu erinnern, daß die Rennwelt nicht gerade von makellosem Charakter ist. Man muß wirklich sehr vertraut damit sein, um Erfolg zu haben, wie zum Beispiel der Herzog von Portland und der Herzog von Richmond. Diese Männer leben für ihre Pferde und ihre Rennen. Das ist der einzige Weg.« Er schwieg einen Moment, bevor er hinzufügte: »Nevil ging diesen Weg. Er lebte nur für seine Pferde. Es gab nichts anderes, was seine Aufmerksamkeit erregte.«

Hawk antwortete darauf, aber zu Edmunds Ärger nicht so, wie er das gehofft hatte. »Es ist merkwürdig, aber Sie kannten meinen Bruder besser als ich. Ich sah ihn kaum in den letzten sechs oder sieben Jahren seines Lebens. War er in Newmarket und Ascot erfolgreich?«

Edmund lag es auf der Zunge, zu erwidern, daß Nevils Rennpferde nicht die besten waren, aber das würde unlogisch klingen. Warum würde dann er, Edmund, den gesamten Desborough-Bestand kaufen wollen? »Ja«, sagte er deshalb, »er war erfolgreich.«

»Und Sie, nehme ich an, begeistern sich ebenfalls für Rennen?«

Edmund nickte und suchte verzweifelt nach den richtigen Worten, um zum Thema zu kommen. »Deshalb möchte ich gern Ihre Pferde mit meinen kreuzen«, begann er. »Das ist mein sehnlichster Wunsch. Nebenbei gesagt, Ihre Schwester ist auch eine leidenschaftliche Anhängerin des Pferdesports. Sie teilt meinen Wunsch.«

»Ah.« Hawk erkannte auf einmal, daß er nicht mehr so begierig war, die Desborough-Pferde zu verkaufen, wie vor zwei Monaten. Er war nun ein verheirateter Mann, und als solcher mußte er normalerweise mit Kindern rechnen. Was sollte sein Sohn denken, wenn er erfuhr, daß sein Vater sein Erbe verkauft hatte?

Das war ein erschreckender und unwillkommener Gedanke, jedenfalls im Moment. Hawk mochte Edmund und wollte ihn nicht derart enttäuschen. Deshalb beschloß er, die Sache noch etwas hinauszuschieben. »Ich bin noch am Überlegen«, erwiderte er. »Wie Sie wissen, war mein Leben in den letzten Monaten nicht ganz einfach. Darum bin ich mir noch nicht sicher, was ich tun werde.« Er lächelte Edmund entschuldigend an und schlug vor: »Wollen wir Bea bitten, uns auf dem Piano vorzuspielen?«

Hawk bemerkte wenig später den kurzen, fragenden Blick, mit dem seine Schwester ihren Verlobten ansah, und wußte nicht recht, was er machen sollte. Er hörte nur mit halbem Ohr zu, als Beatrice ihre talentierten Finger über die Tasten des Pianos gleiten ließ und dachte mit Schaudern an Frances' Spielen und Singen.

»Belvis, er ist wirklich prächtig, nicht wahr?«

»Ja, das ist er, Mylady«, erwiderte Belvis, erfreut über die Begeisterung in Frances' Augen, während sie Flying Davies geschmeidigen Hals streichelte. »Ein schöner Brauner. Sie wissen, daß die meisten reinrassigen Vollblüter braun sind, manche kastanienbraun. Sie werden kaum einen Grauen oder einen Schwarzen unter ihnen finden. Nach seiner eleganten Nackenlinie und seinem feinen Kopf zu schließen, hat Flying Davie viel arabisches Blut in sich. Woher er allerdings den weißen Stern auf seiner Stirn und das weiße Haarbüschel hat, ist unerklärlich.«

»Wer war sein Erzeuger und wer seine Mutter?«

»Tja, das ist schon merkwürdig«, erwiderte Belvis und fuhr sich mit der Hand durch seine grauen Locken. »Seine Papiere scheinen verschwunden zu sein, als er vor etwa vier Jahren hierher gebracht wurde. Aber er ist ein Sieger, Sie brauchen ihn nur anzusehen.« Er fügte nicht hinzu, daß

Flying Davie in keinem der Gestütsbücher verzeichnet war, was seiner Vermutung nach durch die vergeßliche Art des früheren Grafen gekommen war.

»Warum hat der Eigentümer die Papiere nicht ersetzt?« fragte Frances, während sie den Hengst mit einer Karotte fütterte.

»Der Eigentümer ist nach Indien gegangen und dort auch gestorben, wie ich den früheren Grafen damals verstand.«

Frances wischte ihre Hand an ihrem alten Wollrock ab. »Werden Sie zurückkommen, Belvis?«

»Ich bin nicht mehr so jung, wie ich sein müßte«, wich er aus.

»Das ist keiner von uns. Haben Sie durch die Jahre Ihr Wissen und Ihr Können verloren?«

»Nein, gewiß nicht!«

Aha, dachte Frances, er wird schwach.

Bevor sie ihn noch drängen konnte, fuhr Belvis fort: »Aber Sie wissen, Mylady, der Grund für mein Weggehen ist das Desinteresse Seiner Lordschaft. Er erwähnte sogar, daß er am liebsten alles verkaufen würde.«

»Das wird er nicht!« widersprach Frances.

»Gut, es sieht so aus, als wären Sie eine sehr willensstarke Lady, Madam. Dennoch, es ...«

»Bitte, Belvis!« Frances musterte den älteren Mann. Er mußte über sechzig sein, war aber anscheinend genauso gesund wie sie.

Seine Gesichtshaut war ledern und durchfurcht von dem jahrelangen Aufenthalt im Freien. Er war klein, hager und drahtig, besaß jedoch enorm starke Arme. Das fahle Blau seiner Augen wirkte, als habe die Sonne die Farbe ausgebleicht. Und die Pferde schienen ihn zu kennen und ihm zu vertrauen. Er verkörperte das, was ihr Vater ein Naturlalent nannte.

Sie holte tief Atem und versicherte: »Ich zahle Ihnen jährlich dreihundert Pfund, Belvis.«

Seine Augen weiteten sich erstaunt. Dann fing er zu lachen an, hörte aber rasch wieder auf und wischte sich mit dem Ärmel über die Augen. »Tommy sagte mir, daß Sie Springers verletzten Hinterlauf kuriert haben, und daß er jetzt wieder in prächtiger Verfassung ist.«

»Er hinkt auch nicht mehr«, berichtete Frances. »Ich ... nun, ich wuchs in Schottland auf und lernte alles über Pferde und worauf man bei ihnen achten muß. Ich habe sogar bei der Geburt von Fohlen mitgeholfen. Bei Springer brauchte ich nur Salbe gegen die Schwellung aufzutragen.«

»Das klingt nicht sehr nach einem damenhaften Hobby, Mylady.«

»Ich bin eine Schottin, Belvis«, erwiderte Frances und ihre Augen wurden einen Schimmer dunkler. »Ich bin keine nutzlose Kreatur, die man verhätschelt und ...«

»Ich weiß, Mylady«, unterbrach sie Belvis.

»... und es war kein Hobby!«

»Offensichtlich nicht.« Belvis rieb sich das Kinn. »Mylady, mißverstehen Sie mich nicht. Es ist nicht so, daß ich nicht gern nach Desborough zurückkäme. Nur, wie gesagt, es gehört alles Seiner Lordschaft.«

»Seine Lordschaft ist nicht hier, Belvis.«

»Ja, aber ...«

»Ich habe keine Ahnung, ob er in den nächsten sechs Monaten zurückkommen wird.«

»Ah, und für seine Rückkehr planen Sie so etwas wie eine Überraschung für ihn?«

Frances strahlte. »Ja«, versicherte sie, »o ja, das habe ich tatsächlich vor!«

»Und wenn er verkauft, bevor er zurückkommt?«

Einen Augenblick dachte Frances nach, dann erwiderte sie:

»Ich werde ihm nach London schreiben.« Ich werde ihn bitten, nein, ich werde ihn anflehen, nicht zu verkaufen! dachte sie.

Flying Davie stieß seine Nase gegen Belvis' Ärmel. Der alte Mann lächelte.

»Gut, ich bleibe, bis wir Bescheid wissen, wie es weitergeht — so oder so.«

»Ausgezeichnet.« Frances schüttelte ihm die Hand.

Sie lächelte, bis sie im Arbeitszimmer saß, die Feder in der Hand hielt und ein weißes Blatt Papier vor ihr auf dem Schreibtisch lag. »Oh, verdammt sollst du sein, mein Lord«, murmelte sie und setzte die Feder auf das Papier.

14. Kapitel

Hawk schlug mit seinen langen Fingern gegen den Bogen Papier. Er hatte nicht damit gerechnet, an Frances' Existenz erinnert zu werden, und jetzt hatte sie ihm einen Brief geschrieben. Und was für einen!

Seltsam, dachte er, während er ihre klare Schrift betrachtete. Warum, zum Teufel, kümmert sie sich um das Gestüt? Sie wußte nichts von Pferderennen, zumindest nahm er das an. Einen Augenblick war er völlig verwundert, dann lächelte er, steckte das Blatt in den Umschlag zurück und schob ihn in die Schreibtischschublade. Nein, er würde nichts verkaufen, aber nicht deshalb, weil sie ihm diesen Brief geschrieben hatte.

Eine solche Begeisterung und Leidenschaft von einem so kleinen, unscheinbaren Wesen! Er schüttelte den Kopf. Er konnte sich einfach nicht vorstellen, daß sich Frances für seine hochgezüchteten Rennpferde interessierte. Sicher hatte sie Angst, von ihnen gebissen zu werden. Einen Moment überlegte Hawk, ob sein Vater sie zu diesem Brief veranlaßt habe, verwarf diesen Gedanken aber. Das war nicht, wie er genau wußte, die Art und Weise seines Erzeugers.

Hawk spielte mit dem Gedanken, ihr in einem Brief zu versichern, daß er den Verkauf nicht mehr plante. Durch die Erinnerung an ihre Kälte, ihr schlechtes Benehmen ihm gegenüber stieg Ärger in ihm hoch. Nein, er würde es ihr nicht mitteilen. Sollte sie doch in ihrem eigenen Saft schmoren.

Am Abend ging er wieder zu einem Ball, tanzte mit Constance und einer Anzahl anderer Ladies, flirtete schamlos mit seiner Gastgeberin, Aurelia Markham, und verließ um elf Uhr das Fest.

An sich wollte er zu White's gehen, änderte aber seine Absicht. Er wünschte, nein, er brauchte Amalia.

Amalia hatte es sich in ihrem Lieblingsstuhl in dem kleinen Wohnzimmer bequem gemacht und las Voltaires »Candide«. Sie lachte erfreut, als sie den Türklopfer hörte. Das konnte nur Hawk sein. Rasch versteckte sie das Buch unter dem Stuhlkissen.

Marie war bereits im Bett, so daß Amalia selbst die Tür öffnete. »Guten Abend, mon faucon«, begrüßte sie lächelnd Hawk und breitete die Arme aus.

»Ich bin ein erregter Bock«, scherzte er und knabberte an ihrem Ohrläppchen.

»Das bist du doch immer«, stimmte sie zu und strich mit der Hand über seinen Unterkörper.

Weil er ein vorzüglicher Liebhaber war, brachte er erst Amalia zum Höhepunkt, bevor er an sein eigenes Vergnügen dachte.

»Sehr akzeptabel für einen Bock«, neckte ihn danach Amalia und streichelte seinen Rücken. Er atmete noch schwer, sein Gesicht neben ihr ins Kissen gepreßt.

»Vielen Dank«, erwiderte Hawk trocken und rollte sich auf den Rücken. Er legte die Arme unter seinen Kopf und blickte vor sich hin.

»Ist etwas passiert, das dich beunruhigt?« wollte Amalia wissen.

Hawk erschrak über diese Frage, schüttelte jedoch heftig den Kopf.

»Komm, mon cher«, fuhr Amalia fort. »Du weißt, daß die famose Corneille recht hat mit ihrem Ausspruch: Wenn man über sein Mißgeschick redet, fühlt man sich danach wesentlich erleichtert.«

»Corneille?« wiederholte Hawk erstaunt. Er wandte sich zu Amalia um und sah, daß sie errötete. Tatsächlich errötete! Er lächelte und zeichnete mit den Fingerspitzen ihre vollen Lippen nach. »Eine allwissende Dame? Ein Blaustrumpf? Wie erfreulich!«

»Ich bin kein Blaustrumpf«, konterte Amalia, »aber auch keine unwissende Person.«

Das machte ihn ein wenig nachdenklich. Eine Person. Er hatte Amalia immer gern gehabt. Sie war hübsch, sie war lebhaft und erfüllte jeden seiner Wünsche. Sie war weder habsüchtig noch machtgierig, sondern liebevoll. Aber sie war eine Mätresse. Hatte er das übersehen?

»Und da ist noch etwas«, fuhr Amalia fort. »Voltaire sagt, wir sollten unseren Garten bestellen. Ein vortrefflicher Gedanke. Aber du, mein Lord, hast deinen Garten im Norden verlassen ... vernachlässigt.«

»Was, zum Teufel, sagst du da?« erwiderte Hawk langsam. »Das ist unglaublich ... Eine Geliebte als Fürsprecherin für eine Ehefrau?«

Amalia blickte ihn weiterhin vorwurfsvoll an.

Hawk strich mit den Fingern durch ihr Haar. »Schau, Amalia, laß uns nicht von ihr sprechen, ja? Ich möchte wirklich in diesem Moment nicht über all das reden.«

Sie sah das Leuchten in seinen Augen und fühlte, wie ihr Herz trotz aller Vorsätze schneller schlug. »Gut«, stimmte sie zu. Sie setzte sich auf, küßte ihn und preßte ihren Busen gegen seine behaarte Brust.

In Hawk wuchs erneutes Verlangen, und er nützte die Zeit. Er wollte die Frau, seine Geliebte, zurückhaben, nicht die Person. Er küßte ihren nackten Körper und streichelte Amalia, bis sie vor Lust aufstöhnte.

Plötzlich sagte sie: »Das solltest du auch mit deiner Gattin tun.«

Hawk blieb die Sprache weg. Er hob den Kopf und blickte in ihr Gesicht. Schließlich stieß er hervor: »Mein Gott, ich habe meine Frau noch nicht einmal geküßt! Das sagte ich dir bereits. So etwas tut man nicht mit seiner Ehefrau! Um Himmels willen!« Er drückte einen raschen Kuß auf ihr lockiges Dreieck. »Sie würde ohnmächtig werden, hysterische Anfälle bekommen! Ihre Gefühle wären verletzt, und sie würde vor Verlegenheit auf der Stelle ihren Geist aufgeben!«

»Unsinn«, protestierte Amalia. »Was haben Männer doch für eine lächerliche Vorstellung von Frauen! Ist der Körper deiner Gattin wesentlich anders als meiner?«

»Das weiß ich nicht«, erwiderte Hawk fast bissig. »Ich habe ihn noch nicht gesehen.«

»Es ist also die Ansicht eines Gentlemans, daß eine Lady nur geboren wurde, um Kinder zur Welt zu bringen, und daß sie den Gedanken an die Paarung haßt?«

»Dein Englisch hat sich rapide verbessert«, erklärte Hawk sarkastisch. Sein Verlangen war tot wie ein drei Tage alter Aschenhaufen auf dem Rost.

»Natürlich. Ich sagte dir ja, daß ich nicht unwissend bin. Wie kannst du nur so dumm sein, mon faucon?«

»Ich bin nicht dumm, vielen Dank! Ich habe sie mit dem größten Respekt behandelt. Ich habe ...«

»Dumm«, wiederholte Amalia streng. »Du bist kein häßlicher Mann. Du verstehst es sehr geschickt, einer Frau Vergnügen zu bereiten. Und das sollte eine Ehefrau einschließen.«

»Sie ist schrecklich, wirklich«, beharrte er. »Sie ...«

»Ist sie dick?«

»Nein, im Gegenteil sehr schlank. Aber ihre Brille, ihr Haar, ihre Kleider ...«

»So, mon cher, Tatsache ist also, daß du gar nicht wünscht, deiner Frau das Vergnügen zu bereiten, das du mir gibst! Du fühlst dich von ihr abgestoßen! Das versteckt sich hinter dieser lächerlichen Absicht, daß Ladies vor dem niedrigen Begehren eines Gentlemans geschützt werden müssen!«

»Verdammter Philosoph«, knurrte Hawk. »Ich brauche dich nicht, um mir Moralpredigten zu halten, Amalia!«

»Eine Brille kann abgenommen werden«, erklärte sie freundlich. »Und Kleider kann man auch auswechseln.«

»Aber ihr Haar! Sie sieht wie eine Nonne aus mit ihren lächerlichen Hauben.«

»Hauben kann man ebenfalls abschaffen.«

Hawk sagte auf einmal vor sich hin: »Ich möchte wissen, wie ihre Brüste aussehen ...« Er brach ab und schalt: »Jetzt siehst du, wohin du mich gebracht hast! Hör sofort auf damit! Ich möchte diesen hübschen Garten hier bestellen, wenn du nichts dagegen hast.«

Er liebte Amalia noch einmal, aber sie wußte, daß seine Gedanken abwesend waren. Eine Mätresse nimmt einen

Ehemann ins Gebet, dachte sie und hätte am liebsten gelacht. Doch das würde ihn natürlich wütend machen, Männer waren so empfindlich. Trotzdem begann sie erneut, da sie wußte, daß er noch nicht schlief: »Hawk, du solltest sie nicht wie eine Nonne behandeln, du ...«

»Amalia«, unterbrach er sie ungeduldig, »ich möchte nicht von ihr sprechen! Sie kann mich absolut nicht leiden und würde nie wollen, daß ich sie berühre, selbst, wenn ich mich dazu überwinden könnte.«

»Mon cher, wenn du wirklich willst, kannst du sogar den dicken Regenten mit deinem Charme bezaubern, und eine Ehefrau ...«

»Schluß damit!« Hawk war nahezu wütend. »Es ist deine Pflicht, Amalia, dich um mein Vergnügen zu kümmern, mich glücklich zu machen, aber nicht, mir Predigten zu halten!« Er stand auf, stützte die Hände auf die Hüften und blickte auf sie nieder. »Warum tust du das, Amalia?«

Sie zog die Bettdecke über ihren Körper. »Weil es nicht recht ist«, erwiderte sie schließlich, sah ihn dabei aber nicht an.

Hawk musterte sie noch einen Augenblick, dann erklärte er: »Ich glaube, ich sollte jetzt gehen.« Er sprach kein Wort mehr, bis er angezogen war. Dann ging er zum Bett, beugte sich nieder und küßte Amalia.

»Hawk«, sagte sie zärtlich, »du bist ein guter Mann.«

»Vielen Dank.« Seine Stimme klang kühl. »Ich sehe dich bald wieder, Amalia. Gute Nacht.«

Hawk ging die St. James Street hinunter, nickte automatisch Bekannten zu und sprach nur, wenn es unvermeidlich war. Er befand sich in einem Zustand, den er sich selbst nicht recht erklären konnte.

Mit Unbehagen sah er, daß Lady Constance ihm aus ihrer Kutsche zuwinkte. Er fand ihre Reize auf einmal zweifelhaft, und das überraschte ihn. Er wußte, daß er sie nie geheiratet hätte, selbst wenn sein Vater nicht diesen lächerlichen Eid geschworen hätte, aber er war gern in ihrer Gesellschaft gewesen. Sie war ein amüsanter Flirt.

»Mein Lord«, rief sie ihm jetzt zu und befahl ihrem Kutscher, neben ihm anzuhalten.

»Guten Morgen, Constance. Machen Sie Einkäufe?« Hawk betrachtete den Berg von Paketen, mit dem die Zofe überhäuft war, und für einen Augenblick sah ihn das Mädchen an.

Betroffen entdeckte Hawk in ihrem Blick Müdigkeit und eine Art stumpfer Hinnahme.

Er mußte sich zwingen, Constance zuzulächeln.

»Ja, wie Sie sehen. Teresa, laß die Pakete nicht auf die Straße fallen, du dummes Ding! Ah, Hawk, werden Sie heute abend zu Lady Esterhazy's Ball kommen?«

Er hatte kein Verlangen nach einem anderen verdammten Ball. »Ich weiß noch nicht. Sie sehen bezaubernd aus, wie immer, Connie, aber unglücklicherweise muß ich auf das Vergnügen Ihrer Gegenwart verzichten. Ich habe eine Verabredung.« Das war eine Lüge, aber er fühlte sich irgendwie verzweifelt.

»Ich freue mich darauf, mit Ihnen zu tanzen«, erwiderte Constance mit etwas schriller Stimme.

Hawk mußte noch eine Weile Constances Blicke ertragen, da die Straße sehr belebt war und der Kutscher Mühe hatte, sich in den Verkehr einzureihen.

Endlich war Hawk frei und setzte seine ziellose Wanderung fort.

»He, alter Bursche! Du siehst wie ein Gewitter aus, das nicht weiß, ob es regnen oder hageln soll.«

»Ah, du bist es, Saint Leven.« Hawk zwang sich zu lächeln.

Lyonel musterte prüfend seinen Freund. »Ich bin auf dem Weg zu Jackson. Hast du Lust, mitzukommen?«

Das ist genau das Richtige für mich, dachte Hawk. Er wünschte sich leidenschaftlich, auf irgend etwas oder irgend jemand einzuschlagen. Das würde ihn vom Denken abhalten.

Deshalb nahm er wenig später bereitwillig die Herausforderung des jungen Canterley, eines großsprecherischen, bulligen Schlägers aus Suffolk, an, der fast seine ganze Zeit bei Jackson's verbrachte, die Ankömmlinge zum Kampf aufforderte und dann besiegte.

Innerhalb weniger Minuten war Hawk umgezogen und stand im Ring. Canterleys gewaltige Muskeln erschreckten ihn nicht. Er selbst war stark, und seine Wut machte ihn zu einem gefährlichen Gegner. Sein kräftiger Körper glänzte in kurzer Zeit schweißnaß, als er dabei war, den jungen Canterley zu vernichten.

»Mylord, aufhören!«

Hawk wurde gewaltsam zurückgezogen und keuchte. Gentleman Jackson beobachtete ihn überrascht, blickte dann zu Canterley, dem das Blut aus der Nase strömte, und schüttelte den Kopf.

»Gut gemacht, Hawk«, rief Sir Peter Graven. »Ich habe fünf Guineas auf Sie gewettet.«

»Komm«, forderte Lyonel ruhig.

»Du hast den widerlichen Burschen ja ganz schön fertiggemacht«, meinte Lyonel, nachdem sie sich gebadet und umgezogen hatten. »Ist dir jetzt wohler?«

Hawk fuhr sich mit der Hand über die Rippen. »Er hat auch kräftig zugeschlagen.«

»Wann fährst du weg?« erkundigte sich Lyonel abrupt.

Hawk blickte ihn verblüfft an. »Was, zum Teufel, soll das heißen?«

»Ich meine, daß du nun schon fast zwei Monate in London bist. Wann kehrst du nach Yorkshire zurück?«

»Ich habe nicht die Absicht, dorthin zurückzukehren. Es gibt für mich keinen Grund dazu. Ich ...«

»Du bist ja ein verdammt unglücklicher Bastard!« unterbrach Lyonel ihn freundlich.

»Bis vor kurzem war ich das nicht. Im übrigen wäre ich dir sehr dankbar, wenn du den Mund halten würdest, Saint Leven!«

»Freunde sollten wenigstens für etwas gut sein.« Lyonel schnippte ein nicht vorhandenes Stäubchen von seinem eleganten Ärmel. »Du hast jetzt eine Frau, wie du weißt.«

»Warum, verdammt noch mal, ist jedermann so bekümmert um Frances?« brauste Hawk auf. »Du hast sie doch gesehen, Lyonel. Himmel, würdest du zu so etwas zurückkehren?«

»Ja«, erwiderte Lyonel vollkommen ruhig, »ich sah sie, und zwar völlig klar, das ist eine Tatsache.«

»Was soll diese rätselhafte Bemerkung denn nun wieder bedeuten?«

»Fahr nach Hause, Hawk«, erwiderte Lyonel. »Das ist alles, was ich damit sagen wollte.« Er erwartete, daß sein Freund wütend wurde, ihm vielleicht sogar die Faust ins Gesicht knallen würde, doch Hawk tat nichts davon. Schweigend gingen sie durch Piccadilly.

»Es wird bald regnen«, bemerkte Lyonel schließlich und blickte zu dem sich verdunkelnden Himmel hoch.

Hawk gab nur einen undefinierbaren Laut von sich und kickte einen Stein aus dem Weg.

»Hast du irgend etwas von deinem Vater gehört?«

»Nicht ein einziges Wort«, erklärte Hawk und überlegte im nächsten Moment, daß das recht merkwürdig war. Sein Vater müßte ihn doch eigentlich zur Rückkehr drängen, ihn mit Vorwürfen überschütten, aber er ließ nichts von sich hören.

Und Lyonel dachte: Der Marquess spielt ein wohlüberlegtes Spiel.

»In Ordnung«, sagte Hawk plötzlich. Seine Stimme klang etwas erleichtert.

»Was ist in Ordnung?«

»Ich werde morgen früh abreisen«, erklärte Hawk und dachte im stillen: Und ich werde meine entsetzliche Frau hofieren, ihr die Brille, die schreckliche Haube und die gräßlichen Kleider wegnehmen. Ich werde sie küssen und ihre Brüste sehen ... Er schüttelte sich.

»Sie mag mich nicht«, sagte er mehr zu sich selbst, als zu seinem Freund.

»Nein, das möglicherweise nicht«, stimmte Lyonel zu, »aber, mein Freund ...«

Abwehrend hob Hawk beide Hände. »Nein, sage es nicht! Amalia hat schon behauptet, ich könnte mit meinem Charme sogar eine Person wie unseren dicken Regenten bezaubern.«

»Gut, ich sage kein Wort mehr. Nur soviel: diese Person ist etwas anderes als der Regent. Ich vertraue darauf, daß sie noch in Desborough Hall ist.«

»Wo sollte sie denn sonst sein?«

»Wer weiß?« meinte Lyonel leichthin. »Vielleicht wieder in Schottland?«

»Nein. Sonst hätte mir mein Vater nämlich so schnell eine Nachricht geschickt, wie du es dir gar nicht vorstellen kannst. Ich habe noch viel zu tun, Lyonel, und es sieht tatsächlich nach Regen aus.«

»Gehe es behutsam an, Hawk.« Lyonel schüttelte ihm die Hand und schritt davon, ein leichtes Lächeln auf den Lippen.

Gehe es behutsam an, dachte Hawk ein wenig entrüstet. Was erwartete Lyonel denn von ihm? Daß er seine Frau zu Boden schleuderte und sie vergewaltigte?

Was für ein seltsamer Gedanke, fand er, während er geistesabwesend Smallpiece beim Packen seiner Sachen beobachtete. Seine eigene Frau verführen ...

15. Kapitel

»Mylord! Wir erwarteten Sie nicht! Sie haben ...«

»Guten Tag, Otis. Wo ist meine Frau?«

Hawk schlug seine grauen Lederhandschuhe gegen die linke Hand und wartete auf eine Antwort, aber die kam nicht sofort, und er blickte erstaunt in das unglaublich verstörte Gesicht seines Butlers.

»Nun, mein Lord«, begann Otis endlich und wünschte sich, die Schweißtropfen von seiner Stirn abwischen zu können.

»Ja, Otis?« Was ging hier vor? Otis schwitzte?

Der Butler nahm sich zusammen. »Ich glaube, Mylord, daß Lady Frances im Arbeitszimmer ist. Sie ...«

»Im Arbeitszimmer? Wie ungewöhnlich. Nun, das macht nichts. Kümmern Sie sich bitte um mein Gepäck, Otis!«

Was, zum Teufel, tat Frances in seinem Arbeitszimmer? Versteckte sie sich vor der Dienerschaft? Benutzte sie den Raum als Zufluchtsstätte? Und warum benahm sich Otis so merkwürdig? Hawk ging durch die große Eingangshalle zum rückwärtigen Trakt des Hauses. Vage bemerkte er, daß in jeder Vase frische Blumen steckten, deren Duft den Frühling verkündeten.

Die Tür zum Arbeitszimmer war geschlossen. War der kleine Dummkopf so scheu, so ängstlich? Hawk griff nach dem Türknauf und erwartete fast, daß abgeschlossen war, doch er konnte die Tür leise öffnen. Hawk ging ins Zimmer und blieb plötzlich wie angewurzelt stehen. Sein Mund blieb vor Staunen offen.

Hinter seinem Schreibtisch saß eine Frau, eine wunderschöne Frau, und Marcus Carruthers stand neben ihr, sprach ruhig und zeigte mit dem Finger auf ein Blatt Papier, das vor ihr auf der Tischplatte lag. Hawk blinzelte verständnislos. Er begriff überhaupt nichts mehr. Die Frau ... ihr üppiges Haar war kastanienbraun, einige Locken fielen ihr über den hübschen Nacken. Ihr blaßgelbes Kleid, das ihren reizvollen Busen zur Geltung brachte, war von erlesenem Geschmack.

»O mein Gott!«

Frances blickte auf und sah ihren Ehemann im Zimmer stehen. Seine Miene drückte Verwirrung und Unglauben aus. Früher oder später hätte er ja kommen müssen, dachte sie und bemühte sich, Haltung zu bewahren. Sie hatte sich sehnlichst gewünscht, daß er seine Rückkehr ankündigen würde, damit sie gewarnt war. Aber Hawk tat ja nie, was man von ihm erwartete. O Himmel!

Ruhig grüßte sie: »Guten Tag, mein Lord. Sind Sie gerade angekommen?«

»Frances?«

»Ja, mein Lord.«

Hawk starrte sie weiterhin staunend an. »Wo ist deine Brille?« fragte er töricht.

Sie zuckte mit den Schultern und lächelte ein wenig.

In diesem Moment wurde Hawk erst richtig die Anwesenheit Marcus Carruthers' bewußt. Der Verwalter war noch etwas näher hinter Frances getreten, als ob er sie beschützen wollte. Sein Blick, seine Haltung wirkten sehr vertraut. Wut stieg in Hawk hoch. »Verdammt, was geht hier vor?«

Frances blinzelte bei seinem Ausbruch. War er etwa eifersüchtig? Das war doch wohl zu absurd. Sehr langsam stand sie auf. »Nichts Ungehöriges, das versichere ich Ihnen, mein Lord. Marcus, vielen Dank. Wir werden später über diese Sache entscheiden.«

Marcus sah den ungläubigen Ausdruck auf dem Gesicht des Grafen und machte sich Sorgen um Lady Frances. Konnte er sie allein mit ihm lassen? Dummkopf, mahnte er sich, der Graf war schließlich ihr Ehemann. Er räusperte sich. »Willkommen daheim, Mylord.« Es klang wie ein Krächzen. »Ich sehe Sie später«, fügte er hinzu, ohne genau zu sagen, wen er damit ansprach. Er schlüpfte aus dem Raum, sah noch, daß der Graf die Hände zu Fäusten geballt hatte, und dachte, daß er unbedingt Verstärkung holen müßte.

»Wie ich schon sagte, willkommen zu Hause, mein Lord«, wiederholte Frances und blieb unbeweglich hinter dem Schreibtisch stehen.

»Wo ist mein Vater?«

»Er fuhr letzte Woche nach Chandos Chase.« Ruhig fügte sie hinzu, daß der Marquess mit der Abreise gewartet hatte, bis sie sich mit allem in Desborough Hall zurechtfand.

»Ich glaube, Frances, du bist mir eine Erklärung schuldig.« Hawks Stimme klang sehr sanft und freundlich, doch Frances ließ sich nicht eine Sekunde täuschen. Er war wütend, möglicherweise würde er sie am liebsten umbringen. Er konnte sein Temperament zügeln.

»Einer mußte sich schließlich hier um alles kümmern, mein Lord«, erklärte sie. »Sie waren nicht hier, aber ich.«

»Verdammt noch mal, du weißt genau, daß ich das nicht meine!« Hawk kam auf sie zu, und seine Augen weiteten sich, als er sich ihr näherte. »Was ist denn mit dir passiert?« Er konnte es einfach nicht glauben. Sie war schön genug, um Verlangen in einem Mann zu wecken. Ihre großen, von dichten, dunklen Wimpern umrahmten Augen waren grau und kalt wie die Nordsee im Winter. Sie stand da, das zierliche Kinn hochgestreckt. Nein, verbesserte er sich im stillen, nicht zierlich, sondern eigensinnig wie der Teufel. Wen und was hatte er da geheiratet?

»Ich sehe, daß irgend jemand dich an die Hand genommen hat«, grollte er.

»Ja«, erwiderte Frances ruhig, »ich tat es, obwohl da nicht sehr viel in die Hand zu nehmen war.« Sie lächelte ihn an, und Hawk blieb die Luft weg.

Sein Blick wanderte über ihr Gesicht, die hohen Backenknochen, die wunderschön gewölbten Augenbrauen, die hohe Stirn. Wie konnte er gedacht haben, daß ihre Augen wie kleine Rosinen wirkten? Wie konnte er geglaubt haben, ihr Teint sei bläßlich? Er blickte auf ihre straffen, vollen Brüste und stieß hervor: »Warum, verdammt noch mal?«

Frances neigte den Kopf fragend zur Seite, obwohl sie genau wußte, was er meinte. Ihr war längst klar gewesen, daß er sie fragen würde, wenn er sie wiedersah, und ihre

Antwort war gut einstudiert: »Weil ich keinen Engländer heiraten wollte.«

Das verblüffte ihn, er vermochte es nicht recht zu begreifen. Verwirrt wandte er ein: »Aber ich bin ein englischer Edelmann, bin nicht arm, weder alt noch häßlich. Ich besitze noch all meine Zähne. Es kann keine Frau geben, die mich nicht gern geheiratet hätte.«

Frances mußte lachen, sie kam nicht dagegen an. »Sie haben eine großartige Meinung von sich, mein Lord, was ich im übrigen nie bezweifelte.«

»Philip«, mahnte er wütend.

»Gut, ja, ganz wie Sie wünschen. Sie haben recht: Sie besitzen sehr schöne Zähne, weiß und gerade.« Sie lächelte ironisch und zeigte ihm ihre eigenen weißen, geraden Zähne.

»Wieso hing Carruthers fast über dir? Ist er dein verdammter Liebhaber?«

Das war geradeheraus gesagt, aber nicht mehr als verletzte männliche Eitelkeit, die er reichlich besaß.

»Nein«, erwiderte Frances nun spöttisch, noch immer lächelnd.

»Du hast einen Narren aus mir gemacht!« Jetzt sagte er, was er wirklich dachte. Er war mehr als wütend.

»Das war nicht schwer«, erklärte sie und machte ihn damit noch zorniger. Er ging einen Schritt auf sie zu, und sie trat einen Schritt zurück.

Jetzt sah er sie in ihrer vollen Größe, und sein Gesicht wurde vor Ärger noch blasser.

Himmel, hätte er sie in London so gesehen, wie sie jetzt aussah, er wäre hinter ihr her gewesen wie ein brünstiger Hirsch, und alle Gentlemen aus seinem Bekanntenkreis ebenfalls.

»Sie haben nicht mehr in mir gesehen, als Sie zu sehen wünschten«, erwiderte Frances rasch, alarmiert von seinem Blick.

Ja, ich sah sie, hatte Lyonel gesagt. »Verdammt«, entgegnete Hawk laut, »noch keine Frau hat mit mir falsches Spiel getrieben!«

»Ich sagte Ihnen doch, daß Marcus Carruthers nicht mein Liebhaber ist.« In Frances' Stimme lag jetzt ein bißchen Hohn.

»Und du bist nicht die scheue, kleine Maus, nicht wahr? Keine Spur von Ängstlichkeit in diesem Körper! Hast du ein Freudenfeuer angezündet, Frances? Sind all deine schrecklichen Kleider und Hauben in Flammen aufgegangen? Und hast du über mich gelacht, während du sie verbranntest?«

»Nein. Ich übergab alle Kleider dem Pfarrer. Er war dafür sehr dankbar, das versichere ich Ihnen.«

»Ich bin kein Blinder«, stellte er plötzlich fest und wußte doch, daß er blind gewesen war, nicht nur blind, sondern auch noch ein elender Dummkopf.

»Nein, natürlich sind Sie nicht blind, zumindest nicht bei normalem Ablauf der Dinge.« Frances war bereit, nun etwas versöhnlicher zu sein. »Daß sie gezwungen wurden, nach Kilbracken zu kommen, war nicht gerade normal, aber Sie sehen ...« Sie brach abrupt ab, als Otis auf der Türschwelle erschien.

»Mylady, haben Sie irgendeinen Wunsch? Tee vielleicht?«

Hawk schwang herum und sah Otis groß und uneingeschüchtert in der offenen Tür stehen, den Blick auf Frances gerichtet.

Lächelnd erwiderte sie: »Das wäre sehr nett. Vielen Dank, Otis. Mein Lord, möchten Sie jetzt Tee?«

Hawk konnte es nicht fassen. Da stand sein Butler, stur wie ein Fels, und sprach zu ihr! Beschützte sie!

»Ja!« schrie er fast. Dann fügte er etwas ruhiger hinzu: »Ja, ich hätte gern Tee. Im Wohnzimmer, Otis.«

Zu seinem weiteren Ärger blickte Otis zu Frances. Hawk sah, wie sie nickte. Der verdammte Butler, sein verdammter Butler, wartete auf ihre Genehmigung! Er hätte niemals weggehen dürfen, niemals ... »Im Wohnzimmer«, wiederholte Hawk eisig.

»Sehr wohl«, sagte Otis und verließ dann würdevoll den Raum.

Hawks Würde hingegen war in Fetzen, und er wußte es.

Plötzlich lächelte er. Es war ein böses Lächeln. »Komm her«, forderte er Frances auf.

Frances fror, ihre Augen wurden groß. Sie bewegte sich nicht.

»Ich sagte, du sollst herkommen! Sofort!«

»Nein«, widersprach Frances und trat noch weiter zurück. »Aber wenn Sie es wünschen, werde ich mit Ihnen jetzt Tee trinken.«

»Bevor ich Tee trinke, möchte ich ... meine Frau etwas näher betrachten. Komm her, Frances.«

Sie ging langsam zu ihm, aber im letzten Moment duckte sie sich und rannte fast aus dem Zimmer. Er wirbelte herum, aber sie war zu schnell. Seine Hand fing Luft, nicht ihren Arm. »Frances!« schrie er. Doch sie war bereits fort. Er hörte das Rascheln ihres Rockes und das Klicken ihrer Absätze auf dem Korridor.

Vom Arbeitszimmer ging Hawk ins Wohnzimmer und blieb abrupt stehen, als er den Raum betrat. Beide, Otis und Mrs. Jerkins, flankierten seine Frau. Er hatte plötzlich das Gefühl, auf einer Bühne in einer sehr schlechten Komödie zu stehen. Der blinde Ehemann, der seine Richtung nicht wußte.

»Mylord, willkommen daheim«, begrüßte ihn Mrs. Jerkins mit etwas gequältem Lächeln. »Der Tee ist fertig. Möchten Sie sich nicht setzen?«

»Wenn der General seine Soldaten entläßt«, entgegnete Hawk unwirsch und sah, daß Frances ein Lächeln unterdrückte.

Dann sagte sie in dem verdammt ruhigen Ton, der ihn bis zur Weißglut reizte: »Vielen Dank, Otis, Mrs. Jerkins. Ich werde Seiner Lordschaft servieren.«

Die beiden alten Bediensteten brauchten ziemlich lange, bis sie endlich den Raum verlassen hatten. Otis schloß nicht einmal die Tür. Hawk ging zur Tür und schlug sie krachend zu. Als er sich umdrehte, sah er, daß Frances seelenruhig Tee eingoß.

»Das Gebäck ist wirklich ausgezeichnet«, erklärte sie, während sie sich auf die Teetassen konzentrierte. »Die Köchin hat es genau richtig gebacken. Und da ist süße Erdbeermarmelade. Ich glaube, sie wird Ihnen bestimmt schmekken.«

»Frances, hör auf.«

»Gut«, willigte sie ein, ohne ihn anzusehen. Nachdem Hawk sich ihr gegenüber hingesetzt hatte, reichte sie ihm die Tasse.

Er nippte an dem Tee und versuchte, ruhiger zu werden. Nach einer Weile meinte er: »Ich wollte keine schöne, leichtsinnige Frau.«

»Das weiß ich. Als Otis mich unterbrach, wollte ich Ihnen gerade sagen: Hätten Sie die Höflichkeit gehabt, mich zu warnen, dann hätte ich wieder so ausgesehen, wie Sie es — erwarteten.«

»Du sagtest doch, du hättest deine Kleider dem Pfarrer gegeben.«

»Ich log.« Frances schüttelte bedauernd den Kopf, und er sah ihre hübschen Ohren, von Locken eingerahmt. »Eigentlich wollte ich nicht wieder die schüchterne, graue Maus werden, wie Sie mich nannten. Ich hätte eine Warnung wegen Ihres Eintreffens vorgezogen. Dann hätte ich darüber nachgedacht.«

»Du wirst diese verdammte Brille nie wieder aufsetzen!«

»Nein, das sollte ich wirklich nicht tun. Die arme Mrs. Jerkins glaubte, ich könnte nicht lesen, aber mit den Gläsern auf der Nase konnte ich tatsächlich nicht mehr klar sehen.«

»Wie ich bereits sagte, ich wünschte mir keine Frau von deiner Art.«

»Von meiner Art?«

»Du weißt verdammt gut, was ich meine, Frances!«

»O ja, ich denke schon. Sie wollten nicht an eine Frau gebunden werden, die Ihre Zeit in Anspruch nimmt, Ihre Aufmerksamkeit fordert, die sogar darauf besteht, mit Ihnen nach London zu gehen und all Ihre ... Vergnügungen ruiniert. Aber ich habe es nicht getan, mein Lord — ich verlangte nicht, mit Ihnen nach London zu fahren, um Ihnen den Spaß zu verderben.«

»Ich verabscheue Lügner und Betrüger.«

»Und ich verabscheue eingebildete, arrogante, dickköpfige Idioten!« Frances stand mit einem Ruck auf und begann, im Zimmer hin- und herzulaufen. Hawks Blick folgte ihr. Sehr hübsche, schlanke Fesseln, dachte er. Lange, elegante Beine. Frances wirbelte herum und sah ihn an. »Ich habe das alles zu spät erkannt!«

»So, deine ganze Maskerade erreichte genau das Gegenteil von dem, was du wolltest, nicht wahr?«

»Ja, so sollte ich wohl sagen. Ich wollte Ihnen die Wahrheit erzählen, aber Sie brausten von Kilbracken so schnell auf und davon, als sei Ihnen der Teufel auf den Fersen. Deshalb fand ich keine Gelegenheit dazu. Mein Vater und Sophia hätten mir nie erlaubt, ein Wort zu sagen.«

»Warum hast du die Verkleidung fortgesetzt?« wollte er von ihr wissen.

»Weil ich, wie gesagt, keinen Engländer heiraten wollte. Ich hatte auch nie den Wunsch, mein Zuhause in Schottland zu verlassen. Da ich das aber nicht verhindern konnte, wußte ich zumindest, daß Sie mich so bald wie nur möglich allein lassen würden, wenn ich so schrecklich aussah. Und das haben Sie ja auch getan.«

Hawk schwieg eine ganze Weile. Er streckte die Arme über den Kopf und lehnte sich im Stuhl zurück. Schließlich sagte er: »Du bist sehr schön.«

»Vielen Dank!«

»Und du bist all das, was ich mir von einer Ehefrau nicht wünsche.«

»Und Sie, mein Lord ...«

»Philip.«

»... sind all das, was ich mir von einem Ehemann nicht wünsche.«

»Dann scheinen wir ja quitt zu sein. Ich kann mir vorstellen, daß es für dich sehr schwer war, deine scharfe Zunge im Zaum zu halten, wenn ich in der Nähe war.«

»Sehr schwer sogar, da haben Sie vollkommen recht.«

»Ich nahm also die Schwester, die am schlimmsten ist, nicht wahr?«

»Am schlimmsten? Würden Sie das bitte genauer ausdrücken?«

»Ich würde sagen«, erwiderte Hawk nachdenklich, »daß du eigensinnig und willensstark bist und Männer es mit dir nicht einfach haben.«

Zu seinem Ärger lächelte sie nur ironisch. »Sie reden genauso wie mein Vater.«

»Frances, du weißt, ich kann dich schlagen, und ich sollte es tatsächlich tun, wenn du deinen Sarkasmus nicht zügelst.«

»Nein, das können Sie nicht!« protestierte Frances heftig. »Wenn Sie das versuchen sollten, würde ich Sie umlegen, das schwöre ich Ihnen!«

»Da bin ich aber neugierig, wie du das anstellen willst. Gegen mich bist du nur eine halbe Portion.«

»Ich würde mir schon etwas ausdenken!«

O ja, das würde sie, und er wußte es.

Hawk suchte nach etwas, das sie einschüchtern und wieder auf den Platz zurückbringen würde, wohin sie als Frau gehörte. Plötzlich setzte er sich auf und lächelte sie boshaft an. »Möchtest du gern wissen, warum ich unangemeldet zurückkam?«

»Nein. Aber ich nehme an, Sie wollen es mir gleich sagen.«

»Ich kam zurück, um meine Frau zu verführen. Ich wollte endlich deine Brüste sehen.« Mit großer Genugtuung sah er, daß sie zusammenzuckte.

»Meine Mätresse sagte mir«, fuhr er fort, »daß man Brillen, schreckliche Hauben und Kleider entfernen kann. Und das habe ich auch vor, und ich werde es bald tun, sehr bald.«

Frances fuhr sich mit der Zungenspitze über die bebenden Lippen. »Nein«, erwiderte sie kläglich und schüttelte den Kopf.

»Du bist meine Frau. Du wirst mir gehorchen, und zwar im Bett und außerhalb des Bettes.«

»Gehen Sie zu Ihrer Mätresse zurück, mein Lord! Ich will nichts mit Ihnen zu tun haben!«

»Wie merkwürdig. Die schüchterne, kleine Maus lag still wie eine Märtyrerin und ließ meine Angriffe auf ihren Körper über sich ergehen. Aber die schöne Frau jetzt glaubt, mir meine Rechte als Ehemann streitig machen zu können?«

Frances schwieg. Warum hatte sie nicht erkannt, daß Hawk an ihr, so wie sie jetzt aussah, sexuell viel stärker interessiert sein würde? Was würde er tun? Würde er sie weiterhin so behandeln wie vorher — schnell und ohne ein Wort zu sagen, abgesehen von ein paar kurzen Anweisungen?

»Ich weiß es nicht«, erwiderte sie, und zum ersten Mal sanken ihre Schultern herab.

Hawk lächelte. Er hatte gewonnen. Er hatte sie jetzt dort, wo er sie haben wollte. Am liebsten hätte er sie noch in diesem Augenblick hinauf ins Schlafzimmer gebracht, sie ausgezogen und aufs Bett geworfen. Statt dessen sagte er: »Ich lasse dir bis zum Abend Zeit, darüber nachzudenken, Frances. Ich hatte noch nie eine Ehefrau. Vielleicht wird es mir Spaß machen, mit dir zu schlafen, vielleicht kann ich dich zur Liebe erwecken ...«

»Hören Sie auf! Ich brauche mir Ihre ... Grausamkeiten nicht anzuhören!«

»Grausamkeiten? Mit einer Frau Liebe zu machen, ist grausam?«

»Liebe machen!« Sie schrie ihn fast an. »Wollen Sie es jetzt so nennen? Jetzt, nachdem Sie es nicht mehr für unter Ihrer Würde halten, mich zu beachten? Jetzt, wo Sie nicht mehr glauben, daß Sie krank werden könnten, wenn Sie mich berühren? Sie, mein Lord, sind ein verabscheuungswürdiges Tier!« Sie sah, daß Hawk aufstehen wollte und trat schnell einige Schritte zurück. »Ich habe zu tun. Entschuldigen Sie mich, mein Lord. Wir bekommen ... Gäste zum Abendessen. Ich muß noch mit der Köchin sprechen, ich muß ...«

Es war eine Lüge, das sah Hawk ihr auch an, sagte aber nichts. Er blickte ihr nach, als sie rasch das Wohnzimmer verließ und wußte, daß sie als nächstes eine Nachricht zu

Alicia und John schicken würde mit der dringenden Bitte, nach Desborough Hall zu kommen. Er wollte, er konnte nicht mehr länger warten.

Der Abend würde sich wahrscheinlich zum zweiten Akt der schlechten Komödie entwickeln, aber diesmal kannte er die Richtung, Frances hingegen nicht.

16. Kapitel

»Oh, warum ist er zurückgekommen, Alicia? Ich hatte gedacht, er würde bis Weihnachten fortbleiben! Meine ganzen Pläne sind über den Haufen geworfen!«

»Frances, nun beruhige dich erst einmal.« Alicia klopfte Frances aufmunternd auf den Arm. »Ich bin nur froh, daß du dich nicht in die graue Maus zurückverwandelt hast. Du siehst bezaubernd aus! Ich könnte fast eifersüchtig werden. John sieht dich genauso an, wie er seine Lieblingsnachspeise betrachtet.«

»Das tut Hawk auch.« Frances schlug mit den Fäusten so kräftig auf ihren Toilettentisch, daß die Haarbürste hochsprang. »Er sagte etwas von Schuldgefühlen, die ihn zurückgetrieben hätten. Das kann er mir doch nicht weismachen!«

»Komm, Frances, wir müssen hinuntergehen!« mahnte Alicia. »Die Gentlemen warten. Du willst sicher nicht, daß Hawk heraufkommt und dich mit Gewalt ins Wohnzimmer schleppt.«

»Das brächte er fertig! Alicia, hör auf zu lachen! Das Ganze ist alles andere als lustig! Also gut, gehen wir zu den feinen Herren.«

John Bourchier stand in der Nähe des Kamins und sprach in seiner ruhigen Art über seinen Landsitz. Er hatte noch nichts wegen Frances' Verwandlung gesagt, schließlich war er ein Gentleman. Doch er konnte es kaum erwarten, Frances und Hawk zusammen zu sehen. Er redete über Entwässerungsprobleme in seinen nördlichen Feldern, und Hawk, den das wenig interessierte, trank noch ein Glas Sherry.

»Guten Abend allerseits«, grüßte Alicia lebhaft und kam ins Wohnzimmer. »John, mein Lieber, können Frances und ich auch ein Glas Sherry bekommen?«

»Selbstverständlich«, versicherte John und wagte nicht, Hawk ins Gesicht zu sehen.

Frances sah so schön aus, daß man meinen konnte, man blicke direkt in die Sonne.

Hawk spürte, wie sich tief in ihm etwas zusammenzog, ließ sich aber nichts anmerken. Er entdeckte zwei rote, hektische Flecken auf ihren Wangen und ihren argwöhnischen, irritierten Blick. Waren ihre Augen mehr blau als grau?

»Wie bezaubernd, meine Liebe«, sagte er mit honigsüßer Stimme und sah von ihrem hübschen Busen in ihr Gesicht. Frances nickte nur und ließ ihn ihre Hand hochnehmen. Er drückte einen Kuß auf ihr Handgelenk und hielt es fest, worauf ihn Frances mit einem Blick ansah, der töten konnte.

»Einfach entzückend«, stimmte John zu.

»Ich fürchte, Frances stellt mich heute vollkommen in den Schatten«, stellte Alicia fest und blickte herausfordernd zu Hawk.

»Sie stellt uns alle in den Schatten, wie es scheint«, erwiderte er.

Frances atmete erleichtert auf, als der Butler ins Zimmer kam und verkündete: »Es ist angerichtet, Mylady.«

Hawk bot ihr seinen Arm, doch Frances sah ihn an, als ob er eine Schlange wäre. »Frances«, sagte er ruhig, aber sie hörte sehr gut den warnenden Unterton. Sie streckte das Kinn hoch und legte ihre Hand leicht auf seinen dargebotenen Arm.

»Meine liebe Frau hat zweifellos meine Lieblingsgerichte zubereiten lassen«, meinte Hawk, nachdem alle an der Tafel Platz genommen hatten. »Sie war so sehr erfreut über meine Heimkehr.«

Im Raum wurde es totenstill, selbst Otis bewegte sich geräuschlos, und die Diener verzogen keine Miene. Otis hatte sie gut gedrillt, ganz besonders für diesen Abend.

»Bist du das nicht, meine Liebe?« sprach Hawk kurz weiter. Da sie schwieg, fügte er hinzu: »Erfreut, mich zu sehen, meine ich.«

»Die Suppe bitte, Otis«, wandte sich Frances an den Butler und ignorierte Hawk. »Gemüsesuppe«, ergänzte sie, als die Diener servierten.

»Meine Lieblingssuppe«, erklärte Hawk begeistert. »Was für eine fürsorgliche Ehefrau.«

»Es ist Johns Lieblingssuppe«, widersprach Frances.

»Ja, das stimmt«, pflichtete ihr Alicia bei und aß rasch einen Löffel voll, um ein Kichern zu unterdrücken. Arme Frances!

Nur das Klappern der Löffel unterbrach die Stille, bis Hawk wieder begann: »Meine liebe Frau hat die gesamte Dienerschaft bezaubert. Mir bleibt nur, mich an ihrer Verehrung zu wärmen.«

Frances fiel der Löffel aus der Hand, und etwas von der Suppe schwappte auf die weiße Tischdecke. Sofort eilten ein Diener und Otis herbei, um den Schaden zu beheben. »Es ist nichts passiert«, meinte sie rasch. »Es ist alles in Ordnung.«

»John erzählte mir von seinen Entwässerungsproblemen«, berichtete nun Hawk.

»Eine Sache, die Ihnen zweifellos zu Herzen geht«, entgegnete Frances eisig.

»O ja, ich bin an allen Problemen interessiert«, antwortete ihr Ehemann vieldeutig. »Es gibt die verschiedenartigsten Lösungen. Man muß nur die richtige finden. Meinst du nicht auch, Frances?«

Frances preßte die Lippen zusammen. Sie merkte nur zu gut seine Absicht und wollte ihn in dieser Weise nicht fortfahren lassen.

Sie hob den Kopf und blickte ihm direkt in die Augen. »Das stimmt tatsächlich, besonders bei der Verwaltung dieses Gutes. Marcus« — ihre Stimme wurde hörbar weicher — »ist eine solche Hilfe! Soviel Verständnis bei einem so jungen Mann!«

Alicia sah, wie sich Hawks Gesicht verdüsterte, und erkundigte sich schnell: »Wie geht es Beatrice und ihrem Verlobten?«

»Gut, wie immer, vielleicht sogar noch besser«, erwiderte Hawk, legte die Gabel nieder und blickte seine Ehefrau an. »Ich glaube, Edmund Lacy wird gut mit ihr zurechtkommen, besonders, wenn sie erst einmal verheiratet sind. Ein

Ehemann ist letzten Endes dafür verantwortlich, daß seine Frau seine Wünsche beachtet und er für ihr Wohlergehen sorgt. Meinst du nicht auch, Frances?«

Sie hob ihr leeres Weinglas, und Otis füllte es unverzüglich.

»Frances?« wiederholte Hawk.

»Ich denke«, entgegnete sie hart, »daß Ehemänner im allgemeinen Verlauf der Dinge ...« Sie brach ab. Ihr war eingefallen, daß sie ihre Zunge hüten mußte, vor allem in Gegenwart der Diener und ihrer Gäste.

»Ja, meine Liebe?« bohrte Hawk weiter.

»Ehemänner sind Ehemänner.«

»Ist das eine Anklage oder ein Kompliment?«

John, der das Interesse des Personals bemerkte, brachte das Gespräch geschickt wieder auf seine Entwässerungsgräben.

Nachdem Otis die Diener angewiesen hatte, die Lammkoteletts, Frikadellen, gebratenen Rinderrippchen, Kalbfleisch in Bechamelsoße und die verschiedenen Gemüse zu servieren, nickte ihm Hawk zu, daß er gehen könnte.

Er preßte die Zähne aufeinander, als er sah, daß Otis sich zu Frances wandte. »Vielen Dank, Otis«, sagte sie ruhig, obwohl sie den Blick ihres Ehemannes sah, »wir kommen jetzt allein zurecht.« Sie kannte Hawk noch nicht gut genug und wußte nicht, ob er jetzt eine Szene machen würde. Doch nichts dergleichen geschah. Hawk ließ sich das Essen gut schmecken.

»Gibt es bei euch in Schottland auch Kalbfleisch, Frances?«

»Nur Weihnachten, mein Lord, und dann natürlich nur kleine Portionen.«

»Merkwürdig«, meinte Alicia. »Wachsen in Schottland keine Kälber?«

John lachte und tätschelte ihr die Hand. »Eine Städterin! Kälber sind nicht wie Kartoffeln, meine Liebe, es sind junge Rinder, mußt du wissen.«

»Du siehst, wie lehrreich Ehemänner sein können«, wandte sich Hawk an Frances. »Wir können tatsächlich sehr nützlich sein, das versichere ich dir, und zwar auf vielen Gebieten.«

Frances hatte seine versteckten Anspielungen langsam gründlich satt. Er benimmt sich nicht wie ein Gentleman, also brauche ich mich auch nicht wie eine Lady aufzuführen, dachte sie empört und begann: »Ich habe soviel über die Vergnügungen in London gehört und würde sie gern mit Ihnen besuchen, mein Lord. Denken Sie doch nur an die vielen Feste, die Bälle und Abendgesellschaften — so nennt man sie doch, nicht wahr?«

»Ja«, bestätigte Hawk kurz angebunden. Verdammte, kleine Hexe!

»Mein Schwiegervater erzählte mir alles über das Hawksbury-Haus«, fuhr Frances fort. »Ich bin ganz begierig darauf, es für den Rest der Saison herzurichten und neues Personal zu engagieren. Natürlich, mein Lord, möchte ich auch all Ihre Freunde kennenlernen.«

Hawk blickte sie einige Augenblicke amüsiert an, dann ging er zum Gegenangriff über. »Vielleicht erlaubt deine Gesundheit eine Reise nach London nicht, meine liebe Frances. Ist dir morgens nicht sehr übel?«

»Frances!« rief Alicia begeistert. »Du hast mir noch nichts davon gesagt! Das ist ja wunderbar!«

»Ich bin nicht schwanger, Alicia«, preßte Frances hervor. »Mein Gatte meint sicher das ... Schottische Fieber, unter dem ich gelegentlich leide.«

»So? Nicht schwanger, meine Liebe? Wie deprimierend. Tja, wie ich schon sagte, ein Ehemann hat so viele Pflichten, so viel Verantwortung.«

John sah Alicia verzweifelt an. Er fühlte sich absolut unbehaglich, wäre am liebsten gegangen und hätte die beiden ihren Streit allein austragen lassen.

Auch Frances hatte genug. »Alicia, wollen wir uns ein wenig zurückziehen? Der Zitronenpudding und die Rhabarbertörtchen sind nicht nach deinem Geschmack, wie ich weiß.«

Kein Diener und kein Otis zog ihr den Stuhl zurück. John stand rasch auf und half seiner Frau, Hawk jedoch blickte

Frances über den Tisch hinweg nur an. Sie warf den Kopf zurück und rauschte aus dem Eßzimmer.

»Meine Güte«, meinte Alicia, als die beiden Frauen im Wohnzimmer angekommen waren, »Hawk ist ja ganz aus dem Häuschen.«

»Er ist ein entsetzlicher Rohling!« erwiderte Frances so wütend, daß sie kaum klar zu denken vermochte.

»Du hast ihn ja auch ganz schön getäuscht, Frances«, wandte Alicia ein.

»Ich hoffe, er erstickt an dem Pudding!« brauste Frances auf.

»Er sieht außergewöhnlich hübsch aus in seinem Abendanzug. Findest du das nicht auch, Frances?«

»Verdammt noch mal, Alicia, auf wessen Seite bist du überhaupt?«

»Ich glaube, ich spiele am besten einige Balladen, und du hörst nur zu, Frances. Das wird dich ein wenig beruhigen.«

Die Gentlemen kamen viel zu rasch nach. Hawk schlenderte zu Frances und stellte sich hinter ihren Stuhl. Sie fühlte seine Hand auf ihrer Schulter und seine Finger, die mit ihren Locken spielten.

»Lassen Sie mich allein!« zischte sie durch die Zähne.

John und Alicia flüchteten, anders konnte man ihren hastigen Aufbruch nicht bezeichnen. An der Haustür umarmte Alicia eilig Frances, dann fuhren sie ab. Sofort erschien zu Hawks Ärger Otis.

Hawk nahm Frances an der Hand und zog sie ins Wohnzimmer zurück.

Er schloß nachdrücklich die Tür und lehnte sich mit dem Rücken dagegen. »Jetzt sind wir endlich allein«, stellte er lächelnd fest.

»So?«

»Du verkörperst ein hübsches Bild, Frances. Ich bin begierig darauf, mehr von diesem Bild zu sehen, vielleicht mit weniger ... Farbe.«

Er sprach in normalem Ton, doch Frances erkannte sofort, was er meinte.

»Ich kann Sie absolut nicht leiden!« fauchte sie. »Sie sind kein Gentleman!«

»Ich glaube ebenfalls, daß du, meine Liebe, obwohl die Tochter eines Grafen, keine Lady bist. Eine Wilde, vielleicht.«

»Ich gehe zu Bett!« Frances straffte die Schultern und ging energisch auf ihn zu.

»Genau das habe ich auch vor. Komm, meine Liebe, ich möchte nun die wirkliche Frances Hawksbury kennenlernen.«

Was sollte sie jetzt tun? Hawk stand vor der Tür und versperrte ihr den Weg. Täusche ihn, dachte Frances, verstelle dich! Mit scheuer Stimme erwiderte sie: »Ich ... gut, mein Lord.«

»Philip«, korrigierte er und lächelte auf sie nieder. Endlich gehorchte sie ihm! Er trat zur Seite. »Ich komme in Kürze nach, Frances.«

»Ja, gut, mein ... Philip.« Ihre Stimme klang noch immer scheu und sie warf ihm einen kurzen, verlegenen Blick zu.

Hawk legte die Hände leicht auf ihre Schultern. »Frances, diesmal wird es anders sein, das verspreche ich dir.« Sie schwieg. Er beugte sich nieder und küßte sie rasch. »Du bist sehr schön. Ich freue mich über dich.« Da sie noch immer nichts sagte, gab er ihr den Weg frei. »Bald, Frances«, rief er sanft hinter ihr her.

Hawk ging in die Halle und blickte ihr nach, wie sie die Treppe hinaufging. Wie hatte er nur so blind sein können? Er schüttelte den Kopf. Hätte er sie doch schon in ihrer Hochzeitsnacht so gesehen! Vielleicht wäre alles ganz anders gekommen. Heute nacht jedenfalls wollte er Amalias Vorschläge befolgen. Bei dem Gedanken spürte er, wie die Lust in ihm erwachte.

Er trank einen Brandy und eilte dann rasch in sein Schlafzimmer. Grunyon wartete bereits und machte keine Anstalten, den Raum zu verlassen. Selbst, als Hawk ihn dazu aufforderte, blickte er zur Verbindungstür mit einer Besorgnis, die nicht seinem Herrn galt.

Verdammt noch mal, dachte Hawk aufgebracht, steht denn keiner zu mir? »Gehen Sie schlafen!« befahl er schroff, doch Grunyon ging langsam wie eine Schnecke zur Schlafzimmertür. Dann drehte er sich noch einmal um, sah den kalten Blick seines Herrn und verließ kopfschüttelnd den Raum.

Hawk zog sich in Windeseile aus, schlüpfte in seinen Morgenrock und klopfte leise an die Verbindungstür. Seine Hand am Türknauf zitterte ein wenig, als er ihn herumdrehte.

Im Zimmer flackerte nur eine einzige Kerze auf Frances' Toilettentisch, und er wünschte sich doch so, sie zu sehen. »Frances?« Hawk blickte zum Bett und lächelte. Sie hatte sich unter die Bettdecke verkrochen in ihrer Verlegenheit und vielleicht aus Furcht. Er würde sie beruhigen, würde dafür sorgen, daß sie sich mit ihm wohl fühlte.

»Frances«, sagte er nochmals sanft und setzte sich auf das Bett neben sie. Seine Hand berührte ihre Schulter, und im nächsten Moment brüllte er vor Wut. Er riß die Bettdecke zurück und blickte auf das gleiche, verdammte, zusammengerollte Kissen.

»Frances!« Er sprang hoch und lief suchend durch das Zimmer, doch auch unter dem Bett war sie nicht zu finden. Hawk nahm sich mühsam zusammen. Er konnte unmöglich durch das Haus rennen und nach ihr schreien. Das hätte die gesamte Dienerschaft geweckt, und den darauf folgenden Klatsch konnte er sich gut vorstellen. »Ich bringe dich um, Frances!« grollte er zornig vor sich hin. Wo konnte sie sich versteckt haben? Er würde jedes Zimmer durchsuchen, o ja, und wenn er sie fand ...

Hawk nahm den Kerzenhalter, verließ Frances' Schlafzimmer und wurde nach jedem Raum, aus dem er erfolglos wieder herauskam, wütender. Schließlich gelangte er zu einem sehr kleinen Raum, der etwas versteckt an der Korridorbiegung in der Nähe des Haupteingangs von Desborough Hall lag. Er öffnete die Tür, hob den Leuchter und spähte hinein.

Plötzlich entdeckte er Frances, die sich hinter einem Stapel verschiedener Stoffe zusammengekauert hatte. Ein Webstuhl stand in der Nähe und Tische. Es war das verdammte Nähzimmer! Hatte sie sich hier vor ihm in letzter Zeit versteckt?

Das Licht der Kerze fiel auf Frances' Gesicht, und sie blickte ihn aus großen Augen an.

17. Kapitel

»Diesmal bist du zu weit gegangen, Frances! Jetzt ist Schluß!«

»Ich hätte in den Stall gehen sollen«, erwiderte sie. »Ich war dumm.«

Hawk lächelte bei dieser Feststellung und überlegte, ob sie sich vielleicht gewünscht hatte, daß er sie fände. Doch Frances zerstörte seine Hoffnung laut und deutlich und verlangte: »Verschwinden Sie, mein Lord!«

»Nein.« Hawk ging auf sie zu, und im gleichen Moment sprang Frances auf und wich bis an die Wand zurück. Hawk blieb stehen. »Komm ins Bett, Frances, sofort!«

Sie schüttelte den Kopf derart heftig, daß ihr schönes Haar um ihr blasses Gesicht wirbelte. »Nein«, wisperte sie, »nein.«

»Diesmal hast du es wirklich übertrieben, Frances. Bist du jetzt bereit, mir zu gehorchen?«

»Dazu bin ich nicht bereit!«

»Du willst also weiterhin ungehorsam bleiben?«

»Ich will nur, daß Sie mich allein lassen, daß Sie morgen wieder von Desborough Hall fortgehen und nach London zu Ihrer Geliebten zurückkehren.«

»Du bist aber noch nicht schwanger«, erwiderte Hawk sanft.

»Ich wünsche Ihre Versuche nicht!« Frances schrie fast, und Hawk ging rasch zur Tür und schloß sie.

»Wenn du nicht leiser sprichst, werde ich dich knebeln«, versicherte er. »Ich will keinen Klatsch unter dem Personal, hast du mich verstanden?«

»Gehen Sie!« Frances sah, wie er nachdrücklich auf einige Stoffstreifen blickte, die auf einem der Tische lagen, und senkte die Stimme. »Bitte, gehen Sie!«

»Ah, etwas Gehorsam steckt also doch in dir«, stellte Hawk fest und streckte ihr eine Hand entgegen. »Komm.«

Doch sie bewegte sich nicht. Hawk stellte kurz entschlossen den Leuchter auf einen Tisch und ging langsam auf Frances zu. Sie versuchte, sich hinter ihm wegzuducken, doch diesmal war er darauf vorbereitet, packte sie und hielt sie fest. Er spürte, wie sie mit den Fäusten an seine Brust hämmerte und schüttelte sie, bis ihr Kopf zurückfiel. »Hör auf! Soll ich dich fesseln?«

Frances schüttelte den Kopf.

Im nächsten Moment blies Hawk die Kerze aus, hievte Frances über seine Schultern, verließ den Nähraum und brachte sie in sein Schlafzimmer. Frances zitterte, und Hawk fragte sich, ob Furcht oder Wut der Grund dafür war. Er sagte nichts mehr, kickte die Tür zu seinem Schlafzimmer mit dem Absatz zu, trug Frances zu seinem Bett und ließ sie auf den Rücken fallen. Sie war noch immer in ihrem schönen, blauen Kleid.

»Zieh dich aus«, forderte er und blickte auf sie nieder. »Sofort.« Als Frances zögerte, fügte er kalt hinzu: »Ich reiße dir die Sachen vom Leibe, wenn du mir nicht sofort gehorchst!«

Doch Frances war nicht imstande, die lange Knopfreihe rasch zu öffnen. Hawk zog sie auf die Füße, drehte sie um und befreite sie schnell von ihrem Kleid.

»Bitte«, flüsterte sie, »können Sie ... würden Sie bitte die Kerze löschen?«

»Ich will dich sehen«, erklärte er kurz. »Zieh dich weiter aus.« Er trat einige Schritte zurück.

Es war zuviel. Ihr tief ausgeschnittenes Spitzenhemd bedeckte kaum ihre Brüste, außerdem war es fast durchsichtig, und Frances sah, wie Hawks Blick über ihren Körper glitt. Sie griff nach ihrem Kleid, blies blitzschnell das Licht aus und eilte in der Dunkelheit zur Verbindungstür.

Mit drei Schritten hatte Hawk sie eingeholt. »Gut«, schnaubte er, »dann soll es so sein, wie du es verlangst.« Er trug sie zum Bett zurück, hielt sie mit einer Hand fest und zog sie mit der anderen aus. Als sie nackt war, hob er sie auf und warf sie auf das Lager. Im nächsten Moment hatte er seinen Morgenmantel abgelegt und kam ins Bett.

Frances erkannte, daß es keine Hoffnung für sie gab. Sie war ein solcher Dummkopf gewesen! Hatte sie tatsächlich erwartet, daß er sie vergessen würde? Sie schalt sich eine Idiotin.

Leise sagte sie: »Ich werde stilliegen. Tun Sie, was Sie wollen, aber bringen Sie es bald hinter sich.«

»Gut«, erwiderte er nur.

Frances empfand keine Schmerzen mehr, als er sich in ihr bewegte. Sie lag vollkommen ruhig und hoffte, daß es rasch vorübergehen würde, wie früher. Sie hörte, wie sein Atem schneller ging, wie er heftiger wurde, plötzlich aufstöhnte und einen Augenblick wie kraftlos auf sie niedersank. Dann rollte Hawk sich auf den Rücken. Seine Lust war vergangen und seine Wut. Er empfand nichts.

»Geh in dein Zimmer, Frances«, sagte er enttäuscht und müde.

Frances sprang fast aus dem Bett, und er vernahm ihre schnellen Schritte, mit denen sie zur Verbindungstür eilte. Sie schlug die Tür nicht krachend zu, sondern schloß sie leise.

»Verdammt!« fluchte Hawk laut in den leeren Raum. O Amalia, ich habe mich wie ein brünstiger Bastard benommen! Er fühlte sich schuldig, und das hatte er gar nicht gern. Schließlich war es auch Frances' Schuld. Sie hatte ihn angelogen und versucht, ihn zum Narren zu machen. Sie hatte diese Behandlung verdient. Und doch ... Er fühlte noch immer ihren zarten Körper, seine Gedanken wurden verschwommen, Lust und Ärger schlugen über ihm zusammen.

In ihrem Schlafzimmer schrubbte sich Frances, bis ihre Haut fast wund wurde. Sie zog sich ein Nachthemd über und kroch ins Bett.

Ich hätte bei meiner Brille, meinen schrecklichen Hauben und den unförmigen Kleidern bleiben sollen, dachte sie. Dann hätte er sich ehrenhalber verpflichtet gefühlt, wenigstens weiterhin freundlich zu mir zu sein, obwohl seine Freundlichkeit eine merkwürdige Mischung aus Herablassung, Abneigung und Langeweile war. Frances barg ihr Gesicht in dem weichen Kissen. Er hatte sie nicht berührt, sie war sicher vor ihm. Gegen das andere konnte sie nichts tun, das mußte sie wohl oder übel über sich ergehen lassen. Daß sie versucht hatte, ihm zu entfliehen, war dumm von ihr gewesen. Sie hätte ihn akzeptieren sollen wie die früheren Male.

Ihr war durchaus klar, daß ihr Benehmen ihn wütend gemacht hatte und daß logischerweise zu erwarten gewesen war, was er getan hatte.

Frances zog die Knie bis zur Brust hoch. Sie würde schon mit ihm fertig werden, ganz bestimmt sogar. Sie brachte es sogar fertig, kurz aufzulachen, und sagte laut ins Kissen: »Eher will ich dich beim Teufel sehen, als daß ich dir erlaube, mich zu berühren!« Und leise wiederholte sie: »Nie, niemals wirst du mich berühren.«

Hawk blieb abrupt stehen, als er am nächsten Morgen ins Frühstückszimmer kam. Frances saß bereits am Tisch, frühstückte in aller Ruhe und las die »Gazette«.

Hübsch sieht sie aus, dachte er. Sie trug ein blaßgrünes Musselinkleid und im Haar das passende Band. Im Grunde hatte er erwartet, daß sie sich vor ihm verstecken und ihn um jeden Preis meiden würde.

Plötzlich stieg Verlangen nach ihr in ihm auf, und er wurde auf sich selbst wütend. Zum Teufel, ein Ehemann sollte so etwas nicht für seine Ehefrau empfinden. Es war absurd, lächerlich ...

»Ah, guten Morgen, mein Lord«, begrüßte ihn Frances lächelnd und faltete die Zeitung zusammen.

Lächelnd, als ob sie nicht die geringste Sorge hätte! Hawk sah ihre unschuldige Miene. Welches Spiel trieb sie jetzt wieder mit ihm?

»Guten Morgen, Frances«, erwiderte er und setzte sich ans Kopfende des Tisches. Nachdem Rosie, das Hausmädchen, ihn bedient hatte und er sie mit einem Nicken entließ, erlebte er zu seinem Ärger dasselbe, was er schon mit Otis erfahren hatte: Rosie lächelte erst noch Frances an und erkundigte sich: »Wünschen Sie noch irgend etwas, Mylady?«

»Nein, Rosie, vielen Dank. Du kannst gehen«, erklärte Frances, und erst danach knickste Rosie und verließ das Zimmer.

»Ist das Steak, wie Sie es wünschen, mein Lord?« fragte sie ihn.

Himmel, sie klang so verdammt fröhlich! »Ich habe noch keinen Bissen probiert, also weiß ich es auch noch nicht!« murrte er.

»Ah, dann werde ich den Mund halten.« Frances nahm die Zeitung wieder auf und verbarg sich dahinter.

»Was liest du denn da so Interessantes?« wollte Hawk nach längerem Schweigen wissen.

Frances las überhaupt nicht. Sie hatte alle Mühe, weiterhin eine fröhliche Unbekümmertheit zur Schau zu stellen. Viel lieber hätte sie ihm das dicke Steak an den Kopf geworfen. Doch sie lachte sehr charmant und erwiderte: »Ich lese den Klatsch aus der guten Gesellschaft. Das ist faszinierend. Hier steht, daß eine Lady H. im Gespräch mit Lord R. im Park gesehen wurde, und Lady H.'s Ehemann stand ganz in der Nähe! Wie angenehm aufregend, nicht wahr?«

»Ich kenne keine Lady H.« brummte Hawk.

»Aber Sie haben doch einen so großen Bekanntenkreis, mein Lord.«

Hawk legte langsam die Gabel nieder. »Frances, willst du endlich aufhören, mich mit ›mein Lord‹ anzureden? Mein Name ist Philip oder Hawk, verstanden?«

»Ganz wie Sie wünschen«, antwortete Frances leichthin. Sie legte die »Gazette« auf den Tisch, blickte zur Uhr auf der Anrichte und erklärte: »Du meine Güte, wie die Zeit vergeht! Es ist schon fast acht Uhr! Wollen Sie mich bitte entschuldigen?«

»Wohin gehst du?«

»Ach, es gibt so vieles zu erledigen. Desborough Hall läuft nicht von allein, wie Sie wissen.« Und schon war sie gegangen.

Hawk entdeckte erst jetzt, daß sie kaum etwas gegessen hatte. Seine Stimmung war miserabel. Erst nahm er sich vor, auszureiten, änderte aber seine Absicht. Wenn er schon hier war, konnte er sich auch mit den geschäftlichen Dingen des Landsitzes befassen.

Doch im Arbeitszimmer war wieder Frances hinter seinem Schreibtisch, und Marcus Carruthers saß neben ihr. »Ich weiß nicht recht, Marcus«, sagte sie gerade, »ob wir soviel Geld in die Rodung dieses Waldstückes investieren sollen ...«

»Welcher Wald?« fragte Hawk, der durch die offene Tür hereingekommen war, scharf.

Frances erstarrte, doch nur einen winzigen Augenblick. Dann sah sie ihren Ehemann lächelnd an und erklärte freundlich: »Marcus und ich diskutierten gerade über die Zäune, die wir brauchen. Bauholz ist gegenwärtig sehr teuer, und wir haben ein ausgezeichnetes Waldgebiet im Osten ...«

»Ich wünsche nicht, daß auch nur ein einziger Baum gefällt wird!« schnitt Hawk ihr das Wort ab.

Frances stand auf. »Natürlich wird keiner gefällt. Wenn das alles ist, Marcus, dann habe ich noch anderes zu tun.«

Marcus sah den Gesichtsausdruck seines Herrn und wäre am liebsten Frances aus dem Raum gefolgt. Er zerrte an seinem Kragen, ordnete einige Papiere auf dem Schreibtisch und versuchte, sehr beschäftigt auszusehen. Zu seiner großen Erleichterung ordnete der Graf nur kurz an: »Machen Sie weiter!« und verließ ebenfalls das Arbeitszimmer. Marcus hörte noch, wie er im Korridor laut rief: »Frances!«

Hawks Ruf verhallte ergebnislos, Frances war nirgends zu finden. Er erschien sogar zur Verblüffung des Personals in der Küche, wo ihn Otis mit einer Verbeugung begrüßte. »Mylord.«

»Ich sehe, daß die Diener eine neue Livree tragen«, sagte er unwirsch, »und würde gern erfahren, wer das angeordnet hat.«

»Wenn ich das erklären dürfte«, erwiderte Otis sehr

freundlich, als spräche er zu einem Schuljungen. »Ihre Ladyschaft fand das Aussehen der Diener verbesserungswürdig und fuhr mit mir deshalb nach York, um die neuen Stoffe auszusuchen, hoffentlich zu Ihrer Zufriedenheit, Mylord. Die Frauen wurden ebenfalls neu eingekleidet. In dieser Angelegenheit begleitete Mrs. Jerkins Ihre Ladyschaft nach York.«

»Sonst noch etwas, was Ihre Ladyschaft zu verbessern wünschte?« erkundigte sich Hawk sarkastisch.

»Wenn Eure Lordschaft darüber mit Mrs. Jerkins sprechen wollten«, erwiderte Otis mit unbeweglichem Gesicht.

Hawk fluchte vor sich hin, während er ins Wohnzimmer ging. Dort mußte er sich von Mrs. Jerkins anhören:

»... und natürlich, Mylord, neues Besteck, neues Geschirr und neue Leinentücher. Die alten waren in jämmerlichem Zustand und ...«

»Vielen Dank, Mrs. Jerkins«, unterbrach Hawk sie schroff.

Doch Mrs. Jerkins, die Lord Philip schon von Kindesbeinen an kannte, fuhr unerschrocken fort: »... und sie ist sehr freundlich zum Personal, Mylord, aber natürlich erlaubt sie keine Nachlässigkeit.«

Hawk ließ sie weiterreden, bis er endlich Gelegenheit zu der Frage fand: »Können Sie mir auch sagen, wo Ihre Lady ist?«

»In den Ställen, nehme ich an. Um diese Zeit ist sie immer dort«, informierte ihn die Haushälterin. »Sie arbeitet viel zu hart. Das Gestüt und die Entscheidungen mit Mr. Belvis über die Rennpferde und ihr Training ...«

»Wo ist sie?« fuhr Hawk die Haushälterin an.

»Im Stall, Mylord. Mit Mr. Belvis, wie ich Ihnen bereits sagte.«

Hawk ließ die Haushälterin stehen, eilte aus dem Zimmer, hastete die Stufen vor der Eingangshalle hinunter und lief zu den Ställen.

Dort angekommen, schrie er: »Frances!« in einer Lautstärke, daß die Stallburschen wie vom Donner gerührt aufschreckten.

»Wo ist die Gräfin?« brüllte er.

»Wahrscheinlich im Trainerbüro mit Mr. Belvis, Mylord«, brachte Dan, der älteste Stallknecht, heraus.

Das Trainingsgelände lag etwas entfernt von den Ställen, nahe bei den Koppeln. Es hatte angefangen zu regnen, und bald spürte Hawk die Wassertropfen in seinen Nacken rinnen.

Die Bürotür war nur angelehnt, und er trat ein. Der angenehme Geruch von Leder, Leinsamen und verschiedenen Salben schlug ihm entgegen.

»Belvis, was zum Teufel geht hier vor? Ich dachte, Sie sind weggegangen?«

Die Stunde der Abrechnung, dachte Frances und bemühte sich, ihre Nervosität zu verbergen. Sie hätte es ihm sagen müssen, vielleicht beim Frühstück, als er den Mund voll hatte. »Ah, mein Lord! Wünschen Sie etwas?«

Hawk blickte noch zu Belvis, der jünger wirkte, als er ihn in Erinnerung hatte. Dann erwiderte er nicht nur ruhig, sondern lächelte sogar dabei: »Ja, Frances, ich möchte dich gern sprechen, wenn es dir recht ist. Wir können in die Gerätekammer gehen.«

Das war Frances überhaupt nicht recht, doch sie erwiderte: »Wie Sie wünschen, mein Lord. Ich komme zurück, Belvis. Bitte, machen Sie weiter.«

Was weitermachen? wollte Hawk am liebsten fragen, schwieg aber.

Die Gerätekammer war anders, als Hawk sie kannte. Jetzt war es hier blitzsauber, und das Pferdegeschirr, das Zaumzeug und die Sättel glänzten und hingen ordentlich an ihren Plätzen.

Hawk deutete auf einen alten Stuhl. »Setz dich«, forderte er Frances kurz auf.

Sie setzte sich.

»Und nun, Madam, wirst du mir erzählen, was, zum Teufel, hier vorgeht.« Er stand mit gespreizten Beinen da, die Arme über der Brust verschränkt, und sah, wie Frances im stillen feststellte, kampfbereit aus.

Sie schwieg.

»Also, Frances?«

18. Kapitel

Frances wußte, es gab kein Entweichen. »Desborough Hall ist hochgeschätzt als Rennstall und Gestüt, mein ... Hawk«, begann sie und war froh, daß ihre Stimme nicht zitterte. »Es gelang mir, Belvis zurückzuholen, wie Sie sahen, damit er den Zustand wiederherstellt, der bis zum Tode Ihres Bruders hier herrschte.«

»Und woher hattest du das Geld für deine ehrgeizigen Pläne?«

Frances atmete erleichtert auf. Anscheinend wollte er sich nur über alles informieren. Offen bekannte sie: »Das Geld habe ich mir von Ihrem Vater geliehen.«

»Was hast du?«

Schon aus mit seiner Ruhe, dachte Frances und wiederholte: »Ihr Vater hat mir — uns — das Geld geliehen.«

Hawk hätte am liebsten losgebrüllt, bezwang sich aber. »Ich vermute, mein edler Vater hat dir auch das Geld für all den verschwenderischen Aufwand im Haus geliehen? Für Geschirr, Leinentücher, Uniformen?«

»Natürlich habe ich mir kein Geld für den Haushalt von Ihrem Vater geliehen! Ein Haushalt kostet eben, und Marcus stimmte mir zu, daß über diese Anschaffungen ich zu entscheiden habe. Der Haushalt liegt schließlich in meiner Verantwortung.«

»Und wieviel schulde ich nun meinem Vater? Wieviel Geld gab er dir für den Wiederaufbau?« erkundigte sich Hawk gefährlich leise.

Frances schluckte und blickte auf ihre Hände nieder. »Fünftausend Pfund«, erwiderte sie.

Hawk fluchte, was das Zeug hielt, und brauchte einige Zeit, um sich zu beruhigen. »Ich nehme an, du bist der Ansicht, daß die Rennpferde und das Gestüt ebenfalls unter deine Verantwortung fallen?«

Frances errötete. »Nein, nicht direkt, aber mein ... Philip, ich ... ich konnte einfach nicht dabeistehen und zusehen, wie alles verkam.«

Hawk rieb sich die Wange. Er hatte sich wieder unter Kontrolle. »Marcus informierte dich, daß ich über den Verkauf nachdachte. Das wußtest du, es stand ja in deinem Brief.«

»Ja, aber ich glaubte nicht, daß Sie es wirklich meinten ... vorhaben ...«

»Woher willst du wissen, was ich meine oder vorhabe?« brauste Hawk wieder auf. »Du hast dir verdammt viele Entscheidungen herausgenommen, Frances!«

»Einer mußte es tun«, erwiderte sie und sah ihn noch immer nicht an.

»Dann übernimm es auch, Belvis zu informieren, daß seine Dienste nicht länger gebraucht werden.«

»Aber ich habe die fünftausend Pfund bereits ausgegeben!«

»Wofür? Neue Uniformen für die Pferde? Neue Behälter für ihr Futter? Was, frage ich dich, verstehst du als Frau von Pferden?«

Frances sprang auf und schüttelte die Fäuste gegen ihn. »Ich verstehe viel mehr davon als Sie! Und im Gegensatz zu Ihnen kümmere ich mich um sie! Sie wollen Ihre Zeit und Ihr Erbe doch nur bei Ihren verdammten Vergnügungen in London verschwenden!«

»Ah, sind wir wieder bei meiner Mätresse, wie?«

»Oh, ich wünschte, Sie wären wieder dort!« Frances atmete erregt und sah, daß Hawk auf ihre Brust blickte, die sich hob und senkte. Sofort trat sie zurück, stolperte aber unglücklicherweise über einen Sattel, der zum Reparieren auf dem Boden lag. Sie fiel auf den Rücken, ihr Rock flog hoch.

»Wie hübsch«, bemerkte Hawk anzüglich, nachdem er sah, daß ihr nichts passiert war. »Willst du mich ausgerechnet hier verführen? Kannst du nicht bis zum Abend warten?«

Frances schlug rasch den Rock zurück, kam auf die Knie und stand auf. Der Sattel lag zwischen ihnen. Sie wußte, sie mußte eine andere Taktik versuchen, und begann: »Bitte, Philip ... es bedeutet mir so viel! Ich weiß, daß wir Desborough wieder hochbringen können. Wenn Sie nicht daran interessiert sind, bitte, lassen Sie mich weitermachen. Ich kann damit Geld schaffen, ich weiß es. Ihr Vater weiß es ebenfalls, er vertraut mir. Bitte, bitte, verkaufen Sie nicht!«

»Du willst damit Geld machen? Bis jetzt hast du nichts anderes getan, als Geld auszugeben und zu verschwenden!«

»Das tat ich nicht! Das ist doch alles ein Investment!« protestierte Frances.

»Weißt du eigentlich, daß meine Schwester und ihr Verlobter, Lord Chalmers, mir ein Kaufangebot unterbreiteten?«

»Nein, das wußte ich nicht, aber was hat das mit allem zu tun?«

Das wußte Hawk auch nicht, gab es jedoch nicht zu, sondern fragte zu Frances' Überraschung: »Was verstehst du von Pferden?«

Frances' Gesicht erhellte sich. »Ich bin mit Pferden aufgewachsen und besitze anscheinend eine Art Naturbegabung, mit der ich spüre, wenn bei ihnen etwas nicht in Ordnung ist. Ich kann sie auch behandeln, wenn sie krank sind. Ich bin nicht dumm, Hawk.«

Hawk ging nicht darauf ein und erkundigte sich: »Wie hast du die fünftausend Pfund angelegt?«

»Drei neue Trainer, neue Ausrüstung, Belvis, Reparatur der Koppeln ...«

»Aha«, schnitt Hawk ihr das Wort ab und ging im Raum umher. Frances hoffte schon, daß er ihren Plänen zugänglich wäre. Da wandte er sich um und wollte wissen: »Warum bist du noch hier? Ich sagte dir, du sollst mit Belvis reden. Seine Dienste werden nicht mehr gebraucht.«

Alle Gedanken an ein Übereinkommen verflogen im Nu, Frances sah rot. »Sie ... Bastard!« Sie hob den schweren Sattel und versuchte, ihn nach Hawk zu schleudern, doch er erreichte sein Ziel nicht. Hawk blickte auf den Sattel vor seinen Füßen und dann auf seine Ehefrau.

Plötzlich lachte er laut heraus. »Ein Glück, daß Frauen nicht zur Armee dürfen! Wenn du die Kanone abgeschossen hättest, würden dir deine Feinde mit Champagner zutoasten!«

Frances sah sich suchend nach etwas anderem um, das sie nach ihm werfen konnte, doch er kam rasch auf sie zu, packte sie an den Armen, hielt sie fest und zog sie an sich. »Nun, was gibst du mir, um Belvis zu behalten und deine Pläne durchführen zu können?« fragte er.

Frances wollte ihn anschreien, doch im nächsten Moment verschlossen seine Lippen ihr den Mund. Es war das erste Mal, daß er sie küßte, und es war für ihn eine Offenbarung. Ihre Lippen waren weich und leicht geöffnet. Obwohl Frances sich heftig gegen ihn sträubte, wollte er sie nicht loslassen. Sein Kuß wurde sanfter, seine Zungenspitze fuhr leicht über ihre Unterlippe. Doch als sie in ihren Mund eindringen wollte, zog er sie blitzschnell zurück, weil sie plötzlich die Zähne zusammenbiß. Trotzdem küßte er sie weiter, bis sie ruhig wurde. Dann hob er den Kopf, blickte auf sie hinunter und fragte: »Bist du noch nie zuvor geküßt worden, Frances?«

»Nein, verdammt noch mal! Es ist feucht und eklig und erniedrigend!«

»Du wirst dich an mein Küssen gewöhnen, Frances. Heute nacht werde ich jeden Zentimeter von dir küssen.«

Sie blickte ihn erschrocken an. »Das können Sie nicht! Das ist … unmöglich!«

»Bestimmt nicht, ich verspreche es dir.«

»Sie sind widerlich!«

»Das werden wir ja sehen, Frances. Ich glaube, wir werden heute abend nicht zum Tee hinuntergehen.« Frances war bereits an der Tür, öffnete sie und flüchtete. »Frances«, rief er ihr nach, »lade ja keine Nachbarn zum Abendessen ein!«

Sie blieb stehen und drehte sich um. »Die … die Melchers kommen um fünf Uhr.«

»Der Pfarrer, Frances? Dann sage ihnen sofort ab. Benachrichtige sie, daß du krank bist oder irgend so etwas. Wenn sie tatsächlich kommen, werde ich ihnen erklären, daß meine schöne Frau und ich begierig darauf sind, in unser Ehebett zu gehen. Bezweifle das nicht, Frances!«

Sie floh. Hawk ging zur offenen Tür und beobachtete, wie sie durch den Regen zum Herrenhaus rannte. Er lächelte vor sich hin. Der Kuß hatte ihn wirklich überrascht.

Am frühen Nachmittag hörte der Regen auf. Hawk besuchte John und Alicia und erfuhr von seinem stolzen Freund, daß Alicia schwanger war. Hawk wurde bei dieser Nachricht merkwürdig warm ums Herz.

»Hawk«, rief Alicia, die leicht errötet war, »du grinst wie ein Dummkopf! Das ist schließlich nicht dein Kind!«

Hawk lächelte noch immer, als er nach Desborough Hall zurückritt. Er summte sogar vor sich hin, während ihm später Grunyon in den Abendanzug half.

»Sehr erfreulich«, meinte Grunyon und reichte Hawk das Halstuch.

»Was ist?«

»Nun, wie sich Lady Frances verändert hat«, erwiderte der Diener. »Die drei neuen Trainer, die sie engagierte, scheinen übrigens tüchtige Männer zu sein.« Hawk schwieg, und Grunyon fuhr fort: »Es wurde Zeit, daß Desborough Hall wieder eine Herrin bekam, eine, die sich um alles kümmert. Ich sprach mit Mr. Carruthers — ein erstaunlich intelligenter junger Mann —, und er erzählte mir ...«

»Ich gebe keinen Heller für das, was dieser junge Mann sagt!« erwiderte Hawk und eilte beschwingt ins Wohnzimmer, doch der Raum war leer. »Otis!« rief er ungeduldig. Der Butler erschien im nächsten Moment. »Wo ist Lady Frances?«

»Sie fuhr diesen Nachmittag nach York«, berichtete Otis und wäre am liebsten aus dem Zimmer geflüchtet. »Agnes und ein Diener begleiteten sie selbstverständlich. Sie wollte Besorgungen erledigen, und ich glaube, daß sie erst morgen zurückkommt, Mylord, ... wie Sie sicher wissen«, fügte er hinzu.

Otis hatte durchaus begriffen, daß seine Herrin geflohen war und wäre liebend gern jetzt an der Stelle des mitfahrenden Dieners gewesen. Der Graf sah direkt brutal aus, obwohl er äußerlich ganz ruhig fragte: »Wo wird sie übernachten?«

Otis holte tief Luft. »Ich weiß es nicht, Mylord.«

»Wie viele Gasthäuser gibt es in York?«

»Das kann ich leider nicht genau sagen, Mylord, aber sicher eine ganze Anzahl, nehme ich an.«

»Da haben Sie zweifellos recht«, erwiderte Hawk sogar freundlich. »Bitte, holen Sie mir Marcus. Ich möchte mit ihm gemeinsam zu Abend essen. Oder hat er meine Gattin begleitet?«

»Nein, Mr. Carruthers ist hier. Er — äh — hatte ohnehin vor, mit Ihnen zu speisen, Mylord.«

»Ist das eine Anweisung von Lady Frances?«

»Ich glaube, Mylord.«

Marcus gefiel das absolut nicht, weil er fast befürchtete, daß der Graf ihn entlassen würde. Zu seiner Überraschung und Beruhigung begrüßte ihn sein Herr freundlich und bemerkte, nachdem sie beide am Tisch Platz genommen hatten: »Ein Jammer, daß Frances wegfahren mußte.«

»Ja, Mylord«, stimmte Marcus zu. Er konnte das reichhaltige und vorzügliche Essen nicht recht genießen und verschluckte sich fast an einem Bissen, als Hawk sagte: »Meine Gattin hat mir von all ihren Plänen erzählt, Marcus. Ist mein Vater ärgerlich auf mich wegen der fünftausend Pfund?«

Marcus schluckte und räusperte sich. »Nein, Mylord, nicht daß ich wüßte. Er war eher — äh — begeistert über alles.«

»Ich verstehe.« Hawk drehte das Weinglas zwischen seinen Fingern. »Meine Gattin berichtete mir von all ihren Ausgaben — Reparaturen der Koppeln, die neuen Trainer ... ah, das andere habe ich anscheinend vergessen.«

Dafür konnte Marcus jeden Ausgabeposten präzise nennen. Der Graf nickte ihm mehrmals zu fortzufahren. »Und natürlich entschied sich Lady Frances, eine Anzeige wegen des Gestüts aufzugeben, und ...«

Der Stiel des Weinglases zerbrach in Hawks Hand. »Was will sie?«

»Nicht in der ›Gazette‹ oder einer Lokalzeitung, Mylord«, fügte Marcus rasch hinzu und blickte auf den roten Wein, der sich über das weiße Tischtuch ergoß. Der Diener, der sofort herbeieilte, blieb abrupt stehen, als er das Gesicht des Grafen sah. »Im ›Racing Calendar‹ und der ›Turf‹ ...«

»Ich kann es einfach nicht glauben!« unterbrach Hawk ihn so wütend, daß der Diener hastig zurücktrat. »Sie hat mich zu einem verdammten Händler erniedrigt?« Seine Faust krachte auf die Tischplatte, daß ein Stück Kalbfleisch mit Soße von seinem Teller hüpfte. Hawk sprang auf und warf dabei nahezu den Stuhl um. Plötzlich nahm er sich zusammen, als ihm bewußt wurde, daß ein Diener anwesend war. Zu Otis, der eben eintrat, sagte er erstaunlich ruhig: »Sie können gehen, Otis, und den Diener mitnehmen. Ich werde läuten, wenn ich Sie brauche.«

Otis schickte einen mitleidigen Blick zu dem armen Marcus und wurde beim Hinausgehen von dem Diener fast umgerannt.

Hawk beugte sich über den Tisch, die Hände flach aufgestützt. »Werden Sie mir jetzt bestätigen, daß Sie sich bemüht haben, ihr diesen Unsinn auszureden?«

Marcus fuhr sich mit der Zungenspitze über die Lippen. Er hatte plötzlich Magenschmerzen. Schließlich brachte er mühsam hervor: »Tatsächlich wird Lord Danvers morgen mit seiner Stute hier erwartet. Er will sie von unserem Hengst Gentleman Dan decken lassen.« Hoffnungsvoll fügte er hinzu: »Gegen eine Gebühr von 200 Pfund, Mylord. Er schrieb Lady Frances sofort, als er erfuhr, daß Desborough wieder ein Gestüt ist. Er war sehr erfreut, wirklich! Ich glaube, Lady Frances hat noch weitere Anfragen für die nächsten zwei Wochen erhalten.«

»Ich verstehe.« Hawk blieb danach eine ganze Weile still. Plötzlich sagte er nachdenklich: »Ich frage mich, ob ich tatsächlich an den Galgen komme, wenn ich sie umbringe.«

»Mylord!«

»Ja, Marcus?«

»Lady Frances ist eine sehr gütige Lady, sie kümmert sich um alles und ...«

»Sie, mein lieber Marcus, sind ja nicht mit der Lady verheiratet«, unterbrach Hawk ihn und fuhr fort: »Ich könnte ihren Tee vergiften oder ihr Teegebäck. Das mag sie nämlich besonders gern, wissen Sie.«

»Mylord! Sicher ...«

»Sie glauben, ich scherze? Ich denke, ich könnte sie erwürgen und vortäuschen, sie wäre vom Pferd gestürzt. Nein, dem würde der Bluterguß an ihrem Hals widersprechen, nicht wahr? Ah, da gibt es noch viel zu überlegen.«

Marcus hätte gern gewußt, ob der Graf das alles wirklich ernsthaft meinte. Er sah den entschlossenen Ausdruck im Gesicht seines Herrn und war im Moment sehr dankbar, daß er nicht an Lady Frances' Stelle stand.

»Ja«, sagte Hawk einige Augenblicke später, »morgen wird sie zurückkommen. Dann sehe ich weiter.«

19. Kapitel

»Guten Morgen, Frances. Wie hübsch du aussiehst! War deine kurze Reise nach York erfolgreich?«

Frances, die mit Belvis bei Flying Davie stand, wandte langsam den Kopf und blickte ihren Ehemann an, der seine Reitkleidung trug. Es war zehn Uhr morgens. Um acht Uhr war sie zurückgekommen, hatte sich rasch umgezogen, gefrühstückt und war dann sofort zu den Koppeln gegangen.

»Ja, mein Lord«, erwiderte sie, »sehr erfolgreich.«

Flying Davie schnaubte, und Belvis lachte. »Das Biest ist von der eifersüchtigen Sorte, Mylord. Er will Lady Frances' ungeteilte Aufmerksamkeit.«

»Nur, weil er bloß nach mir zu blicken braucht, und schon füttere ich ihn schamlos«, meinte Frances und lächelte.

»Das macht nichts«, versicherte ihr Belvis. »Ich habe ihm das Futter schon gekürzt, darauf können Sie sich verlassen. In einem Monat wird er fit und unser schnellster Renner sein und Sie in Newmarket sehr stolz machen.«

Newmarket! Hawk blickte von Belvis zu Frances. »Darf ich mich nach deinem Erfolg in York erkundigen?«

Frances holte tief Luft. »Nun, ich hatte von Belvis gehört, daß ein Schmied dort eine geniale Idee habe. Belvis hat mir erklärt, wie schwierig es ist, Pferde nach — sagen wir: Newmarket oder Ascot oder Doncaster zu bringen. Das braucht Tage, und die Pferde sind nach einer so langen Strecke natürlich müde. Dieser Schmied in York nun glaubt, daß er so etwas wie einen geschlossenen Stall auf Rädern konstruieren kann, in dem die Rennpferde transportiert werden, so daß sie nicht laufen müssen.«

»Wirklich genial, Mylord«, fügte Belvis hinzu. »Der Bursche — sein Name ist Cricks — hat Lady Frances die gesamten Konstruktionspläne mitgegeben. Möchten Sie sie studieren?«

»Ja, das würde ich gern tun«, erwiderte Hawk. »Übrigens: habe ich richtig verstanden, daß Lord Danvers heute mit seiner Stute hier erwartet wird, Belvis?«

»Ja, Mylord. Gentleman Dan ist bereit, das kann ich Ihnen versichern.«

»Davon bin ich überzeugt. Würden Sie uns einen Augenblick entschuldigen?« Hawk nahm Frances' Arm und führte sie von der Koppel weg.

Sie wartete auf die Explosion, statt dessen sah Hawk sie nur spöttisch an. Sie wußte diesen Blick nicht recht zu deuten und fragte nervös: »Das werden Sie doch erlauben, Hawk, nicht wahr? Es bringt zweihundert Pfund und deckt die Stallkosten.«

»Oh, natürlich erlaube ich Gentleman Dan seinen Spaß, meine Liebe.« Er betrachtete Frances mit merkwürdigem Lächeln. »Ich glaube, du solltest dir diesen Prozeß ansehen. Er ist sehr aufschlußreich. Vielleicht kannst du davon einiges lernen.« Da Frances ihn nur ungläubig ansah, wollte er wissen: »Hast du noch nie gesehen, wie ein Hengst eine Stute deckt?«

Sie schüttelte stumm den Kopf. So etwas war ihr nicht erlaubt.

»Du wirst dabei sein, meine Liebe.«

»Ich kann nicht, und das wissen Sie! Es schickt sich nicht! Nur Männer sollten ...«

»Nanu! Und ich dachte mir, du wärst an jeder Seite dieses Unternehmens interessiert. Es stört dich doch nicht, daß nur Männer diesen Vorgang beobachten? Vielleicht könntest du verlangen, daß der Hengst die Stute im Dunkeln besteigt, um die Gefühle der armen Stute zu schonen und ...«

»Hören Sie auf!«

Seine Stimme wurde hart. »Du wirst anwesend sein, meine Liebe, und ich werde an deiner Seite stehen! Wenn du Fragen hast, werde ich sie dir mit Freuden beantworten. Du wirst dich zum Beispiel wundern, was der Hengst alles tut, um ein Fohlen zu zeugen. Vielleicht entdeckst du einige Parallelen, wer weiß?«

Frances' Gesicht hatte jede Farbe verloren. Es war unmöglich! Sie konnte sich überhaupt nicht vorstellen, zwischen Männern zu stehen und das zu beobachten ... »Ich kann nicht«, stieß sie hervor. Sie streckte das Kinn hoch. »Und ich werde nicht!«

»Wenn du dich weigerst, werde ich dich fesseln und dich herbringen«, drohte Hawk. »Was die Männer dann wohl denken werden?«

»Das ist meine Strafe«, sagte Frances leise und blickte zu den Koppeln.

»Eine Lektion, sicherlich. Wann trifft deine Stute denn hier ein?«

»Bald«, erwiderte Frances, »sehr bald. Lord Danvers wird selbstverständlich hier übernachten. Er möchte, daß die Stute so lange hierbleibt, bis ...« Die Stimme versagte ihr.

»Bis sie schwanger ist«, ergänzte Hawk. »Und du wirst anwesend sein. Falls du flüchtest, schwöre ich dir, daß du es bereuen wirst. Hast du mich verstanden?«

»Ich habe verstanden«, stieß Frances hervor. »Sie elender Bastard!«

Lord Danvers und sein Gefolge trafen eine Stunde später ein. Er war ein rauher, aber herzlicher Mann in den frühen Fünfzigern. Nachdem er Frances begrüßt hatte, wandte er sich an Hawk: »Ich freue mich sehr, daß Sie wieder mit dem Gestüt angefangen haben. Und ich habe mir schon immer ein Fohlen für meine Miss Margaret von Ihrem Gentleman Dan gewünscht. Er soll ja ein sehr tüchtiger Bursche sein.«

»Ja, das ist er«, bestätigte Hawk und fügte hinzu: »Erlauben Sie Otis, daß er Ihnen Ihr Zimmer zeigt, mein Lord. Danach werden wir einen Imbiß zu uns nehmen. Ist Ihre Stute für heute nachmittag bereit?«

»Jederzeit«, erklärte Lord Danvers und folgte dem Butler aus dem Wohnzimmer.

»Wir gehen jetzt ins Dachgeschoß«, verlangte Hawk von Frances. »Da ich nicht zulassen kann, daß du morgen als Frau im Stall erscheinst, werden wir in den Truhen sicher

Knabenkleidung von Nevil oder mir finden, die du anziehen kannst, und auch eine Mütze.«

Zu Frances' Leidwesen fanden sie eine reiche Auswahl.

Frances sprach und aß wenig, als sie später mit Lord Danvers speisten, und blieb den ganzen Nachmittag im Haus.

Zum Abendessen kamen Nathan Melchers, der Pfarrer, und seine Frau Rosalie nach Desborough Hall. Frances merkte sehr wohl, daß Hawk sie laufend beobachtete und wußte, daß es kein Entrinnen für sie gab.

Ein kleiner Trost für ihre deprimierte Stimmung war Rosalie, eine mütterliche, humorvolle Frau, mit der sie sich gut verstand. Als sie aufstand, lächelte Rosalie freundlich zu den Gentlemen und folgte Frances ins Wohnzimmer. Dort waren sie eine gute Stunde allein.

Als Hawk mit Lord Danvers und Melchers durch die Halle zum Wohnzimmer schlenderte, hörte er erstaunt, daß drinnen meisterhaft eine Mozart-Sonate gespielt wurde. Er konnte sich kaum vorstellen, daß Rosalie mit ihren molligen Fingern so geschickt war.

Er öffnete die Tür und blieb überrascht stehen. Natürlich spielte nicht Rosalie! Seine eigene Ehefrau saß graziös vor dem Instrument. Ihr schönes, kastanienbraunes Haar leuchtete im Kerzenlicht, ihr weißer Hals war lang und anmutig geneigt. Er hätte am liebsten ihren Nacken geküßt und blieb einen Augenblick still stehen. Der Beifall, den sie plötzlich vernahm, ließ sie fast zusammenzucken. Sie wandte sich um und blickte Hawk in die Augen. Sie hatte ganz vergessen, welch schlechte Vorstellung sie ihm in Kilbracken am Piano gegeben hatte, und schalt sich selbst ärgerlich einen Dummkopf.

»Wunderbar, meine liebe Lady Frances«, lobte Rosalie begeistert. »Eine solche Begabung und diese Fingerfertigkeit! Sie sind sicher sehr stolz auf sie, mein Lord.«

»Das bin ich auch«, erwiderte Hawk und lächelte verbindlich. »Ich erinnere mich, wie ich sie das erste Mal in ihrem Heim in Schottland spielen hörte. Schon damals fand ich, daß sie ein unglaubliches Talent besitzt. Hat meine Gattin schon für Sie gesungen? Sie können sich nicht vorstellen, daß es eine solche Stimme überhaupt gibt. Frances, meine Liebe, bitte, bereite unseren Gästen doch das Vergnügen.«

Frances wußte nur zu gut, wie schrecklich sie absichtlich in Kilbracken gesungen hatte. Glaubte er, ihre Stimme würde das Kristall auf dem Kaminsims zerspringen lassen? Verdammter Kerl! »Gern, mein Lord«, erwiderte sie und lächelte ihn an, »wenn es unsere Gäste tatsächlich wünschen ...«

Alle wollten sie hören. Frances neigte einen Moment den Kopf und betrachtete ihre Finger, die auf den Tasten ruhten. Ich bin eine Schottin! flüsterte sie sich zu. Sie schlug die ersten Akkorde an und sang mit ihrer weichen, gepflegten Altstimme ein schottisches Volkslied:

»O, meine Liebe ist wie eine rote, rote Rose,
die jüngst im Juni erblühte.
O, meine Liebe ist wie eine Melodie,
die süß erklingt.
So bist auch du, mein schönes Mädchen.
Ich liebe dich von ganzem Herzen
und werde dich lieben, mein Schatz,
bis die Meere ohne Wasser sind.«

Hawk beobachtete ihr Gesicht, lauschte ihrer Stimme und den schönen Worten. Er erschrak, als die Gäste begeistert applaudierten. Er hätte Frances gern gesagt, wie hübsch sie gesungen hatte, aber die Erinnerung an ihren Vortrag in Kilbracken verärgerte ihn, und er meinte: »Wie gut du deine Mittel gebrauchen kannst, meine Liebe. Du bist wirklich wie ein Chamäleon. Vielleicht verwandelst du dich demnächst in eine Schlange und beißt, wenn ich überhaupt nicht darauf gefaßt bin.«

Nur Frances verstand, was er damit sagen wollte. Langsam nahm sie die Hände von den Tasten und legte sie in ihren Schoß. Während die Gäste sich unterhielten, blickte sie ihren Ehemann an und erwiderte ruhig: »Ich bin keine

Schlange, aber falls ich eine wäre, dann hoffentlich eine sehr giftige.«

Seine Augen glitzerten. »Wohin würdest du mich denn beißen?« erkundigte er sich anzüglich.

Frances sagte nichts mehr und stand auf.

»Mein Lord, wie wäre es mit einem Kartenspiel?« dröhnte nun Lord Danvers' Stimme durch den Raum. »Vielleicht kann ich die Gebühr für meine Stute damit zurückgewinnen, wie?«

»Er ist ein ausgezeichneter Spieler«, versicherte ihm Frances rasch in der Hoffnung, bald den Raum verlassen zu können. »Ich kann mir vorstellen, daß ein Spiel sehr interessant sein würde.«

Ihre Hoffnung erfüllte sich bald. Der Pfarrer und seine Frau verließen nach dem Tee das Haus, und Lord Danvers drängte Hawk zum Spiel. Frances konnte kaum ihr triumphierendes Lächeln verbergen, nickte nur und ging in ihr Schlafzimmer.

Sie lag wie ein Stein im Bett, bis sie endlich einschlafen konnte, und träumte von schnaubenden Hengsten, wiehernden Stuten und vom Gesicht ihres Ehemannes.

Es war fast ein Uhr nachts, als Hawk ruhig in ihr Schlafzimmer kam. Er ging zum Bett, hob den Kerzenleuchter und blickte auf Frances' schlafendes Gesicht. Nein, dachte er, ich werde noch warten. Das wird es wert sein, ganz bestimmt.

Er lächelte.

Lord Danvers verließ am folgenden Morgen nach dem Frühstück Desborough Hall. Beim Abschied informierte er Frances gutmütig, daß ihr Ehemann ihm bei dem Kartenspiel den Wind aus den Segeln genommen hatte. »Er ist ein verdammter Gauner!« setzte er hinzu.

Frances lächelte. »Gelegentlich habe ich Ähnliches von ihm gedacht.«

Während sie mit Hawk auf der Vordertreppe stand und Lord Danvers nachwinkte, sagte sie: »Ich sehe, daß es für Sie sehr einträglich ist, so viel Zeit in London zu verbringen. Wieviel von dem Geld des armen Mannes haben Sie denn gewonnen?«

»Fünfhundert Pfund«, erwiderte Hawk und betrachtete sie eingehend. »Du siehst übrigens im Schlaf völlig unschuldig und vertrauensvoll aus. Ein Mann könnte sich vorstellen, daß du sehr anschmiegsam und charmant sein kannst — wenn dein Mund geschlossen ist.«

Frances konnte daraufhin nicht verhindern, daß sie hervorsprudelte:

»Aber Sie haben mich nicht berührt!«

Hawk schüttelte langsam den Kopf.

»Nein, Frances. Es tut mir sehr leid, daß ich dich damit enttäuschte, aber, weißt du, ich war gestern abend sehr müde.«

»Sie haben mich nicht enttäuscht!«

»Meine Liebe, du weißt nichts von Enttäuschungen«, wies er sie zurecht und fügte hinzu: »Am Nachmittag wirst du pünktlich um zwei Uhr im Stall sein.« Er sah, daß sie protestieren wollte, und fuhr fort: »Ich sah dich in Schottland durch die Gegend laufen, als ich mit deinen Schwestern in der Kutsche saß. Also nehme ich an, daß du es fertigbringst, heute glaubhaft in der Knabenkleidung aufzutreten.«

»Das werde ich«, versicherte sie.

Trotzdem war Frances nicht überrascht, als Hawk kurz vor zwei Uhr an die Verbindungstür klopfte und in ihr Schlafzimmer kam. Sie war fertig umgezogen, und er stellte zufrieden fest: »Sehr hübsch. Jetzt noch die Mütze.«

Er beobachtete, wie Frances ihr Haar flocht und den Zopf auf der Kopfmitte feststeckte. Dann nahm er die wollene Mütze und stülpte sie ihr bis über die Ohren. Hawk trat zurück und musterte sie prüfend.

Die Hose war etwas zu weit, und auch das Jackett hing ziemlich lose um sie herum. Wenn jemand nicht direkt und sehr nah in ihr hübsches, feminines Gesicht sah, würde sie unentdeckt bleiben. Er lächelte.

»Gut, Frances. Bist du bereit für den Unterricht?«

Frances brachte kein Wort heraus, ihre Zunge war wie

gelähmt. Sie zog die Mütze noch weiter in die Stirn bis fast an ihre Augenbrauen.

»Großartig«, meinte Hawk. »Jetzt halte den Mund, und keiner wird erfahren, wer wirklich unter diesem Gewande steckt. Selbst, wenn es jemand entdecken würde, so würde er niemals wagen, ein Wort zu sagen.«

20. Kapitel

Die beiden Trainer Henry und Tully hielten Miss Margaret fest am Halfter. Die Stute wieherte und schnaubte, ihre Flanken zitterten, ihr schönes, kastanienbraunes Fell war schweißnaß.

Gentleman Dan konnte kaum zurückgehalten werden. Seine Augen rollten, und vier Männer hatten alle Mühe, ihn zu bändigen.

Hawk beobachtete Frances, als der Hengst hinter die Stute geführt wurde. Er hörte, wie Belvis ein scharfes Kommando gab. Das war jetzt der schwierigste Teil. Um zu verhindern, daß die Stute verletzt wurde, waren die Hufe des Hengstes dick mit weißer Wolle umwunden. Gentleman Dan schnaubte und warf seinen prächtigen Kopf zurück beim Anblick und dem Geruch der Stute. Frances glaubte schon, daß er jeden Augenblick ausbrechen würde, und hielt den Atem an. Plötzlich wurde dem Hengst erlaubt, auf den Rücken der Stute zu steigen. Frances schluckte.

»Er wird sie verletzen«, flüsterte sie.

»Vielleicht«, erwiderte Hawk leise, »aber wir unternahmen alles, damit es nicht geschieht.«

Der Hengst war jetzt über der Stute und versuchte, ihr in den Nacken zu beißen. Miss Margaret bemühte sich, ihn abzuschütteln, ihr Hinterteil zitterte.

»Jetzt sieh genau hin, meine Liebe«, flüsterte Hawk. Er entdeckte, daß Frances die Augen geschlossen hatte, und schüttelte sie rauh. »Schau hin, Frances!«

Sie öffnete die Augen. Beide Tiere stießen Urschreie aus. Der Hengst war gewaltig, doch die Stute schubste rückwärts gegen ihn, reckte den Kopf hoch und schnaubte ängstlich. Ein Anblick, den sich Frances niemals hätte vorstellen können. Die Pferde schienen außer sich zu sein. Plötzlich stieß die Stute ihre Hinterläufe aufwärts, und der Hengst drang in sie. Die Stute schrie wild auf, und Frances wußte tief im

Innern, daß es ein Lustschrei war. Ihre Handflächen wurden feucht, ihr Atem ging stoßweise. Eine merkwürdige Erregung, ein Gefühl, das sie nicht verstand, erfaßte ihren ganzen Körper.

Sie merkte nicht, daß Hawk sie beobachtete und ihren heftigen Pulsschlag am Hals sah. Sie wußte nicht, daß Hawk ihre Hand ergriffen hatte und daß ihre Finger krampfartig gegen seine zuckten. Ein tiefer, zitternder Atemzug entrang sich ihrer Brust, als Gentleman Dan noch einmal wie wild aufschrie, erbebte und dann auf den Rücken der Stute sank.

Plötzlich wurde ihr bewußt, daß Hawk sie wegführte. Sie fühlte sich wie betäubt, außer sich, und war nicht imstande, ihre Erregung zu meistern. Sie hielt mit ihm Schritt, ohne ihn anzusehen. Er brachte sie in die Gerätekammer und schloß die Tür.

»Frances«, sagte er sehr sanft.

Sie blickte ihn mit glasigen Augen an. Hawk drehte sie rasch um, so daß ihr Rücken sich gegen seine Brust preßte. Im nächsten Augenblick war seine Hand an ihrem Schoß. Sie schrie auf. Sie fühlte durch die Knabenkleidung, wie seine andere Hand an ihre Brüste faßte und sie streichelte. Sie stöhnte auf, ohne das alles zu begreifen. Sie hörte seinen heftigen Atem an ihrem Ohr und sah plötzlich die Stute vor sich, wie sie sich gegen den Hengst drängte. Das Blut stieg Frances zu Kopf. Seine Finger bewegten sich rhythmisch, und sie wünschte sich mehr, viel mehr ...

»Mylord! Belvis muß Sie unbedingt sprechen, Mylord!«

Das laute Klopfen an der Tür und die Stimme des Stallknechtes brachten Frances jäh auf die Erde zurück. Sie fühlte, daß Hawk sie losließ, hörte ihn tief ausatmen und fluchen.

»Einen Augenblick«, rief er laut und sagte dann sanft: »Frances.« Er drehte sie zu sich herum, sah ihren verwirrten Blick und zog sie an sich. Seine Hand strich beruhigend über ihren Rücken. »Es ist alles gut«, flüsterte er ihr ins Ohr. »Die verdammte Unterbrechung tut mir leid. Du warst so nah.«

Nahe zu was?

Er schob sie behutsam von sich. »Bist du in Ordnung?«

Frances war plötzlich verlegen. Sie brachte es nicht fertig, ihn anzusehen und nickte nur.

»Ich muß gehen. Bleib hier, bis du wieder — zu dir gefunden hast«, sagte Hawk und verließ rasch die Gerätekammer.

Frances sank langsam, die Augen geschlossen, auf den Fußboden. Was war nur mit ihr geschehen? Warum hatte sie so reagiert? Sie wußte es nicht. Sie fühlte sich schwach und wie ausgewrungen.

»Was ist nur los mit mir?« fragte sie in den leeren Raum hinein. Sie rollte sich zusammen, hielt ihre Knie umschlungen und wartete darauf, daß ihr Atem ruhiger wurde. Sie bewegte sich minutenlang nicht.

Beim Abendessen saß Frances am Tisch Hawk gegenüber. Sie hatte alle Energie gebraucht, um nicht eine Krankheit oder irgend etwas anderes vorzutäuschen, damit sie ihm nicht ins Gesicht sehen mußte. Hawk hatte ihr jedoch eine Nachricht geschickt, daß er mit ihr in ihrem Zimmer essen würde, falls sie nicht herunterkäme.

Sie war heruntergekommen und auf unverschämte, zweideutige Anspielungen und andere Quälereien gefaßt, aber bis jetzt hatte er nichts derartiges gesagt.

»Möchtest du von dem Lachs, Frances?« erkundigte sich Hawk überaus freundlich.

Frances schüttelte den Kopf. Sie hatte keinen Appetit.

»Oder vielleicht etwas gekochten Kapaun?«

»Ja«, erwiderte sie endlich. Sofort eilte ein Diener zum Servieren herbei. Natürlich, dachte Frances, er kann mich nicht quälen, solange wir nicht allein sind.

Aber er entließ die Diener nicht. Auch Otis blieb in der Nähe.

Nachdem Hawk sein Essen mit Plumpudding beendet hatte, schob er seinen Stuhl zurück. »Ich glaube, ich werde ein Glas Portwein trinken. Sollen wir ins Wohnzimmer gehen, Frances?«

Was konnte sie schon anderes tun? Wenigstens hatte er nicht verlangt, daß sie mit ihm ins Schlafzimmer ging.

Im Wohnzimmer brannte das Kaminfeuer. Frances setzte sich in die Nähe, legte die Hände in den Schoß und blickte in die orangeroten Flammen.

»Wie fühlst du dich?« wollte Hawk plötzlich wissen.

Frances zitterte. Mit Mühe brachte sie heraus: »Ich bin ganz in Ordnung, mein Lord. Wieder völlig ich selbst.«

»Schade«, erwiderte Hawk, noch immer freundlich.

Sie blickte ihn an und sah in seinen Augen etwas, das sie nicht verstand.

»Würdest du für mich spielen, Frances?« bat Hawk.

Sie konnte kaum glauben, daß er ihr anbot, aus seiner unmittelbaren Nähe zu flüchten. »Ja, sicher«, erklärte sie mit so jämmerlich unsicherer Stimme, daß Hawk ein Lächeln unterdrücken mußte.

Frances begann sofort mit einer sehr schwierigen Haydn-Sonate, aber ihre Finger wollten ihr nicht recht gehorchen. Sie verpatzte verschiedene Passagen und nahm schließlich die Hände von den Tasten.

»Ich würde etwas Leichteres vorziehen«, meinte Hawk, der hinter sie getreten war. »Vielleicht eine andere schottische Ballade?«

»Ich weiß nicht, ob ich es kann«, stieß Frances hervor und hätte am liebsten geweint.

Hawk lächelte auf sie nieder, sah ihre weißen Schultern und wünschte sich, sie berühren und liebkosen zu können. Er schloß einen Moment die Augen. Sie war heute nachmittag so nah gewesen, und in diesen Minuten hatte er erkannt, wie recht Amalia gehabt hatte. Man konnte eine Ehefrau verführen, sie empfand wirklich die gleiche Lust wie eine Mätresse. Plötzlich merkte er, daß er viel zu lange geschwiegen hatte, und schlug rasch vor: »Warum spielen wir nicht eine Partie Pikett? Würdest du das gern tun?«

Frances, die schon mit zehn Jahren dieses Kartenspiel von ihrem Vater gelernt hatte, war eine ausgezeichnete Pikett-Spielerin. Bereitwillig erwiderte sie: »Ja«, und fragte sich im stillen, warum Hawk so liebenswürdig zu ihr war.

Ein Diener brachte den Kartentisch, und Otis, der ihm folgte, zwei Packen neue Karten.

Hawk entließ die Diener, nachdem sich Frances gesetzt hatte. »Gehen Sie zu Bett, Otis. Ich sorge dafür, daß alle Kerzen hier gelöscht werden.«

»Wie Sie wünschen, Mylord.« Otis blieb stehen und blickte Frances an. Sie benahm sich heute höchst merkwürdig, sagte kaum etwas, aß wenig, und ihr Gesicht war blaß. »Mylady?« sagte er sehr freundlich.

Die beiden Worte enthielten eine Anzahl von Fragen, doch Frances zwang sich zu einem Lächeln. »Es geht mir gut, Otis. Ich wünsche Ihnen eine gute Nacht.«

Otis verbeugte sich und ging aus dem Wohnzimmer.

»Mische du die Karten und teile sie aus, meine Liebe«, forderte Hawk seine Ehefrau auf, »ich hole uns inzwischen etwas Brandy.«

Wenigstens steht er nicht hinter mir und beobachtet mich, dachte Frances. Als Hawk die gefüllten Gläser auf den Tisch stellte, waren die Karten verteilt. Hawk nahm seine auf und sortierte sie. Dabei fragte er: »Magst du Brandy, Frances? Vielleicht möchtest du etwas anderes?«

»N-nein, es ist recht so.« Frances hob ihr Glas und trank einen Schluck. Der Brandy floß ihr wärmend durch die Kehle und landete in ihrem fast leeren Magen. Dann ordnete sie ihre Karten und hörte nur mit halbem Ohr auf das, was Hawk ihr erzählte: »Ich wurde durch die Armee ein recht erfolgreicher Spieler. Es gab Zeiten, in denen wir keine Einsätze hatten, weißt du, und uns Offizieren blieb nach dem Exerzieren mit unseren Männern nicht viel zu tun übrig. Meistens spielten wir nicht um Geld, und das war sicher gut so, wenn ich an meine Gewinne und auch die Verluste denke.« Er blickte noch einmal auf seine Karten, dann lächelte er Frances an und meldete: »Vier.«

Das Spiel begann.

Hawk war beeindruckt von Frances' Geschicklichkeit, aber im weiteren Verlauf des Spiels verlor sie rapide, und er merkte, daß sie allmählich betrunken wurde.

»Noch Brandy?«

Frances schüttelte etwas benommen den Kopf, legte die Herzzehn auf den Tisch und beobachtete verblüfft, wie Hawk ihre Karte mit seiner Herzkönigin bedeckte. »Du hast nicht gezählt«, stellte er fest.

Trotzdem mußte er am Schluß der Partie zugeben: »Du spielst ausgezeichnet, meine Liebe.« Er lehnte sich im Stuhl zurück. »Es war ein langer Tag. Sollen wir hinaufgehen, Frances?«

Hawk sah, wie sich die verschiedensten Gefühle in ihrem Gesicht wiederspiegelten. Was blieb, war eine gewisse Vorsicht, mit der sie fragte: »Was haben Sie vor?«

»Ich würde gern ein Bad nehmen«, erwiderte er ruhig auf ihre Frage.

»O ja, das möchte ich auch!«

»Ich glaube, da wird nicht genügend Platz für uns beide sein. Wie schade«, bedauerte Hawk.

Frances sah ihn argwöhnisch an, doch er sagte nichts mehr. Er stand auf und streckte sich. Sie konnte nicht verhindern, daß sie ihn betrachtete. Er sah wirklich sehr gut aus, aber das wußte er natürlich. Frances blickte auf ihre Hände nieder und sah ihn plötzlich vor sich, wie er aus dem See stieg und das Wasser von seinem muskulösen Körper tropfte.

Sie schluckte. Er war ihr Ehemann. Sie konnte nicht mehr fortlaufen, sie mußte es ertragen. »Werden Sie mich besuchen?« fragte sie.

Hawk blinzelte überrascht. War das eine direkte Aufforderung? Nun, vielleicht war Frances noch im Bann ihrer nachmittäglichen Erfahrung, möglicherweise mit Hilfe des Brandys.

»Ich werde es mir überlegen«, antwortete er, nickte ihr kurz zu und verließ den Raum. Sein Körper war voller Verlangen, und er befürchtete, daß er sie hier im Wohnzimmer auf dem Teppich vergewaltigen würde, wenn er noch länger blieb.

Frances betrachtete die glühenden Holzstücke im Kamin. Sie konnte nicht recht denken und fühlte sich merkwürdig leicht und matt zugleich. Schließlich stand sie auf, löschte alle Kerzen bis auf eine, die sie für den Gang hinauf in ihr Schlafzimmer mitnahm.

Agnes hatte ihr ein Bad hergerichtet, das angenehm duftete. »Seine Lordschaft sagte mir, daß Sie baden möchten, Mylady«, berichtete sie.

»Wie freundlich von ihm«, erwiderte Frances etwas unklar.

Agnes brauchte nicht lange, um zu erkennen, daß ihre Herrin beschwipst war, und lächelte im Gedanken daran, daß Lady Frances wohl eine erfreuliche Nacht vor sich hatte. Als der Graf ihr seine Anweisungen gab, hatten seine Augen so verräterisch geleuchtet. Plötzlich bemerkte Agnes, daß ihre Herrin in der Badewanne nahe am Einschlafen war. »Mylady«, sagte sie sanft und schüttelte Frances behutsam an der Schulter.

Frances lächelte ihre Zofe an, bewegte sich jedoch nicht.

»Kommen Sie, Mylady«, mahnte Agnes, »ich werde Sie abtrocknen.«

Allerdings weigerte sich Agnes, das schöne Haar ihrer Herrin in einen Zopf zu flechten. Daraufhin kicherte Frances plötzlich und erzählte: »Ich habe gerade eine Partie Pikett verloren.«

»Kein Wunder«, bemerkte die Zofe trocken.

»Ich spielte nicht, wie ich sonst spiele«, fuhr Frances fort und blickte angestrengt auf ihre nackten Zehen.

»Wahrscheinlich nicht, Mylady. Kommen Sie, lassen Sie mich Ihnen ins Bett helfen.«

Frances war schon dabei, ins Bett zu steigen, hielt jedoch inne und drehte sich herum. »Ich habe Hunger, Agnes.«

Die Zofe verdrehte die Augen zur Zimmerdecke.

»Ja, tatsächlich«, fuhr Frances nachdenklich fort. »Ich glaube, ich werde in die Küche gehen. Sicher hat die Köchin irgend etwas zurückgelassen.«

Agnes sah gequält zur Verbindungstür. Dann schlug sie vor: »Wenn Sie wollen, kann ich Ihnen etwas heraufschikken lassen, Mylady.«

»Nein«, protestierte Frances und suchte nach ihren Pantöffelchen. »Ich will mir mein Essen selbst holen.«

Agnes atmete erleichtert auf, als in diesem Augenblick an

die Verbindungstür geklopft wurde. Sie eilte hin, um zu öffnen und sagte, als sie den Grafen sah: »Ihre Ladyschaft ist hungrig.«

Hawk blickte zu Frances und lächelte amüsiert. Sie war mit der größten Konzentration bemüht, ihren rechten Pantoffel über den linken Fuß zu streifen. »Ich kümmere mich um sie«, versicherte er der Zofe und entließ sie. Er bewegte sich nicht, bis Agnes das Schlafzimmer verlassen hatte.

»Habe ich Agnes richtig verstanden, daß du hungrig bist?« fragte er dann und ging auf Frances zu.

»Warum tut dieser blöde Pantoffel nicht, was er soll?« war ihre Antwort.

Hawk beobachtete, wie Frances, die sich auf den Fußboden gesetzt hatte, ihren Fuß ausstreckte und versuchte, in den widerspenstigen Pantoffel zu schlüpfen. »So!« erklärte sie schließlich triumphierend. »Aber es sieht so merkwürdig aus. Meine Zehen sind verkehrt.«

Hawk hätte am liebsten gelacht, vermochte es im Moment jedoch nicht, als er sie im Nachthemd vor sich sah. Ihr schönes Haar hing ihr lose über den Rücken. Er blickte auf ihre schlanken Fesseln und die angeblich verkehrten Zehen. »Laß mich dir helfen«, bot er Frances an und kniete vor ihr nieder.

»Vielen Dank«, erwiderte sie mit größter Ernsthaftigkeit.

Hawk nahm das Pantöffelchen und warf es über seine Schulter. Dann hob er Frances' Fuß hoch und küßte jede einzelne Zehenspitze.

Erst blickte sie ihn beschwipst an, und plötzlich fing Frances zu kichern an. Sie wackelte mit den Zehen vor seinem Gesicht herum und kicherte immer mehr. Hawk biß sie in die kleine Zehe, worauf Frances auf den Rücken fiel und sich die Seiten hielt, weil sie so lachen mußte.

Etwas unwillig sah Hawk, was er angerichtet hatte. Schließlich war er es ja gewesen, der Frances aufgefordert hatte, den verdammten Brandy zu trinken. Seine Finger begannen, an ihrem Bein entlang zu gleiten.

»Das kitzelt!« schrie Frances und versuchte, ihm ihr Bein zu entziehen.

Hawk hielt mit einer Hand das Bein fest, und mit der anderen schob er ihr Nachthemd hoch. Plötzlich sah er zwei lange Beine, schlanke Fesseln und gut geformte Waden. Selbst ihre Knie waren hübsch. Frances, die noch immer beschwipst lachte, hob auf einmal das andere Bein und stemmte den Fuß gegen seine Brust. Hawk verlor das Gleichgewicht und fiel zur Seite.

Jetzt setzte Frances sich mit einiger Anstrengung auf und blickte ihn mutwillig an. »Bist du kitzelig?« wollte sie wissen.

»Ich ... ja ...«

Er konnte nicht weitersprechen. Frances kniete plötzlich vor ihm, warf ihn auf den Rücken, lachte hellauf über sein erstauntes Gesicht und ließ ihre Finger über seine Rippen tanzen.

Hawk war sehr kitzelig, und sie fand blitzschnell die empfindlichsten Stellen. Er lachte und lachte, bis es ihm endlich gelang, ihre Hände einzufangen und von sich wegzuhalten.

Im gleichen Moment wurde Hawk bewußt, daß Frances zwischen seinen gespreizten Beinen lag, und daß sich sein Morgenmantel geteilt hatte. Die beiden nackten Körper berührten einander bis zur Taille. Hawk blickte in ihr lachendes Gesicht.

»Frances«, sagte er zart, schlang seine Arme um sie und zog sie fester an sich, »küß mich.«

»Gut«, stimmte sie zu und spitzte die Lippen.

»Nicht so.« Hawk mußte nun doch lächeln. Mit den Fingerspitzen einer Hand öffnete er behutsam ein wenig ihre Lippen. »Halte den Mund offen, aber sprich nicht. So macht man das, weißt du.«

Frances tat, wie ihr geheißen, und als ihre Lippen seinen Mund berührten, durchfuhr Hawk ein bisher unbekanntes Glücksgefühl. Er hielt sie fest in seinen Armen und zog sie näher an seine Brust.

Plötzlich hob Frances den Kopf und fragte vollkommen ernsthaft: »Und was tun wir jetzt? Das Küssen ist ja sehr leicht.«

»Hmmm.« Hawk spielte mit einer ihrer Locken, die ihm

ins Gesicht gefallen war. »Du möchtest jetzt außer dem Küssen noch etwas anderes tun?«

Frances' Gesichtsausdruck veränderte sich jäh, und Hawk wußte, daß sie an die Minuten in der Gerätekammer dachte. Ihre Pupillen verengten sich.

»Hawk?« sagte sie mit unsicherer Stimme.

»Ja?«

»Ich ... das ist alles sehr merkwürdig, denke ich.«

»Überhaupt nicht, das versichere ich dir. Komm jetzt ins Bett, Frances.«

Ihre Augen blickten verwirrt, ratlos, aber sie lächelte. Ah, dachte Hawk, die Folge des Brandys, und rollte mit ihr auf die Seite, damit er aufstehen konnte. Dann griff er Frances unter die Arme und stellte sie auf die Füße. Frances hatte offensichtlich Schwierigkeiten, das Gleichgewicht zu halten, und so hievte er sie über die Schulter und trug sie zum Bett.

»Weißt du«, begann Frances sehr nachdenklich, als sie auf dem Rücken lag, »ich fühle mich ganz seltsam ...«

21. Kapitel

Hawk zog sich rasch den Morgenmantel aus, legte sich neben sie und stützte seinen Kopf mit der Hand, damit er Frances' Gesicht betrachten konnte.

»Ich sah dich«, sagte sie auf einmal sehr klar und blickte zu ihm auf. »Du bist nicht annähernd so ... groß wie Gentleman Dan.«

»Ein Glück für dich«, erwiderte er und zwickte sie mit der anderen Hand liebevoll in die Nasenspitze. »Wenn du nichts dagegen hast, würde ich das dumme Nachthemd entfernen.«

»In Ordnung«, stimmte Frances zu und fing wieder zu kichern an, als der dünne Batist beim Hinaufziehen ihr Gesicht bedeckte.

»Du siehst schrecklich ernst aus, Hawk, sogar durch meinen Salome-Schleier.«

Weil mein Verlangen nach dir so übermächtig ist, daß es mich selbst verlegen macht, dachte er, sagte jedoch, während er das Nachthemd wegzog und zu Boden fallen ließ: »So, du hast dich also endlich für ›Hawk‹ entschieden?«

»Ich fange an zu glauben, daß Hawk — der Falke — ein sehr hübscher Vogel ist«, erklärte Frances. Zu seiner größten Verwunderung richtete sie sich etwas taumelig auf, nahm sein Gesicht zwischen ihre Hände und küßte ihn. Dann bat sie: »Darf ich dich ansehen, Hawk?«

Hawk blinzelte. Er war derart stark verwirrt über diese neue Frances, daß er nicht klar zu denken vermochte.

»Bitte, leg dich hin«, fügte Frances hinzu.

Hawk kam ihrem Wunsch nach. Ihm war ganz eigentümlich zumute. Eigentlich sollte er sie liebkosen und ihr zärtliche Worte ins Ohr flüstern. Statt dessen lag er jetzt auf dem Rücken, und Frances, die an seiner Seite kniete, studierte ihn ernsthaft vom Kopf bis zu den Zehenspitzen.

Er sah den intensiven Blick ihrer grauen Augen, ihre

vollen Brüste, die fast zu schwer waren für ihren schlanken Körper, ihre biegsame Taille. Er befürchtete, die Kontrolle über sich zu verlieren, als sein Blick über ihre Hüften hinunterglitt, und zwang sich, wieder in ihr Gesicht zu sehen. Er beobachtete, wie ihre Hand leicht zitterte und dann langsam niedersank, bis sie ihn zart berührte.

»Oh, wie merkwürdig«, sagte sie, »du fühlst dich weich wie Seide an.«

»Frances«, preßte er zwischen zusammengebissenen Zähnen hervor. »Bitte!«

»Möchtest du, daß ich dich wieder küsse?« fragte sie unschuldig.

»Ja.« Hawk schluckte. Dieses schottische Kind war dabei, ihn zu verführen!

Er kam rasch hoch und legte Frances mit einer schnellen Bewegung auf den Rücken. Liebevoll strich er ihr das Haar aus dem Gesicht. Er legte einen Oberschenkel über ihren und schloß für einen Moment die Augen, um sie voll und ganz zu spüren.

Frances beobachtete ihn und fing wieder an zu kichern, so daß er über sich selbst lachen mußte.

Schließlich legte er seine Rechte über ihre Hand und fragte behutsam: »Erinnerst du dich daran, wie du dich heute vormittag gefühlt hast, als ich dich berührte?«

»Ja, ich erinnere mich«, erwiderte Frances nun etwas verwirrt.

»Hast du so etwas je zuvor empfunden?«

Frances schüttelte den Kopf. »Nein. Wie sollte ich auch? Du hast es ja nie zuvor getan.«

»Das stimmt«, gab er zu. Statt dessen habe ich ihr weh getan, warf er sich im stillen vor. Er ließ seine Finger besonders zärtlich über ihre samtweiche Haut gleiten und liebkoste ihren Körper von oben bis unten.

»Hawk«, bat Frances, »ich möchte, daß du das weiter tust.«

»Darauf kannst du dich verlassen«, versicherte er und dachte dankbar an Amalia. Endlich machte er es richtig!

Er vertiefte den Druck seiner Finger und Frances schrie auf: »Ich ... ich kann nicht mehr denken!«

»Nicht denken, Frances, nur fühlen.«

»Ich ... explodiere gleich«, flüsterte sie, warf den Kopf zurück und stöhnte auf.

Hawk las alles, was sie empfand, in ihrem Gesicht. Es war der schönste Anblick, den er je in seinem Leben gesehen hatte.

Frances' Körper zitterte noch, und Hawks Herz schlug laut, als er sich mit ihr vereinte. Frances' Arme umschlangen ihn, sein Mund fand ihre Lippen.

»Mein Gott!« sagte er laut, überwältigt von ihrem Einssein und einem Gefühl der Lust, wie er es noch nie erfahren hatte.

Frances spürte seinen Herzschlag, als er erschöpft auf sie niedersank. Sie lächelte glücklich und verwirrt zugleich und war im nächsten Moment eingeschlafen.

Behutsam löste sich Hawk von ihr und schob ihre feuchten Haarsträhnen aus der Stirn. »O Frances«, seufzte er leise, »ich glaube, ich sollte dir jeden Abend Brandy einschenken.«

Wie recht hatte Amalia gehabt! Allerdings durfte er nicht vergessen, daß Frances beschwipst war, und Alkohol schwemmte Hemmungen hinweg, das wußte er.

Hawk stand rasch auf, blickte noch einmal auf seine schöne Frau, dann löschte er die Kerzen und stieg wieder ins Bett. Er zog die Bettdecke über beide und schmiegte sich an Frances.

Agnes sagte kein Wort. Ihr war durchaus klar, daß sie nicht in das Schlafzimmer ihrer Herrin gehen sollte, aber die Neugier ließ ihr keine Ruhe. Sie blickte kurz auf den Mann und die Frau im Bett, die schlafend dicht beieinander lagen, und lächelte. Lady Frances' Kopf ruhte in der Achselhöhle ihres Gatten. Agnes verließ leise das Zimmer, und ihr vielsagendes Lächeln gab dem Klatsch unter dem Personal neue Nahrung.

»O du meine Güte!« stöhnte Frances, die plötzlich aufgewacht war. Sie setzte sich und wiederholte: »O du meine

Güte!« Dann blickte sie auf ihren schlafenden Ehemann. Auf seinen Wangen und am Kinn sprossen dunkle Bartstoppeln, sein schwarzes Haar war zerzaust, und er sah dennoch sehr hübsch aus. Sie streckte eine Hand in seine Richtung, um sein Gesicht zu berühren, und stöhnte wieder. In ihrem Kopf hämmerte es, als ob sie ein ganzes Faß Wein ausgetrunken hätte. Brandy, du Trottel, korrigierte sie sich selbst. Plötzlich erinnerte sie sich an das, was geschehen war, und errötete.

»O du meine Güte«, sagte sie noch einmal leise, aber diesmal hörte es Hawk.

»Guten Morgen, Frances.« Hawk lächelte über ihr verdrießliches Gesicht und fragte: »Wie fühlst du dich?«

»Mein Kopf tut scheußlich weh.«

»Das kann ich mir vorstellen. Ich werde dir von Grunyon eins seiner speziellen Zaubermittel herstellen lassen. Diese Getränke sind sehr wirkungsvoll, weißt du.« Und ohne Übergang fügte er hinzu: »Du hast wunderschöne Brüste.«

Frances zog sofort die Decke bis zum Hals hoch. Bei der abrupten Bewegung drehte sich wieder alles in ihrem Kopf.

»Unglücklicherweise hatte ich letzte Nacht gar nicht die nötige Zeit für sie«, fuhr Hawk lächelnd fort. »Du warst so stürmisch. Ich möchte gern wissen, ob deine Brüste genauso empfindlich sind wie dein übriger Körper.«

»Hör auf!« schalt Frances.

Ihr Ehemann grinste unverschämt vergnügt.

»Hättest du mich für so schrecklich gehalten, wie du es gewöhnlich tatest, dann hättest du dich nicht mit mir befaßt«, brummelte Frances weiter.

»Ts, ts, ts«, spöttelte er amüsiert, schließlich kannte er die Kopfschmerzen am Morgen nach einer Nacht mit reichlich Brandygenuß gut genug. »Es sagt nicht allzuviel über meine Intelligenz aus, daß ich genau verstehe, was du meinst.«

»Du bist ein Mann und ...«

»Natürlich bin ich ein Mann, und letzte Nacht hattest du auch absolut nichts dagegen.«

Frances blickte mit gerunzelter Stirn zur Wand. »Da war ich auch nicht ich selbst.«

»Ah, dann muß ich wohl die verführerische Kombination fortsetzen, wie? Pferdepaarung und Brandy ...«

»Bitte, geh jetzt«, unterbrach ihn Frances verlegen.

»Warum? Wir unterhalten uns doch gerade so nett.«

»Mein Kopf ist am Zerspringen.«

»Dann werde ich jedes Argument gewinnen, falls du törichterweise jetzt eine Diskussion beginnen solltest.«

Frances hätte am liebsten geheult oder in sein selbstgefälliges Gesicht geschlagen, doch sie sagte nur: »Ich wünsche nicht, daß du das wieder tust.«

»Warum nicht?« erkundigte er sich interessiert und blickte auf ihren weißen Rücken. Frances' Haar war zerzaust und hing ihr fast bis zur Taille herunter. Er hob eine Hand, um darüber zu streichen, aber Frances sah ihn nur ärgerlich an.

»Ich bin es nicht gewöhnt«, erklärte sie.

»Das glaube ich dir. Aber du wirst dich bald daran gewöhnt haben, das verspreche ich dir.«

Hawk streckte sich und legte seine Arme unter den Kopf. Er erkannte nur zu gut, daß Frances ihn gern allein gelassen hätte, doch zu verlegen war, um sich unbekleidet vor ihm zu zeigen.

Nachdem sie störrisch schwieg, fuhr Hawk nach einigen Augenblicken fort: »Möchtest du eine weitere Lektion, Frances? Männer lieben gern morgens, mußt du wissen.«

Diese Vorstellung ließ Frances hastig aus dem Bett schlüpfen, die Decke zog sie gleich mit sich fort. Als sie sich umdrehte, sah sie ihren Ehemann nackt daliegen und grinsen.

»Oh«, stieß sie töricht hervor, hüllte sich wie eine Mumie in die Decke und verschwand hinter ihren Wandschirm.

Hawk richtete sich auf den Ellenbogen auf und rief: »Möchtest du, daß ich dir helfe, Frances?«

»Was ich möchte, ist eins von Grunyons Zaubergetränken!«

Hawk seufzte tief. »Gut«, erwiderte er und stand auf. »Ich

habe es dir versprochen, nicht wahr?« Er blickte hoffnungsvoll zum Wandschirm, seufzte noch einmal und ging dann in sein eigenes Schlafzimmer.

Knapp zehn Minuten später kam Agnes und brachte Frances den Trank.

»Mr. Grunyon sagt, das wird Ihnen guttun, Mylady«, erklärte sie ihrer Herrin.

Frances trank das volle Glas aus, ohne abzusetzen und schüttelte sich dann. »Das war ja schrecklich!« Sie setzte sich auf einen Stuhl, lehnte den Kopf zurück und schloß die Augen.

Es dauerte fast noch eine ganze Stunde, bis der Hunger Frances ins Frühstückszimmer trieb. Zu ihrem Ärger saß Hawk bereits am Tisch, einen gefüllten Teller vor sich, die »Gazette« in den Händen. Konnte er nicht schon fertig und gegangen sein?

Hawk lächelte ihr zu, sah, daß sie mit dem Näherkommen zögerte, und legte langsam die Zeitung zusammen. »Fühlst du dich jetzt besser, meine Liebe?«

»Ja«, erwiderte Frances, ergab sich in ihr Schicksal und setzte sich. »Es war wirklich schrecklich, aber irgendwie fühle ich mich wieder mehr wie ich selbst.«

Hawk aß ein Stück Toast mit Himbeermarmelade, sah Frances an, während er genüßlich mit der Zungenspitze etwas Marmelade aus dem Mundwinkel schleckte, und meinte: »Ich frage mich, ob deine Brüste genausogut schmecken wie alles andere an dir.«

Frances hielt den Atem an.

»Keine Sorge, meine Liebe«, fuhr Hawk beruhigend fort, »nur du und ich sind hier.« Anzüglich setzte er hinzu: »Darf ich dich bedienen? Du hast sicher einen Riesenhunger.«

Sie schwieg und bediente sich selbst. Ihre Bewegungen waren matt. Hawk wartete, bis sie den Mund voller Rührei hatte, und begann wieder: »Deine Haut duftet einmalig. Das macht mich ganz wild.«

»Hör auf!« brachte Frances hervor, obwohl sie den Mund noch voll hatte.

»Entschuldige, meine Liebe, sagtest du etwas?«

Frances kaute das Ei zu Ende, schluckte es hinunter und erwiderte klar und deutlich: »Ich sagte, du sollst damit aufhören.«

»Ah, wie entmutigend«, bedauerte Hawk. »Ein guter Liebhaber erwartet am Morgen danach kleine, erfreute Seufzer.«

Frances blitzte ihn mit einem wütenden Blick an und wandte dann ihre ganze Aufmerksamkeit dem Speck auf ihrem Teller zu. Hawk beobachtete sie und mußte im stillen lachen bei dem Gedanken, daß sie sich möglicherweise vorstellte, ihn statt des Specks mit dem Messer zu zerstükkeln.

»Ich werde mich jetzt mit Marcus treffen«, verkündete er, als er aufstand. »Ich kann mir denken, daß es einige Zeit dauern wird, bis ich die Zügel der Verwaltung deinen weißen Händen entwunden habe.«

Zu seiner Überraschung reagierte Frances auf seinen Scherz mit einem gequälten Blick, und Hawk setzte hinzu: »Du hast doch sicher nicht erwartet, daß ich ein nutzloser Schoßhund bin?«

Frances schluckte. Sie sah nur, daß ihr alles genommen wurde, sah sich allein gelassen und wertlos.

»Du weißt, es ist mein Besitz«, mahnte Hawk.

»Warum gehst du nicht nach London zurück? Nach der letzten Nacht bin ich gewiß schwanger.«

»Wenn das Vergnügen, das eine Frau zeigt, ein Zeichen für Empfängnis ist, dann könnte ich in gutem Glauben annehmen, daß du Zwillinge zur Welt bringen wirst.«

Frances fiel die Gabel aus der Hand. Sie stand auf, stemmte die Hände in die Hüften und blickte ihn zornig an. Hawk betrachtete ihren schweratmenden Busen mit größtem Interesse. Bevor Frances ein Wort sagen konnte, meinte er: »Ich kann es kaum erwarten, deine Brüste zu liebkosen. Sie sehen in diesem Moment besonders einladend aus. Ist es das, was du dir mit dieser Pose wünscht?«

Wütend schleuderte Frances ihre leere Teetasse nach ihm. Hawk duckte sich und lachte. Daraufhin packte sie mit beiden Händen ihren Teller, hob ihn hoch und stellte ihn im nächsten Augenblick wieder hin, weil Otis gerade ins Zimmer kam.

Hawk erklärte lachend seinem Butler: »Na, was ist denn? Wir sind gerade mitten in einer höchst anregenden Morgenunterhaltung.«

»Ein Brief, Mylord«, berichtete Otis. »Er folgte Ihnen von London und ist von Ihrem Vater.«

»Entschuldige mich bitte.« Frances verließ den Raum ohne ein weiteres Wort, und Hawk dachte bei sich: Ich werde dir bis zum Abend Zeit lassen, dich wieder zu fangen.

»Was machst du denn hier, Frances?«

Frances blickte hoch und sah Hawk an der Stalltür. Behutsam bandagierte sie das Fußgelenk des kastanienbraunen Hengstes zu Ende, bevor sie langsam aufstand. »Wie du siehst, behandle ich Clancy. Er hat sich einen Schnitt zugezogen, was natürlich nicht passieren sollte, aber er verletzte sich selbst mit dem anderen Fuß. Möglicherweise geschah das beim Galoppieren, da neigt er nämlich dazu, sich mit den Füßen ins Gehege zu kommen. Ich muß unbedingt mit Belvis darüber sprechen.« Sie sah, daß Hawk sie geduldig beobachtete und fragte: »Was wünschen Sie, mein Lord?«

Hawk überhörte diese formelle Anrede und hielt einen Umschlag hoch. »Der Brief von meinem Vater ...«

»Er ist doch hoffentlich gesund«, erkundigte sich Frances rasch.

»Mein Vater überlebt uns alle«, erwiderte Hawk fast bissig. »Er hat erwartet, daß mich dieser Brief in London antrifft. Sein Inhalt ist sehr interessant, meine Liebe. Er informierte mich, daß ich mich schnell zur Heimreise entschließen sollte, weil darüber geredet wird, daß meine Frau und mein Verwalter einander näher stehen, als schicklich ist.«

»Was? Was hat er geschrieben?«

Hawk beobachtete Frances' entsetzten Gesichtsausdruck und sah, wie sich die Farbe ihrer Augen verdunkelte. Er hatte schnell genug erkannt, daß dieser Brief nur eine weitere List seines Vaters war, um ihn nach Desborough Hall zurückzuholen, aber es reizte ihn, seine Frau damit wenigstens ein bißchen aufzuziehen.

»Nun, was haben Sie dazu zu sagen, Madam? Erinnere dich, ich sah am Tage meiner Ankunft, wie Marcus sich im Arbeitszimmer über dich beugte.«

Frances wünschte sich sehnlichst, ihren Frühstücksteller hier zu haben, um ihm den an den Kopf werfen zu können. Wie konnte er so etwas glauben! Dann entdeckte sie den Schimmer spöttischen Amüsements in seinen Augen und erkannte die Absicht ihres Schwiegervaters. Hawk glaubte es nicht, nicht ein einziges Wort, aber er machte sich einen Spaß auf ihre Kosten! Sie senkte den Kopf und rang die Hände.

»Frances?«

Sie senkte den Kopf noch tiefer, hörte die aufkeimende Unsicherheit in seiner Stimme und hatte große Mühe, nicht zu lächeln. Elender, spottender Kerl! Zögernd und anscheinend sehr schuldbewußt erwiderte sie: »Oh, wie konnte er nur! Ich dachte nicht wirklich daran, zu ... Nun, du weißt ja, wie reizend und hübsch Marcus ist und ...«

Clancy schnaubte, und Frances verließ schnell seine Box.

»Was hast du gesagt?« bohrte Hawk weiter.

Frances hörte die beginnende Entrüstung in seiner Stimme und ließ ihr Kinn zittern. Voller Schuld und Scham bekannte sie: »Ich dachte nicht, daß es geschehen könnte, wirklich nicht — aber ich war so einsam und ...«

Hawk packte sie an den Schultern und schüttelte sie. »Was, zum Teufel, redest du da?«

»Nun, ich spreche von meinem unschicklichen Benehmen gegenüber Ihrem Verwalter, mein Lord.«

Hawks Augen glitzerten. Er erkannte, daß sie den Spieß umgedreht hatte.

Frances ließ ihre langen Wimpern flattern und schwelgte anscheinend in süßer Erinnerung. »Ah, was für ein Jammer, aber ...«

»Ich werde dich gleich verprügeln«, drohte Hawk und schüttelte sie noch heftiger.

Frances konnte nicht anders, sie fing an zu lachen, lachte

so übermütig und voller Spott, daß Hawk rotsah. »Frances«, grollte er unheilverkündend, »hör auf, verdammt noch mal, oder ich erwürge dich!«

Sofort hörte Frances auf, entzog sich im nächsten Moment seinen Händen und rannte zur offenen Stalltür. Von dort blickte sie zurück und sah Hawk neben Clancys Box stehen, das Gesicht finster wie eine Gewitterwolke, die Hände zu Fäusten geballt.

»Ah, ja, Marcus ist solch ein großartiger Liebhaber ... so rücksichtsvoll ...«, flötete Frances.

Hawk ging einen Schritt auf sie zu, und Frances rannte davon. Ihr Lachen hallte bis in den Stall zurück.

Als der Marquess am frühen Nachmittag in Desborough Hall eintraf, begrüßte ihn eine tränenreiche Frances, die sich in seine Arme warf und verzweifelt klagte: »Oh, mein Lord, warum haben Sie es ihm gesagt? Hawk, meine ich, Marcus und ich fühlten uns so sicher, bis dieser Brief ...«

Hawk kam gerade auf die Vordertreppe und wurde Zeuge der hervorragenden Schauspielkunst seiner Ehefrau. Er beobachtete den verwirrten Ausdruck in seines Vaters Gesicht, der schuldbewußt wurde, als ihm aufging, was er angerichtet hatte.

»Bravo!« rief Hawk und applaudierte laut.

Der Marquess befreite sich aus Frances' Armen, die ihn umschlungen hielten, und dröhnte: »Genug jetzt, Mädchen!« Er sah, wie Frances zu kichern anfing, dann blickte er seinen Sohn an. In Hawks Blick lag eine mörderische Ironie.

Der Marquess ärgerte sich über sich selbst. Er war todmüde. Da war er nun in ununterbrochener Fahrt von Chandos Chase hierher gefahren, nur, um zu entdecken, daß sein Sohn gar nicht mehr in London und sein Brief ihm hierher gefolgt war.

»Ich glaube«, sagte er langsam, »ich habe eine Fehlkalkulation gemacht.«

»Sie, Sir, sind ein gewissenloser, alter Schwindler«, erklärte Frances und lächelte ihn an. »Aber kommen Sie. Sie müssen müde sein. Ihr Zimmer ist vorbereitet.«

»Du hast wohl mit meiner Ankunft gerechnet, hmmm?«

»Natürlich.« Frances legte ihre Hand auf seinen Arm und flüsterte schalkhaft: »Marcus kann es kaum erwarten, Sie zu sehen, mein Lord.«

»Frances!«

Wie merkwürdig, dachte sie, die Stimme des Marquess klingt genauso wie die seines Sohnes.

22. Kapitel

Frances setzte sich in ihrem Stuhl zurück und beobachtete die zwei schweigsamen Gentlemen. »Ich nehme an«, sagte sie heiter, »daß Sie beide Ihre Dummheit erkannt haben.«

»Warum hältst du nicht für eine Weile deinen Mund, Frances?« knurrte Hawk, fast am Ende seiner Geduld.

Sie blinzelte überrascht und erwiderte vollkommen unschuldig: »Aber du warst es doch, der wütend ohne Grund in den Stall gerannt kam und mich umbringen wollte.« Sie kicherte und wandte sich an ihren Schwiegervater: »Der betrogene Ehemann — ein wundervoller Auftritt, mein Lord.«

»Sei still, Frances!« mahnte der Marquess.

Doch Frances dachte gar nicht daran und redete munter weiter. »Die Köchin hat Ihre Lieblingsspeise gekocht, mein Lord«, versicherte sie ihrem Schwiegervater. »Hammelfleisch mögen Sie doch gern, stimmt's? Dazu diese delikate Soße — das schmeckt, nicht wahr? Und das Kartoffelpüree ist wieder richtig flockig. Das Geheimnis dafür ist sehr frische Sahne, wissen Sie, und ...«

»Frances, wenn du nicht aufhörst, auf meinen Vater einzureden, bringe ich dich hinauf und binde und kneble dich!«

Aha, die beiden Herren, Vater und Sohn, halten zusammen, dachte Frances. Vielleicht zum ersten Mal seit vielen Monaten. Sie lächelte beiden zu und kaute genüßlich an einem Bissen Hammelfleisch.

»Belvis sagte, daß Lord Danvers' preisgekrönte Stute hier ist«, begann der Marquess nach einigen Minuten friedvoller Stille zu Hawk. »Lady Margaret, ein Berberpferd?«

»Ja, das stimmt«, bestätigte sein Sohn. »Gentleman Dan glaubt zweifellos, daß er in den Pferdehimmel gekommen ist. Natürlich ist die Stute in der gleichen Verfassung«, fügte er hinzu und blickte anzüglich zu Frances.

Der Marquess dachte einen Moment über diese ironische Bemerkung nach, bevor er weitersprach: »Frances schrieb mir, daß Belvis besonders große Hoffnungen in Flying Davie setzt, der seiner Ansicht nach in Newmarket alle anderen Pferde schlagen kann, trotz der Tatsache, daß er erst vier Jahre alt ist.«

»So?« meinte Hawk lediglich.

»Belvis ließ mich bei Flying Davie's Training assistieren«, berichtete nun Frances.

»Ich habe dich noch nie reiten gesehen«, stellte Hawk fest.

»Gewöhnlich reite ich im Herrensitz.« Frances streckte das Kinn hoch. »Das ist viel sicherer, wie du weißt.«

»Ja, ich glaube, das sagte ich schon einmal.« Hawk stellte sich Frances in Reithosen vor, ein Bild, das ihn erregte. Wie würde er sie heute abend verführen? überlegte er. Ihre Leidenschaft aus der letzten Nacht schien sich ihm gegenüber ziemlich abgekühlt zu haben. Es war verblüffend. Nach seinen bisherigen Erfahrungen als Liebhaber gehörte eine Frau nach einer solchen Nacht ihm. Bei Frances war das offensichtlich nicht der Fall.

»Wo ist denn dein reizender Marcus heute abend, meine Liebe?« erkundigte er sich anzüglich.

Frances lächelte. »Er interessiert sich anscheinend für Colris Melchers.«

»Die älteste Tochter des Pfarrers?« fragte der Marquess. »Ist das nicht das Mädchen mit dem blonden Haar und den Grübchen?«

»Das ist sie«, bestätigte Frances.

»Dann hast du es also nicht fertiggebracht, ihn zu halten, Frances?« stichelte Hawk.

Frances ließ sich nicht unterkriegen. Sie seufzte dramatisch und sagte weich: »Ich bin zu alt, wie mir Marcus mitteilte. Er war in dieser Richtung zwar sehr höflich, aber ...«

Hawk stöhnte. »Es tut mir leid, dieses Thema angeschnitten zu haben. Entschuldige bitte, Vater.« Er blickte in Frances' selbstzufriedenes Gesicht und fügte hinzu: »Nach der letzten Nacht hatte ich gehofft, daß meine Frau voller Liebe für mich sein wird.«

Frances schnappte nach Luft, und Hawk fragte sich, ob sie irgend etwas nach ihm werfen würde.

Der Marquess lächelte in sein Weinglas. Wie hübsch, dachte er. Die beiden kamen anscheinend einander näher. Beide waren stolz, aber er hatte den Eindruck, daß sein Sohn tatsächlich mit seiner Frau geschlafen hatte.

»Wir hoffen, daß Frances bald gute Nachrichten verkünden kann«, bemerkte Hawk.

»Ja, mein Lord«, stellte Frances mit eiskalter Stimme fest, »dann kann Ihr Sohn nach London zurückkehren, wohin er zweifellos gehört. Es sollte mich wundern, wenn er bis zum Wochenende in Desborough Hall bleibt.«

»Die Woche ist bereits in zwei Tagen zu Ende.« Hawk lehnte sich im Stuhl zurück. »Du verletzt mich, Frances. Ja, das tust du wirklich.«

»Ich würde gern noch viel mehr als das tun, mein Lord!«

»Hawk«, korrigierte er sanft.

Ich bin zu alt für diese Streitereien, dachte der Marquess und sagte: »Ah, Otis, ich glaube, ich werde mich jetzt zurückziehen. Richten Sie der Köchin mein Kompliment für das köstliche Essen aus.« Sein Stuhl wurde zurückgeschoben, und der Marquess stand auf. »Ich wünsche euch eine gute Nacht, Kinder.«

Hawk begleitete seinen Vater höflich bis zur Tür und fragte, als er zurückkam: »Spielen wir eine Partie Pikett, Frances?«

»Das nehme ich an.« Frances legte den Kopf zurück und blickte zu ihm auf.

»Oder möchtest du vielleicht mit mir zu Bett gehen?«

»Ich möchte nicht einmal in den Himmel mit Ihnen gehen, mein Lord!« Frances fühlte seine warme Hand auf ihrer Schulter und versuchte, sie abzuschütteln, doch Hawk hielt sie nur um so fester. »Hawk«, sagte sie kläglich.

»Ja, meine Liebe?« Seine Fingerspitzen glitten zu ihren Brüsten hinunter.

Frances spürte verwirrt, daß diese Berührung sie erregte und wehrte sich kaum.

»Komm, Frances«, bat Hawk. Sie schüttelte den Kopf. »Ich habe die Ingwercreme noch nicht probiert.«

»Wenn du noch hungrig bist, werde ich mich bemühen, deinen Hunger zu stillen.«

Frances gab ihre Abwehr noch nicht auf. »Ich will es nicht!«

»Dir bleibt gar keine andere Wahl«, beharrte Hawk und zog ihren Stuhl zurück. »Möchtest du lieber, daß ich dich über meine Schulter lege und dich so die Treppe hinauftrage? Das Personal hat sicher auch ohne ein solches Schauspiel schon genug zu klatschen.«

»Ich will Pikett spielen.«

»Wir können im Bett alles spielen, was du dir wünscht.«

»Ich möchte etwas Brandy.«

»Du kannst meinen Körper auch ohne Brandy attackieren und kitzeln. Außerdem gibt es genügend andere Vorspiele, wenn man eine nüchterne Frau hat. Morgen früh kann ich dann mit dir herumtollen, ohne auf deine Kopfschmerzen achten zu müssen.«

Frances stieß einen tiefen Seufzer aus, stand so würdevoll, wie es ihr nur möglich war, auf, drehte sich um und blickte ihrem Ehemann ins Gesicht. »Ich komme mit dir«, erklärte sie, »aber es wird sich nichts ändern, mein Lord, überhaupt nichts! Das weiß ich!«

»Du wirst morgen nicht voller Liebe für mich sein?«

»Im Gegenteil: erfüllt mit Abscheu!« Den Kopf hoch erhoben rauschte Frances aus dem Wohnzimmer.

Hawk rief ihr leise nach: »Denk daran, daß ich kein Verlangen danach habe, dich wieder in irgendeinem Versteck suchen zu müssen!«

Frances ging unruhig in ihrem Schlafzimmer hin und her, nachdem sie die recht merkwürdig lächelnde Agnes weggeschickt hatte. Sie blickte zu der Verbindungstür und sagte zu sich: »Er ist ein Teufel!« Vor lauter Angst konnte sie kaum noch klar denken, als schließlich die Tür geöffnet wurde und Hawk siegessicher hereinkam.

Er blieb stehen und betrachtete sie. »Wie schön du bist!«

Widerwillig mußte sich Frances eingestehen, daß er selbst sehr hübsch aussah. Sein Morgenmantel war dunkelblau, und sie wußte, daß er darunter nackt war.

Hawk erkannte sofort, daß Frances trotz ihrer zur Schau

getragenen beherrschten Kühle in Wirklichkeit ängstlich war und sich irgendwie fürchtete. Er ging zu dem großen Lehnstuhl, setzte sich und blickte Frances freundlich an. »Komm zu mir, Frances. Laß uns ... reden.« Er klopfte einladend auf seine Oberschenkel.

Nach einigem Zögern setzte sie sich und hielt den Oberkörper steif wie ein Brett aufgerichtet.

»Mein Vater ist ganz begeistert von dir«, begann Hawk.

»Das bin ich auch von ihm, diesem schlimmen, alten Mann. Ich hätte nie gedacht, daß er einen solchen Brief schreiben würde!«

Hawk schlang seine Arme um ihre Taille und drehte Frances' Rücken gegen seine Brust. Langsam wurde sie ruhiger.

»Hawk?«

»Ja, mein Liebes?«

»Wünscht sich ein Mann, das jede Nacht zu tun?«

»Mindestens. Tatsächlich bist du so reizvoll, daß ich glaube, ich könnte dich leicht mehrmals in einer Nacht lieben, bevor ich erschöpft zusammenbrechen würde.«

»Oh.«

»Was ich brauche, ist ein bißchen Ermutigung, Frances.«

»Früher hast du das aber nicht gebraucht.«

»Sicher, doch da war es eine Pflicht, kein Vergnügen.«

Frances fühlte, wie seine Finger zärtlich ihren Nacken streichelten. Nach einigen Augenblicken fuhr Hawk fort: »Unsere erste gemeinsame Nacht tut mir sehr leid, Frances, ebenso die anderen Nächte.«

»Du meinst, daß es für dich nicht schön war, wenn ich nicht ... reagierte?«

Seine Hand wanderte von ihrer Taille aufwärts und umschloß zart ihre linke Brust. Frances schnappte nach Luft und wollte sich ihm entziehen, doch er bat: »Tu das nicht, Frances. Lehne deinen Kopf gegen meine Schulter. So ist es recht. Und jetzt bemühe dich, ein bißchen Vertrauen zu deinem Ehemann zu haben.«

Behutsam knöpfte er ihren Morgenrock auf und berührte ihre bloße Haut. Frances war, als ob Flammen über ihren Körper strichen.

Hawk fühlte, wie sie erzitterte, als er ihre Brüste liebkoste und küßte.

»Komm«, sagte er zärtlich, hob sie auf und trug sie zum Bett. Dort stellte er sie auf die Füße und zog ihr den Morgenrock und das Nachthemd aus, dann trat er zurück, um sie anzuschauen.

Ihr volles Haar flutete über ihren weißen Rücken. Sein Blick folgte den Linien ihres schönen, verheißungsvollen Körpers. »Frances«, flüsterte er sehnsüchtig, nahm sie wieder in die Arme, drehte sie herum, daß ihr Rücken an seiner Brust lehnte, und brachte mit seinen zärtlichen Händen Frances zum Erbeben. Er küßte ihre kleinen Schreie von ihren Lippen, als ihr Kopf sich zurückbog, küßte ihre Augen, ihre Wangen, ihren Hals, bis sein Verlangen übermächtig wurde.

Frances flüsterte wie benommen immer wieder den Namen ihres Ehemannes, als er sie ins Bett hob und sich mit ihr vereinte.

Hawk schloß die Augen, überwältigt von einem Glücksgefühl, das er bisher noch nie gekannt hatte, als er auf Frances niedersank und seinen Kopf an ihre Wange legte. »Frances«, stieß er, noch atemlos, hervor.

Erstaunt merkte Frances, daß sie sein Gewicht ganz leicht ertragen konnte. Sie fühlte Hawks Herz gegen ihres schlagen und streichelte mit den Händen beruhigend über seinen Rücken. Wie seltsam ist doch diese Art von Liebe, dachte sie vage, die zwei Menschen zu einem werden läßt, die Gefühle in ihr weckte, die sie sich nie hätte vorstellen können.

Plötzlich lächelte sie. Wie lange dauerte es wohl, bis eine Frau schwanger wurde, wenn das jede Nacht geschah? Sicher nicht sehr lange. Frances seufzte, umarmte Hawk fest und schlief ein.

Hawk fand allmählich auf die Erde zurück. Frances schlief, und er wußte, daß er zu schwer für sie war. Behutsam rollte er sich zur Seite und spürte verärgert, daß er sie gern noch einmal geliebt hätte. Das durfte er ihr nicht antun! Schließlich war sie seine Frau und nicht seine Mätresse. Er stand auf, zwang sich, Frances zuzudecken, löschte die Kerzen und ging in sein eigenes Schlafzimmer.

Zum ersten Mal kam ihm sein Bett kalt und leer vor.

Frances erwachte erst, als die Sonne bereits in ihr Zimmer strahlte. Ein kleines Lächeln lag auf ihren Lippen, und sie streckte die Hand nach Hawk aus, stieß jedoch nur gegen ein Kissen.

Sie setzte sich rasch auf und blickte suchend im Zimmer umher. Er war gegangen!

Er hatte sie verlassen, nachdem sie eingeschlafen war! Warum? Frances fühlte sich unsagbar enttäuscht, ja, sogar verletzt.

Sie erinnerte sich an ihre letzte Überlegung vor dem Einschlafen, ob sie jetzt vielleicht, wie Hawk gesagt hatte, voller Liebe für ihn sein würde.

»Verdammt!« fauchte sie gegen die Verbindungstür, ließ sich von Agnes ein heißes Bad richten, schrubbte sich wütend und stieg erst aus der Wanne, als das Wasser ungemütlich kalt wurde.

Während Agnes die lange Knopfreihe auf dem Rücken ihres blauseidenen Hauskleides schloß, fiel Frances ein, was sie tun würde.

Lächelnd ging sie ins Frühstückszimmer und sah verärgert, daß nur der Marquess anwesend war.

»Guten Morgen, meine Liebe«, begrüßte sie ihr Schwiegervater und musterte prüfend ihr Gesicht.

Frances nickte nur und erkundigte sich ohne Umschweife: »Wo ist Hawk?«

»Schon in der Morgendämmerung aufgestanden und ausgeritten, wie mir Grunyon sagte.«

Frances nickte Rosie zu und setzte sich. Oh, er wird mir nicht entkommen, dachte sie und griff nach dem Messer.

»Ist Hawk langsam vernünftig geworden, Frances?« wollte der Marquess wissen.

Frances brauchte einen Augenblick, bis sie seine Frage verstand. »Ich weiß es nicht«, erwiderte sie. »Er war sehr verstimmt wegen der fünftausend Pfund. Trotzdem hat er erlaubt, daß wir Gentleman Dan als Deckhengst vermieten, und er sagte auch nichts gegen das Training von Flying Davie.«

»Du bist eine starke Frau«, bemerkte der Marquess. »Ich war sehr erfreut, als ich hörte, daß Hawk heimgekehrt ist.« Er schwieg einen Moment. »Ich wüßte nur gern, warum er zurückkam«, fuhr er dann fort.

»Schlechtes Gewissen«, erklärte sie dem Marquess kurz und bündig.

»Das hat sich gewiß zu etwas anderem entwickelt, als er sah, wie du wirklich bist, denke ich«, schmunzelte der Marquess.

»O ja, da haben Sie recht«, stimmte sie ironisch zu.

»Ausgezeichnet.« Ihr Schwiegervater schien äußerst zufrieden zu sein. »Ich wußte, daß mein Junge zu sich kommen wird.«

»Junge?« Frances blickte ihn verärgert an. »Du lieber Himmel, er ist alles andere als ein kleiner Junge! Er ist der dickköpfigste, eingebildetste, arroganteste ...«

»Es ist so bemerkenswert erfreulich, geliebt zu werden«, fiel der Marquess ihr ins Wort. Er stand auf, ging zu Frances, küßte sie leicht auf die Wange und verließ das Frühstückszimmer.

»Anscheinend bin ich in einer Irrenanstalt«, sagte Frances in den stillen Raum hinein.

23. Kapitel

Hawk ließ Ebony über einen Zaun springen und dachte wieder einmal: Alles, was ich kann, ist Krieg führen, Frauen lieben und am Spieltisch gewinnen. Der Hengst landete elegant auf der anderen Seite, und Hawk hielt ihn an.

Dieses Fleckchen Erde mit den schattenspendenden Eichen am River Ouse war einer seiner Lieblingsplätze. Hier hatte er als Junge einmal an einem Ast geschaukelt und war ins Wasser gefallen. Beatrice war damals dabei gewesen und war auch auf Bäume geklettert. Wo aber hatte sich Nevil in dieser Zeit aufgehalten?

Merkwürdigerweise konnte Hawk sich nicht mehr klar an seinen Bruder erinnern. Das kam sicher daher, daß Nevil sich nur für Pferde interessiert und seine Zeit in den Ställen verbracht hatte, um alles zu lernen, vom Training der Pferde angefangen bis zu ihren Rennerfolgen. Das war sicher auch richtig für den ältesten Sohn, dachte Hawk. Ein jüngerer Sohn ging üblicherweise zur Armee, und so war er Offizier geworden und hatte seine Aufgabe gut gemeistert.

Auch er hatte Pferde geliebt und den Stallgeruch, aber dieses Gefühl bewußt unterdrückt, seit er erkannte, daß ihm Desborough nie gehören würde. Nach dem Recht des Erstgeborenen stand es Nevil zu und war dessen Angelegenheit.

Ich könnte alles Notwendige lernen, dachte Hawk, genau wie Frances es lernte.

Frances — was sollte er mit ihr machen?

Himmel, war er ein Dummkopf gewesen, als er nicht erkannte, daß die kleine, graue Maus einem Kind von Arthur Kilbracken sehr unähnlich sah! Und nun entpuppte sie sich auch noch als eine Freude im Bett. Beim bloßen Gedanken daran wurde Hawk erregt und deshalb wütend auf sich selbst.

»Sie macht mich wahnsinnig«, sagte er laut zu seinem

Pferd. »Ich werde nach London zurückkehren, und zwar bald. Soll doch mein Vater ihr die Zeit vertreiben, mit ihrer scharfen Zunge fertig werden und mit ihren geschäftlichen Unternehmungen.«

Und Desborough ... Was soll ich mit Desborough tun?

Unwillig schüttelte Hawk den Kopf, verbannte Frances und Desborough energisch aus seinen Gedanken und ritt weiter.

»Wo ist Seine Lordschaft, Belvis?« fragte Frances, als sie in das Trainingsbüro kam. Sie liebte diesen kleinen Raum mit seinem Geruch nach Leinsamen und Leder.

»Ich glaube, Lady Frances, er erwähnte, daß er in York etwas erledigen wollte«, erwiderte Belvis. Da Frances schwieg, fuhr er kurz darauf fort: »Diesen Nachmittag trafen zwei weitere Stuten hier ein. Lord Burghley hat sich Ebony als Zuchthengst gewünscht, und da Seine Lordschaft das weiß, nehme ich an, daß er nicht mehr lange ausbleiben wird.«

Frances zwang sich zu einem Lächeln. »Ich habe noch eine Menge zu tun. Wenn wir im August nach Newmarket reisen wollen, muß ich noch die Papiere von Flying Davie und Clancy's Pride finden.«

»Tamerlane wird möglicherweise auch ein ausgezeichneter Kämpfer«, meinte Belvis. »Soviel ich weiß, bewahrte der frühere Graf die Papiere in seinem Arbeitszimmer auf. Mr. Carruthers weiß sicher Bescheid.«

Frances blieb an der östlichen Koppel stehen und beobachtete Tully beim Training mit Flying Davie. Der reinrassige Vollblüter hatte prächtige, starke Schultern, lange Beine und eine tiefe, kräftige Brust. Und den Willen zu gewinnen. Frances liebte es, den weißen Stern auf seiner Stirn zu streicheln. Seine Farbzeichnung war einmalig, und sie stellte sich vor, daß der Hengst das wußte. Er war ein Gewinner und bereit, sich von der Rennwelt bewundern zu lassen. »Du bekommst deine Chance«, sagte sie in seine Richtung.

Tully blickte auf und winkte. Frances hob grüßend eine Hand, dann wandte sie sich um und ging ins Haus zurück.

Den Nachmittag verbrachte Frances damit, alle möglichen Schubladen nach den Papieren mit den Stammbäumen der Rennpferde zu durchsuchen. Sie war voller Staub und müde, als sie sie endlich entdeckte. Hawk war noch immer nicht zurückgekommen, und die Zeit für das Abendessen war nahe, doch Frances eilte zu den Ställen, um Belvis zu zeigen, was sie gefunden hatte.

»Bist zu zu deiner Maus-Fassade zurückgekehrt, meine liebe Frances?« fragte der Marquess und beobachtete das ruhige, nachdenkliche Gesicht seiner Schwiegertochter. Er vermißte die Wortgefechte zwischen seinem Sohn und ihr, und Marcus speiste wieder mit den Melchers' im Pfarrhaus.

Frances lächelte und schüttelte den Kopf. »Nein, mir geht nur so viel durch den Kopf. Möchten Sie noch etwas von dem Hackbraten, mein Lord?«

»Vielen Dank, ich habe mich schon mit Kalbsleber vollgestopft«, erwiderte der Marquess und fügte hinzu: »Ich möchte bloß wissen, was Hawk in York macht. Glaubst du, daß er sein Vermögen verspielt?«

»Seien Sie doch nicht albern«, entgegnete Frances scharf und errötete im nächsten Augenblick über ihre Unverschämtheit. »Ich bitte um Entschuldigung, Sir. Aber Sie wissen genauso gut wie ich, daß Hawk nie so dumm sein würde. Er ...«

»Nun, meine Liebe?«

»Er ist vieles, aber bestimmt kein Tunichtgut oder Verschwender.«

»So gut kennst du meinen Sohn, Frances?«

Sie überlegte einen Augenblick, bevor sie antwortete: »Nein, Sir, ich kenne ihn nicht sehr gut, aber ich vermute, daß er bald nach London zurückkehren wird.«

»Und das Gestüt und die Rennställe?«

»Keine Ahnung. Er hat sich mir nicht anvertraut.«

»Ja, ich weiß, er schreit dich nur an und quält dich, bis du ihm den Kopf herunterreißen möchtest.« Der Marquess sah, daß Frances etwas mühsam lächelte und forschte weiter: »Warum glaubst du, daß er bald abreisen wird?«

»Er ... er mag mich nicht.«

»Ich würde eher sagen, daß er heute geflüchtet ist, weil er seine eigene Meinung nicht kennt. Männer sind sehr leicht zu verwirrende Kreaturen, Frances.«

»Haben Sie Ihre Frau angeschrien, mein Lord?«

»Kaum. Sie war viel zu beherrscht, um etwas zu tun, was als schlecht erzogen angesehen werden könnte. Sie war die Tochter eines Herzogs, weißt du, und kannte ihren eigenen Wert sehr genau.«

»Ich wollte niemals heiraten«, erzählte nun Frances. »Meine Erfahrungen mit Männern machte ich hauptsächlich mit meinem Vater. Ich liebe ihn von Herzen, mißverstehen Sie mich nicht. Es geht nur darum, daß er und er allein Kilbracken regiert, und die arme Sophia muß sehr geschickt und außerordentlich listenreich vorgehen, um ihre Ziele zu erreichen.«

»Ich denke, daß viele Frauen in der gleichen Lage sind.«

»Das Leben ist sehr kurz, Sir, für solche albernen Listen.«

»Ist deine Stiefmutter unglücklich, meine Liebe?«

»Nein, sicher nicht. Sie und mein Vater kommen gut miteinander aus, wirklich.« Frances grinste plötzlich. »Sophia weiß schon, wie sie meinen Vater behandeln muß. Er braust auf, tobt und befiehlt, und sie sagt nur: ›Ja, mein Lieber, selbstverständlich, mein Lieber, ganz wie du wünscht‹ und tut dann, was sie will.«

»Sie scheint eine intelligente Frau zu sein.«

»Das ist sie auch, im Gegensatz zu mir.«

In diesem Augenblick kam Otis herein, und der Marquess schlug vor: »Wollen wir ins Wohnzimmer gehen, meine Liebe?«

Dort führte er Frances zu einem bequemen Sessel, ging selbst zum Kamin und lehnte sich an den Sims. »So, du hältst dich also für unintelligent, Frances?« begann er wieder.

»Sie sind sehr hartnäckig, Sir! Sie vergessen wohl nichts, was gesagt wurde?«

Der Marquess lächelte. »Wenn ich recht verstanden habe, hast du letzte Nacht ein wenig zuviel getrunken, Frances.«

Sie blickte ihn an, errötete, sagte aber nichts. »Mein Sohn nutzt eine solche Gelegenheit gern aus, nehme ich an«, fuhr ihr Schwiegervater schmunzelnd fort. »Tat er das?«

»Er ... Ich hoffe, er verläßt Desborough Hall bald, sehr bald!«

Der Marquess lachte sie genau wie Hawk an, ein wissendes Leuchten in seinen grünen Augen.

»Ich bin Alkohol nicht gewöhnt!«

»Und was ärgert dich heute abend, meine Liebe?« fragte der Marquess so abrupt, daß Frances blinzelte.

Sie schwieg einen Moment und spielte mit den Fransen ihres Kaschmirschales. Ihr ging vieles durch den Kopf, aber zuerst wollte sie Hawk sehen. Vorsichtig erwiderte sie: »Ich vermisse meine Familie.«

»Deinen Vater und seine Wutanfälle?«

»Ja. Ich kam gut mit ihm zurecht, allerdings nicht auf die Art wie Sophia. Ich schrie ihn ebenfalls an. Er war ein wunderbarer Vater für mich.«

»Ah, ein großartiges Training, scheint mir.«

»Kaum«, erwiderte Frances trocken. Plötzlich hörte sie Fußtritte in der Eingangshalle und wurde sehr still. Hawk!

»Guten Abend, mein Junge«, begrüßte der Marquess seinen eintretenden Sohn, der noch seine Reitkleidung und seine verstaubten Stiefel trug. Er sah sehr müde aus.

»Sir.« Hawk nickte seinem Vater zu und blickte dann etwas unsicher zu seiner Ehefrau. »Entschuldige, daß ich schmutzig bin, Frances.«

»Möchtest du etwas essen?« erkundigte sie sich in völlig neutralem Ton.

Hawk schüttelte den Kopf. »Nein, danke, ich wollte nur gute Nacht sagen.« Im nächsten Moment war er aus dem Wohnzimmer gegangen.

Frances ärgerte sich. Dieser miserable Kerl! Ob er wohl eine Frau in York besucht hatte? Sie stand hastig auf und erklärte ihrem Schwiegervater: »Ich bin auch müde, mein Lord. Morgen werde ich mehr ich selbst sein.«

Der Marquess beobachtete, wie sie mit gestrafften Schultern und hochgestrecktem Kinn den Raum verließ und schmunzelte vor sich hin. Das entwickelt sich ja alles recht hübsch, dachte er, wünschte sich allerdings nicht, im Augenblick an Hawks Stelle zu sein. Er zog an der Klingelschnur und bestellte seinen Brandy.

Frances badete lange und ließ sich danach von Agnes ausgiebig das Haar bürsten. Dann schickte sie ihre Zofe weg und legte sich ins Bett. Sicher würde Hawk heute nacht zu ihr kommen. Eine Stunde verging. Ich sollte froh sein, daß er mich allein läßt, dachte Frances. Aber wenn nun etwas nicht in Ordnung ist? Vielleicht wollte er in Gegenwart seines Vaters nicht darüber sprechen, und ich habe ihm soviel zu sagen.

Sie argumentierte mit sich selbst, und als die Korridoruhr Mitternacht schlug, kletterte sie schließlich aus dem Bett, zog sich den Morgenrock über und ging zur Verbindungstür. Sie wollte schon klopfen, unterließ es aber. Vielleicht schlief er bereits. Leise öffnete sie die Tür und schlüpfte in sein Schlafzimmer. Das Feuer im Kamin war die einzige Lichtquelle im Raum. Sie blickte zum Bett, doch Hawk war nicht darin zu entdecken. Langsam ging sie zum Kamin und dem hochlehnigen Stuhl, der davor stand.

Plötzlich sah sie ihn und hielt den Atem an. Er saß völlig nackt in dem Stuhl, das Kinn in eine Hand gestützt, und sah in die Flammen. Sie hörte ihn tief seufzen und sah, wie er seine langen Beine ausstreckte.

Während sie seinen schönen Körper betrachtete, verspürte Frances Sehnsucht nach ihm. Sie streckte die Hand aus, und in diesem Augenblick bemerkte Hawk ihre Gegenwart.

Er bewegte sich nicht, sondern sagte nur: »Hallo, Frances.«

Seine Nacktheit schien ihn nicht zu stören. Frances schluckte und erwiderte: »Hallo.«

»Was möchtest du?«

»Ich wollte mit dir sprechen und nahm an, daß du mich besuchen würdest, aber du kamst nicht.«

»Nein«, meinte er zerstreut, »nein, das tat ich nicht.«

Verdammt noch mal, er sah sie nicht einmal an! Warum, zum Teufel, war sie überhaupt hierhergekommen?

»Worüber wolltest du mit mir sprechen?« fragte er ruhig.

Frances ging zum Kamin und sank graziös auf die Knie. Er spürte plötzlich das Verlangen, sie zu berühren, unterließ es jedoch und fragte nur: »Nun?«

Frances holte tief Luft, blickte ihn aber nicht an. »Ich habe heute die Papiere der Rennpferde gefunden. Belvis sagte mir, wir brauchen sie für das Rennen in Newmarket.«

»So«, stellte er jetzt sarkastisch fest, »du hast beschlossen, daß wir an den Rennen teilnehmen. Du vergißt dich, Frances! Ich habe mich noch nicht entschieden, ob ich alles verkaufen werde oder nicht.«

»Bitte«, sagte Frances und zügelte ihr Temperament, »bitte, hör mir einen Augenblick zu. Es gibt da etwas sehr Merkwürdiges.«

Jetzt wurde Hawk aufmerksam, und ihre Blicke trafen sich. »Ich ging mit den Papieren zu Belvis«, fuhr Frances fort. »Er las laut die Namen des Erzeugers und der Mutter von Flying Davie vor und rieb sich das Kinn. Du erinnerst dich sicherlich, daß Belvis jedes Rennpferd nahezu von Anfang an kennt.«

»Ja und?«

»Als Flying Davies Mutter steht eine Pandora aus den Belson-Ställen in seinen Papieren. Belvis sagt aber, daß Pandora schon ein Jahr tot war, bevor sie angeblich mit Flying Davie niederkam.«

»Was?«

»Ich sagte, daß Flying Davies Mutter ...«

Hawk winkte ab. »Das ist nichts weiter als ein irrtümlicher Eintrag.«

»Belvis sagte mir auch, daß er, als Flying Davie nach Desborough Hall gebracht wurde, selbstverständlich erwartet hatte, seine Papiere zu sehen, damit er wußte, wer sein Erzeuger und seine Mutter waren, und nach seiner Abstammung seine Kraft und seine Schwächen einschätzen konnte. Nevil zeigte ihm jedoch die Papiere nicht. Er hat ihm auch nie die Papiere verschiedener anderer Fohlen gezeigt.«

»Merkwürdig«, überlegte Hawk, »sehr merkwürdig. Dabei ist das so wichtig.«

»Belvis ist ganz verstört deswegen«, berichtete Frances.

»Ich werde die Angelegenheit mit ihm besprechen«, versicherte Hawk. Er stand auf und streckte sich, und Frances konnte nicht verhindern, daß sie jede seiner Bewegungen verfolgte. »Ich gehe jetzt ins Bett«, erklärte Hawk. Plötzlich blickte er auf ihre feuchten Lippen. »Würdest du gern mitkommen, Frances?«

»Sicher sind Sie zu müde, mein Lord.«

»Kaum«, erwiderte er und setzte hinzu: »Selbst, wenn ich es wäre, wünsche ich einen Erben und muß meine Pflicht erfüllen.«

Frances fühlte sich von seinen Worten derart verletzt, daß sie einige Augenblicke lang kein Wort herausbrachte. Schließlich fragte sie: »Und wenn du deine Pflicht getan hast, wirst du dann Desborough Hall wieder verlassen?«

Er blickte sie spöttisch an. »Mir war gar nicht bewußt, daß du ein besonderes Verlangen nach meiner Anwesenheit hier hast.« Trotz seines abweisenden Tones wuchs seine Sehnsucht nach ihr, und da er nackt war, konnte er es nicht einmal verbergen. Verdammt noch mal, warum sah sie auch so schön und verlockend aus! »Kamst du nicht her, um mich zu verführen, Frances?«

Sie stand auf. »Nein! Ich ... ich wollte mit dir sprechen, und nun, da ich es getan habe, werde ich ...«

»Zu spät, meine Liebe«, unterbrach er sie und zog sie an sich. »Der kleine Vogel hätte davonfliegen sollen, als er noch die Möglichkeit dazu hatte. Jetzt ist es viel zu spät dazu.« Er nahm ihr Gesicht in seine Hände und küßte sie.

Frances merkte gar nicht, daß sie die Arme um ihn schlang und sich auf die Zehenspitzen stellte, um sich näher an ihn schmiegen zu können. Sie fühlte seine Hände an ihren Schultern, und im nächsten Augenblick fiel ihr Morgenrock zu Boden. Sie protestierte auch nicht, als kurz darauf ihr Nachthemd ebenfalls von ihrem Körper glitt. »Ja«, bekannte sie, »ich kam hierher, um dich zu verführen.« Vorwurfsvoll fügte sie hinzu: »Du hast mich letzte Nacht verlassen.«

»Ja«, erwiderte er, »aber diese Nacht bleibe ich bei dir.« Er hob sie hoch, trug sie zum Bett und ließ sie auf den Rücken gleiten. »Du wolltest verführt werden, Frances, und ich werde deinen Wunsch erfüllen.« Plötzlich senkte er seinen Kopf auf ihren Schoß.

»Hawk!« Frances stöhnte auf, als seine Lippen sie berührten. Ihr Schaudern, ihre kleinen Schreie machten ihn nahezu verrückt. Und als ihr Körper sich aufbäumte, dachte er, er müsse sterben vor Lust.

Er blickte auf, sah ihre Ekstase und drang in sie. Frances' Körper kam ihn entgegen. Hawk spürte ihre Hingabe, ihre Leidenschaft und konnte nur eines denken: Ich bin verloren!

Wie benommen lagen sie später erschöpft nebeneinander, und Frances wisperte: »Verlaß mich nicht, Hawk!«

»Du kleine Hexe«, flüsterte er zärtlich und zog sie näher an sich. Er küßte ihre Stirn, und beide fielen in einen tiefen, erlösenden Schlaf.

24. Kapitel

Im Frühstückszimmer betrachtete der Marquess erst seinen finster blickenden Sohn, dann seine ebenso düster dreinblickende Schwiegertochter. Es lag eine Spannung in der Luft, die man fast mit Händen greifen konnte.

»Heute ist ein schöner Tag«, sagte er freundlich.

Hawk brummte nur irgend etwas Unverständliches, und Frances spießte ein Stück Ei auf ihre Gabel. Sie war so wütend, daß sie ihren Ehemann am liebsten umgebracht hätte! Vor zwei Stunden war sie lächelnd aufgewacht und mußte feststellen, daß sie in ihrem eigenen Bett lag, in ihrem Nachthemd, und allein war. Verdammter Kerl! Sie hatte sich so glücklich gefühlt, so sanftmütig, aber das war ein für allemal aus!

Und er empfand offensichtlich nichts, überhaupt nichts! Warum hätte er sie sonst in ihr Bett zurückgebracht? Und ihr das Nachthemd ausgezogen ... sie angesehen, ohne daß sie es wußte! Sie hatte allem Anschein nach törichte, weibliche Träume gehabt, Dummkopf, der sie war.

»Wann reist du ab?« fragte sie ihren Ehemann eisig.

Hawk biß in seinen Toast.

»Abreisen?« Der Marquess sah erschrocken auf. »Wovon, zum Teufel, sprichst du, Frances?«

Sie erwiderte, als sie sah, daß Hawk sich ganz auf die Butter, die neben seinem Teller stand, konzentrierte: »Warum sollte er denn nicht nach London zurückkehren? Schließlich kümmert er sich doch nicht für einen roten Heller um Desborough Hall oder das Gestüt oder die Rennpferde ... oder um sonst irgend etwas!«

»Vater«, sagte Hawk ruhig und legte sein Toastbrot hin, »ich habe einen Scheck über fünftausend Pfund an deinen Sekretär Conyon geschickt. Ich vertraue darauf, daß du in Zukunft nichts mehr von deinem oder meinem Geld verschwenden wirst.«

Es war zuviel! Frances stieß ihren Stuhl zurück und warf die Serviette auf ihren noch gefüllten Teller. »Du kümmerst dich um nichts, außer um dein eigenes Vergnügen«, stieß sie wütend hervor.

»Das würde ich nicht unbedingt als die reine Wahrheit bezeichnen«, erwiderte Hawk und blickte sie spöttisch und so anzüglich an, daß sie errötete, aber nicht aus Verlegenheit, sondern aus Ärger.

»Du scherst dich um nichts! Verkaufe den verdammten Pferdebestand! Geh zurück nach London! Ich bin sicher, daß ich mich auch um nichts mehr kümmern werde!« fauchte sie.

»Ich glaube, ich sollte erst dieses Geheimnis mit Belvis überprüfen«, meinte Hawk völlig ruhig.

»Was für ein Geheimnis?« wollte der Marquess wissen.

»Es scheint, daß Flying Davies Mutter starb, bevor sie die Möglichkeit hatte, ihn zur Welt zu bringen«, erklärte Hawk. »Ich denke, ich sollte mir die Rechnung über den Verkauf einmal ansehen.« Er schüttelte den Kopf. »Soviel Verantwortung, so viele Pflichten, soviel Inanspruchnahme meiner Zeit und ... Energie.«

»Du verdienst nicht, in deinem Bett zu sterben! Du verdienst, ausgepeitscht zu werden ...«

»Von dir, meine liebe Frau?«

»Das würde ich mit Begeisterung tun!«

»Ich wünsche, daß ihr zwei wenigstens einen Moment mit eurer Streiterei aufhört«, verlangte der Marquess. »Ah, Rosie, bitte noch etwas Tee.«

Nicht ein Wort wurde mehr von ihnen gesprochen, bis Rosie, die ihre Ohren aufsperrte, sehr langsam das Frühstückszimmer wieder verließ.

»Dafür gibt es doch sicher eine ganz einfache Erklärung«, fuhr der Marquess fort. »Was sagt denn Belvis?«

»Er versteht es nicht«, erwiderte Frances nun ruhiger. »Er ist ganz verstört.«

»Zweifellos wird sich alles aufklären, wenn ich die Verkaufspapiere durchsehe.« Damit beendete Hawk das Thema.

Einige Stunden später mußte er feststellen, daß es keine Erklärung gab. Kein Verkaufspapier wurde gefunden. Er und Marcus hatten jeden denkbaren Platz durchsucht. Es gab auch keine Verkaufsunterlagen für Tamerlane oder Clancy's Pride. Merkwürdig, dachte Hawk, schüttelte es aber ab. Er hatte keine Ahnung, was Nevil mit den Papieren getan haben konnte, doch irgendwo mußten sie ja sein.

Er schlenderte zu den Koppeln und beobachtete Frances, die Flying Davie ritt. Sie war ohne Zweifel eine vorzügliche Reiterin, und sie hatte auch recht gehabt, daß sie ein Naturtalent im Umgang mit Pferden war. Flying Davie befolgte bereitwillig jede ihrer Anweisungen. Sie schien sich auch in ihrem Reitdreß wohl zu fühlen, wenn man ihren Aufzug so bezeichnen konnte. Sie trug einen weiten, braunen Wollrock, der ihr die gleiche Freiheit beim Reiten ließ wie Reithosen.

Als Hawk sie das nächste Mal sah, war sie schmutzig, roch nach Schweiß und Pferden, und ihr Haar hing in feuchten Locken um ihr Gesicht. Er fragte sich, ob sie ein Wurfgeschoß in Händen hielt, und blickte sie alarmiert an. Aber sie stürmte ins Wohnzimmer, in der einen Hand einen schmutzigen Briefumschlag, in der anderen ein Blatt Papier.

»Von meinem Vater und Sophia«, verkündete sie mit leuchtenden Augen. Sie hatte im Moment vergessen, daß sie ihren verdammten Ehemann weder sehen noch sprechen wollte.

»Ja?« brummte Hawk uninteressiert.

»Sie sind alle wohlauf, und Sophia bittet, daß sie meine Schwestern herschicken kann. Natürlich brauchen sie dafür neue Garderobe, und Sophia fragt, ob ich sie beschaffen kann. Vielleicht in einem Monat ...«

Hawk blickte sie an, dann brüllte er: »Ich mußte dich heiraten, Frances, dein Hiersein ist notwendig, aber ich will zur Hölle verdammt sein, bevor mir deine Schwestern hier am Bein hängen! Außerdem habe ich nicht die geringste Absicht, Madam, dir noch weitere Verschwendung meines Geldes zu erlauben! Teile deinem Vater mit, daß er gefälligst selbst für alles zu sorgen hat!«

Frances schnappte sprachlos nach Luft.

»Und falls Sophia glaubt«, fuhr er fort, »daß ich euch drei mit mir nach London nehme und euch zu Bällen und ähnlichem ausführe, dann irrt sie sich gewaltig!«

Frances vermochte ihren Zorn nicht länger zurückzuhalten. »Du Bastard!« schrie sie Hawk an, und es kümmerte sie nicht im geringsten, daß Otis und Mrs. Jerkins erschrocken in der Halle stehenblieben und jedes Wort durch die offene Tür hörten. »Du gemeiner, kleinlicher, selbstgerechter Bastard! Du bist abscheulich! Und ich hasse dich!«

Hawk sah, wie sie wütend mit dem Fuß aufstapfte, sich dann abrupt umdrehte und aus dem Zimmer eilte. Se ließ ihn einfach stehen. Ich sollte sehr bald nach London zurückkehren, dachte er bei sich.

Aufgebracht lief Frances ins Arbeitszimmer und fluchte auf Hawk mit sämtlichen Schimpfwörtern, die sie von den Wutanfällen ihres Vaters in Erinnerung hatte.

»Nanu, was ist denn das?« fragte der Marquess, der kurz darauf ins Zimmer kam und von seinem treuen Otis über alles unterrichtet worden war.

»Ihr verdammter Sohn!« schrie Frances.

»Ja?« erkundigte sich der Marquess aufmunternd.

»Er weigert sich, etwas von seinem kostbaren Geld für meine Schwestern auszugeben! Er weigert sich sogar, sie hierherkommen zu lassen oder etwa nach London mitzunehmen! Ich hoffe, daß seine Zehen verrotten, ich hoffe, er zerschlägt sich seinen Dickschädel an einem ... einem ...« Sie hielt inne, weil ihr im Moment kein passendes Hindernis für Hawks Kopf einfiel.

»Es wäre mir eine große Freude, Geld für deine Schwestern zur Verfügung stellen zu dürfen, Frances«, erklärte der Marquess liebenswürdig. »Und wenn es dir recht ist, ich habe da einen etwas verwandten Cousin, der sich gewiß gern um deine Schwestern kümmern wird. Du siehst, meine Liebe, es besteht kein Grund für dich, so ... besorgt zu sein.«

Die Großzügigkeit ihres Schwiegervaters überwältigte Frances derart, daß sie in Tränen ausbrach.

»Meine Liebe!« rief er begütigend.

Frances wandte ihm den Rücken zu, damit sie ihr Gesicht vor ihm verbergen konnte, bis sie sich wieder unter Kontrolle hatte.

»Also«, fuhr der Marquess fort, »das Hawksbury-Haus in London gehört mir. Hawk benützt es nur, wenn er dort ist, aber er hat nicht zu bestimmen, wer in dem Haus wohnen darf, Frances.«

»Sie sind sehr gütig, Sir«, erwiderte Frances und schnüffelte noch ein bißchen. Dann nahm sie sich zusammen und erklärte entschlossen: »Es gehört nicht zu Ihrer Verantwortung, sondern zu seiner, und ich werde ihn zwingen, seinen Verpflichtungen nachzukommen.«

»Wie willst du das fertigbringen?«

»Ich ... nun, im Augenblick weiß ich es noch nicht genau. Vielleicht werde ich ihn erpressen, wenn ich den Namen seiner Mätresse in London herausgefunden habe.«

»So weit sollte es nicht kommen«, meinte der Marquess rasch. »Wirklich, meine Liebe, ich bin ein sehr reicher Mann, und es gibt keinen Grund für dich, mir nicht zu erlauben ...«

»Nein, Sir«, widersprach Frances. »Nein. Ich danke Ihnen, aber es ist nicht recht, und ich kann Ihre Großzügigkeit nicht annehmen. Sie haben schon viel zuviel für mich getan.«

»Also gut.« Der Marquess klopfte Frances liebevoll auf die Wange und verließ das Zimmer. Er wußte genau, was er als nächstes tun würde.

Er fand seinen Sohn am Billardtisch im Rauchzimmer und sah, wie Hawk einen Ball so gewaltsam anstieß, daß er fast ein Loch in die Tischbespannung gebohrt hätte.

»Ich würde sagen, mein Junge, daß deine Technik mangelhaft ist, zumindest etwas«, stellte der Marquess ruhig fest.

Hawk blickte ihn nur finster an.

»Mein Sohn«, fuhr der Marquess fort, »du wirst selbstverständlich bereitwillig Geld für die Schwestern deiner Frau zur Verfügung stellen. Du wirst dich außerdem bei Frances für dein abscheuliches Benehmen ihr gegenüber entschuldigen.«

Sorgfältig lehnte Hawk den Billardstock an den Tisch, sagte aber nichts.

»Mir hat sie nicht erlaubt, ihr zu helfen«, fuhr der Marquess nach kurzem Schweigen fort. »Sie ist sehr stolz.«

»Sie ist eine schreckliche Frau!«

»Warum, mein lieber Junge, verletzt du sie so?«

Daß mein Vater auch alles merken muß! dachte Hawk ärgerlich und sagte so ruhig wie möglich: »Ich werde Desborough Hall bald verlassen und ich will nicht, daß mir drei Frauen nach London folgen.«

»Ich nehme an, du weißt, was du tust, Hawk.«

»Oh, verdammt!« Hawk knallte die Faust auf den Tisch. »Ich werde mich bei ihr entschuldigen! Ich werde ihr alles Geld geben, was sie für ihre Schwestern braucht, aber ich wünsche nicht, sie in London überallhin zu begleiten! Von mir aus kann sie mit ihnen nach York oder sogar nach Harrowgate fahren! Da gibt es zahlreiche Vergnügungsstätten und solchen Unsinn.«

»Darf ich dir empfehlen, dich recht bald bei ihr zu entschuldigen? Sie sprach davon, daß sie dich erpressen will.«

»Das ist ja lächerlich! Mich erpressen!«

»Deine Mätresse, Hawk.«

»Sie ist eine Xanthippe!«

»Deine Mätresse, mein lieber Junge?«

»Nein, Frances!« schnappte Hawk.

»Sie macht dir zu schaffen, sicher, aber deshalb ist sie doch noch lange keine Xanthippe, mein Sohn. Du übertreibst gewiß. Vielleicht, um dich selbst zu schützen!«

Hawk fluchte und stapfte wütend aus dem Zimmer.

Langsam nahm der Marquess den Billardstock in die Hand und begann in aller Ruhe ein Spiel.

Hawk vergaß, zumindest für den Augenblick, seine Reisepläne für London. In der Nacht wurde Flying Davie plötzlich krank, und Frances, blaß und voller Kummer, blieb bis zur Morgendämmerung im Stall. Hawk konnte die Situation nicht einfach ignorieren. Er beobachtete Frances' Bemühungen um das edle Tier, sah, wie das Pferd ihr vertraute und bei ihrer Berührung ruhiger wurde.

»Der Bursche wird es schaffen«, erklärte Belvis und streckte seinen müden Rücken. »Lady Frances versteht es großartig mit ihm. Ich hätte nie geglaubt, daß eine Frau ... Wenn ich nur wüßte, warum er so krank wurde. Sein Futter wird sorgfältig überwacht. Ich verstehe es einfach nicht.« Er schüttelte den Kopf und fügte lächelnd hinzu: »Sie sind sehr glücklich zu schätzen, Mylord.«

Was soll ich dazu sagen? dachte Hawk, selbst todmüde.

Frances weigerte sich, Flying Davie zu verlassen, bis sie nahezu vor Erschöpfung neben ihm im Stall einschlief.

»Komm, Frances.« Hawk nahm ihren Arm und zog sie auf die Füße. »Flying Davie geht es jetzt besser als dir. Es wird Zeit, daß du ins Bett gehst.«

»Er wird leben«, erwiderte Frances, stolz auf sich selbst, und lächelte ihren Ehemann an.

Unter ihren Augen lagen tiefe Ringe, ihr Haar war zerzaust, ihr Kleid zerdrückt, und Hawk war tief berührt. »Du mußt erst frühstücken«, sagte er mit rauher Stimme, »dann gehst du schlafen. Es ist fast neun Uhr morgens.«

»Ich bin nicht hungrig, nur müde.«

Frances schwankte ein wenig auf dem Weg ins Haus, und Hawk ergriff ihren Arm. Plötzlich erklärte er: »Ich möchte mich bei dir entschuldigen wegen meines Benehmens. Ich freue mich natürlich, wenn dich deine Schwestern hier besuchen. Selbstverständlich werde ich für ihre neuen Kleider und was sie sonst noch brauchen aufkommen.« So, nun hatte er es gesagt. Hoffnungsvoll wartete er wieder auf ein Lächeln von Frances, doch sie entgegnete nur: »Das ist nicht nötig. Ich werde ihre neue Garderobe selbst bezahlen. Natürlich danke ich dir für die Erlaubnis, daß sie in deinem Hause bleiben dürfen.«

»Du hast kein Geld, Frances, jedenfalls nicht genug, um sie gut auszustatten.«

Sie wedelte mit der Hand. »Mein Ring ist sehr kostbar, und ich werde ihn verkaufen. Ich fahre heute nach York.«

Hawk sah rot. »Das wirst du nicht tun!«

»Gehört der Ring nicht mir?«

»Er ist ein Familienerbstück und viel mehr wert, als du dafür bekommen würdest. Ich verbiete dir, ihn zu verkaufen, Frances.«

Sie blieb stehen, entzog ihm ihren Arm und erwiderte schneidend: »Geh zum Teufel, mein Lord! Ich nehme an, der Teufel ist in London. Heute ist ein schöner Tag zum Reisen. Warum fährst du nicht weg?«

»Wenn du nicht so müde wärst, würde ich dich jetzt schütteln, bis dir Hören und Sehen vergeht!«

»Ah, deine Ansicht von Fairneß, mein Lord? Kämpfe nie gegen einen Feind, bis er oder sie imstande ist, sich zu wehren?«

»Hawk, verdammt noch mal! Fairneß hat damit überhaupt nichts zu tun. Du wirst den Ring nicht verkaufen, und damit basta!«

Frances wandte sich ab und schritt rascher aus. Plötzlich blieb sie stehen, als sie zwei staubige Kutschen heranfahren und vor dem Haus halten sah. Ein elegant gekleideter Gentleman stieg aus und reichte einer Lady die Hand.

»Du lieber Himmel«, stieß Hawk hervor, »es ist Lord Chalmers und meine Schwester Beatrice!« Mit ausgestreckten Armen ging er auf die beiden zu. »So eine Überraschung! Wie haben Sie es nur fertiggebracht, meine Schwester zu so früher Stunde ...«

»Hallo, Philip«, unterbrach ihn Beatrice. »Alles hier sieht unverändert aus. Edmund und ich wollten dich besuchen. Ach, du liebe Zeit, Vater ist hier? Und wer ist das?« Sie zeigte mit dem Finger auf Frances.

Hawk holte tief Luft. »Frances, komm her, meine Liebe. Sie ist meine Frau«, fügte er hinzu.

»Schläft sie in den Ställen? Wic merkwürdig! Aber bei ihrem Anblick überrascht mich das eigentlich nicht. Trotzdem ...«

»Sie hat sich um ein krankes Pferd gekümmert«, schnitt Hawk seiner Schwester das Wort ab.

»Wie merkwürdig«, wiederholte Beatrice.

»Sie sehen auch nicht gerade erholt aus, alter Junge«, ließ Edmund sich nun hören. »Wird das Pferd überleben?«

»Ja. Frances besitzt die Begabung, Tiere zu heilen.« Hawk blickte auf seine Frau, die nun neben ihm stand, und übernahm die Vorstellung.

Frances sagte lächelnd: »Ich kann Ihnen nicht erlauben, mir momentan näherzukommen. Ich fürchte, ich sehe schändlich aus.«

»Das kann ein Bad und etwas Ruhe bestimmt ändern«, erwiderte Edmund freundlich.

Inzwischen hatte der Marquess die Gruppe erreicht, und Frances sah erstaunt, daß Beatrice ihren Vater sehr kühl auf die Wange küßte.

Beatrice war, wie Frances feststellte, schöner als ihr Bild. Sie sah prächtig aus in ihrem Reitkleid aus dunkelrotem Samt, aber ihr Gesichtsausdruck war alles andere als herzlich.

Edmund hingegen schien ein äußerst höflicher Gentleman zu sein, und sehr freundlich. Seine Augen funkelten humorvoll, und er begrüßte den Marquess mit charmanter Hochachtung.

»Wollen wir alle ins Frühstückszimmer gehen?« schlug Hawk vor. »Ich war gerade dabei, Frances zu veranlassen, etwas zu essen, bevor sie zu Bett geht.«

»Ich hätte gern etwas Tee«, verkündete Beatrice, »natürlich erst, nachdem ich mich ein wenig frischgemacht habe. Gertrude, geh bitte vorsichtig mit meinem Schmuckkoffer um!«

Frances blickte von der älteren Zofe zu Otis, der auf der Eingangstreppe stand. »Otis«, rief sie ihm zu, »kümmern Sie sich bitte um Gertrude und Lord Chalmers' Diener.«

»Gewiß, Mylady«, versicherte der Butler.

»Übereifriger Gockel«, meinte Beatrice und rümpfte die Nase. Dann hakte sie sich bei ihrem Verlobten unter und ging mit ihm die Treppe zum Haus hinauf. Frances sah ihr erstaunt nach.

»Das ist meine Schwester«, bemerkte Hawk. »Kümmere dich nicht um sie. Ich hatte immer angenommen, daß sie mit den Jahren umgänglicher werden würde, aber anscheinend habe ich mich geirrt.«

»Edmund wird schon mit ihr fertig werden«, meinte der Marquess.

Frances war sich da nicht so sicher, sagte aber nichts, sondern ging unverzüglich in ihr Zimmer, und Agnes richtete ihr ein heißes Bad. Auf einmal war sie in der Wanne eingeschlafen.

»Frances.«

Eine Hand rüttelte an ihrer Schulter, aber es war nicht Agnes, die sie weckte, sondern Hawk. »Du?« fragte sie verschlafen.

»Sicher. Deine Haut wird noch ganz verschrumpeln, wenn du noch länger im Wasser bleibst.« Er hielt ein großes Handtuch für sie bereit, in das er sie sofort einwickelte, als sie endlich mühsam aus der Wanne stieg. Mit einem zweiten Tuch trocknete er ihr Haar.

»Was ist mit deiner Schwester und Lord Chalmers?« erkundigte sich Frances zaghaft. Sie war schrecklich verlegen. Es war schließlich heller Tag, und ihre Zofe stand in der Nähe.

»Beatrice ruht sich aus, und Edmund sieht sich die Pferde an.« Hawk führte Frances zum Stuhl vor dem Toilettentisch und beauftragte Agnes: »Kämmen Sie ihr Haar, bevor sie wieder einschläft.« Er streichelte Frances' Wange und verließ gleich darauf das Zimmer.

Während Agnes ihrer Herrin das Haar bürstete, berichtete sie, daß Lady Beatrice vom Personal alles mögliche verlange, als ob sie die Herrin hier sei, und daß die Zofe Gertrude in der Küche herumkommandiere, daß jedoch Seine Lordschaft, der junge Herr, schon nach dem Rechten sähe.

Frances war zu müde, um viel dazu sagen zu können. Das einzige, was sie beunruhigte, war die Tatsache, daß Edmund, der Desboroughs Pferde kaufen wollte, hergekommen war. Aus welchem Grunde wohl? Und was würde Hawk tun? Offensichtlich hatte er momentan nicht die Absicht, nach London zu reisen.

Wenig später kam Hawk noch einmal in Frances' Zimmer und blickte lächelnd auf seine schlafende Frau. »Was soll ich nur mit dir machen?« flüsterte er zärtlich, hob eine ihrer Locken und hielt sie gegen seine Wange.

Als Frances am Nachmittag erwachte, stand Mrs. Jerkins neben Agnes. Ihr Busen wogte vor Empörung.

25. Kapitel

Hawk blickte über seinen gefüllten Suppenlöffel zu seiner Frau.

Frances sah wunderschön aus. Ihr prächtiges Haar war auf dem Kopf zusammengebunden und fiel in langen Locken über ihre weißen Schultern. Das blaßrosa Satinkleid betonte ihre makellosen Brüste, die er jetzt am liebsten zärtlich berührt hätte.

Hawk erkannte, daß er seinen Kampf gegen sie ohne Bedauern aufgegeben und bedingungslos kapituliert hatte, und er betrachtete Frances fasziniert mit neuen Augen. Seit er neben der Badewanne gestanden und in ihr schlafendes Gesicht geblickt hatte, wußte er, daß er sie von ganzem Herzen liebte. An die Stelle des Junggesellen war ein verheirateter Mann getreten, der über seinen Status höchst erfreut war.

Hawk war noch ganz mit seinen neuen Entdeckungen beschäftigt, als Edmund ihn aus seinen Gedanken riß. »Also, Hawk, Sie sehen so besorgt wie ein Mann aus, der gerade sein Glück auf eine einzige Karte gesetzt hat.«

»Nicht im geringsten«, erwiderte Hawk und lächelte etwas gequält. »Frances, meine Liebe, nimm dir doch noch etwas von den köstlichen Schweineschnitzeln.«

Frances nickte pflichtschuldigst einem Diener zu, und James servierte ihr ein Schnitzel.

»Deine Köchin kocht ganz gut«, bemerkte Beatrice zu ihrem Bruder.

Hast du vielleicht rohe Rüben und kalte Kartoffeln erwartet? hätte Frances am liebsten ihre Schwägerin gefragt, sagte aber natürlich nichts. Sie achtete kaum auf die Unterhaltung an der Tafel und schauderte, als sie an Mrs. Jerkins' Empörung dachte.

»Sie fragte mich nach der Sauberkeit der Bettücher!« hatte sie aufgeregt hervorgestoßen. »Und ihre Zofe, diese unausstehliche Gertrude, besaß die Unverschämtheit, zu behaupten, auf dem Toilettentisch läge Staub!«

Agnes schnappte entsetzt nach Luft und unterstützte damit noch Mrs. Jerkins' Zorn, die fortfuhr: »Gibt unserem Personal Befehle, als ob sie hier die Herrin wäre! Verlangt sogar, daß ihr Porträt gereinigt werden müßte!«

»Ich nehme an«, erwiderte Frances ruhig, nachdem es ihr endlich gelungen war, Mrs. Jerkins zu unterbrechen, »daß Lady Beatrice bald wieder abreisen wird. Ich glaube nicht, daß sie sich sehr für das Land interessiert. Wir werden es überleben, Mrs. Jerkins, und ich ...« sie holte tief Luft, »und ich werde mit ihr sprechen. Jetzt muß ich mich aber zum Abendessen umziehen.«

Und jetzt saß sie hier am Tisch und hörte, wie Beatrice laut und herrisch mehr Kalbsbries verlangte. Frances lächelte James beruhigend zu, und er nickte. Man sah ihm seinen Ärger zwar nicht an, aber seine Ohren waren doch ein bißchen rot.

»Ich stelle mir vor«, wandte sich Beatrice nun an Frances, »daß du dich hier schrecklich unbehaglich fühlen mußt — englische Gentlemen und Ladies müssen doch ganz anders sein als das, was du von Schottland her gewöhnt bist.«

»Kaum«, erwiderte Frances ruhig.

»Sicher gibt es hier in der Wildnis von Yorkshire auch noble Gesellschaften, trotzdem ...«

»Lord und Lady Bourchier sind sehr charmant«, entgegnete Frances.

»Und sehr nobel«, fügte Hawk hinzu.

»Ach, die arme Alicia.« Beatrice sah ihren Bruder vielsagend an. »Sie hat so gehofft, Philip einfangen zu können, weißt du, aber er wollte von ihr nichts wissen. Sie ist ja auch nur die Tochter eines Barons.«

»Du bist ein Snob geworden, Tochter«, tadelte der Marquess.

»Man muß schließlich seinen eigenen Stand beibehalten, Vater. Es ist ein Jammer, daß der arme Philip nach Schottland reisen mußte, um ...«

»Ich glaube«, unterbrach Edmund Lacy das schlechte Benehmen seiner Verlobten, »daß du das Thema bereits genügend erörtert hast, meine Liebe.«

Und die Diener werden alles, was du sagst, Mrs. Jerkins erzählen, dachte Frances, und ich muß dann mit einem Aufruhr fertig werden. Sie stellte sich vor, wie Otis eine Kanone auf ihre Schwägerin abfeuerte, und mußte grinsen.

»Ich wollte ja nur wissen, warum mein armer Bruder ...«

»Bea, nimm dir von den Makkaronis«, sagte Hawk streng, »vielleicht auch einige Artischockenböden.«

Frances verschluckte sich fast an ihrem Wein. Sie blickte ihren Ehemann warnend an, und er lächelte so vertraulich spitzbübisch zurück, daß ihr plötzlich ganz heiß wurde. Sie blinzelte und wußte nicht, was mit ihr und ihm los war.

»Belvis sagte mir, daß du Flying Davie das Leben gerettet hast, Frances«, schaltete sich jetzt der Marquess ins Gespräch ein. »Er ist ganz außer sich darüber, daß das Pferd durch irgend etwas, das es fraß, krank wurde.«

»Er muß dem Auge seines Trainers entwischt sein und irgendein Unkraut gefressen haben«, meinte Edmund.

»Pilze«, behauptete Beatrice.

»Nun, ich bin überzeugt, Belvis wird ihn jetzt wie ein Falke bewachen«, versicherte Frances.

»Zwei solcher Vögel in Desborough?« neckte Hawk.

»Du und dein lächerlicher Spitzname«, bemerkte Beatrice geringschätzig.

»Frances mag ihn«, konterte Hawk.

»Das finde ich aber sehr merkwürdig von dir.« Beatrice sah ihre Schwägerin an, als sei sie ein seltsames Ding, das aus einem exotischen Land importiert wurde.

Jetzt reicht's, dachte Frances, lächelte ihren Gästen zu und stand auf. »Beatrice, wollen wir die Gentelemen ihrem Portwein überlassen?«

Nachdem die beiden Frauen im Wohnzimmer Platz genommen hatten, begann Beatrice: »Ich habe keine Schwägerin erwartet.«

»Ich auch nicht.«

»Philip war immer frei und gegen eine Ehe«, stichelte Beatrice weiter.

»Das ist er noch immer — frei, meine ich«, erklärte Frances.

Einen Moment schwieg Beatrice verdutzt, dann fuhr sie fort: »Ich war sehr überrascht, als ich las, daß mein Bruder eine unbekannte ... Person aus Schottland geheiratet hat. Ich sagte gleich zu Edmund: da steckt mein Vater dahinter. Der Dummkopf mischt sich in alles ein.«

So, dachte Frances, selbst Beatrice wußte nichts von dem schändlichen Eid. Sie wunderte sich, daß Hawk seiner Schwester nichts von alledem gesagt hatte, während er in London war. »Ich sah deinen Bruder im Loch Lomond baden«, erklärte sie plötzlich, »und wußte sofort, daß ich ihn haben wollte.«

»Du hast ihn nackt gesehen?«

»Er badete nicht mit Krawatte.«

Beatrice räusperte sich mißbilligend.

Frances musterte ihre Schwägerin einige Augenblicke. »Beatrice, ich würde es zu schätzen wissen, wenn du es unterließest, dem Personal Anweisungen zu geben.«

»Einer muß ihnen schließlich Befehle erteilen! Der Staub, die Unordnung ...«

»Du bist mein Gast, Beatrice, und meine Schwägerin, aber nicht die Herrin von Desborough Hall.«

»So«, erwiderte Beatrice mit glitzernden Augen, »deshalb hat dich also mein armer, gutmütiger Bruder geheiratet.«

»Wie bitte?«

»Du hast ihn unbekleidet gesehen, hast ihn verführt und dir selbst ein Kind zugelegt.«

Frances lachte, sie konnte nicht anders. »Ich wußte bisher noch nicht, daß eine Frau sich selbst schwanger machen kann.«

»Mein Bruder ist natürlich ein Gentleman, und du weißt sehr genau, was ich meine! Deine Leichtfertigkeit ist äußerst unschicklich, Frances!«

Frances wischte sich die Lachtränen aus den Augen und sagte in breitem Schottisch: »Ich denke, ich werde jetzt etwas spielen. Bevorzugst du eine besondere Melodie?«

Sie erwartete keine Antwort, ging zum Pianoforte und

setzte sich. Sie spielte, bis ihr die Arme weh taten. Nur einmal blickte sie zu Beatrice und sah, daß ihre Schwägerin gähnte. Sie ging zu einer Mozart-Sonate über. Als sie endlich aufhörte, erschrak sie über den begeisterten Applaus, der plötzlich losbrach.

Sie drehte sich um und lächelte. »Hätte ich gewußt, daß Sie hereingekommen sind, Gentlemen, hätte ich Ihre Ohren verschont.«

»Aber nicht doch, Lady Frances«, protestierte Edmund. »Sie spielen ganz entzückend.«

»Sie tut viele Dinge ganz entzückend«, fügte Hawk hinzu.

»Das ist wirklich eine Überraschung«, gab Beatrice widerwillig zu. »Deine Technik ist sehr fundiert für jemand, der in Schottland aufwuchs.«

Hawk überlegte, ob er seiner Schwester den Mund zubinden sollte. Sie saß auf zu hohem Roß und richtete Pfeile auf Frances. Er war sich nicht mehr im unklaren über diesen Besuch. Edmund hatte zwar nicht viel gesagt, aber Hawk wußte, daß er hier war, um den Verkauf der Desborough-Pferde voranzutreiben. Es war nur eine Frage der Zeit, wann er damit herauskommen würde. Allerdings nicht, wenn der Marquess anwesend war. Edmund war schließlich nicht dumm und hatte erkannt, daß der Marquess sich sofort einmischen würde.

Er hörte, wie sein Vater vorschlug, die jungen Leute sollten zu viert Pikett spielen.

»Ja, Frances«, erkundigte sich Hawk und sah seine Frau wiederum mit diesem neuen, vertraulichen Blick an, daß ihr der Schweiß ausbrach. »Sollen wir es mit den beiden aufnehmen? Sie sind große Könner, ich warne dich.«

»Ich würde sehr gern spielen«, erwiderte Frances.

Als der Marquess sich von ihr mit einem Kuß auf die Wange verabschiedete, flüsterte er ihr ins Ohr: »Du machst alles fabelhaft, Frances, ich bin sehr stolz auf dich! Packe Beatrice an der Breitseite, sie ist sehr geschickt auf diesem Gebiet.«

Frances fühlte sich wenige Minuten später, als steckte sie in einem Spiel um Leben und Tod. Sie verspürte plötzlich den überwältigenden Drang, zu gewinnen, und konzentrierte sich ganz auf ihre Karten. Sie spielte temperamentvoll und mit allen Feinheiten, und als Edmund schließlich seine letzte Karte auf den Tisch warf, erklärte er: »Meine liebe Bea, ich glaube, wir haben unseren Meister gefunden. Die zwei sind unschlagbar! Ein Jammer, daß du Frances nicht zu White's mitnehmen kannst, Hawk.«

»Damit sie dort den Stolz aller Männer vernichtet? Vielen Dank, mein Edmund. Ich werde sie und all ihre Talente hierbehalten, bei mir.«

Frances blickte ihn erstaunt an und fragte sich, was er wohl dachte und welches seine Motive waren. Meinte er mit diesen etwas zweideutigen Worten, daß er nicht nach London zurückkehren würde?

Der Tee war längst ausgetrunken, und es war Zeit, schlafen zu gehen, doch Frances war nicht im geringsten müde, aber schrecklich aufgeregt und voller Erwartung. Sie sah, daß Hawk sie eingehend musterte, und errötete. Am liebsten hätte sie ihn geküßt und ihm zugleich die Karten in sein selbstgefälliges Gesicht geworfen.

Hawk lächelte, stand auf, streckte sich und gähnte ausgiebig. »Frances, bist du auch bereit, ins Bett zu gehen?«

»Ich glaube schon«, erwiderte sie mit leicht zitternder Stimme.

Frances machte sich nichts vor. Sie wünschte sich, daß er zu ihr kam. Sie wartete sehnsüchtig auf seine Schritte zur Verbindungstür. Er kam wenige Augenblicke später in ihr Schlafzimmer, sah sie an und lächelte.

»Hallo«, sagte er und steckte die Hände in die tiefen Taschen seines Morgenmantels.

Zeit, sich in die Höhle des Löwen zu wagen, dachte Frances und fragte: »Hawk, was tust du?«

»Ich bereite mich darauf vor, meine Frau zu lieben, bis sie mich leidenschaftlich umarmt und vor Lust schreit und ...«

»Ich meine, was ist mit dir los? Du benimmst dich nicht, wie du solltest.«

»Das bekümmert dich, mein Liebes?«

»Du bist mir unbegreiflich. Ich wünschte, du würdest

genau dort stehenbleiben, wo du jetzt bist, bis ich dich verstehe.«

»Darf ich mich wenigstens setzen?«

»Das nehme ich an«, meinte sie widerwillig. Sie hatte nicht beabsichtigt, daß er sich auf ihr Bett setzte, aber natürlich tat er das. Er legte sich auf den Rücken und bettete seinen Kopf auf ihre Oberschenkel.

»Nun, was macht dir Sorge, Frances? Du behandelst Beatrice genau richig. Otis hat wieder etwas Farbe bekommen und mich darüber informiert, daß Mrs. Jerkins den Tee für meine Schwester nicht vergiften wird.«

»Deine Schwester mag mich nicht«, erwiderte Frances.

»Nein, aber das wird schon noch kommen. Sie sorgt sich, denke ich, zumindest ein bißchen um mich, und wenn sie feststellt, daß ich meine Hände nicht von dir fernhalten kann, wie sie ...«

»Genug davon! Du bist einfach unmöglich, und ich wünsche nicht ...«

»Was wünscht du nicht, Liebes?«

»Du bringst meine Füße zum Einschlafen«, klagte Frances. »Du bist schwer.«

»Das wollte ich bestimmt nicht.« Hawk richtete sich auf und legte sich neben sie. Seine Fingerspitzen berührten zart ihre Nasenspitze, ihr Kinn und strichen leicht über ihre Lippen.

»Hawk ...«

»Du bist wunderschön, Frances.« In seiner Stimme lag kein Hauch von Spott. Er beugte sich über sie, seine grünen Augen blickten sie voller Verlangen an, und Frances schluckte.

»Das bist du auch«, erwiderte sie ehrlich.

Hawk lächelte. Der wissende, warme, vertrauensvolle Blick lag wieder in seinen Augen. Frances fühlte, wie seine Hand zart ihre Brust berührte, und sie stammelte: »Ich habe nicht gewußt, daß eine einfache Berührung in mir so eigenartige Gefühle erwecken kann.«

»Liebes, mir geht es ebenso.« Hawk schloß die Augen, als wollte er sich genau einprägen, wie sie sich anfühlte.

Plötzlich öffnete er die Augen. »Du wirst deinen Ring nicht verkaufen, Frances.«

»Ich … ich möchte nicht, daß du zu etwas gedrängt wirst, was du nicht gern tust. Ich möchte dir nicht verpflichtet sein.«

»Ich bin dein Ehemann«, erwiderte er, und Frances wußte, daß er keine weiteren Argumente wünschte, und sagte nichts mehr dazu, wenigstens im Augenblick nicht. All ihre Gedanken schwanden plötzlich dahin, als sie spürte, wie ihr Körper erregt wurde.

Sie strich mit den Fingerspitzen über sein Gesicht, und sagte zum ersten Mal und aus vollem Herzen: »Hawk, ich will dich.«

Diese einfachen Worte, so zärtlich und mit solchem Verlangen ausgesprochen, überwältigten Hawk. Er liebte Frances, wie er es noch nie getan hatte, führte sie beide zu allen Höhen der Lust, bis sie einander glücklich und ermattet in den Armen hielten.

»Himmel«, seufzte er, »du wirst mich umbringen, Madam, bevor ich dreißig bin.«

»Nun«, erwiderte sie lächelnd, »ich bin noch nicht ganz zwanzig und auch schon am Rande des Ruins.«

Frances erwachte nachts von seinen zärtlichen Küssen auf ihren Nacken und seiner Hand, die ihren Leib streichelte. Sie seufzte glücklich und lächelte in die Dunkelheit hinein.

Hawk preßte sich gegen ihren Rücken, und sie spürte, wie er in sie drang. Ihre Körper waren noch vereint, als sie wieder einschlief.

Hawk erwachte am nächsten Morgen sehr früh und fühlte sich, als ob er die Welt mit einer Hand erobern könnte. Frances hatte sich an ihn gekuschelt und schlief noch so fest, daß er es nicht über sich brachte, sie zu wecken. Er stand auf und ging in sein Schlafzimmer.

Er kam sich wie der glücklichste Mann auf der Erde vor, als er einige Zeit später ins Frühstückszimmer trat, wo Edmund bereits am Tisch saß.

»Guten Morgen, Hawk«, begrüßte ihn Lord Chalmers. »Die Damen sind noch im Bett, nehme ich an.«

»Frances gewiß. Sie hatte einen sehr anstrengenden ... Tag und braucht ihren Schlaf.«

Edmund musterte ihn und stellte fest: »Die Ehe scheint Ihnen gut zu bekommen.«

»Das kann ich nur bestätigen. Früher hätte ich mir das nicht vorstellen können. Haben Sie und meine Schwester schon einen Hochzeitstermin festgesetzt?«

»Ja, im September. Ich darf doch darauf rechnen, daß Sie und Lady Frances nach London kommen werden?«

»Natürlich.« Hawk wartete, bis Rosie ihn bedient und das Zimmer wieder verlassen hatte, dann erklärte er offen: »Ich will Ihnen ohne Umschweife sagen, Edmund, daß ich mich entschlossen habe, nicht zu verkaufen.«

Edmund hielt einen Augenblick den Atem an bei diesen endgültig klingenden Worten. Er war mehr als überrascht. Er hatte angenommen, daß Hawk ihm Gelegenheit zu einer Diskussion geben würde, und daß er ihn zum Verkauf überreden könnte. Aber Hawk gab ihm gar keine Möglichkeit dazu. Verdammt!

»Ich verstehe«, erwiderte er und versuchte, Zeit zu gewinnen.

»Das Gestüt und die Rennpferde bedeuten Frances sehr viel«, erklärte Hawk. »Ich selbst wollte es eigentlich gar nicht übernehmen, es gehörte schließlich Nevil. Ich hatte vielleicht das Gefühl, daß ich in seine Fußstapfen treten würde, und fand das nicht richtig.«

»Doch Sie haben Ihre Ansicht geändert. Unwiderruflich?«

»Ja.«

»Nun«, meinte Edmund bedächtig, »ich denke, da gibt es nichts mehr über diese Angelegenheit zu sagen.«

»Nein, nichts mehr. Sie und Beatrice werden doch eine Weile bei uns bleiben?«

»Das würde ich sehr gern tun, aber es ist immerhin möglich, daß Ihre Frau gern Beatrice die Haare ausreißen möchte, wenn wir zu lange bleiben«, gab Edmund zu bedenken.

Das schien unglücklicherweise sehr rasch der Fall zu sein.

Hawk schlenderte zu der Koppel und sah, daß Beatrice in herrischem Ton Frances Anweisungen beim Training mit Tamerlane gab. Frances sah aus, als würde sie im nächsten Moment seiner Schwester ins Gesicht spucken. Belvis schaute amüsiert zu, und der arme Henry, der Trainergehilfe, stand unbeholfen da und blickte mit seinen vorstehenden blauen Augen von einer Lady zur anderen.

»Deine Methode ist schlecht!« behauptete Beatrice eben. »Muß ich dich fortwährend erinnern, daß ...«

»Guten Morgen, Ladies. Guten Morgen, Belvis.« Hawk stellte sich zwischen die beiden Frauen und streichelte Tamerlanes Nase. »Er ist ein Gewinner, meinst du nicht auch, Beatrice? Frances, meine Liebe, du bist noch nicht in deinem Reitkleid, und ich hatte dich ausdrücklich gebeten, um elf Uhr fertig zu sein. Bitte, geh dich umziehen.«

Frances flüchtete bereitwillig. Sie war überzeugt, daß Beatrice, wenn auch widerwillig, einräumen mußte, daß sie über Rennpferde Bescheid wußte.

Eine halbe Stunde später kehrte sie zum Stall zurück. Sie trug ein streng tailliertes, dunkelblaues Reitkleid und einen flotten Hut. Erstaunt sah sie, daß Hawk ganz allein auf sie wartete und blieb, plötzlich verlegen, stehen.

Mit der größten Selbstverständlichkeit hob Hawk sie in den Sattel, bestieg Ebony und sagte Frances, daß sie ihm folgen solle.

»Ganz, wie der Herr befiehlt«, meinte sie zu Viola, ihrer Stute, und ließ sie hinter Hawk hergaloppieren.

Hawk sagte nichts, bis sie seinen Lieblingsplatz am River Ouse erreicht hatten, dann stieg er ab, band Ebony am niedrig hängenden Ast einer Eibe fest und hob Frances von Violas Rücken.

»Hallo«, sagte er lächelnd, als er sie behutsam auf die Erde stellte, und küßte sie zärtlich. Er nahm Frances in seine Arme und meinte: »Wie bekomme ich dich jetzt aus all diesen lächerlichen Sachen? Du siehst in deinem Kleid allerdings sehr hübsch aus, und ich sollte vielleicht einfach nur deinen Rock hochheben. Ja, das werde ich tun.«

»Hawk!«

Er lachte leise, hob sie auf und legte sie auf den Rücken. Frances fühlte das weiche Gras und atmete den süßen Duft der wildwachsenden Blumen.

Hawk kniete nieder, schob ihren Rock hoch und streichelte ihre Oberschenkel.

»Es ist heller Tag«, protestierte sie halbherzig.

»Stimmt«, erwiderte Hawk, »und ich kann dich sehen, zumindest alles von der Taille abwärts.«

Frances blickte auf und sah das Sonnenlicht durch die überhängenden Zweige und das Laub schimmern. Im nächsten Moment gab sie sich ganz der Leidenschaft hin, mit der Hawk sie liebte, und erwiderte sie mit jeder Faser ihres Körpers und ihrer Seele.

26. Kapitel

Frances' Gesicht war gerötet, ihr Herz hämmerte. Sie rannte zu Hawk ins Arbeitszimmer und war dankbar, daß sie ihn allein antraf.

Sowie er sie sah, stand Hawk auf und lächelte ihr zu. »Hallo, mein Liebes! Was ...«

»Hawk«, keuchte sie und schloß rasch die Tür hinter sich, »ich fand sie beisammen!«

»Wie bitte?«

»Beatrice und Edmund! Ich wollte mit deiner Schwester sprechen und ging in ihr Zimmer, natürlich erst, nachdem ich angeklopft hatte. Die beiden waren in ihrem Bett! Zusammen!«

»Aha.« Hawk grinste.

»Sie sind nicht verheiratet! Es war entsetzlich demütigend! Er war über ihr, Hawk!«

»Haben sie dich gesehen?«

»Nein, ich schlüpfte sofort aus dem Zimmer, bevor sie mich bemerkten.«

»Sie wollen heiraten, Frances«, erklärte Hawk freundlich und setzte sich amüsiert.

Frances stellte sich kampfbereit hin. »Du hast jedenfalls mein Schlafzimmer nicht betreten, bevor wir verheiratet waren!«

Hawk dachte an die gräßliche, graue Maus. »Lieber Himmel, nein«, erwiderte er und lachte. »Ich war im Bett einer schönen Witwe in Glasgow, bevor wir heirateten.«

Frances sah ihn an, als ob sie nicht richtig gehört hätte. »Was hast du da gesagt?«

»Ihr Name war Georgina, wenn ich mich recht erinnere. Sehr hübsch.«

»Du gefühlloser Klotz! Du ... du elender ...«

»Bastard? Schurke? Komm, Frances, du hast doch sicher nicht deine Zunge verloren? ... oder doch, hm? Gut, Schweigen bei einer Frau ist gelegentlich recht angenehm. Wenn du dich an die schrecklichen Tatsachen erinnern willst, wird dir einfallen, Frances, daß wir damals noch unverheiratet waren und uns außerdem beide widerlich fanden.«

»Ich finde dich noch immer widerlich!«

»Nein, das tust du nicht«, stellte Hawk gemächlich fest und lächelte spitzbübisch. »Du liebst mich, du sehnst dich nach mir, und wenn ich an letzte Nacht denke — und das, nach unserem Beisammensein am River Ouse! —, da hast du mich bis zur Erschöpfung ...«

»Ich finde dich nicht nur widerlich, ich verabscheue dich sogar!«

Hawk kam um den Schreibtisch herum. »Möchtest du gern, daß ich dir beweise, wie sehr du mich liebst, Frances?«

»Nein!« Sie trat an die geschlossene Tür zurück.

Hawk fragte sich, ob sie wohl vorhatte, ihm ihre Faust in den Magen zu stoßen. Man wußte nie, woran man mit Frances war, der kleinen, unberechenbaren Hexe. Langsam ging er auf sie zu, beobachtete vorsichtig ihre geballten Hände und zog sie an sich. »Du riechst so gut, mein Liebes.«

»Darum geht es nicht«, erwiderte sie gegen seine Schulter.

Er fuhr fort, ihren Rücken zu streicheln. »Warum wolltest du meine Schwester sprechen?«

Frances versteifte sich, und Hawk ließ sie los, um ihr ins Gesicht sehen zu können. »Woher wußtest du, meine liebe Frau, daß Edmund bei seiner Verlobten war? Bist du absichtlich in ihr Schlafzimmer gegangen?«

Ihr Erröten verriet sie. Hawk amüsierte sich bei dem Gedanken, daß seine Frau einen anderen Mann und eine Frau im Bett sehen wollte. »Sahen sie wie wir beide aus, Frances? Wurde deine Neugierde befriedigt?«

»Ich weiß nicht, wie wir aussehen! Ich dachte nicht ... es war wirklich schrecklich! Ich hätte nie auf Gertrude hören sollen ...«

»Was hat denn diese unangenehme Gertrude damit zu tun?«

»Sie sagte, daß sie Edmund gesucht hätte, und als sie ihn nicht finden konnte, ging sie zu Beas Zimmer und hörte fremde Geräusche ...«

»Und du wußtest sofort Bescheid, nicht wahr, meine Liebe?«

Frances sah aus, als ob sie protestieren wollte, doch dann senkte sie den Kopf und nickte. »Ich vermutete es — zumindest ein bißchen.«

»Und dann kamst du zu mir gerannt mit all diesem vorgetäuschten Zorn. Sehr menschlich von dir, Frances. Ich finde es sehr erfreulich, daß in dir ein wenig Gemeinheit steckt.«

»Ich vermute, ich bin genauso schrecklich wie Gertrude«, gab Frances zu und hielt sich für einen absoluten Dummkopf. Würde er sie immer so klar durchschauen? Das wäre sehr beunruhigend.

»Nun, deshalb werde ich dich bestimmt nicht bestrafen, ganz im Gegenteil, ich sollte eher ...« Er brach ab und blickte auf seinen Schreibtisch. Unglücklicherweise war der mit Papieren und Büchern bedeckt. Er lächelte bedauernd. »Ich werde dich sogar mit einer sehr guten Nachricht belohnen.«

Frances sah ihn mißtrauisch an.

»Ich sagte Edmund, daß ich weder an ihn noch an irgend jemand sonst verkaufen werde.«

»Hawk!« Frances schlang die Arme so fest um ihn, daß sie ihm fast die Luft abdrückte.

Hawk küßte ihre Schläfen. »Eine solche Begeisterung, Liebling! Es macht mir Freude, dich zu erfreuen.«

Liebling. Dieses Wort ließ Frances plötzlich sehr still werden, sehr wachsam. War es nur ein anderer Kosename, den Gentlemen gebrauchten ohne besondere Bedeutung?

»Dann gehst du nicht nach London zurück?« fragte sie und hielt den Atem an.

Hawk betrachtete sie prüfend. »Möchtest du, daß ich abreise, Frances?«

»Ich nahm nur an, daß du es willst. Schließlich, deine Mätresse ...«

»Ah ja, meine Mätresse. Die meisten Gentlemen haben Mätressen, wie du sicher weißt. Hast du etwas dagegen, Frances?«

Sie hörte nicht den Ernst in seiner Stimme, nur den spöttischen Unterton, und schnappte: »Warum sollte ich? Wenn du sie aufgibst, müßte ich ja auch all meine ... Liebhaber aufgeben.«

»Eine schreckliche Aussicht«, neckte Hawk ironisch.

»Du bleibst ja nur, weil Beatrice und Edmund hier sind!«

»Das könnte teilweise wahr sein«, meinte Hawk.

»Du bleibst nur, weil du dich momentan nicht mit mir langweilen mußt!«

Hawk griff ihr unter das Kinn und zwang sie, ihn anzusehen. »Frances«, sagte er ruhig, »du machst mich wütend, du bringst es fertig, daß ich dich erwürgen möchte, du stößt große Löcher in den Stolz eines Mannes —, aber du langweilst mich nie.«

»Du bleibst nur, bis du mich mit deinen Worten besänftigt hast und ...« Sie brach plötzlich ab, weil sie einen Schubs von der Tür bekam.

Hawk zog sie vorwärts, und Marcus trat ein. Er sah die beiden zusammen und wurde rot. »Oh, ich wußte nicht ... gut, ich kann ein anderes Mal ...«

»Mein lieber Marcus«, unterbrach Hawk ihn freundlich und ließ Frances los, »Ihre Ladyschaft und ich sprachen gerade über das Fehlen der Verkaufspapiere. Haben Sie noch irgend etwas entdeckt?«

»Nein, Mylord.« Marcus nestelte nervös an seinem Kragen. »Ich habe zwar Verkaufspapiere für andere Pferde gefunden, aber keine für die Drei- und Vierjährigen.«

Hawk interessierte sich im Grunde überhaupt nicht für diese Angelegenheit, zeigte das aber nicht. Er lächelte Frances zu, die sich inzwischen etwas beruhigt hatte, und berichtete: »Übrigens, Marcus, hat mir Lord Chalmers vor einiger Zeit diverse Geschichten über die Welt des Rennsports erzählt. Er sagte mir, daß es da unlängst mehr Korruption, Unfälle und dergleichen gegeben hatte, als man erwarten konnte. Ein preisgekrönter Vollblüter von Lord

Demerley wurde vor dem Rennen vergiftet. Der dafür verantwortliche Jockey floh außer Landes.«

»Das ist ja entsetzlich!« stieß Frances hervor. »Ich hätte nie geglaubt, daß solche Dinge passieren.«

»Wenn es um Geld geht«, meinte Hawk trocken, »da muß man auch mit Unehrlichkeit rechnen.«

»Da wir gerade von Jockeys sprechen«, wandte Frances ein, die sich wieder vollkommen gefangen hatte, »ich bin das Reiten gewöhnt, Hawk, und ich wiege nicht viel. Wärest du einverstanden, daß ich ...«

»Nein. Eine Lady tut solche Dinge nicht, Frances. Ich glaube, Belvis hat einen jungen Neffen, der genauso zierlich ist wie du, meine Liebe. Er erwartet seine Ankunft zum Wochenende. Da er mit Belvis verwandt ist, dürfen wir sicher darauf vertrauen, daß er die Pferde nicht vergiften wird.«

Während des Mittagessens war Beatrice bereit, ihre eigene Schlacht zu schlagen. »Du weißt überhaupt nichts über Rennen, Philip«, begann sie. »Ein Gestüt aufzubauen, ist keine große Schwierigkeit. Aber Rennen! Edmund besitzt einen ausgezeichneten Rennstall, den größten in Devonshire. Und du hast dich niemals um Desborough gekümmert. Ich denke, du solltest verkaufen. Edmund und ich sind sehr daran interessiert.«

Hawk blickte sie nur an, sagte jedoch nichts.

»Du weißt, daß ich alles bekommen hätte, wäre ich als Mann geboren. Im Gegensatz zu dir bin ich stolz auf Desborough, die Tradition, die ...«

Zum ersten Mal wandte sich der Marquess an seine Tochter. »Du kannst dich ja bald in Edmunds Ställen beschäftigen, meine Liebe. Hawk hat offensichtlich seinen Entscheid getroffen, also höre bitte damit auf.«

»Das ist ihr Werk!« Beatrice blickte böse zu Frances.

»Zum Teil stimmt das«, gab Hawk offen zu.

»Sie sollte nach Schottland zurückkehren, wohin sie gehört! Warum hast du einen solchen Niemand geheiratet, der ...«

Der Marquess warf seinen Löffel nach Beatrice, die japste, als er auf ihrem Busen landete. »Vater!«

Edmund fing zu lachen an. Er nahm Beatrices Hand und drückte sie. »Du gehst zu weit, meine Liebe. Vielleicht ändert Philip in Zukunft seine Ansicht. Schließlich ist alles, was mit Rennen zusammenhängt, sehr zeitraubend und kostspielig, und man muß mit einer Anzahl schlechter Menschen fertig werden. Laß uns ausreiten, sowie du mit dem Essen fertig bist.«

Eine Stunde später sah sich Frances gerade in ihrem Schlafzimmer um, als Hawk durch die Verbindungstür kam. »Wie geht es meinem kleinen Niemand?« fragte er.

Frances lächelte etwas gequält. »Ich war überrascht, daß du deiner Schwester nichts von den merkwürdigen Umständen unserer Heirat gesagt hast.«

»Hätte ich ihr auch nur den kleinsten Hinweis gegeben, wäre die gute Gesellschaft sofort unterrichtet worden. Ich verspürte kein Verlangen danach, bemitleidet, ausgelacht und verspottet zu werden.«

»So, dann weiß es also niemand außer uns. Warum nicht?«

»Meine Mätresse weiß es«, gestand Hawk.

»Du hast deiner Mätresse alles über uns erzählt?«

»Du solltest ihr dankbar sein«, versuchte Hawk sich zu rechtfertigen. »Es war Amalia, die mir klarmachte, daß ich meine Frau im Bett genauso lieben sollte, wie ich es mit ihr tat.«

Frances schloß die Augen. Sie sah Hawk vor sich, wie er eine sehr schöne Frau küßte und liebkoste, und sie fühlte einen Schmerz, den sie nicht verstand. Die Tränen stiegen ihr in die Augen. Sie wandte sich schnell um und ging zur Tür.

»Frances, du wirst nicht weggehen! Wenn du nicht sofort stehenbleibst, werde ich dich hier auf deinem Teppich vergewaltigen! Deine Überempfindlichkeit ist absurd!«

»Du kannst mich nicht vergewaltigen.« Sie griff nach dem Türknopf.

»Laß es nicht darauf ankommen«, warnte Hawk.

Plötzlich erkannte Frances, daß er ihre Worte falsch verstehen könnte, und wurde blaß. Sie sah Hawk in die Augen und erklärte: »Ich bin nicht schwanger.«

Hawk stöhnte enttäuscht. Dann bemerkte er ihr bleiches Gesicht und fragte: »Fühlst du dich krank, Frances?«

»Nein, bestimmt nicht.« Sie blickte zu Boden.

»Warum benimmst du dich dann wie ein verlegenes Mädchen?«

»Ich mag dich nicht«, erwiderte sie klar und deutlich. »Ich bin auch kein verlegenes Mädchen. Aber das, was du mir gerade sagtest ... nun ...«

»Frances, was denkst du wirklich?«

»Ladies haben keine Freude daran, Liebe zu machen.«

Hawk blickte sie lange an, dann warf er den Kopf zurück und lachte schallend. Im nächsten Moment streifte ihn ein Kerzenleuchter.

»Du Scheusal!« rief sie empört.

»Frances, ich lie ...« Er brach ab. Nein, jetzt war nicht die Zeit für ein solches Geständnis.

»Ich werde ausreiten.« Frances öffnete die Tür. »Würdest du bitte gehen?«

»Ja«, erwiderte er langsam, »ja, ich gehe.« Er schüttelte bedauernd den Kopf und hörte, wie Frances die Schlafzimmertür hinter ihm zuschlug.

Am Nachmittag traf der Pferdestall auf Rädern ein. Der Schmied saß auf dem Kutschersitz, und zwei Pferde zogen das Gefährt, den Pferdetransporter.

»Sehr geschickt«, lobte Edmund und musterte das Fuhrwerk eingehend.

»Es wird die Pferde faul machen«, kritisierte Beatrice.

»Das hoffe ich von Flying Davie nicht«, erwiderte Frances besorgt.

»Probieren wir es aus«, schlug der Marquess vor.

Belvis brachte Flying Davie, Stroh wurde in das Gefährt gelegt und eine schräge Holzplanke zum Betreten befestigt.

»Nun, mein feiner Bursche, deine Kutsche wartet«, meinte Belvis.

Zunächst weigerte sich Flying Davie, durch den schmalen

Eingang zu gehen. Hawk beobachtete, wie Frances den Hengst mit schmeichelnden Worten — wie schön er wäre und wie ausgeruht er in Newmarket ankommen würde — überredete, und war nicht sonderlich überrascht, als das Pferd schließlich fügsam die Planke hinauf ins Innere des Gefährts lief.

Strahlend verkündete Frances der versammelten Gesellschaft: »Flying Davie wird alles gewinnen, was in Sicht kommt.«

»Nächste Woche findet in der Nähe von York ein Rennen statt«, berichtete Belvis. »Dort werden wir Davie ausprobieren.«

Vier Tage später war niemand überraschter als Edmund, als er Lady Constance aus ihrer Reisekutsche vor Desborough Hall aussteigen sah.

»Conny«, schrie Beatrice und lief die Eingangstreppe hinunter. »Wie freue ich mich, daß Sie zu Besuch kommen konnten! Diese Langeweile hier! Aber durch Sie wird sich das ändern!« Sie umarmte Lady Constance, die etwas verwundert über diese überschwengliche Begrüßung zu sein schien.

»Na, so etwas!« Hawk kam aus dem Haus und blickte entgeistert auf die Besucherin.

»Ich bin selbst erstaunt«, bekannte Edmund. »Ich glaube, da steckt Bea dahinter.«

Constance hatte tatsächlich eine dringende Nachricht von Beatrice erhalten und war pflichtschuldigst, wenn auch voller Hoffnungen, nach Yorkshire gereist. Im Augenblick allerdings dachte sie etwas verwirrt, daß es sich vielleicht um ein Mißverständnis handle. Als sie Philip neben Edmund stehen sah, winkte sie ihm zu. Sie hatte Philip schrecklich vermißt.

»Ich bin so froh, daß Sie kamen«, flüsterte ihr jetzt Beatrice bedeutungsvoll ins Ohr. »Der kleine Niemand, den er heiratete, ist schrecklich! Na, Sie werden es ja sehen. Philip muß dringend daran erinnert werden, daß jede wichtige Person in London hinter vorgehaltener Hand über ihn lachen würde, wenn er sie der Gesellschaft vorstellt. Ihr Anblick, meine Liebe, wird ihm sicher die Augen öffnen.«

Hawk begrüßte Lady Constance freundlich, da er keinen anderen Ausweg sah. Sein Vater zeigte sich ebenfalls sehr charmant zu der jungen Lady, schließlich war sie die Tochter des alten Lumley, eines seiner ältesten Freunde.

Beatrice schwirrte um ihre Freundin herum und ließ sie erst in Ruhe, nachdem Edmund energisch erklärte: »Ich möchte mit dir sprechen, meine Liebe. Sofort! Constance kommt sicher einen Moment ohne dich zurecht.«

Seine Verlobte sah ihn zwar ärgerlich an, folgte ihm aber ins Rauchzimmer, wo er ohne Umschweife fragte: »Warum, Bea?«

»Du hast doch selbst davon gesprochen, Edmund! Philip weigert sich, an uns zu verkaufen — wegen ihr! Wenn Conny ihn erst wieder bezaubert, wird er sie hierlassen und nach London zurückkehren und rasch jegliches Interesse an seinen neuen Vorhaben verlieren.«

Zu ihrer Beruhigung sah Edmund recht nachdenklich aus. »Ich glaube, daß du recht hast, meine Liebe«, sagte er schließlich. »Deine Methode ist zwar unsolide, doch deine Argumentation — ja, der muß ich Beifall spenden. Ich werde es mir noch einmal durch den Kopf gehen lassen.«

Beatrices' Intrige hatte jedoch nicht den Erfolg, den sie sich wünschte. Als Lady Constance wenig später Frances kennenlernte, wäre sie am liebsten sofort wieder abgereist und wünschte sich, Beatrice umbringen zu können. Deshalb erklärte sie auch bald, daß sie rein zufällig auf der Fahrt zu ihrem Onkel George an Desborough Hall vorbeigekommen sei und nur angehalten habe, um Hawk und Frances nachträglich zur Hochzeit zu gratulieren.

Sosehr Beatrice auch versuchte, vor Frances auf den Flirt Hawk mit Constance anzuspielen, keiner der beiden ging darauf ein. Hawk hatte die Absicht seiner Schwester rasch erkannt, und Frances, als aufmerksame Gastgeberin, ließ sich durch nichts provozieren.

Beatrice war von dem Mißerfolg ihres Planes alles andere als erfreut und ärgerte sich noch mehr, als Frances zum

Abendessen strahlend an Hawks Arm die Treppe herunterkam und die Smaragdkette, die aus dem Familienschmuck der Hawksburys stammte, trug.

Hawk hatte wenige Minuten zuvor in Frances' Schlafzimmer die kostbare Kette um den Hals seiner jungen Frau gelegt und gesagt: »Sie gehörte meiner Mutter und meiner Großmutter. Jetzt gehört sie dir, meine Liebe.«

Stolz ging er neben ihr ins Schlafzimmer und dachte glücklich: Wie schön Frances ist!

27. Kapitel

Vor zwei Wochen hatte Amalia den erwarteten Brief vom Grafen von Rothermere erhalten. Allem Anschein nach war Hawk jetzt ein treuer Ehemann geworden. Er hatte ihr einen größeren Geldbetrag geschickt und ihr geschrieben, daß sie noch bis zum Ende des nächsten Quartals im Hause bleiben durfte. Hawk war sehr großzügig, und sie vermißte ihn sehr. Aber sie hatte gewußt, daß es einmal so kommen würde. Und da war auch noch Robert. Sie wollte auf keinen Fall ohne entsprechende Mitgift heiraten.

Allein aus diesem Grunde hatte sie dem sehr freigebigen Lord Dempsey erlaubt, mit ihr das Bett zu teilen. Sein Name war Charles Lewiston, und er besaß besonders in der Rennwelt großen Einfluß. Außerdem war er ein Freund von Lord Chalmers, dem Verlobten von Hawks Schwester Beatrice. Und er hatte geplaudert, als er betrunken war, hatte Dinge erzählt, die Amalia beunruhigten.

Lord Dempsey schien nicht zu wissen, daß sie unter Rothermeres Schutz stand, und nach seinem Trinkgelage hatte sie nicht die Absicht, es ihm zu erzählen.

»Bald werden wir haben, was wir uns wünschen«, hatte er genuschelt, nachdem er reichlich viel Brandy genossen hatte.

»Was werden Sie bald haben, mein Lord?« forschte Amalia behutsam.

»Den Desborough-Bestand, sämtliche Pferde, und dann wird alles vorüber sein.«

Was würde vorüber sein? fragte sich Amalia. Sie sah, daß er am Einschlafen war, und schmeichelte: »Sie sind so tapfer, mein Lord, und so großartig! Viel mehr als der frühere Lord Nevil Rothermere. Ich nehme an, Sie kennen ihn?«

»Verdammter Schurke«, erwiderte Dempsey und grunzte befriedigt, »egoistischer Kerl. Aber wir haben uns um ihn gekümmert, o ja, das haben wir.«

Im nächsten Moment war er eingeschlafen und schnarchte laut. Amalia hoffte inständig, daß er sich nicht daran erinnern würde, was er gesagt hatte, wenn er aufwachte.

Sie stand auf, ging zu ihrem Toilettentisch und begann, einen Brief zu schreiben.

Frances schrie, bis sie heiser war, und als Flying Davie über die Ziellinie lief, schlang sie die Arme um Hawks Nacken. »Gewonnen! Wir haben gewonnen!«

Hawk lächelte stolz und küßte sie.

Frances hatte beobachtet, wie die anderen Jockeys versuchten, Timothy von Flying Davie herunter zu stoßen. Sie sah die sausenden Peitschenhiebe, doch es gelang Flying Davie, seinen Vorsprung zu vergrößern und weiteren Schikanen zu entfliehen. Verdammte, tückische Rohlinge!

Sie hatten das Rennen bei York über die grausame Länge von fünf Meilen gewonnen, das ein Prüfstein für alle jungen Vollblüter war.

»Ich sagte ja, daß er fit für Newmarket ist.« Belvis rieb sich zufrieden die Hände. »Timothy braucht noch ein paar Anweisungen, aber er hat seine Sache gut gemacht.«

Frances hatte zweihundert Pfund gewonnen, da für Flying Davie als Neuling sieben zu eins ausgezahlt wurde.

»Sehr eindrucksvoll!« Edmund schüttelte Hawk die Hand. »Wird Tamerlane morgen rennen?«

»Ja«, versicherte Frances eifrig, deren Gesicht vor Stolz glühte.

»Ich würde mich nicht zu sehr auf seinen Sieg verlassen«, bemerkte Beatrice, während sie sich die Handschuhe auszog.

»Warum möchtest du dann unsere Pferde kaufen, wenn du ihnen nichts zutraust?« erkundigte sich Frances angriffslustig.

Edmund verhinderte jede Auseinandersetzung. Er nahm seine Verlobte am Arm und folgte Hawk und Frances zum Kreis der Sieger. Timothy stand mit rotem Gesicht da, lächelte und konnte vor Aufregung kaum sprechen.

Hawk gratulierte seinem Jockey herzlich zu seinem Erfolg

und hörte plötzlich einen der umstehenden Pferdebesitzer zu einem anderen sagen: »Flying Davie, ha, George! Wo, zum Teufel, hat der alte Nevil dieses prächtige Stück Pferdefleisch aufgegabelt? Merkwürdige Farbe, sie erinnert mich sofort an einen Vollblüter, den ich letztes Jahr in Ascot sah.«

George wischte sich den Schweiß von der Stirn und murrte: »Nevil hat kein Wort von dem Hengst gesagt. Du kanntest ja Nevil — immer hat er mit seinen Neuerwerbungen geprahlt. Warum schwieg er über dieses Prachtexemplar?«

Hawks Neugier wurde noch größer, als er bei der Rückkehr nach Desborough Hall von Amalia einen Brief vorfand, den er immer und immer wieder las. Sein Blick wurde förmlich von Lord Dempseys Worten angezogen: »Aber wir haben uns um ihn gekümmert, o ja, das taten wir ... Desborough-Bestand ... dann wird alles vorüber sein ...«

Was, um alles in der Welt, ging hier vor? Hawk wollte das Rätsel lösen, aber schiefe und krumme Wege waren ihm nicht sehr vertraut, dazu war er ein viel zu gradliniger Charakter. Er eilte zu seinem Vater, der in der warmen Sommerluft im Rosengarten spazierenging.

»Mein Junge«, begrüßte ihn der Marquess. »Frances ist nicht bei mir, was ich sehr bedauere. Ich wette, du findest sie auf der Koppel.«

»Nein, ich suche nicht meine Frau«, erwiderte Hawk und paßte sich den Schritten seines Vaters an. Ohne Umschweife fragte er: »War Lord Dempsey ein enger Freund von Nevil?«

»Der Sohn des alten Edward? Heißt er nicht Charles?«

»Ja, ich glaube: Charles Lewiston«, bestätigte Hawk.

»Der alte Lewiston war ein Lump«, erinnerte sich der Marquess. »Ich kann mir nicht vorstellen, daß sein Sohn ein besonders wertvolles Exemplar ist. Ja, Nevil sprach von ihm, die beiden waren befreundet.«

»Und Edmund natürlich auch.«

»Ja, sicher. Ein Jammer, daß Nevil nicht standhaft genug war ...« Der Marquess brach abrupt ab. Erst nach einer Weile fuhr er fort: »Nevil umgab sich mit höchst merkwürdigen Freunden. In den letzten sechs Monaten vor seinem Tode sah ich wenig von ihm, Hawk. Er löste die Verbindung, nicht ich.«

»Als ich damals deinen Brief bekam, konnte ich kaum glauben, daß er ertrunken sein sollte. Er war ein so fabelhafter Schwimmer«, meinte Hawk nachdenklich.

»Er war fürchterlich betrunken«, erwiderte der Marquess.

»Wer hat dir das gesagt?« wollte Hawk wissen.

Sein Vater blieb stehen und blickte ihn forschend an. »Es war Edmund natürlich. Er kam unverzüglich nach Chandos Chase, um mich zu benachrichtigen. Von ihm erfuhr ich die Einzelheiten. Sehr anständig von ihm. Edmund ist ein Gentleman.«

»War Lord Dempsey damals unter den Männern auf Nevils Yacht?«

»Das weiß ich nicht, Hawk. Warum interessierst du dich auf einmal dafür?«

Sein Sohn zögerte, mehr zu sagen und meinte nur: »Ich bin mir noch nicht sicher.«

Nach kurzem Schweigen berichtete der Marquess: »Edmund und Beatrice wollen morgen abreisen, glaube ich. Er muß natürlich seine eigenen Pferde für Newmarket startbereit machen.«

»Was denkst du, Vater, warum Edmund unbedingt den ganzen Desborough-Bestand kaufen will? Er bot mir einen enorm hohen Preis.«

»Ehrgeiz, mein Junge. Edmund möchte sich wahrscheinlich auch für die Zuchtrennen in Derby und Jersey qualifizieren. Das kann man einem Mann nicht verdenken.«

»Nein, gewiß nicht.« Trotzdem wunderte sich Hawk, warum Lord Dempsey vom Desborough-Bestand gesprochen hatte. Und was würde dann »vorüber« sein?

Er erwähnte nichts von alledem gegenüber Edmund, ohne den Grund für sein Schweigen selbst zu kennen. Ihr letzter gemeinsamer Abend verlief angenehm, auch wenn Beatrice nicht allzu liebenswürdig war, aber von seiner Schwester erwartete Hawk nichts anderes.

Frances, die zu ihrer eigenen Verwunderung ein Gespür für die Stimmungen ihres Ehemannes entwickelt hatte, besuchte ihn nachts in seinem Schlafzimmer. Er saß im Morgenmantel am Kamin und hielt ein Blatt Papier in der Hand.

»Was ist das?« wollte Frances wissen und ging um den Stuhl herum, um ihm ins Gesicht sehen zu können. »Irgend etwas hat dich verstört, Hawk. Ist es dieser Brief?«

»Ein Ehemann hat ein Anrecht darauf, manche Dinge für sich zu behalten«, erwiderte Hawk lächelnd und faltete das Papier sorgfältig zusammen. »Wann treffen deine Schwestern hier ein?« lenkte er ab.

»Oh, habe ich dir das nicht gesagt? Wahrscheinlich ist das mein Geheimnis.« Da Hawk nur lächelte, fuhr Frances fort: »Also gut, mein Lord: Sophia möchte bis zum Herbst warten. Sie schreibt von einer ›Kleinen Saison‹, in der meine Schwestern noch den letzten Schliff bekommen sollen, bevor sie den Heiratsmarkt im Frühjahr besuchen.«

Sie sah, wie Hawk das Blatt Papier in die tiefe Tasche seines Morgenmantels steckte und dann einladend auf seine Oberschenkel klopfte. Sie setzte sich zwar auf seinen Schoß, hielt sich aber kerzengerade. »Ich habe die zweihundert Pfund, die ich in York gewann, an Sophia geschickt«, erzählte sie. »In Glasgow hat sie eine sehr gute Schneiderin gefunden.«

»Dann werden die Mädchen ja in königlicher Garderobe ankommen. Ich schickte nämlich dreihundert Pfund an deinen Vater.«

Im ersten Moment war Frances verblüfft, dann strahlte sie Hawk an. »Du bist voller Überraschungen«, meinte sie und kuschelte sich an ihn.

»Nicht unbedingt. Ich bin nur ein simpler Mann, der seine Frau in sein Bett locken möchte.«

Frances konnte an dieser Ankündigung nichts Schlimmes finden, auch nichts an der folgenden Stunde.

Erst, als sie am nächsten Morgen allein in Hawks Bett aufwachte, erinnerte sie sich an das zusammengefaltete Blatt Papier in seiner Tasche.

Was stand auf diesem Blatt? Und warum wollte er nicht, daß sie es sah?

Zwei Tage später machte Frances ihren üblichen Rundgang durch die Ställe. Sie hatte vor, mit Flying Davie zu trainieren, doch Belvis erklärte ihr: »Nehmen Sie sich heute Tamerlane vor, Lady Frances. Davie soll heute morgen auf der Koppel bleiben. Timothy wird mit ihm einige spezielle Verteidigungsstrategien üben.«

»Er sollte eine Pistole tragen«, meinte Frances in Erinnerung an die Peitschenhiebe der Jockeys auf Timothy.

Belvis lachte. »Keine schlechte Idee. Himmel, so weit kommt es noch! Ich hörte, daß der Herzog von Portland sich alle Mühe gibt, die Rennvorschriften zu verbessern, aber das braucht Zeit. Halten Sie Tamerlane die erste Meile fest am Zügel. Stellen Sie sich vor, daß Jockeys — ich meine: solche Teufel neben Ihnen reiten.«

Frances salutierte und führte Tamerlane in den Hof, winkte ihrem Ehemann zu, stieg auf und ritt auf das flache Land hinter der Koppel. Als sie Tamerlane losgaloppieren ließ, spürte sie den Wind im Gesicht und lächelte glücklich.

Am Ende der Strecke war ein niedriger Zaun, der den Desborough-Besitz von dem der Bourchiers trennte. Sie preßte sich an Tamerlanes Hals und setzte zum Sprung an. Mitten im Sprung sah sie plötzlich auf der anderen Seite eine Dreschmaschine, deren Eisenzinken nach oben zeigten. Instinktiv versuchte sie, Tamerlanes Sprung zu vergrößern, damit er die Zinken nicht berührte, doch es gelang nicht.

Frances hörte seinen Schrei, fühlte seinen Körper erzittern und wurde über seinen Kopf hinweg abgeworfen. Sie prallte hart auf den Boden und konnte sich einige Augenblicke nicht rühren. Schließlich richtete sie sich auf und sah entsetzt den großen Riß in Tamerlanes linken Hinterlauf. Der Hengst stand still, doch seine Brust hob und senkte sich, und sie wußte, daß er schreckliche Schmerzen haben mußte.

Frances sprang auf und versuchte, das Pferd zu beruhigen, dann rannte sie zu den Ställen zurück. Sie nahm einen Abkürzungsweg, doch als sie in den Hof kam, hatte sie solches Seitenstechen, daß sie kaum atmen konnte.

Hawk sah sie als erster. »Um Himmels willen, was ist los?«

»Tamerlane ... der Sprung ... jemand hat eine Dreschmaschine hinter dem Zaun hingestellt ... Verletzt ... er ist verletzt.«

«Bist du in Ordnung?«

»Ja, aber bitte, wir müssen uns beeilen!«

Sie hörte Belvis nach dem Pferdetransporter rufen, während sie Verbandszeug und schmerzstillende Kräuter, die sie von Kilbracken mitgebracht hatte, zusammenpackte.

Hawk hob Frances vor sich aufs Pferd und trieb Ebony zur Eile an.

Tamerlane stand noch dort, wo Frances ihn verlassen hatte, den stolzen Kopf gesenkt. Hawk schnürte es die Brust zusammen, als er die klaffende Wunde sah.

Frances beruhigte den Hengst und fütterte ihn mit den schmerzstillenden Kräutern. Unterdessen blickten Hawk und Belvis zu der Dreschmaschine. Tamerlanes Blut sah wie frischer Rost auf einem der Zinken aus.

»Wer tut so etwas?« Belvis schüttelte verständnislos den Kopf. »Wer, um Himmels willen?«

»Frances reitet diese Strecke jeden Tag«, meinte Hawk.

Sie wirbelten beide herum, als Tamerlane wild schnaubte, doch Frances hatte ihn unter Kontrolle. Ihr Haar war zerzaust, ihre Kleidung schmutzig und zerknittert, doch sie kümmerte sich nur um das Pferd. Behutsam reinigte sie die Wunde, legte Salbe auf und verband das Bein. Dann atmete sie erleichtert auf. »So, jetzt kann er zurückgebracht werden.«

»Er wird bald wieder in Ordnung sein«, sagte sie wieder und wieder, während sie mit Hawk beobachtete, wie Belvis die Tür des Pferdetransporters hinter Tamerlane schloß und in den Kutschersitz kletterte.

Plötzlich fühlte Frances einen fürchterlichen Schmerz. Sie wurde blaß und schwankte.

»Frances«, rief Hawk erschrocken.

»Meine Schulter!« japste sie. »O Gott, tut das weh!«

Hawk überlegte rasch, was zu tun war, und setzte sie vorsichtig auf den Boden. Dann zog er ihr, so behutsam, wie es nur möglich war, Jacke und Bluse aus. Frances konnte nicht verhindern, daß sie stöhnte.

Hawk sah sofort, daß sie sich die Schulter ausgerenkt hatte. »Frances, ich kann dir die Schulter wieder einrenken. Es wird teuflisch weh tun, aber danach ist alles vorbei. Oder soll ich dich zurückbringen und den Arzt holen lassen?«

»Tu es«, sagte sie zwischen zusammengepreßten Zähnen.

Hawk schluckte. Er hatte das oft bei der Armee getan, aber die Männer waren stark und kräftig. Er mußte sich zwingen, fest zuzupacken. Frances gab keinen Laut von sich.

»So. Es ist vorbei, Frances.« Hawk war so erleichtert, daß es ihn schüttelte.

Frances' Kopf fiel zurück, sie wurde ohnmächtig.

»Ich bin stolz auf dich, mein Liebes«, flüsterte Hawk, als sie erstaunlich rasch wieder zu sich kam. »Es ist vorüber. Du bist wieder in Ordnung.« Er setzte sich neben sie, lehnte sich an den Stamm einer Eiche und bettete ihren Kopf auf seine Oberschenkel. Um sie abzulenken und zu beruhigen, erzählte er ihr, wie er in Spanien zum ersten Mal einem seiner Soldaten die Schulter eingerenkt hatte. »Merkwürdig«, fügte er hinzu, »daß du keinen Schmerz verspürt hast, bis Tamerlane weggebracht wurde.«

»Ich war schrecklich besorgt um ihn«, gestand Frances.

»Fühlst du dich jetzt besser?« erkundigte er sich.

»Ja. Mir ist auch nicht mehr schlecht.«

»Du wirst einen Bluterguß bekommen«, warnte er.

»Hawk, warum?«

Er gab nicht vor, sie falsch zu verstehen. »Ich weiß es nicht.« Er hatte sich das schon selbst gefragt, ohne eine Antwort zu finden. »Hast du einen deiner Liebhaber verlassen?« scherzte er. »Hat er dir das übelgenommen?«

Frances hätte gern gelacht, aber das tat zu weh. »Was wäre gewesen, wenn ich Davie geritten hätte?«

Tatsächlich, überlegte er. Dieser Gedanke eröffnete eine ganz neue Perspektive. Er beantwortete ihre Frage nicht, sondern fragte: »Bist du imstande, den Rückweg anzutreten?«

»Ja.«

Vorsichtig hob er Frances hoch, zog seine Jacke aus und legte sie um ihre Schultern. Es war nicht leicht, Frances auf Ebony zu heben, ohne ihr Schmerzen zu bereiten, aber schließlich gelang es. »Lehne dich jetzt gegen mich, mein Liebes. Wir werden ganz langsam reiten.«

Belvis erschrak, als er die beiden ankommen sah.

»Sie ist wieder in Ordnung«, erklärte Hawk rasch. »Sie hat sich die Schulter ausgerenkt, aber nichts davon gemerkt, bis Tamerlane versorgt war. Bitte, schicken Sie auf alle Fälle nach Simons, er soll sie sich ansehen.«

Jetzt erst, während er Frances behutsam ins Haus führte, fing Hawk zu zittern an. Er fühlte sich so hilflos und zugleich über alle Maßen wütend. Warum? Und wer?

Simons, der Doktor, untersuchte Frances und lobte Hawks Werk. »In einigen Tagen hat sie alles überstanden, mein Lord«, versicherte er. »Ihre rasche Aktion hat ihr viel Schmerz erspart. Sie haben Glück mit Ihrem Gatten.«

Frances bekam ein Schlafmittel und konnte gerade noch flüstern: »Ja, er ist der beste aller Ehemänner.«

Hawk legte seine Hand an ihre Wange, und plötzlich überkam ihn der Gedanke, daß er sie hätte verlieren können. Er schloß überwältigt die Augen. Als er wieder aufblickte, sah er seinen Vater, der ihn nachdenklich beobachtete. Er verbarg seine Gefühle nicht und nickte ihm nur zu.

Behutsam zog er seine Hand zurück und blieb am Bett stehen, bis Frances eingeschlafen war. Dann wandte er sich an den Marquess: »Vater, ich glaube, wir beide müssen miteinander reden.«

28. Kapitel

»So, mein Junge, bist du nun zu Verstand gekommen? Hat sich dein Leben geändert?«

»Ja«, erwiderte Hawk. »Sie ist meine Frau. Ich liebe sie und werde sie beschützen.«

»Hast du ihr gesagt, was du für sie empfindest?«

»Nein.« Hawk wandte sich ab und goß sich ein Glas Brandy ein.

»Warum nicht?« fragte sein Vater überrascht.

»Ich bin mir nicht sicher, was sie antworten wird, wenn ich es ihr sage. Weißt du, wir diskutieren, und sie schreit mich an, daß ich nach London zu meiner Mätresse gehen soll. Unsere Heirat stand nicht gerade unter einem glücklichen Stern.«

»Frances' Gefühle sind wie ein offenes Buch, wenn einer darin zu lesen versteht.«

Hawk trank einen Schluck Brandy. Er wollte dazu nichts sagen und erklärte: »Vater, ich möchte mit dir über etwas anderes sprechen.«

»Ich weiß. Eigentlich wollte ich schon abreisen, aber jetzt … Das ist eine schlimme Sache, Hawk, die mir absolut nicht gefällt. Ich kann Geheimnisse nicht ausstehen.«

»Wie ich es sehe, Vater, gibt es nur zwei Möglichkeiten: entweder will jemand Frances von hier entfernen, oder man hat angenommen, daß sie heute morgen mit Flying Davie reiten würde, und der Anschlag galt ihm.« Er überlegte eine Weile, dann fuhr er fort: »Ich kann mir nicht vorstellen, daß irgend jemand Frances verletzen möchte. Mit Flying Davie ist das eine andere Sache. Aber wer tat es?«

»Er war letzte Woche sehr erfolgreich, Hawk. Viele Männer waren nicht gerade erfreut darüber.«

»Ja, es ging viel Geld verloren, das bezweifle ich nicht.«

»Wenn Davie das Ziel war, deutet das auf jemand hier in Desborough hin, der Frances' Gewohnheiten kannte. Diese

Person muß von jemandem bezahlt worden sein. Aber von wem?«

Hawk dachte einige Zeit darüber nach, dann fragte er geradeheraus: »Vater, ist es möglich, daß Nevil ermordet wurde?«

Der Marquess blickte seinen Sohn an, seine Hände ballten sich zu Fäusten. Er nahm sich gewaltsam zusammen, bevor er kurz und bündig verlangte: »Erzähle.«

Hawk zog Amalias Brief aus der Tasche und gab ihn seinem Vater.

»Diese Amalia«, stellte der Marquess wenige Minuten später fest, »ist offensichtlich eine ehrenwerte Frau, der deine Sicherheit am Herzen liegt. Aber vielleicht hat sie sich selbst in eine schwierige Lage gebracht, wenn das, was sie schrieb, wahr ist.«

»Darüber habe ich mir auch Sorgen gemacht. Deshalb schickte ich ihr fünftausend Pfund und riet ihr, London zu verlassen.«

»Nevil war, so ungern ich das auch offen eingestehe, ein habgieriger Bastard. Ich wußte es, aber ich wollte mich da heraushalten, Dummkopf, der ich war!« Der Marquess schwieg einige Augenblicke, um sich zu beruhigen. »Wenn Lord Dempsey für Nevils Tod verantwortlich ist, dann hat das notgedrungen mit Rennen zu tun. Und das bringt unglücklicherweise unseren Edmund ins Spiel.« Hawk schüttelte ungläubig den Kopf. »Ich weiß, mein Junge, da ist auch Bea ...«

»Mir kommt es so vor, Vater, als ob Beatrice hinter Edmunds Drängen steckt, daß ich verkaufen sollte. Doch vielleicht stimmt das gar nicht.«

»Oder, was schlimmer wäre: vielleicht stimmt es.«

Die beiden Männer blickten einander an. Hawk setzte das Brandyglas vorsichtig nieder. »Ich werde mit Belvis sprechen. Die Pferde, vor allem Flying Davie, müssen beschützt werden.«

Hawk verließ das Zimmer und bemerkte nicht, daß sein Vater noch immer Amalias Brief in Händen hielt. Erst als er am Abend in Frances' Zimmer ging, um mit ihr gemeinsam zu essen, wurde er daran erinnert. Er wartete, bis Mrs. Jerkins das Tablett mit allem, was Frances besonders gern aß, gebracht und das Schlafzimmer wieder verlassen hatte, dann erkundigte er sich: »Nun, was bekümmert dich außer deiner Schulter, Frances?«

»Das hier.« Sie hielt ihm Amalias Brief entgegen.

»Verdammt! Ich sollte meinen Vater umbringen!« schimpfte er.

»Wie konntest du mir das verheimlichen?« protestierte Frances. »Glaubst du, ich wäre eine dieser schwachen Frauen, deren empfindliche Nerven man nicht belasten darf? Du bist ein Dummkopf, Hawk, und das mag ich nicht!«

Er seufzte und setzte sich neben ihr Bett. »Wir stecken in großen Schwierigkeiten, Frances.«

»Versuche nicht, mich im unklaren zu lassen, Hawk!« sagte sie.

»Nein, dazu ist es zu spät«, versicherte er. »Aber jetzt iß erst einmal, dann werden wir über alles sprechen. Oder hast du mit meinem Vater das Rätsel bereits gelöst?«

»Unglücklicherweise nicht«, klagte Frances.

Sie hatte noch keinen allzu großen Appetit. Die Schulter, die inzwischen grün und blau geworden war, schmerzte noch. Schließlich legte sie ihre Serviette auf das Tablett und begann: »Dein Vater sagte mir, daß du Amalia Geld geschickt hast, damit sie London verlassen kann.«

»Ja«, erwiderte er nur.

»Sie geht nach Frankreich zurück?«

«Ja, um zu heiraten. Sein Name ist Robert. Er ist Landbesitzer und, möchte ich hinzufügen, ein sehr glücklicher Mann.«

»Glaubst du, daß deine Schwester in die ganze Sache verwickelt ist, Hawk?«

»Ich weiß es nicht, Frances. Ich hoffe, daß sie es nicht ist.«

»Edmund mag mich. Vielleicht weiß er gar nichts von alledem.«

»Vielleicht.«

Frances überlegte. »Wer von unserem Personal könnte gegen uns sein, Hawk?«

»Belvis bemüht sich intensiv, das herauszubekommen.«

Mehr war im Augenblick nicht zu diesem Thema zu sagen, und als Hawk wenig später neben Frances lag, gestand er: »Ich werde nie mehr ohne dich ins Bett gehen, mein Liebes. Und wenn du unser Kind tragen wirst, will ich jede seiner Bewegungen spüren.«

Frances lächelte glücklich. Bald verriet ihr gleichmäßiges Atmen, daß sie eingeschlafen war. Erschüttert dachte Hawk: Ich hätte sie heute für immer verlieren können!

Alle erfreulichen Gedanken schwanden. Verdammt, sagte er zu sich selbst, ich muß etwas tun!

Alles veränderte sich am nächsten Nachmittag. Belvis sah, wie Henry, einer seiner Trainergehilfen, Gift in Flying Davies Futter mischte. Er packte den Burschen und schrie nach Leibeskräften, aber Henry, der um sein Leben fürchtete, konnte sich losreißen und entkommen.

Hawk suchte sofort den Richter Lord Ellison auf, der eine Fahndung veranlaßte.

»Wir müssen ihn finden, wir müssen!« wiederholte Frances immer öfter. »Nur er kann uns sagen, wer ihn dafür bezahlte, Flying Davie zu töten!«

»Auf alle Fälle ist das kein Grund, nicht nach Newmarket zu gehen«, erklärte der Marquess.

»Das stimmt!« pflichtete ihm Frances bei.

»Nein!« schrie Hawk und sprang auf. »Nein!«

»Mein Junge, ich habe keine Hoffnung, daß Henry aufgespürt wird, leider. Der einzige Weg, die Angelegenheit gründlich aufzuklären, führt nach Newmarket.«

»Mit Flying Davie«, fügte Frances hinzu.

»Wir werden gut aufpassen«, erklärte Marcus. »Es kann nichts passieren.«

»Ihr seid ja alle verrückt!« schrie Hawk aufgebracht. »Frances hätte tot sein können, verdammt noch mal!«

»Ich bin es aber nicht, und hinter mir ist auch niemand her.«

»Man hätte dich aber umbringen können«, widersprach Hawk hitzig. »Und es ist durchaus möglich, daß du gemeint warst. Das sind im übrigen meine Pferde, du bist meine Frau, und Marcus, möchte ich hinzufügen, arbeitet für mich! Und du, Vater, warum fährst du nicht nach Chandos Chase ...«

»Das ergibt keinen Sinn, Hawk«, unterbrach ihn Frances, »die Pferde füttern, die Trainer bezahlen, und das alles für nichts. Außerdem, wenn du wirklich so besorgt um mich bist, verspreche ich dir, nicht aus deiner Sicht zu gehen.«

»Du bist krank!« erklärte Hawk kategorisch.

»In einer Woche bin ich wieder völlig in Ordnung«, versicherte Frances ruhig. »Flying Davie und Clancy's Pride sind in bester Verfassung. Und Tamerlane können wir gut bewacht hierlassen.«

»Dann hast du wohl auch schon einen weiteren Pferdetransporter bestellt?« brauste ihr Ehemann auf.

»Natürlich. Er wird rechtzeitig hier eintreffen. Erinnerst du dich nicht an meinen Gewinn in York?« In Wirklichkeit hatte Frances die Summe von ihrem Haushaltsgeld genommen, hoffte jedoch, daß Hawk sich nicht mehr daran erinnerte, daß sie die zweihundert Pfund an ihre Schwestern geschickt hatte.

Hawk hätte sie am liebsten durchgeschüttelt, bis ihr Hören und Sehen verging, unterließ es aber. Er brummelte irgend etwas Unfreundliches über die Sprößlinge des Grafen von Kilbracken und stapfte aus dem Zimmer.

»Er wird schon zu sich kommen«, meinte der Marquess überzeugt.

»Der Bursche verdient einen Tritt gegen sein ... Schienbein«, erboste sich Frances.

Plötzlich stieß Marcus aus heiterem Himmel hervor: »Ich werde Miss Melchers heiraten.«

»Ach du meine Güte!« stöhnte Frances. »Jetzt wird mein lieber Ehemann mich wieder verspotten, daß ich einen Verehrer verloren habe!«

Drei Tage später wurde Henrys Leiche in einer dunklen Gasse in York gefunden. Er war erstochen worden.

Hawk bekam einen Tobsuchtsanfall.

Frances bot Lord Ellison, dem Richter, noch eine Tasse Tee an. Er war ein alter Gentleman und wirkte auf sie sehr zerbrechlich, bis sie seinen stahlharten Blick sah. Lord Ellison beobachtete erst Hawk, der durch das Zimmer lief, dann setzte er die Tasse nieder und blickte prüfend zu Frances, die ebenfalls aufmerksam Hawks Bewegungen verfolgte.

»Ich kann mir nicht vorstellen, daß es das Ergebnis einer Streiterei ist, mein Lord«, erklärte Ellison nach einigen Augenblicken. »Es war ein einziger, gezielter Stich ins Herz.«

»Das bezweifle ich nicht«, erwiderte Hawk und winkte ungeduldig ab, als Frances ihm Tee anbot. »Irgend jemand muß etwas gesehen haben.«

»Haben Sie irgendeine Ahnung, mein Lord, wer dahinterstecken könnte?« wollte der Richter wissen.

»Ja«, erwiderte Hawk, »aber ich habe keine Beweise.«

»Darf ich trotzdem fragen, um wen es sich handelt.«

»Lord Dempsey.«

Der Richter sah nicht im geringsten überrascht aus und sagte: »Der Mann hat keinen guten Ruf. Ich besitze, genau wie Sie, mein Lord, meinen eigenen Rennstall, natürlich keinen großen, aber ich erfahre doch so allerlei. Egremont, der Graf von Derby, erzählte mir vor einigen Monaten, daß die Zahl der angeblichen Gentlemen, die beim Rennsport in Korruptionsfälle verwickelt sind, recht entmutigend ist.« Er stand auf. »Ihre Idee, einen Detektiv zu engagieren, mein Lord, halte ich für ausgezeichnet. Vielleicht können Sie über Ihre Besorgnis einmal mit dem Herzog von Portland sprechen. Er wird in Newmarket sein. Sie wissen sicher, was er über Rennen sagt: Glück oder Können oder Gaunerei entscheidet über den Sieg.«

29. Kapitel

»Du Idiot! Mein Gott, Mann, weißt du, was du getan hast?« schrie Edmund Lacy, Lord Chalmers, wütend Lord Dempsey an. »Du sagst mir, du wußtest nicht, daß die Frau Rothermeres Mätresse war! Du Esel!«

Lord Dempsey versuchte, sich zu rechtfertigen. »Sie steht nicht mehr unter Rothermeres Schutz. Warum also sollte sie das beunruhigen, was ich sagte? Außerdem: wer würde schon einer dummen Schlampe glauben?«

»Und warum hat dann Amalia Corleau ihre Sachen gepackt und London verlassen?« fragte Edmund gefährlich leise. »O ja, sie ist weg, das habe ich herausgefunden, obwohl Hawk ihr zum Verlassen des Hauses bis zum Ende des Quartals Zeit ließ. Warum sollte sie verschwinden, wenn nicht aus Furcht vor dir? Ich zweifle nicht daran, daß sie Hawk mitgeteilt hat, was sie von dir erfuhr!«

Edmund beobachtete Lord Dempsey, der aufstand und sich ein Glas Portwein eingoß. Blöder Kerl! Immer hatte er gefürchtet, daß er nicht dichthalten würde, wenn er betrunken war, und jetzt hatte er geredet — ausgerechnet zu Hawks Mätresse!

Dempsey und Nevil waren gute Freunde gewesen, bis Nevil schwach und ängstlich geworden war. Himmel, was sollte er tun? Sicher hegte Hawk jetzt Zweifel gegen ihn, große Zweifel. Henry, der einfältige Bauerntölpel, lag dankenswerterweise tot in York, und keine Spur führte hierher zu ihnen. Dempsey hatte es Spaß gemacht, ihn zu töten, er hatte vor Edmund sogar geprahlt: »Wollte mir die Schuld zuschieben, das kleine Schwein! Also machte ich kurzen Prozeß mit ihm.«

»Umbringen!« stieß Lord Dempsey plötzlich hervor.

Edmund starrte ihn an. Er sah die nackte Bösartigkeit in Dempseys fahlblauen Augen und erkannte, daß der Mann auch ihn töten würde, wenn er sich gegen ihn stellte.

»Wen?« fragte er und bemühte sich, ruhig zu bleiben. »Beide? Hawk und seine Frau?«

»Sicher. Wenn die Lady Rothermeres Geschmack bei Frauen entspricht, würde ich gern erst ein wenig Zeit mit ihr verbringen, bevor sie ihren gerechten Lohn bekommt.«

»Unmöglich«, stellte Edmund fest. »Ganz England würde aufstehen. Zweifle nicht daran, daß der verdammte Marquess von Chandos alle Fakten kennt. Selbst, wenn er nichts beweisen könnte, würden wir aus dem Lande gejagt. Der Mann hat zu viele mächtige Freunde, gar nicht zu reden von all den Leuten, die Hawk im Kriegsministerium kennt. Ich habe kein Verlangen danach, aus England zu fliehen und von Napoleon aufgespießt zu werden, wie er es mit allen Engländern macht, die er in die Hände bekommt.«

»Und wie sehen deine Pläne aus?« wollte Dempsey wissen. »Wir haben es auf deine Art versucht, Chalmers, und es wurde ein verdammter Reinfall.«

»Flying Davie darf nicht nach Newmarket gehen. Wenn das Pferd getötet wird — natürlich ganz zufällig —, dann kann uns nichts mehr passieren. Sicher wird Rothermere seine Vermutungen haben, aber keine Beweise.« Edmund lächelte. »Außerdem, Dempsey: Ich habe Lady Beatrice in der Hand ...«

»Welchen Teil ihres hübschen Körpers?«

»Laß das, du Dummkopf, und hör mir zu! Sollten irgendwelche Schwierigkeiten auftauchen, dann werde ich sie zu unserem Schutz benützen.«

»Und was ist mit den anderen Rennpferden?«

Edmund setzte sich im Stuhl zurück und legte nachdenklich die Fingerspitzen gegeneinander. »Zuerst müssen wir überlegen, wie wir uns von Flying Davie befreien können. Das sollte nicht allzu schwer sein — mit einem guten Plan.« Plötzlich ballte er die Hände die Fäusten. »Verdammter Nevil! Wenn der dumme Kerl nicht ein solcher Schwächling gewesen wäre, hätten wir das alles jetzt nicht nötig!«

»Ich mochte Nevil«, erklärte Lord Dempsey, und Edmund konnte ihn nur sprachlos ansehen.

Hawk strich Frances liebevoll das feuchte Haar aus der Stirn. Ihr Atem ging noch heftig, und er blickte zärtlich auf ihre schönen Brüste. An ihrer Schulter war noch ein leichter Bluterguß zu sehen, aber sie hatte keine Schmerzen mehr.

»Hawk?«

»Ja, Frances?«

»Ich liebe es, wenn du in mir bist.«

Hawk senkte den Kopf und küßte ihre Lippen. »Glaubst du, daß du das auch noch in fünfzig Jahren sagen wirst?«

»Fünfzig Jahre?« Frances blickte ihn spitzbübisch an. »Ist das alles?«

Lachend rollte Hawk sich neben sie. Er stützte sich auf einen Ellbogen und zeichnete mit den Fingerspitzen ihre geschürzten Lippen nach. »Wo hast du denn das gelernt?«

»Ich habe Viola im Spiegel beobachtet. Es machte alle jungen Männer in der Nachbarschaft wild.«

»Darf ich darum bitten, daß du das in Zukunft nur für mich tust?«

»Vielleicht, wenn es wirklich eine Bitte ist und keiner deiner üblichen Befehle.«

Hawk lächelte. »Ich bin zwar nur sieben Jahre älter als du, mein Liebes, aber du kannst mit mir nicht Schritt halten — in Wortgefechten, meine ich. Was das andere betrifft ...« er strich liebevoll mit der Hand über ihren nackten Körper, »nun, da hege ich keinen Zweifel mehr.«

»Oh!« Frances schlang die Arme um ihn in neu erwachtem Verlangen.

»Vorsichtig, Liebes!« mahnte Hawk mit Rücksicht auf ihre Schulter, doch davon wollte Frances nichts wissen.

»Du gehörst mir«, flüsterte sie.

»Ja, und ich will dir gehören, bis ich diese Welt verlasse«, versprach Hawk und dachte glücklich: Meine Frau!

»Du weißt, wie sehr ich dich begehre, Hawk, nicht wahr?«

»Ja. Ja, ich weiß es, mein Liebling.«

Später, nachdem Frances in seinen Armen eingeschlafen war, kehrten Hawks Sorgen zurück. Morgen sollten sie nach Newmarket reisen, und er gestand sich selbst ein, daß er Angst hatte. Er fühlte sich so hilflos, trotz aller Vorsichtsmaßnahmen, die er getroffen hatte. Er dachte an Mr. Samuel Uckley, den Detektiv, einen kleinen, unscheinbaren Mann mit einer Hakennase, und lächelte.

»Ich möchte meinen Freund, Mr. Horace Bammer, hinzuziehen«, hatte ihm Mr. Uckley gesagt. »Horace kann hierbleiben und sich umsehen, und ich werde mit Ihnen nach Newmarket kommen.«

Hawk hatte sich, während er Mr. Uckley über alle Vorgänge informierte, an den Kapitän von Nevils Yacht »Keymark« erinnert, konnte sich aber nicht mehr auf den Namen des Kapitäns besinnen. Er kannte auch Nevils Yacht nicht, hatte sie nie gesehen. Doch Mr. Uckley hatte recht, wenn er behauptete, falls auf der Yacht ein falsches Spiel getrieben worden wäre, müßte es der Kapitän wissen. Natürlich war es auch möglich, daß der Kapitän mit Bestechungsgeld zum Schweigen verpflichtet worden war. Hawk hatte daraufhin eine Nachricht nach Southampton zur »Keymark« geschickt und verlangt, daß der Kapitän nach Newmarket kommen sollte. Dann müßte er Rede und Antwort stehen.

Hawk fluchte leise vor sich hin, und plötzlich fragte Frances ganz deutlich im Schlaf: »Alicia, hast du dich krank gefühlt, als du ein Kind erwartetest?«

Großer Gott, dachte Hawk, ist Frances etwa schwanger?

Am folgenden Abend um sechs Uhr traf der Desborough-Troß im Hof des Gasthauses »Lame Duck« ein. Das Gasthaus war, da es in der Nähe der Doncaster-Rennstrecke lag, mit gut eingerichteten Ställen und genügend Räumen für die Ankommenden ausgerüstet.

Frances atmete auf, als sie endlich nach dem warmen Tag aus der dumpfigen Kutsche steigen konnte. Agnes war nicht gerade eine unterhaltsame Gesellschafterin gewesen und hatte höchstens etwas über die Dörfer gesagt, die sie durchfuhren.

»Du wirst mit deiner entzündeten Schulter nicht reiten«, hatte Hawk befohlen. Frances' Bitten und Schimpfen waren erfolglos geblieben.

Lord und Lady Rothermere wurden von Mr. Smith, dem

Besitzer des Gasthauses, mit großer Ehrerbietung empfangen und bestens bewirtet. Als das vorzügliche Mahl vorüber war, stand Hawk auf, küßte Frances und meinte: »Warum willst du nicht etwas schlafen, meine Liebe?«

»Und du, Hawk?«

»Ich werde dein Ritter sein und draußen vor der Tür mit einer Lanze in der Hand wachen.«

»Ich hätte dich lieber innerhalb der Tür. Was die Lanze anbetrifft ...«

»Frances! Du schockierst mich!«

»Ich spreche nur, wie du es immer tust«, erwiderte sie und blickte verschmitzt zu ihm auf.

Sofort erwachte in ihm das Verlangen, und er mußte sich mit aller Gewalt beherrschen, um sie verlassen zu können. Er schlief in der Nähe der Ställe, und Mr. Uckleys Schnarchen dröhnte ihm in den Ohren.

Am nächsten Morgen ging es früh weiter, damit sie am gleichen Tage noch das Gasthaus »King George« in Grantham erreichten.

Hawk schlief unterwegs im Sattel, ein Trick, den er bei der Armee gelernt hatte. Marcus, dem das ungewohnt lange Reiten zugesetzt hatte, fuhr mit Frances in ihrer Kutsche.

Am Abend verließ Hawk wiederum Frances und hielt Wache bei den Ställen. Er war schläfrig, und die Augenlider fielen ihm fast zu. Irgend etwas war nicht in Ordnung, das spürte er im Unterbewußtsein. Er hörte Belvis schnarchen. Irgend etwas stimmte nicht ...

Plötzlich ertönten Schreie: »Feuer! Feuer!« Hawk wurde jäh hellwach und sah, daß das Stalldach brannte.

»O Gott!« stöhnte er und schüttelte Belvis aus dem Schlaf.

Sie hörten die Schreie der Pferde und rannten los. Männer eilten in den Hof, schwangen gefüllte Wassereimer gegen das Dach und versuchten tapfer, die Pferde in den Ställen zu retten.

Plötzlich öffnete der Himmel seine Schleusen, und es regnete in Strömen auf das Gasthaus. Innerhalb weniger Augenblicke war das Feuer gelöscht, nur Qualmschwaden stiegen noch auf.

Hawk, das Gesicht schwarz vom Rauch, blickte zu Belvis. »Wir waren Dummköpfe«, stellte er fest, »vollkommene Dummköpfe.«

»Ich muß mich schämen«, bekannte Mr. Uckley und sah so fassungslos aus, daß Hawk zu ihm eilte, um ihn zu beruhigen. Es war Marcus, der Flying Davie am Halfter hielt. Das Pferd zitterte vor Furcht, seine Augen rollten wild, aber er war unverletzt.

»Frances!« Hawk blickte plötzlich erschrocken zum Gasthaus. »Kümmern Sie sich um Clancy's Pride!« rief er über die Schulter und eilte ins Haus.

Frances schlief, und er mußte sie lange rütteln, bis sie endlich die müden Augen öffnete.

»Du warst nicht das Ziel, Frances«, erklärte er leise und strich über ihr Haar. »Irgend jemand vergiftete das Futter und setzte die Ställe in Brand. Wir wurden durch einen Akt der Natur gerettet. Es regnet so stark, daß die Straßen wahrscheinlich überflutet sind.«

»Die Pferde?«

»Sind in Sicherheit, Gott sei Dank. Belvis kümmert sich um sie. Marcus hat Flying Davie unverletzt herausgebracht.«

Der Besitzer wurde vernommen, aber er wußte von nichts. Nein, es wären keine Fremden durch seine Küche geschlüpft, erklärte er nahezu beleidigt. Natürlich würde er weitere Nachforschungen anstellen, versicherte er, doch Hawk war nicht überzeugt, daß der Mann viel unternehmen würde.

Die Straßen waren am nächsten Morgen zwar aufgeweicht, aber nicht unpassierbar. Deshalb entschloß sich Hawk zur Weiterreise nach Newmarket. Todmüde erreichten sie in der nächsten Nacht um zehn Uhr das »Queen's Inn«. Dort erwartete sie bereits der Marquess und begrüßte sie herzlich.

Hawk berichtete ihm, was vorgefallen war, und der Marquess explodierte fast vor Zorn. »Das ist zuviel, verdammt noch mal!« schrie er.

Frances befürchtete nahezu einen Schlaganfall und reichte ihm rasch ein Glas Madeira. »Übrigens, Hawk«, meinte der

Marquess wenig später, »ich habe eine Nachricht zu Captain Anders von der ›Keymark‹ geschickt und den Burschen gebeten, uns hier zu treffen.«

Hawk lächelte. »Das tat ich auch, nur wußte ich seinen Namen nicht.«

»Ich hätte früher daran denken sollen«, ärgerte sich der Marquess über sich selbst, »ich war ein blinder Dummkopf!«

»Ärgere dich nicht weiter, Vater. Magst du uns bei einem späten Nachtmahl Gesellschaft leisten?«

Frances sah am nächsten Morgen, daß Newmarket eine völlig andere Stadt war als die Orte, durch die sie gefahren waren. Zahlreiche Gasthäuser, Geschäfte und Stallungen zeigten, daß sich hier alles um die Rennen drehte.

»Ein großer Teil des Landes um Newmarket gehört dem Herzog von Portland«, erklärte der Marquess seiner Schwiegertochter, während sie durch die Hauptstraße schlenderten. »Wie ich hörte, will er große Trainingsflächen anlegen. Es wird wahrscheinlich Jahre dauern, bis es so weit ist, wenn es überhaupt gelingt.«

Sie erreichten den Stall, den Hawk für die Pferde und ihre Trainer gemietet hatte, und Frances mußte lächeln, als sie viele Gentlemen um die Pferdetransporter versammelt sah.

»Eine faszinierende Idee«, sagte einer zu Hawk. »Man kann Sie nur beglückwünschen.«

»Das ist das Werk meiner Frau, sie war es, die einen Schmied in York fand.« Hawk sah Frances und trat zurück. »Hier ist sie, Gentlemen.«

Frances bemerkte sehr wohl, daß die Herren nicht gerade begeistert von ihrer Mitwirkung waren.

»Wie ich sehe, ist einer der Transporter beschädigt«, stellte Sir Jonathan Luddle fest. »Feuer?«

»Ja, wir hatten einen unglücklichen ... Unfall unterwegs.«

»Sind Ihre Pferde wohlauf?« erkundigte sich ein anderer.

»Ja.«

Der Mann schnaubte. »Verdammter Unsinn! Wenn Sie mich fragen, ich wette, es war alles andere als ein Unfall! Wir bezahlen Vermögen, um unsere Pferde vor Schurken zu schützen. Haben Sie von Ashlands Problemen gehört?«

In Newmarket waren auch zahlreiche Ladies, und Frances entdeckte bald, daß alle sowohl am Spiel als auch an den Gentlemen interessiert waren. Spielen, flirten und klatschen zu gleichen Teilen, stellte sie bei sich fest. Die fünfzig Pfund, die sie besaß, wollte sie auf Flying Davie setzen, und flirten würde sie nur mit ihrem Ehemann.

Am Abend gab Lord Delacort, ein älterer Gentleman, eine Gesellschaft in der »Goldenen Goose«, die er extra gemietet hatte.

»Ich sollte das ganze verdammte Gasthaus kaufen! Lächerlich, den alten Neddy, den Besitzer, reich wie Krösus zu machen!« erklärte Lord Delacort dröhnend. Er saß in einem riesigen Sessel in der Mitte des Raumes und hielt Hof. An seiner Seite stand ein nervös blickender Mann, bereit, jeden Wunsch seines Herrn sofort zu erfüllen. Zu ihm meinte Delacort jetzt: »Timmons, kümmern Sie sich morgen darum!«

»Jawohl, Mylord«, versicherte Timmons rasch.

Plötzlich sah Lord Delacort Frances und befahl in barschem Ton: »Komm her, Mädchen!«

»Keine Sorge, Frances«, flüsterte ihr der Marquess ins Ohr. »Der alte Kauz beißt nicht. Vor zwanzig Jahren wäre das anders gewesen.«

Frances lächelte nur, sah, daß Hawk sich mit einigen Gentlemen unterhielt, und ging zu dem gebieterischen alten Herrn.

»Ach, du liebe Zeit«, stöhnte der Marquess auf einmal. »Beatrice!«

»Und Edmund?« fragte Frances leise.

»Ich kann ihn nicht sehen. Was soll ich jetzt bloß machen?«

»Sie begrüßen, natürlich. Inzwischen sehe ich, was Lord Delacort wünscht.«

»Wer bist du, Mädchen?« wollte der Gastgeber wissen, sowie Frances vor ihm geknickst hatte.

»Ich bin Frances Hawksbury, Gräfin von Rothermere.«

»Ah, du bist das Mädchen, das für diesen Pferdetransporter verantwortlich ist. Kann mir gar nicht vorstellen, wie du das fertiggebracht hast. Bist schließlich ein Mädchen, eine Frau.«

»Das ist sicher wahr, mein Lord. Aber was hat das damit zu tun?« erwiderte Frances.

»Eine flinke Zunge hast du auch noch, junge Lady!«

Frances lächelte ihn an.

»Bring mir ein Glas Portwein, Timmons!« war der nächste Befehl.

»Ich denke, ich nehme ein Glas Punsch«, erklärte Frances. »Würden Sie mir Gesellschaft leisten, mein Lord?«

Lord Delacort sah sie durchdringend an. »Glaubst du wohl, du kannst mich um den Finger wickeln, Mädchen? Genau wie deinen Ehemann?« Frances mußte lachen, und Lord Delacort fuhr fort: »Ich hörte, er sei ein guter Mann.« Er zeigte mit dem Finger auf Hawk. »Niemand glaubte, daß er sich je an Rennen beteiligen würde, nachdem er seines Bruders Titel und Besitz übernahm. Ah, Nevil, das war einer!«

Was für einer? dachte Frances. Sie nippte an dem Punsch, den Timmons ihr gebracht hatte, und fragte: »Kannten Sie den früheren Grafen von Rothermere, mein Lord? Nevil Hawksbury?«

»Sicher«, grollte der alte Mann. »Man soll ja von Toten nichts Schlechtes sagen, aber ich mochte den Burschen nicht. Mußte immer prahlen! Tat, als ob er mehr von Training und Rennen verstand als der beste Mann in England. War alles Unsinn.«

»Ja«, erwiderte Frances und erkundigte sich: »Beteiligen Sie sich morgen am Rennen, Sir?«

Er grunzte. »Glaub nur nicht, daß du den Preis für das Fünf-Meilen-Rennen gewinnst, Mädchen! Mein Persian ist flink wie der Teufel! Wie heißt denn dein Vollblüter?«

»Flying Davie, Sir. Er ist erst vier Jahre alt, aber sehr kräftig, und sein Siegeswillen ist beachtlich.«

»Komischer Name«, bemerkte Lord Delacort und beobachtete Frances eigentümlich. »Du weißt, Mädchen, ich verlor ein sehr wertvolles Fohlen — und es würde jetzt vier Jahre alt sein. Sein Name war Starfire. Einige verdammte Schurken haben ihn gestohlen! Ich ließ landauf und landab nach ihm suchen, aber vergeblich. Verdammte Schufte!«

Frances hatte plötzlich ein merkwürdiges Gefühl in der Magengegend. »Sie sagten, sein Name war Starfire. Hatte er vielleicht eine besondere Markierung?«

Die Antwort kam rasch und entsetzte sie. »Und ob! Ein weißer Stern an seiner Stirn und einige weiße Sprenkel am Fußgelenk. Alles andere war tiefbraun. Seine Mutter hieß Clorida, sie hatte die gleiche Farbmarkierung.«

Frances nahm sich mit aller Kraft zusammen. »Wenn Sie nichts dagegen haben, mein Lord, hätte ich gern, daß Sie meinen Gatten treffen.«

»Bring den Jungen her!« befahl Lord Delacort. »Aber ich werde seine Gefühle nicht schonen, wenn er wie sein Bruder ist!«

O mein Gott, dachte Frances, als sie wie betäubt zu Hawk ging. Alles ergibt einen Sinn, einen schrecklichen Sinn.

30. Kapitel

Timmons, besorgt um die Gesundheit seines Herrn, protestierte heftig, als kurz vor Mitternacht Lord Delacort mit Hawk, Frances, dem Marquess und Beatrice durch die kalte Nachtluft zu den Ställen ging, doch sein Herr hieß ihn schweigen.

Die beiden von Hawk gemieteten Ställe wurden von Belvis, drei Stallknechten, zwei Trainern und Mr. Uckley bewacht.

»Sie lassen nichts aus, wie ich sehe«, meinte Lord Delacort und blinzelte, als sie die hell erleuchteten Ställe betraten.

Frances legte dem alten Genteleman eine Hand auf den Arm. »Sir, dies ist sehr wichtig. Sie müssen Flying Davie sehen. Belvis, würden Sie ihn bitte holen?«

Belvis öffnete die Box und brachte den Prachthengst heraus.

Es herrschte vollkommene Stille, alle Blicke waren auf das Pferd und den alten Mann gerichtet. Flying Davie stand fügsam da und betrachtete die Besucher.

Frances sah gespannt zu Lord Delacort, dessen Augen sich weiteten, und plötzlich flüsterte er: »Starfire!«

Sie sah den Schmerz in Hawks Augen, und auch ihr tat es weh, daß alles auf diese Weise endete.

»Ich verstehe überhaupt nichts«, erklärte Beatrice scharf. »Wieso nennt dieser Lord ihn Starfire? Also, wirklich, Philip ...«

Hawk drehte sich sehr langsam zu seiner Schwester um. »Bea, ich fürchte, unser Bruder war in Pferdediebstähle verwickelt — stahl Fohlen aus Rennställen.«

»Das ist absurd! Lächerlich! Hat sie dir diesen Unsinn eingeredet?«

»Ich fürchte, es ist kein Unsinn, Bea«, erwiderte Hawk ruhig. »Wir hätten vielleicht schon früher herausbekommen können, was es mit den fehlenden Verkaufsunterlagen und

Belvis' Erinnerung, daß Flying Davies Mutter schon ein Jahr tot war, als er geboren wurde, auf sich hatte. Es tut mir leid, Bea, aber nicht nur Nevil, auch Edmund und Lord Dempsey sind in diese Sache verwickelt. Wer sonst noch, das wissen wir nicht.«

»Es war clever von ihnen, sehr clever«, grollte der Marquess. »Wer hätte je vermutet, daß ein angesehener Rennstall wie Desborough-Hall mit solchen Machenschaften zu tun haben könnte.« Mit etwas zitternder Stimme fügte er hinzu: »Es sieht auch ganz danach aus, meine Liebe, daß dein Bruder von seinen Komplizen ermordet wurde.«

Bea geriet in Panik. »Nein! Nicht Edmund! Nein!« schrie sie. Sie war kreidebleich und klammerte sich an die Ärmel ihres Vaters.

Frances tat ihre Schwägerin leid. »Die Unfälle begannen, nachdem Hawk sich geweigert hatte, an Edmund zu verkaufen«, sagte sie. »Begreifst du das nicht, Bea? Wenn Hawk seine Pferde an Edmund verkauft hätte, wäre die Wahrheit nie entdeckt worden. Wahrscheinlich hätte Edmund Flying Davie wegen seiner auffallenden Markierung nach Amerika verschifft und viel Geld dafür bekommen. Mit den anderen Pferden, und wir wissen nicht, wie viele es sind, hätte er sich an Rennen beteiligen können, ohne befürchten zu müssen, daß sie von ihren wirklichen Eigentümern erkannt worden wären.«

»Ihre Logik ist nicht zu widerlegen, Frances«, sagte eine sanfte Stimme hinter ihnen.

»Edmund!« schrie Beatrice und wirbelte herum. »Sag ihnen, daß es nicht wahr ist, sag ihnen ...«

»Das kann ich nicht, meine Liebe. Es ist wahr, wie du siehst.« Edmunds Pistole war auf Beatrices Brust gerichtet. Keiner bewegte sich. »Du hast das Glück des Teufels, Hawk«, fuhr Edmund fort. »Ich war sehr enttäuscht, daß Frances an jenem Morgen Tamerlane ritt und nicht Flying Davie. Natürlich sollte dann das verdammte Pferd im Feuer in Grantham umkommen.«

»Es hat dir nichts genützt, Edmund«, erwiderte Hawk.

»Nein, unglücklicherweise nicht. Ich habe jedoch nicht die

Absicht, aus dem Lande zu fliehen, ohne eine — Sicherheit. Du hast zu viele Freunde, Hawk, und ich weiß, sie würden mich suchen und finden. Dagegen will ich mich schützen. Komm her, meine liebe Beatrice. Sofort!«

»Sie verdammter Bastard!« schrie der Marquess.

»Halten Sie den Mund, alter Mann!«

»Edmund, warum hast du Nevil getötet?« fragte Hawk sehr ruhig.

»Das will ich dir sagen«, höhnte Edmund. »Dein Bruder war habgierig und ein schwächlicher Dummkopf. Wir machten große Pläne in der Woche auf seiner Yacht, aber er hatte plötzlich Angst. Er wollte aussteigen. Er war betrunken, zufällig, und Dempsey, nun ... er ...«

»Nevil war ein Narr«, erklärte Lord Dempsey, der eben in den Stall kam, eine Pistole in der Hand. »Ich half ihm nur über die Reling. Er war zu betrunken, um sich selbst retten zu können.«

»Du gemeiner Bastard!« donnerte der Marquess. »Du hast meinen Sohn ermordet!«

»Nicht, Vater.« Hawk hielt seinen Vater im letzten Moment zurück.

»Also, wie ich bereits sagte«, fuhr Edmund fort, »ich brauche dich, Beatrice.«

»Sie verdammter Kerl!« rief Mr. Uckley wütend. »Sie werden niemals mit der Lady entkommen! Am besten geben Sie jetzt auf!«

»Ich hatte recht mit Hawks Frauen«, stellte Lord Dempsey gemein fest und musterte Frances von Kopf bis Fuß. »Ich nehme sie auch mit.«

»Wenn Sie es wagen, sie zu berühren«, drohte Hawk gefährlich leise, »bringe ich Sie um, langsam und mit dem größten Vergnügen.«

Lord Dempsey lachte. »Sie werden überhaupt nichts tun, mein Lord! Und wenn Sie dumm genug sind, einen Versuch zu riskieren, werde ich sie töten.«

Frances drängte sich näher an Hawk.

»Wir können sie vermutlich nicht alle wegschaffen, wie?« wollte Dempsey von Edmund wissen.

»Sei nicht blöd!« schnappte Edmund. »Laß Frances sein. Wir nehmen nur Beatrice mit.«

»Ich gehe niemals mit dir!« antwortete Beatrice sehr klar. »Du hast mich betrogen und benützt! Du hast meinen Bruder umgebracht! Wie konnte ich mich so in deinem Charakter täuschen!« Sie holte tief Luft. »Du wirst mich töten müssen — freiwillig gehe ich nicht mit dir!«

Edmund Lacy war einen Augenblick verblüfft. »Solch ein Temperament, meine Liebe! Dempsey, richte deine Pistole auf den Marquess. Wenn sich auch nur einer bewegt, stirbt der alte Mann!« Im nächsten Moment ergriff er Beatrice und zog sie grob zu sich.

Beatrice sträubte sich und zerkratzte ihm mit ihren scharfen Fingernägeln das Gesicht, Edmund konnte sie kaum bändigen.

Plötzlich ertönte ein gellender Schrei — der Schrei einer Frau. Amalia sprang auf Lord Dempseys Rücken, ihre Hände umklammerten sein Kinn und rissen seinen Kopf zurück.

Jetzt brach die Hölle los.

Beatrice versetzte Edmund einen Kinnhaken, daß er schwankte und von Mr. Uckley gepackt wurde.

Dempsey, eine Furie auf seinem Rücken, strampelte, fluchte und versuchte, mit der Pistole zu zielen, doch schon sprang Hawk herzu und schlug die Waffe aufwärts. Ein Schuß löste sich, und die Kugel traf unglücklicherweise Mr. Timmons in den Arm.

Beatrice, Marcus und Mr. Uckley zwangen Edmund auf die Knie. Hawk streckte Lord Dempsey mit einem gezielten Faustschlag zu Boden. Dempsey stöhnte und blieb bewußtlos liegen.

Dann half Hawk Amalia auf die Füße und blickte in ihr triumphierendes Gesicht, bis Frances sagte: »Vielen Dank, Madam! Sie haben uns gerettet. Wer sind Sie? Wie kommen Sie hierher?«

Hawk räusperte sich. »Frances, meine Liebe, das ist eine sehr gute Freundin von mir. Laß Mr. Uckley sofort den Richter holen, danach werden wir drei uns in Ruhe unterhalten.«

Eine Stunde später waren Hawk, Frances und Amalia im Wohnzimmer. Der Marquess hatte Beatrice in ihr Schlafzimmer gebracht, und Lord Delacort kümmerte sich rührend um den verletzten Mr. Timmons und wartete geduldig auf den Arzt.

»Das ist Amalia«, sagte Hawk ganz einfach.

Frances wußte es natürlich. Sie blickte die schöne Französin an, und ohne ein Wort zu sagen, ging sie zu ihr und umarmte sie. »Sie waren sehr tapfer, und wir danken Ihnen. Für alles.«

Hawk atmete erleichtert auf und verfiel wieder in seine männliche Selbstgefälligkeit. »Für alles, Frances?« fragte er anzüglich.

Beide Frauen wandten sich ihm zu.

»Benimm dich nicht wie ein Bastard, Hawk«, wies Amalia ihn zurecht, »oder ich bereue es, dich Engländer gerettet zu haben.«

Sie blickte zu Frances, die nickte, und im nächsten Moment drehte Amalia Hawk die Hände auf den Rücken, und beide Frauen zwangen ihn auf die Knie.

»Ich liebe knieende Männer«, erklärte Frances strahlend.

Hawk bewegte sich nicht, so dumm war er nicht. Die beiden Frauen waren zu allem fähig. Er blickte von einer zur anderen, dann streckte er die Hände hoch. »Ladies, ich ergebe mich!«

»Gut, mein Lord«, erwiderte Frances gnädig. »Amalia und ich sind nun bereit, über die Angelegenheit zu sprechen. Wenn du schwörst, daß du den Mund hältst, werden wir dir erlauben, uns Gesellschaft zu leisten.«

Erst Brutalität und dann Teegesellschaft, dachte Hawk wenige Minuten später, als sie alle drei saßen und ihre Tassen in Händen hielten.

»Sie sind sehr tapfer, Amalia«, betonte Frances und gab sich alle Mühe, sich nicht vorzustellen, wie Hawk diese schöne Frau liebkost hatte.

Amalia lächelte. »Jetzt ist alles gut.« Sie blickte erst zu Hawk, dann zu Frances. »Sind Sie nun mit diesem Mann zufrieden, meine Lady?«

»Ich werde ihn gut in Form halten, Amalia, das verspreche ich Ihnen«, erwiderte Frances trocken.

»Einen Rohling als Frau«, bemerkte Hawk.

Amalia sah die beiden wissend an, dann hob sie ihre Tasse zu einem Toast und sagte mit ihrer angenehmen, dunklen Stimme: »Die Logik des Herzens ist oft abwegig.«

Epilog

»Endlich, mein Junge, endlich! Ich wußte, daß du es schaffen würdest, wenn du es dir ernsthaft vornimmst!« Der Marquess von Chandos Chase strahlte und schüttelte seinem stolzen Sohn kräftig die Hand.

»Was?« protestierte Frances vernehmlich. »Ihr Junge hat dabei sehr wenig getan, mein Lord! Ich tat alles!«

»Na, nicht unbedingt alles.« Hawk beugte sich nieder und zerzauste lächelnd Frances' Haar. »Und er sieht mir vollkommen ähnlich, mein Liebes. Das allein besagt schon, daß Männer und Ehemänner viel stärker sind, ihr Wille ist mehr ...«

»Ich rate dir, das nicht laut zu sagen«, empfahl Lord Ruthven grinsend seinem Schwiegersohn. »Du weißt, Hawk, Frauen haben da so ihre eigenen Vorstellungen.«

In diesem Moment fing Charles Philip Desborough Hawksbury, Viscount Linley, fürchterlich zu schreien an.

»Männer beginnen sehr früh damit, ihre Wünsche anzumelden«, scherzte Sophia.

»Und hören nie mit dem Schreien auf, Sophia«, setzte Frances hinzu. Sie sah, daß ihr Ehemann aller Wahrscheinlichkeit nach etwas Unschickliches sagen wollte, und fuhr rasch fort: »Ich werde diesen kleinen Mann füttern, dann komme ich wieder herunter.«

Hawk küßte seine Frau und blieb bei seinem Vater und Schwiegervater, während Sophia Frances folgte.

Frances hörte noch, wie ihr Schwiegervater behauptete: »Ja, wirklich, mein Enkelsohn wird ein fabelhafter Reiter werden, auch bei Rennen. Ich sehe das bereits in seinen Augen.«

»Er hat Frances' Augen, Vater«, erklärte Hawk.

»Genau, mein Junge«, erwiderte der Marquess, »das stimmt genau!«

In ihrem Schlafzimmer angekommen, lächelte Frances

ihrer Stiefmutter zu, knöpfte ihr Kleid auf und gab Charles die Brust.

»Er ist ein wunderschönes Kind, Frances«, lobte Sophia.

»Ja, das ist er.«

»Ich dachte schon, Hawk würde den Doktor ohrfeigen. Er war in der Verfassung, meine Liebe.«

»Das ist er immer.« Frances grinste. »Was hörst du denn von Clare?«

»Sie studiert bei Mr. Turner, eine ganz unerwartete Ehre für sie. Überraschend ist, daß ihr Ehemann das sogar noch unterstützt.«

»Ich habe immer geglaubt, daß Daniel ein großartiger Fang ist, und ein Mann mit Verstand«, bekannte Frances.

»Allmählich fühlt er sich direkt belagert«, berichtete Sophia weiter. »Viola macht ihn ganz verrückt mit all ihren Verehrern. Er erklärte, daß er fortwährend über ihre Schoßhunde stolpert, wie er die jungen Gentlemen nennt. Adelaide hingegen lächelt nur zu allem in ihrer unbekümmerten Weise.«

»Du mußt Daniel sagen, daß Adelaide darauf achten soll, daß Violas Schoßhunde nichts Unschickliches tun.« Frances streichelte den schwarzen Flaum auf der Kopfmitte ihres Sohnes.

Sophia schüttelte den Kopf. »Wenn ich daran denke, daß Hawk möglicherweise Viola gewählt hätte! Lieber Himmel, was wäre das für eine schlechte Ehe geworden! Noch erschreckender ist die Vorstellung, daß Hawk Clare geheiratet haben könnte!«

»Der Marquess glaubt fest an Schicksal, Sophia. Er war überzeugt, daß ich — obwohl es anfangs gar nicht so aussah und ich ihn nicht ausstehen konnte —, mit Hawk als Ehemann zurechtkommen würde.«

Sophia lachte. »Ich kann mich noch daran erinnern, daß er dich am liebsten erdrosselt hätte, Frances.«

»Dann kannst du dir ja denken, wie Hawk sich gelegentlich fühlt. Es machte ihn wütend, als Otis und Mrs. Jerkins sich immer auf meine Seite stellten.«

»Aber du bist glücklich, nicht wahr, Frances?«

»Mehr, als ich mir je hätte vorstellen können.« Frances legte ihren kleinen Sohn an die andere Brust. »Und du, mein kleiner Liebling, wirst tatsächlich ein großer Reiter werden. Du hast doch meine Augen, stimmt's?« Sie blickte zu ihrer Stiefmutter. »Ich vergaß, dir zu erzählen, Sophia, daß wir in zwei Wochen nach Ascot reisen.« Mit leuchtenden Augen fügte sie hinzu: »Natürlich wird Flying Davie rennen, und auch Tamerlane.«

»Ich war völlig überrascht, als ich hörte, daß Lord Delacort euch die beiden Rennpferde als eine Art verspätetes Hochzeitsgeschenk übergab.«

»Ich nicht«, meinte Frances verschmitzt. »Ich glaube, wenn der Marquess es erlauben würde, dann würde Lord Delacort Hawk adoptieren. Es besucht uns jetzt oft. Natürlich mit dem armen Mr. Timmons im Schlepptau.«

Sophia kicherte. »Wie ich Hawk verstand, korrespondierst du mit Amalia.«

»Stimmt. Sie und ihr Robert sind erfolgreich mit ihrem Landbesitz.« Frances schwieg einen Moment und seufzte leise. »Es ist merkwürdig, aber normalerweise erinnere ich mich nicht an alles Schreckliche — an Edmund, der sich selbst tötete, und an Lord Dempsey, der schoß, während er versuchte, Mr. Uckley zu entkommen. Mir tut nur Beatrice sehr leid.«

»Das wäre nicht mehr der Fall, wenn du sie vor zwei Wochen in London gesehen hättest, Frances. Wieder ganz die Schöne, weißt du. Alle Skandale sind vergessen, vor allem, daß die Herzogin von Rutherford mit ihrem obersten Stallknecht durchbrannte. Das war schon eine sehr prickelnde Angelegenheit«, erzählte Sophia.

»Frances, kommst du jetzt?«

Sie blickte auf und sah Hawk im Türrahmen stehen, den Blick auf seinen trinkenden Sohn gerichtet. Sie lächelte ihm zu, und Sophia stand rasch auf.

»Warum leistest du ihr nicht Gesellschaft, Hawk, und ich unterhalte inzwischen die Gentlemen unten.«

»Ja, Frances? Wieviel fütterst du denn dem kleinen Kerl?« Hawk setzte sich neben sie auf das Sofa.

»Er ist wie du, mein Lord. Wie Sophia schon sagte: ein männliches Wesen, ganz gleich in welchem Alter, ändert sich nicht.«

Hawk lachte. »Übrigens ist Lyonel gekommen, um dem Erben seinen Respekt zu erweisen. Seine Großtante Lucia ist auch dabei.«

»Kein Wunder, daß du hier herauf flüchtetest!«

»Da hast du unbedingt recht. Sie richtete ihre Kanone auf mich, und Lyonel, der verdammte Bursche, stachelte sie auch noch dazu auf!«

In diesem Moment blickte Charles seinen Vater an und rülpste.

»Darin ist er unübertrefflich«, stellte Frances fest und hob ihren Sprößling hoch.

»Und ich bin unübertrefflich darin, mir etwas zu versagen«, erklärte Hawk zweideutig.

»Hawk! Du willst doch jetzt nicht etwa ...«

»Frances«, erwiderte ihr Ehemann und spielte den Gekränkten, »deine Gedanken gehen höchst unanständige Wege. Ich habe natürlich nur ans Ausreiten mit dir gedacht.«

»Reiten?« Frances musterte ihn mißtrauisch.

»Das auch«, meinte er schmunzelnd und küßte sie auf ihren lachenden Mund.